Les Oiselles Sauvages

KATE J.
ARMSTRONG

LES OISELLES SAUVAGES

LES OISELLES DE NUIT - LIVRE 2

Traduit de l'anglais
par Michelle Charrier

DE SAXUS

Ceci est une œuvre de fiction.
Toute ressemblance avec des personnages, lieux, organisations
ou évènements existant ou ayant existé ne serait que purement fortuite.

AVERTISSEMENT DE CONTENU

ADDICTION, AGRESSION PHYSIQUE, ARME À FEU, BRÛLURES, CAPTIVITÉ, CRIMES HAINEUX, DÉTRESSE PSYCHOLOGIQUE, DISCRIMINATION, DROGUE, ENLÈVEMENT D'ENFANTS, ESCLAVAGISME, GUERRE, IMMOLATION PAR LE FEU, INCENDIE, MANIPULATION MENTALE, MARIAGE FORCÉ, MEURTRE, MISOGYNIE, MORT, MORT D'UN PROCHE, SEXISME, SOUMISSION, TENTATIVE DE MEURTRE, TORTURE, TROUBLE DU STRESS POST-TRAUMATIQUE, VIOLENCE.

Les Oiselles Sauvages
par Kate J. Armstrong

Fyrebirds

Nancy Paulsen Books, New York

Illustration de jaquette (édition reliée) et couverture (édition brochée) : © Elena Masci
Illustrations de couverture et des tranches teintées (édition reliée) : couple d'oiseaux © Val_va/Shutterstock.com
Cartes : © 2023 Sveta Dorosheva

Conception graphique couvertures, jaquette, tranches teintées et pages de garde françaises :
Volodymyr Feshchuk – Eilean Books

Ouvrage publié sous la direction de Camille Loré

Composition et mise en pages
PCA

Le papier intérieur de cet ouvrage est composé de fibres naturelles, renouvelables, recyclables et fabriquées à partir de bois issu de forêts plantées expressément pour la fabrication de pâte à papier.

ISBN : 978-2-37876-612-2 (broché)
ISBN : 978-2-37876-611-5 (relié)
ISBN : 978-2-37876-613-9 (e-book)

Loi 49-956 du 16 juillet 1949 sur les publications destinées à la jeunesse.

Dépôt légal : décembre 2024

1re édition
10 9 8 7 6 5 4 3 2 1

Achevé d'imprimer en République tchèque par FINIDR en novembre 2024

À Kaitlin,

ma sœur Oiselle Sauvage.

SOMMAIRE

PARTIE 3

Tours, Détours et Entrelacs

PARTIE 4

Réduire en cendres

PARTIE 5

Renaître de ses cendres

LA CITÉ DE SIMTA
LE COU
AVENUE DE SIMTA
MER ARDENTE
AVENUE DU PHÉNIX
ARRONDISSEMENT DU PHÉNIX
PRISON DES MÂCHOIRES
QUARTIER VERT
SALLE DU TRÔNE
PAVILLON DES ÉRUDITS
ÉGLISE D'AUGUSTAIN
BOUTIQUE DE L'ALCHIMISTE JAUNE
AVENUE DU PÉGASE
CAFÉ DES DEUX LUMIÈRES
AVENUE DU GRIFFON
LES COINS
ALLÉE DU GIBET
BANQUE COMMERCIALE
ARRONDISSEMENT DU PÉGASE
ARRONDISSEMENT DU GRIFFON
QUARTIER DES JARDINS
PALAIS AILÉ
RUE DES DIPLOMATES
AVENUE DU DRAGON
ARRONDISSEMENT DU DRAGON
CLUB DES MENTEURS
RUE ENFUMÉE
PORT DE SIMTA
LAGUNE MURMURANTE
CRÊTE SIMTANE

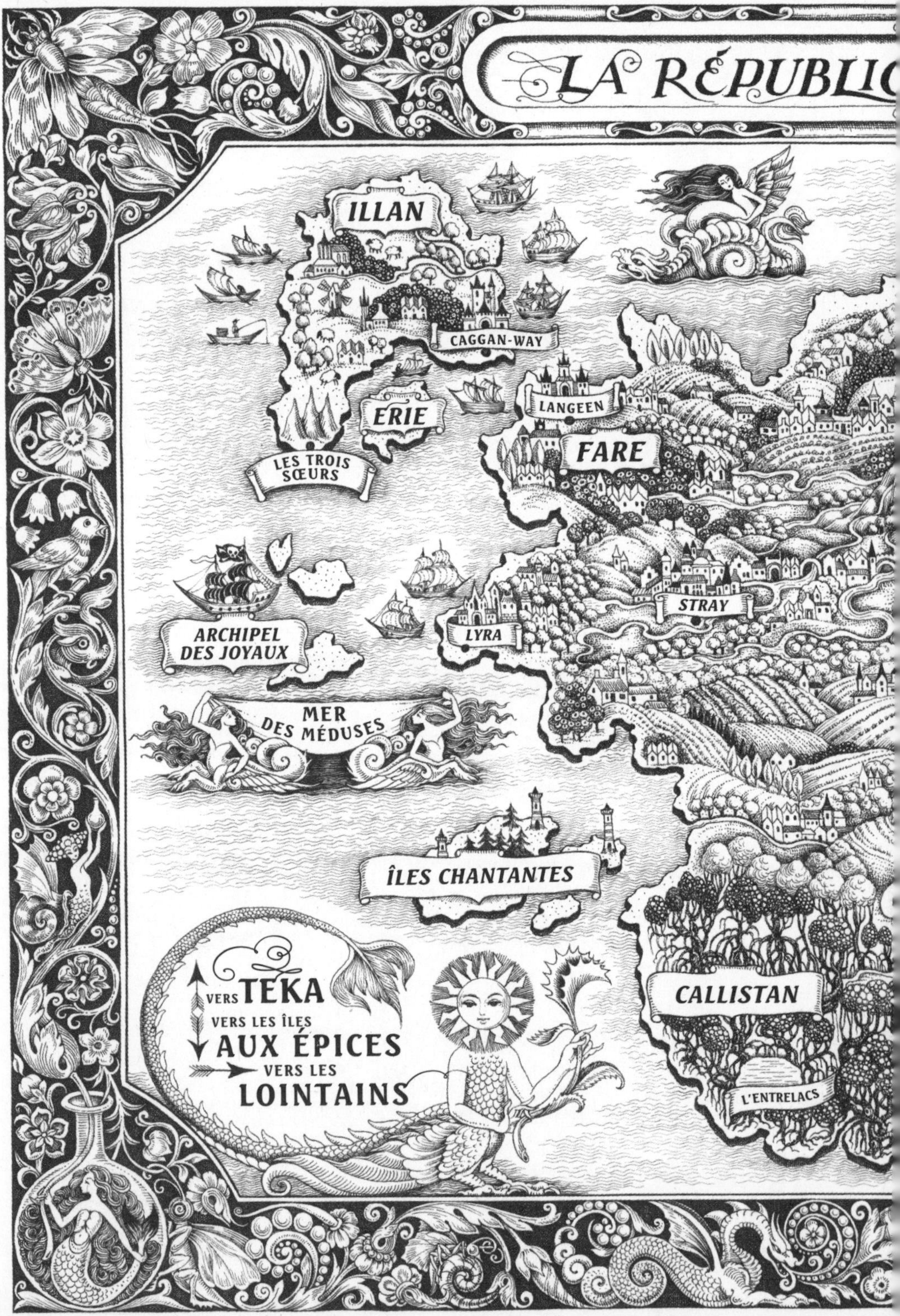
LA RÉPUBLIC
ILLAN
CAGGAN-WAY
ERIE
LES TROIS SŒURS
LANGEEN
FARE
ARCHIPEL DES JOYAUX
LYRA
STRAY
MER DES MÉDUSES
ÎLES CHANTANTES
CALLISTAN
L'ENTRELACS
VERS TEKA
VERS LES ÎLES AUX ÉPICES
VERS LES LOINTAINS

QUE EUDÉENNE
THIRSK
STONINGTON
ALLIUM
AURONE
CAP DE FENNIS
WAYSTRELL
SARASK
SIMTA
MER
ARDENTE
N
O
E
S

PROLOGUE

UN AVANT-GOÛT DES CHOSES À VENIR

Le roi Joost aime les histoires de magie depuis sa plus tendre enfance. Son père lui en racontait pendant les froides soirées des parties de chasse dans les Pinèdes, en agrémentant le fil du récit de fioritures. Il était bien sûr question de potions enchantées et de sorcières rusées, mais le petit Joost avait un faible pour les histoires des Oiselles Sauvages. *Ces femmes commandaient aux éléments,* chuchotait son père. *Elles conjuraient les tempêtes, rasaient les forêts. Mettaient à genoux des armées entières.* Pareilles légendes ne manquaient jamais de réchauffer le cœur du garçon. Captivé, il se penchait sur le feu cerné par le givre.

Puis, à 13 ans, il s'est rendu à Simta avec son père. Le séjour fut consacré à une succession de réunions interminables où, revêtus de luxueux atours inconfortables, ils serraient la main de personnes que le souverain aurait préféré conquérir. Mais un soir, ils se sont glissés dehors à l'insu de leurs gardes pour partir à la recherche de magie. Joost n'oubliera jamais cette première fois où il y a goûté. Le cocktail suave, opalescent, a ralenti le temps, au point que les minutes s'écoulaient aussi lentement que la résine des pins crayeux. Une décennie plus tard, devenu souverain à son tour, il peut toujours goûter à cette sensation.

Il sirote son vin en se prélassant dans les fourrures drapées sur le trône de son père, dont il a hérité. Le cru, ample et profond, a beau venir des Champs de Pierres, il n'en est pas moins insatisfaisant. Depuis les nuits enivrantes de Simta, chaque verre est pour Joost plus décevant que le précédent. Son pays forestier regorge de richesses – marbre, bois, argent –, mais la magie n'en fait pas partie. Ce pouvoir-là n'a jamais fructifié qu'en Eudéa. Les Trelliens ont rapporté en cachette des plantes eudéennes imbibées de magie qui ont, hélas, toutes dépéri. Apparemment, elles ne prospèrent que dans leur terre d'origine.

Mais les Oiselles de Nuit… Peut-être seraient-elles plus résistantes. Joost n'arrive toujours pas à croire que ces filles existent réellement. Certes, on dit que les sorcières ont reparu en Eudéa et qu'il leur est possible de donner leur magie grâce à un baiser : une promesse des plus tentantes. Quand la nouvelle a commencé à se répandre, cela semblait trop beau pour être vrai. Toutefois, l'ambassadeur trellien a vu de ses propres yeux certains prodiges. Ses lettres parlent d'ailes de feu, de tempêtes dans un palais, de vagues soulevant des navires de guerre. Elles rappellent à Joost les Oiselles Sauvages si chères à son père. Il aspire lui-même à être témoin de ces choses.

Il lève deux doigts, qu'il agite en direction d'une de ses galgrènes. Les yeux baissés, elle s'écarte du mur, dissimulé par une tapisserie représentant une forêt trellienne. Sa robe de velours sable a la nuance exacte de celle des faunes qu'il chassait en compagnie de son père. Il existe en Trellane plusieurs sortes d'esclaves, dont les galgrènes forment la catégorie supérieure. Pendant que la jeune fille remplit sa coupe, le regard du souverain se pose sur la pershane qu'elle arbore – comme toutes ses galgrènes. La chaîne d'argent leur entoure le cou d'une boucle lâche, passe par un fermoir en forme de tête de puma puis trace dans leur dos une ligne fine. Ses maillons, robustes quoique délicats, sont incassables. Non que les galgrènes essaieraient de les briser. Les *belles enchaînées* de Joost ont la douceur des boutons de fleur, ainsi que leur docilité. S'il prenait celle-là par sa chaîne, elle le suivrait où il voudrait.

Pendant leur fameux voyage à Simta, l'odieux fils du suzerain d'alors a plaisanté au sujet de la pershane. *Je suppose que les Trelliens n'ont pas besoin d'apprendre l'art de la séduction. Vous préférez tenir vos femmes en laisse derrière vous.* Joost trouve donc intéressante la rumeur selon laquelle Dennan Hain séquestre l'une de ces sorcières en son Palais Ailé. Peut-être à présent comprend-il mieux la pershane. Certains sont faits pour commander, d'autres pour servir.

Un bruit s'élève dans l'antichambre. Sans doute des paysans, une fois de plus, qui viennent se plaindre de la maigre moisson de cette année. Joost n'est pas d'humeur. Depuis son accession au trône, il lui semble que son empire rapetisse, se rabougrit. Il en a assez de ses sujets geignards et du fantôme critique de son père. Mais non : ses gardes encadrent son ambassadeur en Eudéa, qui s'approche, une jeune fille enchaînée dans son sillage. Elle doit avoir 16 ans. Ses grands yeux écarquillés trahissent la méfiance. Joost repose sa coupe de vin, intrigué, à présent.

« Que m'amenez-vous là, Lleyn ?

— Un présent, mon roi. J'ai acheté cette fille à Simta. L'oisillon m'a coûté cher, mais je pense que vous serez d'accord pour dire qu'il vaut son prix. »

L'oisillon. Joost considère la prisonnière d'un regard neuf, le cœur battant.

« Comment t'appelles-tu ? » demande-t-il.

Elle détourne les yeux sans répondre. Lleyn tire sur sa chaîne jusqu'à ce qu'elle lâche enfin :

« Phryne.

— Phryne. » Joost parle un simtan hésitant, qui suffira cependant. « Je suis le roi Joosten Tharda. Bienvenue au royaume de Trellane. » Elle ne s'incline pas comme le veut la coutume, mais l'intérêt qu'elle éveille en lui le dissuade de la châtier. « Ne crains rien, ajoute-t-il d'une voix soyeuse. Tu es notre invitée.

— Alors pourquoi suis-je enchaînée ? » réplique-t-elle d'une voix tremblante.

Il fait signe à Lleyn de lui ôter ses fers. Pendant qu'elle se frotte les poignets, son regard oscille entre les gardes aux traits figés comme la pierre et les filles aux pershanes. Elle semble prête à prendre ses jambes à son cou, mais se ravise.

« Nous avons une coutume, en Trellane, reprend Joost. Les visiteurs donnent au roi un baiser de paix. J'ai l'impression que ton baiser à toi renferme davantage de… magie que la plupart. »

Le visage de la captive se ferme.

« Je ne sais pas de quoi vous parlez.

— Ne mens pas. Cela me donne à croire que nous sommes ennemis. Je préférerais que nous devenions amis. Je suis bon avec mes amis et ceux qui m'obéissent. »

Il lui tend la main et, avec douceur, lui fait signe d'approcher. Un long moment s'écoule avant qu'elle n'y pose la sienne. Il regarde le cou mince de la fille. La pershane lui ira tellement bien.

« Dis-moi, Phryne. Quelle est ta magie ? »

À nouveau, elle hésite. À nouveau, il lui répète que ceux qui le servent sont bien traités. Enfin, très bas, presque dans un murmure, elle lui révèle quel genre de magie elle possède. À l'idée de ce pouvoir, il frissonne et doit résister à l'envie de se lécher les babines.

« Si tu me laisses y goûter, je veillerai à ce que tu sois heureuse ici. Tu auras tout ce que tu désires. »

Elle déglutit.

« Je veux rentrer chez moi.

— Tout ce que tu désires, sauf ça. »

Au bout d'un moment, elle acquiesce. Il l'attire plus près. Lentement, à contrecœur, elle presse ses lèvres contre les siennes. Un picotement naît sur la langue de Joost, lui rappelant le cocktail qu'il a bu, il y a si longtemps. Mais en plus suave, avec un petit quelque chose du fer ou du sang. Un avant-goût enivrant des choses à venir.

Lorsqu'elle s'écarte, il agite les doigts. La magie tambourine en lui, capiteuse et luxuriante. Il tend la main vers un de ses gardes. Les veines du jeune homme se dessinent dans sa conscience comme des ficelles, prêtes à obéir à ses tractions ; le cœur comme un oiseau apeuré dans sa paume. Il enveloppe l'organe de sa volonté – et de magie – pour en interrompre le battement. Le garçon porte les mains à sa poitrine puis tombe à genoux. Il suffirait d'une infime pression à Joost pour écraser cette vie, y mettre fin. Mais il relâche sa poigne. Le garde halète.

Joost est roi. Il a été prince auparavant. Il a connu bien des baisers, mais aucun qui ait fait fondre son cœur de glace. Celui de cette fille n'est pas seulement chaleur, mais flammes, brasier le réchauffant de l'intérieur. Et ce n'est là qu'une unique sorcière. Il pourrait goûter différents crus – car la magie a d'autres saveurs. *Des trésors de ce genre justifient bien une invasion.* Et il est prêt à payer n'importe quel prix pour disposer d'un pouvoir pareil.

PARTIE 1

MARÉES DANGEREUSES

Anneau tors, dent de lait
Les Oiselles font voir vrai.
Flammes, argent et joyaux,
Grâce à elles, tout est beau.
Étincelle, liens et feu
Passe ton tour, tu le veux.
Vives, rusées, un baiser,
Ton âme bue, desséchée.

– Nouvelle comptine simtane

CHAPITRE 01

BIEN DES VISAGES

Matilde Dinatris a bien des visages. Elle en change de la même manière qu'un rouge à lèvres, pour arborer le plus adapté aux circonstances. C'est un art qu'elle a appris très tôt, en tant que descendante d'une longue lignée d'Oiselles de Nuit. On lui a enseigné la faculté de celer, de dissimuler, d'éluder. *Une fille doit savoir faire coexister en elle deux personnes*, lui disait toujours Grand-mère. *Celle qu'elle est derrière des portes closes et celle qu'elle montre au monde extérieur*. La douairière n'a jamais prévenu sa petite-fille qu'on oublie facilement qui on est en réalité. Matilde porte si souvent des masques qu'elle ne sait plus vraiment lequel de ces visages est le sien.

Elle erre à travers les invités, tournant et virant entre les arbustes en pot et sous les tonnelles couvertes de plantes grimpantes à floraison nocturne. Comme les papillons de feu sont friands du nectar des fleurs de lune, elle en a fait libérer des milliers en vue de la soirée. Ils s'accrochent maintenant aux corolles blanches, peut-être dans l'espoir d'échapper à l'attention du ciel infini. Le toit du Palais Ailé déborde de gens qui s'émerveillent à la vue du jardin, dont bien peu connaissaient l'existence. Dennan le lui avait montré il y a de cela des années, pendant une partie de cache-cache.

Ce soir, elle exhibe deux versions d'elle-même : fille de Grande Maison et Oiselle Sauvage. Sa robe de soie cuivrée à taille basse brille à chacun de ses mouvements de reflets orange et rouges, les couleurs du feu. Elle a beau l'assortir d'un sourire rassurant – *Vous n'avez rien à craindre de moi* –, certains invités s'écartent malgré tout sur son passage comme si elle leur faisait peur. Il lui était nettement plus facile de conquérir les cœurs en tant qu'Oiselle de Nuit. Maintenant que les gens savent quel pouvoir elle manie, ils sont moins disposés à se laisser charmer.

Dire qu'il y a quelques mois, elle était prisonnière de ces murs, captive d'Epinine Vesten ! La voilà à présent invitée et conseillère de Dennan Hain – qui se fait dorénavant appeler Dennan Vesten. Nul ici n'oserait qualifier le nouveau suzerain de prince bâtard… du moins, pas à voix haute. Ce soir, elle joue également pour lui le rôle d'hôtesse. C'est elle qui a proposé d'organiser cette fête. Et qui a argué qu'elle serait plus intime, moins collet monté, sur le toit paysagé que dans la salle de bal, à la pompe indéniable. Elle pensait que le décor du jardin inciterait peut-être les gens à baisser leur garde. Elle a établi en personne la liste des heureux élus, dames et seigneurs influents des Grandes Maisons, riches marchands, capitaines de navire populaires – les personnalités qu'elle veut gagner à sa cause. Après avoir découvert que les filles de magie ne s'étaient pas éteintes, sa cité est restée divisée sur ce qu'il convenait de faire à ce sujet. Certains les considèrent comme un don de la Source, qu'il faut chérir… ou exploiter ; l'Église comme un mal à réprimer ; beaucoup de Simtans comme un danger, pour une raison ou pour une autre. Matilde espère les convaincre que nulle ne devrait être mise en cage.

Elle prend au passage un verre de vin rosé sur une table couverte de rafraîchissements. Les têtes se tournent ; on la regarde siroter une gorgée, dont on suit le trajet dans sa gorge. Autrefois, elle adorait être le centre de l'attention, mais il lui semble aujourd'hui que les yeux posés sur elles sont brûlants – comme des morsures douloureuses. Il en va ainsi depuis la Moindre Nuit, pendant laquelle elle a accompli avec ses amies – Sayer, Æsa et Fen – des exploits de magie dont on parle encore en cachette dans tout Simta. Un tel pouvoir, qui ne s'était plus manifesté depuis des siècles, a valu aux quatre filles des surnoms charmants. Sa femme de chambre a fait la grimace en lui dévoilant le sien, *la sorcière du feu*, mais Matilde aime beaucoup la férocité de ce titre improvisé. Davantage, en tout cas, que les grossièretés lâchées par certains quand ils s'imaginent qu'elle a le dos tourné. Une appellation réunit cependant les quatre filles : les *Fyrebirds* – les Oiselles Sauvages – une expression autrefois réservée aux sorcières les plus puissantes. *Fyre* signifie *sauvage* en ancien eudéen, et bien des gens voient en effet ainsi les magiciennes actuelles. Cependant, Matilde a veillé ces derniers mois à ne montrer en public que maîtrise d'elle-même et retenue.

Il n'en est pas moins évident qu'un antique pouvoir croît en force. Certains aimeraient le révérer ouvertement. Des autels ont fait leur apparition dans les ruines calcinées du magasin de Krastan, au pied de la gigantesque plante grimpante que Fen a fait pousser dans l'arrondissement du Phénix, et au sein des entrailles du bateau échoué par Æsa sur la Crête. Les Surveillants ont beau les réduire en miettes, ils reparaissent, tout simplement. Il paraît que les gens laissent sur les autels dédiés à Matilde des bougies allumées et des petits papiers implorant sa protection. Elle fait de son mieux depuis quelques mois, mais les chemins du pouvoir sont tellement enchevêtrés et jonchés de plus d'épines qu'elle ne l'imaginait. Il se trouve toujours des hommes pour lui barrer la route.

À ce sujet… Elle s'approche d'une démarche onduleuse des Lords Giles Abrasia et Sand Deveraux, deux membres de la Table simtane. Son arrivée les réduit à un silence soudain.

« Mes seigneurs. J'espère que la soirée vous est agréable.

— Très, répond Sand, les lèvres pincées. Bien qu'il puisse sembler un peu insouciant de donner une telle fête, compte tenu de l'agitation que soulève votre position ici. Et de votre… proximité croissante avec notre suzerain. »

D'aucuns la soupçonnent de contrôler Dennan. Il paraît que le nouveau Pontifex le déclare ensorcelé. N'importe quoi. Si tel était le cas, elle l'aurait obligé à chasser l'Église de la Table, où elle occuperait dorénavant le fauteuil libéré par le prélat. Il n'empêche. Ces hommes refusent toujours de lui faire une place dans leurs rangs, ce qui l'oblige à s'installer derrière une grille afin d'espionner leurs réunions. À écouter en silence Dennan s'exprimer pour elle.

« Oh, voyons, sourit-elle. Ces petites sauteries sont d'autant plus importantes en ces temps troublés. Elles ne peuvent que resserrer nos liens.

— Pas alors que vous bafouez ouvertement la loi. »

Matilde tapote son verre avec un ongle.

« Vous ne trouverez en ces lieux rien d'illégal, mon seigneur. À moins de me considérer comme quelque produit de contrebande.

— C'est ainsi que certains vous voient, comme vous le savez », répond Sand.

Elle réprime un soupir d'agacement. La Prohibition contre toutes formes de magie reste en vigueur, malgré ses plus grands efforts pour persuader les détenteurs du pouvoir de l'abolir ou, du moins, de la modifier afin d'en exclure les filles de magie. Comment est-il possible d'arrêter une malheureuse à cause de ce qui vit en elle ? De légiférer sur ce que charrie son sang ? Bien des gens estiment cependant les magiciennes criminelles du seul fait de leur pouvoir – et les quatre Oiselles Sauvages plus particulièrement. À en croire certains, elle a de la chance d'être encore libre de ses mouvements. L'Église a lancé un mandat d'arrêt contre Æsa à la suite de son évasion de la prison des Mâchoires. Dennan a refusé d'envoyer la marine à sa recherche, mais les Surveillants seraient ravis de l'arrêter à vue.

« Vous m'étonnez, Lord Deveraux, reprend Matilde. La magie court dans votre lignée. Vous ne pouvez la considérer comme un délit valant arrestation.

— Je la considère comme tel lorsqu'elle est utilisée à mauvais escient, riposte son interlocuteur. Il nous est impossible d'aider celles qui causent des ravages grâce à ce genre de pouvoir. Regardez ce que fait la sorcière des tempêtes. »

À la mention de Sayer, le pouls de Matilde accélère.

« Oui ? Que fait-elle ? »

Les sourcils broussailleux de Giles se haussent sur son front.

« Votre petite camarade se déchaîne. Elle s'en prend à des paters et menace des seigneurs, comme si nos lois ne s'appliquaient pas à elle. Et vous l'aidez en refusant de nous dire de qui il s'agit.

— Il me semble qu'elle essaie juste de protéger les filles de magie. Si la loi faisait de même, peut-être n'en éprouverait-elle plus le besoin.

— Vous devez bien voir qu'elle bat en brèche nos efforts pour aller dans ce sens. Ses crimes donnent raison aux affirmations de l'Église. »

Par les dieux, Sayer. Pourquoi ne comprend-elle pas que ses actions compliquent la mission de Matilde ? Laquelle le lui dirait sans détour… si elles se voyaient encore.

« Je comprends votre ardeur, continue Giles. Les femmes se laissent si souvent guider par leur passion. C'est pourquoi nous avions mis au point le système des Oiselles de Nuit. Pour vous protéger non seulement de la loi, mais aussi de vous-mêmes. »

Non. Ils avaient mis au point le système des Oiselles de Nuit pour permettre aux puissants de se servir à leur guise des pouvoirs des jeunes filles et de se les approprier. De toute évidence, les seigneurs de ce monde aimeraient que les choses redeviennent ce qu'elles étaient au lieu d'aller de l'avant.

« Nous mettre en cage ne nous protégeait pas. Cela ne faisait que nous enfermer. Mais nous en sommes sorties, mes seigneurs. J'aurais cru que vous vous joindriez à nous. Pas que vous resteriez les bras croisés pendant que quelqu'un s'empare des filles dans la rue.

— Je ne vois pas ce que vous voulez dire, renaude Sand.

— Vous avez pourtant sans doute entendu parler des spectres. »

Ils en ont entendu parler, elle le sait : elle espionnait la Table pendant que ces messieurs discutaient des silhouettes floues qui, paraît-il, enlèvent les filles de magie en pleine ville. On ignore de qui il s'agit et où les ravisseurs emmènent leurs proies, mais quand Dennan a proposé de diligenter une enquête, la Table ne l'a pas soutenu. Le Pontifex est allé jusqu'à nier purement et simplement le problème.

« Nous ne légiférons pas sur les commérages, déclare Giles. Et nous avons beaucoup à faire ailleurs. »

Les mains de Matilde commencent à se réchauffer.

« Vous verriez peut-être les choses différemment si l'une de vos filles faisait partie des victimes. »

Les joues de Giles se marbrent de plaques rouges. Sand lève une main apaisante.

« Allons, mademoiselle Dinatris. Une conversation pareille n'est pas de circonstances. Profitez plutôt de votre soirée et laissez-nous la politique. »

La magie de Matilde enfle à cette réplique bénigne, prête à carboniser l'impudent. Elle ouvre la bouche sur une riposte mal avisée, quand Grand-mère s'immisce dans la conversation :

« Ah, te voilà, ma chérie. J'ai besoin de toi. Veuillez nous excuser, mes seigneurs. »

Les deux hommes inclinent la tête, une politesse que la jeune fille ne leur rend pas.

« Respire, lui conseille Grand-mère pendant qu'elles s'éloignent. Tu as l'air prête à exploser.

— Je devrais peut-être. Là, ils m'écouteraient.

— N'oublie pas, ma chérie, reprend la douairière en tapotant la main de sa petite-fille. Il faut savoir faire des compromis. Il est parfois nécessaire de perdre quelques batailles pour gagner la guerre.

— Tu sais bien que je déteste perdre. »

Or il semble à Matilde qu'elle ne fait que cela, ces temps-ci.

« Notre famille est en sécurité. C'est déjà quelque chose. »

Grand-mère est vêtue de bleu, ce soir, bien qu'elle porte en privé du rouge, la couleur des veuves. Elle pleure Krastan, son amour d'antan. Des croissants d'ombre lui soulignent les yeux. Les proches de Matilde ne sont plus les mêmes depuis qu'Epinine les a pris en otages. Il lui arrive de surprendre Madame Mère, hagarde, les yeux rivés à ses mains. Samson, qui a souffert de la privation de nourriture, a l'air décidé à se tuer prématurément à force de manger. Et il leur est toujours impossible de rentrer chez eux. Les Surveillants ont pris l'habitude de jeter toutes sortes de choses dans leur propriété : des œufs, de la peinture, des bouteilles auxquelles ils ont mis le feu. Dennan estime donc qu'aucun des Dinatris ne peut encore quitter le palais. *Ici, vous êtes en sécurité, grâce à mon pouvoir,* dit-il. Grand-mère, Madame Mère et Samson ne se plaignent pas, mais Matilde a l'impression que les murs se referment sur elle. Elle passe son temps prisonnière derrière des grilles, les ailes attachées.

Sa main se porte à son médaillon. Il s'y trouvait autrefois une potion confectionnée par Krastan et, bien qu'il soit vide à présent, elle puise un certain réconfort dans son poids familier. Quand elle le sort de son corsage, ses doigts effleurent les flammes brodées sur le tissu. Du beau travail, exécuté par une couturière à peine plus jeune qu'elle. Elle le sait, parce que la mère de la cousette est venue livrer la robe en exigeant de la lui remettre en mains propres.

« Je n'arrête pas de penser à cette femme, dit-elle tout bas. Et à sa fille. Phryne. »

Ils ont pris ma fille, Phryne, a dit la visiteuse, cramponnée à la main de Matilde. *Les spectres.* Le souvenir de ses yeux hagards fait encore frissonner la jeune aristocrate.

Avant de partir, l'ouvrière lui a pressé dans la main un portrait de Phryne. Matilde a eu un coup au cœur en reconnaissant le visage dessiné. Il s'agissait de l'un des oisillons du monde souterrain. Le papier, à présent rangé dans sa poche, lui semble si brûlant qu'il devrait y faire un trou.

« Je sais, ma chérie, mais nous avons déjà assez de problèmes comme ça, lui rappelle la douairière. Ce n'est pas à toi qu'il revient de régler celui-ci. »

Vraiment ? Matilde, Sayer, Æsa et Fen ont attiré l'attention publique sur les filles comme Phryne. Elles en ont fait des cibles.

« D'après ma femme de chambre, les spectres s'habillent en gris. En *gris*, Grand-mère. »

Elle ne prononce pas tout haut le nom *En Caska Dae,* c'est inutile. Ces fanatiques religieux qui ont terrorisé sa famille, tué Krastan et failli éliminer les Oiselles de Nuit n'ont pas besoin d'être nommés.

« Ce n'est peut-être pas eux, murmure la vieille dame. La Main Rouge n'a pas reparu depuis la Moindre Nuit.

— Ça ne veut pas dire que…

— Pas ici, coupe-t-elle. Trop de gens peuvent nous écouter. Il vaut mieux penser à autre chose pour l'instant. »

Mais Matilde est incapable de penser à autre chose qu'à Phryne et aux autres disparues. Elle était censée les protéger. N'est-ce pas la raison qui l'a poussée à rester au palais, à y vivre ? *Retrouvez-la,* a imploré la femme. *Retrouvez ma petite Phryne.*

« Souris, ma chérie, insiste Grand-mère. Ce soir, nous célébrons un heureux évènement. Et notre famille va bientôt avoir de bonnes raisons de faire la fête. » Sans laisser à la jeune fille le temps de lui demander de quoi elle parle, elle montre du doigt l'invitée qui passe sous une tonnelle, non loin de là. « Tiens ? Ne serait-ce pas Petra ? »

C'est elle, en effet, accompagnée de Sive et d'Octavia. Les meilleures amies de Matilde autrefois, ses ex-sœurs Oiselles de Nuit – qui l'évitent, à présent.

« Va donc voir tes petites camarades, l'encourage Grand-mère. Je suis sûre qu'elles te manquent.

— Pas vraiment, renifle Matilde. Et je préfère être poursuivie que poursuivante. »

Toutefois, quand la vieille dame agite la main pour la chasser, elle s'approche des trois jeunes femmes. Elles semblent ne pas l'avoir vue, ou alors prétendent que c'est le cas. Elle devrait leur rendre la monnaie de leur pièce. Après tout, elle a des préoccupations nettement plus importantes. Mais, lorsqu'elles s'engagent sur une des passerelles bordées de haies, elle se retrouve dans leur sillage. Petra entraîne ses compagnes en direction d'une des alcôves occupant un coin extérieur du toit. Elles en franchissent le rideau vaporeux, Matilde sur les talons.

Ses anciennes amies se contentent un moment de la regarder sans mot dire. À l'époque où elles étaient toutes Oiselles de Nuit, jamais rien de tel ne serait arrivé. Après avoir reçu leurs clients, elles s'entassaient dans la chambre de l'une d'elles, avec des friandises et du vin, pour noter les baisers et donner aux clients des titres tels que Lord Mollèvres, la Méchante Mégère ou le Vilain Vicieux. La conversation entre elles coulait sans presque aucun effort. Aujourd'hui, elles ne savent manifestement que dire.

« Salut, belles inconnues, finit par lancer Matilde. Je commençais à oublier à quoi vous ressemblez.

— Oui, eh bien… » Petra tire sur un de ses gants. « Nous avons eu un été agité. »

Un été agité ? Un fanatique religieux a obligé Matilde à s'enfuir, sa famille a été enlevée et le Pontifex a bien failli la poignarder. Sans que ses sœurs d'antan jugent bon de lui envoyer ne serait-ce qu'un billet.

« Trop agité pour que vous preniez des nouvelles d'une amie ? À moins que vous n'ayez officiellement décidé de me désavouer ?

— Ne sois pas si dramatique, intervient Sive en croisant les bras sur sa poitrine généreuse. Bien sûr que tu es notre amie. »

Quelque chose se tord dans le ventre de Matilde.

« Qui l'eût cru.

— Ce n'est pas juste, riposte Octavia, ses grands yeux brillant comme des joyaux. Nous subissons une pression énorme, je suis sûre que tu t'en doutes. »

De la part de leurs maris, veut-elle dire, ainsi que de leurs familles, tout ce beau monde leur ayant sans doute conseillé de garder leurs distances. La fréquentation de Matilde risquerait de faire suspecter autrui qu'elles ont autrefois été Oiselles de Nuit, elles aussi, et aucune Grande Maison n'a la moindre envie que le public soupçonne *ses* filles d'être magiciennes. Pas question pour les aristocrates de partager celles qu'il leur reste.

« Ne te fâche pas. » Petra serre la main de Matilde. « Nous brûlions d'envie de te voir. Nous avons tellement de choses à te demander.

— Par exemple ? »

Elles s'interrogent probablement sur la Moindre Nuit, les enlèvements de filles de magie ou, au moins, les nouvelles

Oiselles de Nuit. Octavia tire sur une boucle égarée dans son cou et demande : « Comment t'y es-tu prise ?

— Pardon ? De quoi parles-tu ?

— Des ailes de feu que tu as invoquées lors de la Moindre Nuit. »

Octavia s'intéresse donc à la magie élémentaire. Celle que, paraît-il, maniaient les ancêtres des Oiselles de Nuit, chez qui elle ne subsiste qu'à l'état de flammèches. Il ne reste du brasier d'antan que d'infimes étincelles.

« Elles sont arrivées quand je les ai appelées, c'est tout, répond Matilde, volontairement avare de précisions. J'ai découvert ce pouvoir-là plus ou moins par hasard.

— Et tu es aussi capable de te servir de ton don d'Oiselle ? »

Elle hoche la tête. La révélation a l'air de sidérer ses compagnes, à qui on a dit et répété quand elles étaient Oiselles de Nuit qu'il leur était impossible d'utiliser leur propre magie. Ce n'était d'ailleurs que l'un des nombreux mensonges dont on les abreuvait.

« Vous le pouvez, vous aussi, précise Matilde. À condition d'arrêter de le distribuer à autrui. »

Mais il n'y a pas que ça, ajoute-t-elle en son for intérieur. *Vous ne pouvez utiliser votre propre magie que si vous la possédez pleinement. Si vous êtes persuadée qu'elle vous appartient, et à vous seule.*

Les autres échangent des coups d'œil.

« Vous imaginez ce que dirait Marc si je refusais de lui donner mon pouvoir ? songe Petra. Il piquerait une crise.

— Len aussi, acquiesce Octavia. Il ferait une véritable apoplexie.

— Oui, bon. » Un sourire moqueur apparaît sur les lèvres de Sive. « Vous savez ce qu'on dit sur les garçons et leurs jouets… »

Elles éclatent de rire – de *rire,* comme si ce genre de choses ne prêtait pas à conséquence. Matilde voit soudain en elles de parfaites inconnues.

Quand Sayer et Æsa sont devenues Oiselles de Nuit, elle regrettait qu'elles prennent le relais de ces filles-là. Il lui était impossible d'imaginer qu'elle les considérerait un jour comme des sœurs. Et puis elles se sont enfuies toutes les trois dans le monde souterrain, où elles ont forgé un lien tel qu'elle n'en avait jamais connu de sa vie. Elles n'étaient plus seulement unies par la magie, mais par les secrets partagés. Elle a montré à Sayer et Æsa des facettes de son être qu'elle n'aurait jamais cru dévoiler à personne. À présent, l'humour caustique de Sayer et la douceur d'Æsa lui manquent… et jusqu'à l'arrogance stoïque de Fen. Que ne donnerait-elle pas pour qu'elles soient là, à son côté. Il lui semble à cet instant les avoir perdues pour toujours.

« Maintenant, reprend Petra, dont la voix douce s'aiguise, parle-nous de Dennan Hain.

— Comment ça ? demande Matilde, raidie.

— Quelle note donnes-tu à ses baisers, d'après le barème des Oiselles de Nuit ?

— Petra, voyons. » Sive fronce les sourcils. « Franchement.

— Quoi ? Il est beau comme un dieu. Pourquoi Tilde ne pourrait-elle pas s'amuser un peu ?

— Parce que Dennan pose problème, affirme Octavia. D'après Len, il est trop imprudent. Et chacun sait qu'il a quelque chose à voir dans la mort de sa sœur. »

Il n'est pas le seul. Une vision envahit l'esprit de Matilde : Epinine Vesten gît à terre, effleurant de la main ses lèvres enduites de poison. À vrai dire, c'est Matilde qui a tué la suzeraine, sans le savoir, en simple pion du complot ourdi par Dennan. Elle cligne des yeux avec force pour chasser ce souvenir.

« Ne dis pas des choses pareilles, murmure Sive. De toute manière, c'est lui le suzerain, maintenant. Ce qui en fait la prise du siècle. Alors, dis-nous, Tilde : Dennan est-il ton admirateur ? »

C'est le mot qu'utilisait Leta, la Madame des Oiselles de Nuit, quand un gentilhomme demandait la main de l'une d'elles. *Il semblerait que vous ayez un admirateur.* Ce n'était pourtant pas la *fille* qu'il admirait – il soupirait après le Chardonneret. Dennan fait exactement de même, quoi qu'il prétende.

« Non.

— Dans ce cas, que représente-t-il pour toi ? » s'enquiert Petra, le sourcil relevé.

Dennan n'est pas le soupirant de Matilde. Ce n'est pas non plus un ami, vu la manière dont il l'a manipulée dans le but de tuer sa sœur. C'est cependant le chemin le plus direct dont elle dispose pour changer les choses en Eudéa. En tant que suzerain, il fait partie des plus puissants de la République. Appartenir à son cercle restreint signifie en ce qui la concerne qu'il lui prête l'oreille. Elle serait donc mal avisée de s'en éloigner. C'est ce qu'elle se répète dans ses moments de doute.

« Quand on parle du loup… », murmure Petra en lui donnant un petit coup de coude.

L'orchestre cesse de jouer tandis que Dennan monte sur la petite scène du jardin. Il est beau, vêtu d'un costume pâle qui met en valeur sa peau bronzée, baigné de l'éclat de l'écharpe dorée qu'il a pris l'habitude d'arborer en public. Le premier suzerain simtan faisait de même, et force est d'admettre qu'elle donne en effet à Dennan l'allure d'un monarque. Si lisse et poli que soit le moindre centimètre de sa haute taille, sa personne conserve un infime quelque chose du capitaine qu'il a été. Son charme canaille – entre autres – lui vaut l'affection d'une bonne partie du peuple simtan, malgré les rumeurs sinistres qui l'entourent depuis la mort suspecte de sa sœur.

« Je vous souhaite la bienvenue à tous et vous remercie de vous être joints à nous ce soir, commence-t-il. Ça a été un plaisir de discuter avec vous au cours de ce cocktail. Bien que, à mon avis, certains ici boivent plus que leur part. »

Un rire roule parmi la foule. La voix nette et profonde de Dennan fait le tour du jardin. Sa manière de se pencher vers son public donne à chacun de ses auditeurs l'impression que l'orateur s'adresse tout particulièrement à *lui*. Une des anciennes Oiselles de Nuit soupire.

« L'avenir inspire à nombre d'entre vous à la fois des craintes et des interrogations, poursuit le jeune homme. Nous vivons une époque de changement. Une époque incertaine, en proie à de néfastes divisions. Mais je crois en la force de l'Eudéa, une force dont la magie fait partie. Elle enfle à Simta, et dans toute la République, d'une manière inédite depuis des siècles. Il ne faut pas opposer à pareil pouvoir la peur ou la censure ; il faut le chérir. Rappelez-vous comment Matilde Dinatris a dompté l'incendie du Pégase qui aurait pu ravager notre cité. Elle a illuminé le chemin à suivre. »

Quand Matilde croise le regard étincelant de Dennan, elle y décèle une lueur calculatrice qui ne lui plaît pas du tout. Les poils au creux de sa nuque se hérissent.

« Notre Église nous raconte les horreurs commises par les Oiselles Sauvages d'autrefois. Tout le bien dont elles étaient capables s'est quant à lui perdu au fil du temps. Les chefs et les Oiselles d'antan œuvraient cependant main dans la main pour forger un monde plus fort. Un monde meilleur. Voilà pourquoi je suis ravie de vous annoncer notre mariage, à mademoiselle Dinatris et moi-même. Il aura lieu le dernier jour de Marée-Haute, et vous y êtes tous conviés. »

Des exclamations étouffées saluent la déclaration, quelques applaudissements épars et une vague de murmures. Matilde essaie de refermer sa bouche bée, tandis que Sive pose une main gantée sur la sienne.

« Par les dix enfers, Matilde, pourquoi ne nous l'as-tu pas dit ? »

Parce qu'elle ne le savait pas.

Le regard de Dennan ne vacille pas. *Joue le jeu,* semble-t-il demander… ou ordonner. La colère flambe en elle, mais le contredire ici et maintenant affaiblirait son pouvoir de suzerain et, par extension, celui dont elle dispose, elle. Alors elle lève son verre en se contraignant à sourire.

Sur scène, il lève le sien.

« À ma fiancée, à notre union et à un avenir plus lumineux. »

Tout le monde les imite. Matilde accepte avec grâce les félicitations enthousiastes de ses amies, mais sous son masque, au fond de son cœur le plus secret, elle flambe.

LORD HEATH ROCHET FILS

REQUIERT VOTRE COMPAGNIE
LORS DE SON
ENTERREMENT DE VIE DE GARÇON.

IL DÉBUTERA AU CRÉPUSCULE DU
CINQUIÈME JOUR DU MOIS DE L'ALOUETTE.

VENEZ AU
801, PLACE DU PÉTALE TOMBÉ,
ARRONDISSEMENT DU DRAGON,
À LA GRANDE FÊTE DES OISELLES DE NUIT.

TENUE EXTRAVAGANTE EXIGÉE.
MASQUE DE MÊME.

CHAPITRE 02

L'OMBRE N'A PAS À CRAINDRE LA NUIT

Sayer ondule au rythme de la musique, dans le scintillement de sa robe d'emprunt. Les sequins, embrasés d'un rouge luxuriant trompeur étincellent à la clarté des bougies. Les danseuses arborent toutes des masques emplumés, aux orbites voilées de tulle sombre. Elle qui s'était juré de ne plus jamais en porter un, la voilà qui joue le rôle d'une Oiselle de Nuit. L'ironie de la situation est indéniable.

Quand les Oiselles de Nuit se sont séparées, le système qui protégeait autrefois leurs secrets s'est détricoté. Les anciens clients se sont mis à parler. Un seigneur anonyme a même vendu ses confessions à une gazette : *Ma soirée avec une Oiselle de Nuit*. Maintenant que la cité tout entière est au fait de l'existence des filles de Grandes Maisons qui donnaient leur magie d'un baiser, chacun en veut un échantillon, authentique ou pas. D'où ce nouveau genre de distraction : une prétendue fête des Oiselles de Nuit. L'amphitryon de celle-ci, un petit Lord de la Maison Rochet, a convié ses amis dans un établissement de la rue Enfumée pour célébrer ses noces prochaines. La soirée a commencé quand ces messieurs, réunis dans le salon de mauvais goût de l'établissement, se sont délestés de leur argent au profit d'une femme qui affirmait être Madame Corneille. Les filles qu'elle a soumises à leur choix portaient également des noms de code : l'Hirondelle, le Roitelet, le Flamand Rose. Aucune n'a jamais été Oiselle de Nuit, mais qu'importe. La fête ne serait pas aussi excitante si elle ne suivait pas exactement le scénario.

Les invités – des hommes, exclusivement – hésitent, dispersés le long des murs de la salle. Quelques-uns s'y aventurent plus avant, vacillant dans leurs tentatives maladroites d'exécuter leur reptation en eau profonde. Les filles, elles, font mine de s'amuser de façon assez convaincante. Sayer ne quitte pas des yeux Iona, celle qui a motivé sa venue. Grâce aux rumeurs et à son réseau d'espions, Leta a appris qu'Iona aimerait quitter le bordel où elle travaille, mais la tenancière a apparemment des projets très différents pour elle. Après tout, une pensionnaire pareille vaut une fortune. La soi-disant Madame Corneille a promis à ses clients qu'une authentique fille de magie participerait bel et bien à la soirée, pièce d'or dissimulée dans un tas de monnaies de cuivre. Le premier à la repérer pourra la proclamer sienne. Il faut que Sayer l'exfiltre avant. Cette maison, cette cité, ne sont pas sûres pour les filles de magie, et encore moins si elles n'ont pas de famille. Les Tournepierres les harcèlent, les Surveillants de l'Église les arrêtent, les seigneurs comme ceux qui s'amusent ici ce soir ne voient en elles que du gibier. Leta se sert donc de sa fortune et de ses relations pour repérer et secourir celles qui en ont besoin. La nuit, Sayer est leur épée impitoyable. Hélas, pour chaque fille qu'elle secourt, une autre lui glisse entre les doigts. Pour chaque homme à qui elle fait payer ses crimes, un autre s'en tire sans dommages.

Il nous est impossible de les protéger toutes et de punir tous les malfaisants qui le méritent, à en croire Leta.

Sayer pense à son père. La colère crépite dans sa poitrine. Cette rage est là en permanence, cœur ténébreux entre ses côtes.

C'est ce qu'on verra.

L'intruse s'arrange pour se rapprocher en dansant du Flamand Rose, qui réprime un tressaillement chaque fois que quelqu'un la frôle et s'essuie fréquemment les mains sur sa robe fuchsia.

Sayer a presque atteint son but quand un jeune homme s'interpose, lui dissimulant sa cible.

« Charmante soirée », lance-t-il. Le bouc qui encadre ses lèvres minces évoque un labyrinthe végétal. « Comment t'appelles-tu déjà, ma jolie ? »

Elle incline la tête de côté avec une timidité feinte.

« Je suis l'Aigrette. »

Heureusement, elle a presque le même plumage que la véritable Aigrette. Laquelle n'a pas été mécontente de lui céder sa place, ce soir.

La main de l'importun se glisse sur la taille de la jeune fille.

« Dis-moi, petite Aigrette, c'est toi la véritable magicienne ?

— Vous aimeriez bien le savoir », répond-elle en se forçant à sourire.

Il pousse un rire qui a tout du braiment.

« Tu es délicieuse. »

Si seulement il savait qu'elle dissimule un poignard sous ses jupes.

« Il faut que je parle à une des autres filles, prévient-elle. Ne partez pas, je reviens dans une minute. »

Labyrinthe Végétal resserre le bras autour de sa taille.

« Tu ne préférerais pas trouver un endroit tranquille où continuer notre… conversation ? »

Elle ne peut s'empêcher de se demander ce que répondrait Matilde. Sayer se repose souvent sur ses amies – en esprit, du moins –, leur empruntant leur charme, leur ruse ou leur douceur. Elle est obligée de le faire de mémoire, puisqu'elles ne se sont pas vues depuis des mois. Æsa est sur Illan, le plus loin de Simta qu'elle a pu aller, Matilde est cloîtrée au palais, où elle avance ses pions politiques, et Fen évite Sayer comme la peste.

Elle écarte cette pensée. Matilde prendrait évidemment l'initiative.

« J'ai une meilleure idée. Je vous propose un jeu. Fermez les yeux et comptez jusqu'à cent, avant de vous lancer à ma recherche. »

Un grand sourire aux lèvres, le garçon ferme ses paupières et commence à compter. Sayer fait volte-face, mais le Flamand Rose a disparu. Les invités se dispersent peu à peu, guidés par les danseuses jusqu'à leurs chambres ou de simples coins sombres. Elle jure entre ses dents et se met en chasse.

L'Aigrette se glisse dans le grand vestibule bordé de miroirs au cadre doré. Elle ne jette pas même un coup d'œil à ses reflets en montant l'escalier d'un pas feutré par sa magie. Son pouvoir sur l'air n'est pas aussi puissant que quand les quatre Oiselles Sauvages étaient toutes réunies, loin de là, mais elle en maîtrise nettement mieux les possibilités. Aiguiser son ouïe, étouffer les bruits, se rendre invisible, quoiqu'elle ne veuille pas s'y risquer ici – pas encore. L'étage est assez obscur pour qu'elle n'y voie pas grand-chose. Peu importe. L'ombre n'a pas à craindre la nuit.

Des bruits étouffés s'élèvent derrière une porte, plus loin dans le couloir. Elle s'en approche à pas de loup. Il ne lui est même pas nécessaire de tendre l'oreille pour entendre ce qui se dit :

« Quel don merveilleux. » Une voix masculine. « J'ai beaucoup de chance de pouvoir y goûter. »

Vive comme le vent, Sayer se fond dans l'obscurité, les couleurs de son corps et de ses vêtements se modifiant pour s'assortir au corridor. La voilà mi-invisible, mi-camouflée. Elle ouvre sans bruit la porte pour se glisser dans la pièce, où son arrivée passe totalement inaperçue. Le client, masqué, se tient près de la porte du balcon, grande ouverte sur la nuit. La maison de passe se trouve au bout de la rue Enfumée, près du canal. L'eau clapote doucement en contrebas.

Le client attire Iona contre lui en l'enlaçant. Quelque chose dans ses gestes, ses manières possessives, renvoie Sayer au jour où elle a vu un homme plaquer sa mère contre un mur. Wyllo Regnis était autrefois avide de magie, lui aussi. Le père absent de la jeune fille a pris et pris encore, puis il a abandonné dans le caniveau femme et enfant. À cette pensée, elle tire son poignard. C'est davantage pour la galerie. Elle n'en a plus l'usage, aujourd'hui. Il lui est possible d'infliger davantage de dégâts par magie qu'avec n'importe quelle arme, si aiguisée soit-elle. Cette lame a cependant le mérite de lui rappeler qui elle était avant d'apprendre à manipuler l'air et à se perdre dans les ombres. Elle n'a pas besoin de ses pouvoirs pour être dangereuse.

« Quoi ? Qu'est-ce qui se passe ? demande le client quand Iona s'écarte de lui.

— J'ai prévenu Madame que je vous donnerais ma magie. Pas plus.

— Peut-être, mais j'ai entendu dire qu'il fallait davantage qu'un baiser pour la transmettre pleinement. Plus le contact est important, plus elle se prolonge. »

Sayer fronce les sourcils. Depuis quelque temps, toutes sortes de légendes urbaines sur les filles de magie fleurissent dans la cité. Certaines les qualifient de dévergondées, vendant leur corps, leur âme et leur pouvoir au plus offrant. D'autres les présentent comme des vampires en quête de sang : donnant leur magie, certes, mais à quel prix ! Elles aspirent l'âme de leurs victimes dès que l'occasion se présente. Il y a quelques jours, elle a surpris un Tournepierre vendant une fiole de sang possédant, d'après lui, les propriétés magiques de la fille à qui il avait été soutiré. Un mensonge dangereux. De même que celui du client.

« Ce n'est pas vrai, répond Iona. Un baiser suffit.

— Pour toi, peut-être. Moi, j'entends en avoir davantage. »

Les hommes de ce genre sont persuadés de pouvoir prendre ce qu'ils veulent sans avoir à en subir les conséquences. Sayer a horreur de ça. Elle a horreur que cette fille, n'importe quelle fille, se sente incapable de les en empêcher. Elle se rapproche en catimini, prête à se battre si nécessaire. Le type lisse les revers de sa veste.

« Oh, bon. » Il se tourne vers le buffet. « Je t'ai brusquée. Commençons par boire un verre et discuter. »

Sur ces mots, il retire son masque et le pose près d'une rangée de bouteilles. Sayer sursaute, car elle le reconnaît : c'est lui qui a essayé de peloter une des servantes de Leta lors du premier bal de la saison, il y a des mois. Elle a bien envie de le poignarder, rien que pour ça.

« Je pourrais te faire quitter cette maison, tu sais », reprend-il.

Iona se cramponne au dossier d'un fauteuil.

« Que voulez-vous dire ?

— Il me semble que tu dois une somme rondelette à Madame. Il me suffirait de la payer. Je t'installerais dans ta propre demeure, je te verserais une allocation et tu aurais tout ce que tu voudrais. Je ne te demanderais qu'une chose : de me donner ta magie, à moi et rien qu'à moi.

— Je… je ne sais pas. » Iona ne veut manifestement pas s'engager. « Madame le prendrait très mal.

— Je saurai la convaincre, ne t'en fais pas. J'espère que je saurai te convaincre, toi aussi. »

Il a entrepris de préparer deux cocktails, le dos tourné à Iona. Sayer, elle, le regarde faire dans un miroir. Il sort discrètement de sa poche une petite boîte en métal, d'où il tire quelque chose. Un losange minuscule, de la taille d'une pièce d'un shill, mais d'un jaune bilieux, qu'il laisse tomber dans une des coupes où il se dissout totalement.

« Tiens. » Il tend le verre à Iona. « Bois. Ça t'aidera à te détendre. »

La fille obtempère, bien qu'elle n'en ait clairement aucune envie. Que pourrait-elle faire d'autre, en réalité ?

Sayer s'anime aussitôt et lui prend le cocktail des mains avant qu'elle n'y trempe les lèvres. Iona lâche une petite exclamation étouffée, les yeux fixés sur la coupe qui semble léviter devant elle.

« Qu'est-ce que c'est que cette diablerie ? s'exclame le client, qui vire à l'écarlate.

— Une diablerie qui vous poignardera au moindre mouvement, prévient Sayer, alors je vous conseille de ne pas bouger. »

Il inspire bruyamment en la cherchant des yeux.

« Appelez à l'aide si vous voulez, continue-t-elle d'un ton aussi froid que l'acier. Personne ne vous entendra. J'y ai veillé. »

Le type passe du pourpre au livide.

« Je sais qui vous êtes.

— Vraiment ? Qui suis-je donc ?

— Celle qui nous a causé tant de problèmes. La sorcière des tempêtes. »

Elle laisse son invisibilité s'évanouir. Le masque dissimule son identité, et elle préfère que le type voie le poignard.

« Je suis ravie que ma réputation m'ait précédée. Voilà qui devrait nous permettre de gagner du temps.

— Que faites-vous ici ? Mes affaires ne vous regardent pas. »

Malgré sa voix ferme de bravache, il n'arrive pas à empêcher ses mains de trembler. Il a peur. Très bien.

« Permettez-moi d'en douter. » Sayer flaire le cocktail dont elle s'est emparée. Odeur d'algue et de charbon, mêlée de relents plus suaves… qui lui rappellent la potion qu'un fanatique voulait la forcer à boire lors de sa dernière soirée en tant que Perdrix des Neiges. Un frisson déplaisant lui parcourt l'échine. « Qu'avez-vous mis dans ce verre ?

— Je ne sais pas de quoi vous parlez, affirme son interlocuteur d'un ton rogue.

— Deuxième essai. »

Il pince les lèvres sans répondre. Puis il fait volte-face et se précipite vers la porte. Sayer se concentre pour voir l'air sous forme de bandes miroitantes grises et bleues. D'une pensée, elle les épaissit, les solidifie autour de lui, après quoi elle s'en sert pour le repousser jusqu'au fauteuil. Il essaie en grognant de lever les bras, mais s'aperçoit qu'ils sont aussi inamovibles que s'il portait des menottes. Elle a veillé à ce que les liens aériens soient bien serrés.

« Comment osez-vous ! bredouille le type. Vous ne connaissez pas mon père ! Il va... »

Elle le prive d'air, dans le seul but de lui montrer qu'elle en est capable. Iona, toujours plantée près de la porte du balcon, inspire brusquement. Il s'étrangle une fois, deux fois, avant que Sayer ne le laisse de nouveau respirer librement.

« Je vais redemander gentiment. » Elle se met à lui tourner autour, en tigren qui traque sa proie. « Avec quoi avez-vous essayé de droguer cette fille ? »

Le prisonnier se débat dans son fauteuil, la sueur perlant sur son front, à présent.

« C'est une substance festive. Qui met de bonne humeur. Rien de plus. »

Elle lui sort la petite boîte en métal de la poche. Il tire sur ses liens d'air, les pupilles dilatées.

« Rendez-moi ça. Avez-vous la moindre idée de combien ça coûte ?

— Je ne doute pas que vous puissiez vous en offrir davantage, ironise-t-elle.

— Ils sont d'une rareté inouïe. Mon père va me tuer s'il s'aperçoit que j'ai gaspillé les deux. »

Elle ouvre la boîte, qui contient en effet un autre minuscule losange jaune. Enveloppé de papier paraffiné et gravé d'une fleur apparemment fanée.

« Comment s'appelle cette drogue ? »

Pas de réponse. Sayer passe la pointe de son poignard sur la main du captif, y traçant une fine ligne rouge. Il a beau se débattre, il lui est impossible d'y échapper.

« Je vous conseille de parler, prévient-elle, menaçante. À moins que vous n'ayez envie de ressortir d'ici nettement moins séduisant que lorsque vous êtes entré. Je ne vais pas pleurer sur votre sort. »

Les lèvres du prisonnier remuent un moment sans laisser passer le moindre son. Puis :

« Le Sucre. Ça s'appelle le Sucre. Une substance qui rend les filles plus… plus dociles. »

Et il a attendu d'être sûr que Iona était bien d'une fille de magie pour en mettre dans son verre. Le soupçon qui s'insinue en Sayer s'étend comme une tache sur un tissu.

« Ça ne fonctionne que sur les filles de magie, c'est bien ce que vous voulez dire ? »

Le jeune homme serre les dents. Un courant d'air sinistre traverse la pièce, rapportant avec lui l'odeur de l'orage. Iona pousse une exclamation étouffée, mais Sayer ne quitte pas le client des yeux.

« C'est… oui, grogne-t-il. Ça ne fonctionne que sur les filles de magie.

— Et où votre père s'est-il procuré une chose pareille ?

— Il l'a eue par un ami. Quelqu'un d'important. » Sa lèvre supérieure se retrousse. « J'espère qu'un jour, très bientôt, il deviendra votre gardien. Il faut vous tenir en laisse. »

À en croire l'Église, les filles comme elle représentent un mal, une corruption immense. Les bigots placardent des affiches sur lesquelles Sayer, Matilde, Fen et Æsa sont représentées en monstres ailés, dotés de crocs et de serres. Alors que ce sont les types de ce genre qui devraient être traînés dans la boue. Il reprend la parole, mais sa voix change au point de ne plus lui appartenir. Un homme plus âgé se retrouve soudain dans le fauteuil à sa place. Wyllo Regnis. Sayer n'a pas oublié qu'il la traînait littéralement par les poignets pour lui attacher les mains, lors de la Moindre Nuit. Personne ne fait jamais souffrir les hommes comme lui – comme celui-là. Pourquoi ne serait-elle pas leur châtiment ?

Une fureur débordante l'aveugle presque quand elle joue du poignard avec la vivacité de l'éclair. La lame s'enfonce dans la main du captif jusqu'à mordre le velours luxueux de l'accoudoir. Le blessé hurle, un cri aigu, mais ça ne suffit pas. Elle appuie, s'imaginant que c'est Wyllo qui halète, pantelant de douleur. La rage déchaîne en elle une tempête qui ne s'épuisera jamais.

« Non, je vous en prie », murmure Iona.

Sayer inspire à fond puis recule en dégageant son poignard. Le jeune homme hurle derechef puis se met à jurer. Elle le bâillonne à l'aide d'une bande d'air supplémentaire.

« La sorcière des tempêtes, souffle Iona. C'est vraiment vous. Qu'est-ce que vous faites ici ?

— Je suis venue vous chercher.

— Mais Madame Corneille… Si je m'enfuis, elle me retrouvera.

— Non. » Sayer lui prend la main. « Je vous le promets. »

Un silence. Qui se prolonge. Enfin, Iona hoche la tête.

« J'ai quelques questions de plus à poser à cet homme, reprend Sayer avec un coup de menton en direction du prisonnier. Ensuite… »

Le bouton de porte cliquette.

« Petite Aigrette, tu es là ? » appelle dans le couloir une voix indistincte.

Par l'enfer : le client que Sayer a abandonné en train de compter au rez-de-chaussée. Elle l'avait complètement oublié... Tout comme elle a oublié de tourner la clé dans la serrure. D'ailleurs, la porte s'ouvre brusquement sur le jeune ivrogne titubant. Il met un instant à enregistrer l'image de son camarade sanglant, immobilisé dans le fauteuil. Sayer bande sa volonté dans l'espoir d'étouffer le bruit à venir. Trop tard. L'intrus se met à hurler, d'une voix suffisamment forte pour réveiller les morts :

« Une sorcière ! »

Et il fonce. La magie permet à Sayer de le pousser contre un mur et de l'y épingler tel un papillon tandis que le premier prisonnier se débat et se tortille dans l'espoir de se libérer. Les liens aériens tiennent bon, mais la jeune fille a de plus en plus de mal à les préserver, maintenant qu'elle a deux cibles à gérer. Sans ses sœurs Oiselles, son pouvoir a des limites qu'elle a déjà trop repoussées et s'épuise beaucoup plus vite.

Des bruits de course s'élèvent dans la maison. D'autres clients arrivent. Elle rengaine son poignard et pousse Iona sur le balcon.

« Tu sais nager ? »

Les yeux de la fille évoquent deux billes noires au clair de lune.

« Oui, mais le canal est trop loin. On n'y arrivera pas. »

Sayer jette un coup d'œil dans la rue par-dessus la balustrade. Iona a raison. Même si elles prenaient de l'élan en courant, ce qui n'est pas possible, elles s'écraseraient sur le pavé au lieu de tomber à l'eau. Du moins ce serait le cas si Sayer n'était pas la sorcière des tempêtes.

« Fais-moi confiance. »

Elles grimpent maladroitement sur le garde-corps, auquel elles se cramponnent d'une main.

« À trois, on saute. »

Il va falloir qu'elle renonce à la prise faiblissante qu'elle exerce sur ses deux captifs avant de tenter le coup. Déjà, celui du fauteuil s'est levé. Elle tire de sa poche une boule minuscule, qu'elle jette dans la pièce. Quand la sphère de verre casse sur le tapis, les deux hommes se mettent à se gratter rageusement, en poussant de petits cris, pendant que des boutons se répandent comme des flammes sur leur peau grâce au produit alchimique. Voilà qui devrait les occuper un moment.

« Un... » Sayer laisse se dissoudre les ultimes liens d'air de ses prisonniers. « Deux... » Elle attrape Iona par la main et se concentre, le goût de la pluie, du vent et du fer sur la langue. « *Trois.* »

On l'attrape par l'épaule, mais, déjà, elles tombent. Sayer projette sa concentration dans l'air nocturne en lui demandant de se modeler, de se tordre. Il durcit sous les deux filles, aussi lisse que le verre. Elles patinent sur une grande arche qui enjambe la rue en direction de l'eau.

« Mes dieux. » Iona, qui fermait les yeux de toutes ses forces, vient de les rouvrir brusquement. « On vole ? »

En réalité, elles glissent plus qu'elles ne volent, mais bon. Sayer se laisse emporter par l'excitation du moment.

« C'est ce que font les oiseaux les plus intelligents. »

Aldrick Dorisall, dit la Main Rouge, tambourine sur la table de ses doigts déformés par les brûlures. La patience n'a jamais été son fort. Enfant, il était le premier à se jeter sur les jouets et la nourriture – quand il y en avait – disponibles à la maison. Plus tard, jeune acolyte avide de l'Église des Eshamein, il cherchait fiévreusement à se propulser dans la hiérarchie. À présent, son seul désir est de voir Simta partager sa vision de l'avenir. Toutefois, le chemin qui y mène implique une mosaïque dont les pièces n'ont pas encore toutes trouvé leur place. En ce qui concerne la patience, son apprentissage n'est pas terminé.

Il se relève de ses prières. Son nouveau quartier général est nettement plus luxueux que les appartements auxquels il était habitué. Cette bimbeloterie dorée, voyante et encombrante n'a pas plus d'importance que son aristocratique propriétaire, mais la demeure et l'homme se sont révélés utiles, à leur manière. Le calme et l'isolement ont donné à Aldrick le temps nécessaire à la contemplation, à la prière et à l'expérimentation. Ils lui ont permis de tendre une oreille attentive à son dieu, qui lui chuchotait des idées.

Le métal de l'épée qui domine l'autel lui montre fugacement son reflet. Il n'a jamais succombé au péché de vanité, mais la vision de sa peau ratatinée lui fait marquer un temps d'arrêt. Les brûlures que lui a infligées l'incendie du magasin de l'alchimiste sont tout juste guéries, nouvelles cicatrices déformant les précédentes, dues à un autre incendie, affronté des années auparavant. Tous deux allumés par des sorcières. La colère flambe en lui à la pensée des ravages qu'elles ont causés. Il avait prévenu l'ancien Pontifex que cette engeance gagnait en force, mais le prélat ne l'a pas écouté. Les frères ont ricané de ses avertissements. Et voilà que la sorcière du feu empoisonne le nouveau suzerain. Celle des tempêtes terrorise les paters de la cité et celle des mers erre sans entraves dans le monde. Toutefois, c'est celle des fleurs qui l'exaspère le plus. *Ana*. Il l'a élevée et elle l'a trahi. Jamais il n'aurait dû la laisser se libérer de son emprise.

Il parcourt le vestibule du manoir pour gagner les cellules, réparties dans ce qui était autrefois l'écurie. Des braseros de tue-magie béni y fument en permanence près de ses sujets d'expérience : cinq sorcières, cueillies dans les rues de Simta par ses Caska. Il paraît que la population appelle ses acolytes les spectres. Un titre des plus adaptés. Mais Les Épées de Flamme ne resteront pas des fantômes à jamais. Ils ne tarderont pas à aller au combat.

« Il est temps de prendre votre médicament », annonce-t-il en s'emparant d'un plateau de losanges.

Une des captives crache à ses pieds. Elles ont toutes posé problème, mais se sont révélées précieuses en lui permettant de perfectionner son Sucre.

« Tu vas voir, lance-t-elle – pour la énième fois. Les Oiselles Sauvages vont venir nous délivrer. »

La Main Rouge sourit.

« Oh, mais j'y compte bien. »

Les prétendues Oiselles Sauvages sont persuadées d'avoir triomphé de lui, évidemment. D'être à présent intouchables. Mais Marren l'a mis sur la voie de leur destruction et du salut suprême. Son dieu va l'aider à faire d'elles ce qu'il faut.

CHAPITRE 03

PAYER LE PRIX

Fenlin Brae a volé en son temps bien des trésors. Bijoux et argent, œuvres d'art et secrets. La prise dont elle est la plus fière n'a cependant de valeur que pour elle. Il s'agit de son nom, tout droit sorti d'un livre offert par une bonne âme à l'orphelinat que dirigeait autrefois le pater Dorisall. Rankin n'aimait pas ces histoires sinistres, mais elle y trouvait une sorte d'évasion. Sa préférée parlait d'une certaine Fenlin Brae, qui se glissait dans l'antre des dragons et la chambre des demoiselles, souriante et savoureuse. Rien ne saurait hérisser le poil de la Renarde. Elle a passé des années à se bâtir la réputation correspondante. *Tu as de la glace dans les veines,* lui a dit un jour le chef des Lames Lestes. *Si tu te piquais, je ne suis pas sûr que tu saignerais,* a renchéri celui des Mers Profondes. Il est en effet impossible de troubler la seule cheffe de bande de Simta. Ce mensonge lui a toujours parfaitement convenu.

Elle essuie son front moite. Le quartier général de la bande rivale est surpeuplé. Impossible de se détendre, entourée comme elle l'est de tous ces Lames Lestes. Elle les compte par habitude en traversant leurs rangs, flanquée de deux de ses Étoiles Noires : un, deux... dix. En majorité plus grands qu'elle, mais ce n'est pas la taille qui fait la différence dans une bagarre. C'est le talent, le sang-froid, la maîtrise. La maîtrise, en permanence. Fen en avait à revendre, mais elle est à court ces temps-ci. Son caractère et sa magie échappent souvent à son contrôle.

« C'est la fête, marmonne Hallie, à son côté. Les Lames n'ont pas l'air franchement affectés par les restrictions. »

Fen roule une épaule. Sa chemise irrite sa peau moite.

« Effectivement. »

Elle est surprise de constater que certains membres de la bande rivale profitent de cocktails magiques. C'est encore plus dangereux maintenant que les Surveillants font du zèle. Depuis la Moindre Nuit, les fouilles et les saisies de magie de contrebande se multiplient, ainsi que les échauffourées entre l'Église et les Tournepierres. Il faut du doigté pour naviguer entre les restrictions imposées sur les importations et les exportations. Mais il est vrai que Graff Lanagan, dit Le Tranchant, est plus intrépide que bien d'autres.

« Tu es sûre de toi sur ce coup, cheffe ? s'enquiert Olsa, le second de Fen. C'est toujours le bordel quand on accepte de bosser pour les autres bandes.

— Vu le prix que proposent les Lames, ça vaut au moins la peine d'en discuter. »

Après tout, les Étoiles ont perdu énormément d'argent à cause de l'inondation du monde souterrain, qui a emporté avec elle leur trafic de plantes interdites. Il a fallu que les troupes de Fen reprennent leur vieille habitude, le vol commandité, mais elles rencontrent d'énormes difficultés pour se renflouer, en argent et en réputation. Fen a de plus en plus de mal à les maintenir à flot.

Hallie fait la moue.

« N'empêche. Ça ne me plaît pas. »

Elle jette un regard noir à une Lame, qui la regarde avec des yeux de merlan frit. Son adorable bouille ronde en fait une des meilleures glaneuses des Étoiles Noires : tout le monde a envie de lui parler en tête-à-tête. Mais, comme c'est une fille, les autres Tournepierres ont mis du temps à se rendre compte de ce qu'elle vaut. Pareil pour Olsa. Il a beau être tout en muscle et avoir l'air féroce, il boite et craint terriblement le sang. Aux yeux des autres chefs de bande, celle de Fen se compose de nuls et d'inadaptés, mais elle n'en changerait pour rien au monde. Son ascension de l'échelle sociale la moins recommandable de Simta l'a obligée à faire beaucoup de choses afin de protéger ses troupes. Elle est prête à en faire davantage encore pour éviter leur séparation.

« Pourquoi toi ? Voilà ce que j'aimerais savoir, reprend Olsa. C'est louche.

— On ne va pas tarder à le savoir, répond Fen. En attendant, tenez-vous à carreau, d'accord ? »

Mais Hallie n'en a pas terminé.

« Notre cheffe ne peut pas accepter du boulot d'un autre chef. Ça va nous donner l'air d'être désespérés. »

Fen serre les poings.

« Parce que tu crois qu'on ne l'est pas déjà ? »

Son agacement fait accourir sa magie au galop. Un goût de terre et un sentiment de croissance envahissent sa bouche.

Elle mord férocement son mastic. Le tue-magie est nauséabond, mais elle a l'habitude, car elle s'en sert depuis des années pour émousser son pouvoir. Elle vivait encore chez Dorisall quand elle a deviné les vertus de la plante. Il n'arrêtait pas de tester ceci ou cela, de chercher comment soutirer leur magie aux filles qui en avaient, comment la contrôler. Les yeux couleur de Source de Fen – l'un brun, l'autre vert – l'avaient persuadé qu'elle en était dotée, elle aussi. Elle luttait bec et ongles pour la lui dissimuler, et il suffisait qu'il s'absente pour qu'elle mène ses propres expériences. Lorsqu'elle s'est enfuie, elle a emporté les secrets du tue-magie. Malheureusement, cela n'a pas empêché Dorisall d'atteindre son but. Il aurait déjà dû tout raconter à l'Église, elle était d'ailleurs absolument persuadée qu'il le ferait, mais les Surveillants ne parcourent pas les rues équipés de braseros. S'ils savent ce qu'il en est de l'aconit magectone, ils n'y ont pas encore accès. Fen devrait en être rassurée : peut-être Dorisall est-il bel et bien mort. Mais elle sait mieux que personne qu'il est très difficile à éliminer. Elle ne peut se défaire de l'impression qu'il attend son heure, caché elle ne sait où, et qu'elle devrait s'en préoccuper. Toutefois, pour l'instant, elle a largement de quoi faire.

Les trois visiteurs atteignent le box du fond. Hallie et Olsa se postent près des gardes du Tranchant, puisqu'ils ne sont pas censés participer à la conversation. Un desdits gardes ferme les rideaux de l'alcôve.

« Fenlin. » Le Tranchant exhibe toutes ses dents. « Tu passes un bon moment ?

— Pas mal. » Elle se glisse sur le siège face à lui. « Mais c'est gonflé de vendre autant de magie.

— Oh, tu sais, une fête n'est jamais si bonne qu'avec le piment du danger. »

Il sait de quoi il parle. C'est le plus gros vendeur simtan de Poudre de Sirène, un produit alchimique très populaire qui aiguise les sens. Fen n'en a jamais compris l'intérêt.

Elle avait 13 ans lors de leur première rencontre. Rankin et elle vivaient depuis peu dans la rue, dont ils ne connaissaient pas encore les règles. Ils passaient leurs journées à faire les poches, en prenant pour cibles les riches touristes. Elle rôdait autour d'un café quand le Tranchant y a fait son entrée, arborant les bretelles argent qui le caractérisent. Les gens s'écartaient sur son passage, comme s'il avait le pouvoir d'obliger le monde à s'incliner devant lui. Décidée à comprendre les ressorts d'une pareille capacité, elle est allée au quartier général des Lames Lestes le lendemain, proposer ses services de voleuse. Le Tranchant n'a vu en elle qu'une gamine maigrichonne, borgne de surcroît. Aussi lui a-t-il lancé un défi, persuadé qu'elle allait refuser de relever le gant : *Ma dame a grande envie du collier de pierres vertes qu'elle a vu au cou d'une fille Rochet. Apporte-le-moi. Peut-être alors pourrons-nous discuter.* Il n'a pas réussi à dissimuler sa surprise quand elle lui a livré le bijou. Elle a rempli des années durant les missions qu'il lui confiait, certaines pires que d'autres. Il a même essayé de lui faire intégrer pour de bon les rangs des Lames Lestes. Mais elle voulait fonder sa propre bande, la famille qu'elle n'avait jamais eue. Un endroit où être elle-même.

Mais es-tu vraiment toi-même ? Ces mots prennent la voix de Sayer, aiguisée, accusatrice. *Tu leur caches ta magie. Tu te caches, toi.*

Certaines de ses facettes, oui. Rankin est le seul Étoile Noire à savoir qu'elle est magicienne. Qu'elle n'est autre que la fameuse sorcière des fleurs. C'est un miracle que personne ne l'ait reconnue dans la cour où elle a fait pousser cette satanée plante grimpante contre le mur d'un immeuble. Mieux vaut que ça ne se sache pas. C'est plus sûr. Les hommes comme le Tranchant se serviraient de sa nature contre elle. Tout ce qu'elle a construit serait menacé.

La voix rauque et traînante de son hôte la ramène au présent.

« Qu'est-ce que tu bois ? »

Elle s'essuie le front, une fois de plus.

« Rien, je te remercie.

— Ne joue pas les rabat-joie, mon garçon. » Pour le Tranchant, tous les Tournepierres sont ses *garçons*. Il faut dire que la plupart le sont en effet. « Tu es ici pour t'amuser.

— Je croyais que j'étais là pour parler affaires.

— Tu es peut-être d'humeur à profiter de quelque chose de plus fort. »

Il claque des doigts. Lorsque les rideaux s'ouvrent, Fen s'attend à voir apparaître un serveur. Elle découvre en fait trois filles, vêtues de trois nuances d'argent, la couleur des Lames Lestes, aux robes ornées d'un freesia rouge foncé.

« Qu'est-ce que c'est que ça ? s'étonne-t-elle, tandis que son poil se hérisse.

— Mes nouveaux joyaux. Pas mal, hein ? »

Des *joyaux*. C'est ainsi que certains Tournepierres avaient pris l'habitude d'appeler les filles de magie, comme s'il s'agissait d'objets précieux que l'on pouvait juger selon la clarté et la coupe. Il paraît que le Tranchant en emploie plusieurs, qui jouent aux Oiselles de Nuit : c'est-à-dire qu'elles embrassent les clients déboursant une somme princière. Rien de surprenant à cela. Le secret des sorcières éventé, les rues n'en sont pour elles que plus dangereuses. Certaines se tournent vers les Tournepierres, à qui elles demandent protection. En échange… eh bien. Elles paient leur sécurité de ce qu'elles possèdent.

Toutefois, la frontière entre échange et coercition est mince. Les trois filles ont beau avoir l'air d'être ici de leur plein gré, le remords tord les entrailles de Fen. Il y a peu, elle leur aurait offert la protection de sa bande sans les obliger à travailler, mais vu l'état de leurs finances, les Étoiles Noires ne sont plus en mesure d'aider quiconque. C'est tout juste si Fen arrive à survivre elle-même.

« Viens ici, ma belle. »

Le Tranchant n'a pas à en dire davantage : le *joyau* le plus proche se glisse sur ses genoux puis se penche pour l'embrasser. Fen résiste à l'envie de toucher son cache-œil et ordonne intérieurement à son propre pouvoir de faire profil bas. En ce moment, il lui semble qu'il cherche à se libérer chaque fois qu'une autre fille se sert du sien à proximité. Être proche des magiciennes des Lames rend d'ailleurs sa magie plus difficile à dominer. Quand elle enfle, une ombre l'accompagne.

La vision de Fen s'ourle de noir. Ses mains, dissimulées sous la table, se mettent à trembler. Un fouet claque. Une des trois protégées fronce les sourcils, comme si elle l'avait entendu. Froufroutement de feuilles, piqûre de l'angoisse…

Par les chats infernaux ! Tout, mais pas ça.

Le cauchemar est apparu pour la première fois peu de temps après la Moindre Nuit, alors qu'elle reposait chez Leta Tangreel, en proie à une hébétude fiévreuse. Elle a rêvé de l'orphelinat. La porte de la cave se refermant avec un bruit sourd, le cliquetis de la clé tournant dans la serrure, la douleur cuisante du fouet, la voix rauque de Dorisall à son oreille : *La douleur dépouille l'arbre de ses feuilles et révèle ce qu'il en est de sa force.* Sa magie a suinté d'elle pendant son sommeil agité, courbant le fer de sa tête de lit, faisant croître les plantes en pot qui l'entouraient. À son réveil, il y avait des feuilles partout.

Le rêve l'a-t-il fait crier ? Pleurer ? Et dire que Sayer l'a vue dans cet état, vulnérable, impuissante ! Fen enrage quand elle y pense. C'est en partie pour ça que, depuis, elle évite son amie. Quoi qu'il en soit, les visions s'imposent maintenant même quand elle est réveillée, menaçant de l'engloutir. Et il n'existe apparemment qu'une chose qui puisse les tenir en respect.

Elle tire de sa poche sa petite boîte en argent. Il faudrait qu'elle se montre plus économe de son mastic, car sa réserve de tue-magie est au plus bas. L'essentiel du stock a disparu dans l'inondation du monde souterrain, et ce n'est pas comme si une plante aussi rare se vendait à chaque coin de rue. Mais le bruit du claquement de fouet persiste à son oreille et les feuilles frémissent toujours. Elle a besoin du mastic. Sa magie est dangereusement vivante sous sa peau.

Un long soupir discret la submerge quand elle écrase la pâte entre ses dents. Le cauchemar reflue.

Le Tranchant reprend enfin haleine, le regard fixé sur elle.

« Choisis celle qui te plaît. Le premier baiser est offert par la maison, en souvenir du bon vieux temps. »

Ça ne marcherait pas – les filles de magie ne peuvent s'accorder leurs pouvoirs les unes aux autres –, mais il n'en sait rien. Il ne sait pas, pour Fen.

« Pas ce soir. Je préfère garder l'esprit clair.

— Par les dix enfers, mon garçon ! Je croyais que tu te laisserais un peu plus aller, maintenant. Mais tu es toujours un vrai glaçon. »

Un glaçon. C'est l'image que les autres chefs se font d'elle. Ils ne s'imaginent pas les aspirations ardentes qu'elle leur dissimule. Le visage de Sayer s'impose brièvement à son esprit, disparaissant aussi vite qu'il était apparu.

« Non pas que je ne me plaise pas ici, mais on pourrait peut-être en venir au fait ? » propose-t-elle.

Son interlocuteur soupire puis fait signe aux filles de repartir.

« Bon, très bien. Comme tu voudras. » Il coince ses pouces sous ses bretelles. « J'ai entendu dire qu'une nouveauté alchimique a fait son apparition sur le marché. Un produit très cher, très puissant. Il paraît que la clientèle se compose exclusivement de seigneurs ultrachics.

— Les effets de cette drogue ?

— Tu connais l'Hypnotique ? »

Quelle question ! Il suffit de verser un peu de cette potion dans un verre pour rendre quiconque le boit très sensible aux suggestions. La plupart des victimes sont évidemment les jeunes clientes des clubs. Fen a entendu à ce sujet des histoires horribles qu'elle serait ravie d'oublier.

Le Tranchant fait craquer ses larges phalanges.

« Ça y ressemble, à ce qu'on m'a dit, sauf que ça ne fonctionne que sur les filles de magie. Il paraît que ça permet à quelqu'un d'autre de contrôler leur pouvoir. »

Elle se fige, luttant contre le frisson qui s'empare d'elle.

« Et ça s'appelle... ?

— Le Sucre, tout simplement, d'après mon informateur. »

Elle qui avait tellement chaud, la voilà soudain glacée.

Son esprit rembobine à une vitesse folle, plus loin, encore plus loin, jusqu'à un après-midi flou à l'orphelinat. Elle a 6 ans, peut-être 7 ans. Elle se trouve dans la serre de Dorisall. Les concoctions du pater ont beau lui inspirer une certaine inquiétude, elle obéit quand il lui demande de goûter celle-là.

Quel goût ça a ? interroge-t-il.

C'est bon. On dirait du sucre.

Reprends-en un peu. Là, tu es une bonne petite.

De retour au présent, Fen considère le Tranchant.

« Qu'est-ce qui t'intéresse à ce point dans ce Sucre ? »

Il ricane.

« Ne le prends pas sur ce ton-là, mon garçon. Tu as vu de tes yeux que je n'ai pas besoin de droguer mes filles. Mais en admettant qu'un truc pareil existe vraiment, ça vaut une fortune. La Poudre ne rapportera jamais autant. Et s'il y a bien une chose dont je ne veux pas, c'est que quelqu'un marche sur mes plates-bandes.

— Pourquoi t'adresser à moi ?

— Parce que j'ai entendu dire que les Étoiles Noires avaient besoin d'argent. J'en ai déduit que tu n'aurais rien contre un petit à-côté. »

Elle s'adosse.

« Tu aurais quand même pu confier la mission à un de tes gars, non ?

— Non. À mon grand regret, personne ne t'arrive à la cheville en tant que voleur. »

Il y a autre chose : pour autant que le Tranchant le sache, Fen ne se mêle jamais de magie, qu'elle a en horreur. Donc, elle n'essaiera pas de s'approprier les secrets d'une drogue pareille.

« J'ai entendu dire qu'il se préparait une sorte de démonstration au Club des Chasseurs, reprend-il. Le vendeur serait décidé à prouver les qualités de sa marchandise. Je te fais confiance pour rentrer en douce dans la soirée. Je suis preneur de toutes les informations que tu pourras m'obtenir. Et d'éventuels échantillons.

— C'est beaucoup demander, observe Fen en s'efforçant de dissimuler son intérêt. Ça va te coûter cher.

— Je m'attendais à ce genre de remarque. » Le Tranchant sort un petit sac de sous la table. « La moitié de ce que je compte te payer. L'autre moitié à la livraison. »

Elle ouvre la bourse pour en examiner le contenu. Un joli petit tas de pièces d'or.

« Alors, on fait affaire ? » demande son hôte, la main tendue.

Fen se convainc en son for intérieur qu'il ne s'agit pas d'un pacte avec le diable. D'ailleurs, les Étoiles Noires ont besoin de cet argent. Mais ce n'est pas la situation financière de sa bande qui la pousse à accepter la proposition. Pas vraiment. Simplement, si une drogue pareille existe bel et bien, il faut qu'elle en apprenne davantage. Car en admettant que le Tranchant en ait correctement résumé les effets, alors Dorisall est dans le coup. Et où va Dorisall, le tue-magie suit. Voilà pourquoi Fen est prête à prendre le risque et à en payer le prix.

Je sais que les Oiselles Sauvages doivent dissimuler leurs pouvoirs. Traquées comme nous le sommes, il en va de notre sécurité. Il n'empêche. Je crains ce qu'une conduite pareille risque de faire de nous. Ce que risque de devenir notre magie, si puissante autrefois. Plus je la dispense, plus elle me semble rapetisser, se fragiliser. Le feu intérieur que je maniais si aisément m'échappe aujourd'hui. Je n'en continue pas moins à jouer l'Oiselle de Nuit, dans l'espoir de protéger celles qui me succéderont. J'espère que nos filles n'auront jamais à consentir à de tels sacrifices.

– Extrait du journal intime de Delaina Dinatris,
une des premières Oiselles de Nuit simtanes

CHAPITRE 04

LES AILES ROGNÉES

Matilde émerge du sommeil dans une odeur de brûlé. Elle baisse les yeux : ses draps sont roussis, une fois de plus. Les empreintes de ses doigts déparent le tissu luxueux, noirci aux endroits où elle s'est cramponnée avec le plus de force. Le cauchemar lui colle encore à la peau telle une cendre amère.

Le même que d'habitude, mi-cauchemar, mi-souvenir. Elle y regarde Epinine se griffer la gorge, le souffle saccadé, étouffant à cause du poison qu'elle, Matilde, lui a posé sur les lèvres.

Tu veux le pouvoir ? demande la suzeraine.

Matilde essaie de répondre, mais ne parvient pas à produire le moindre son. Le rêve la réduit toujours à la mutité.

Il faudra que tu réduises le monde en cendres pour l'obtenir. Mais ils ne te laisseront pas faire. Ils ne souffriront pas qu'une Oiselle Sauvage les dirige.

La plupart du temps, Matilde assiste de nouveau, impuissante, à la mort d'Epinine. Mais, cette nuit, la dirigeante s'est mise à miroiter, scintiller, en flamme soumise à un vent capricieux. Ses traits ont changé pour devenir ceux de Phryne, la jeune disparue.

Trouve-moi, croassait-elle. *Aide-moi.*

Elle crachotait, expulsant ce qui ressemblait fort à des papillons de feu. Le sol était jonché de leurs ailes noircies, fragilisées. Miroitement. Nouveau changement. Les figures d'Æsa, Sayer et Fenlin se succédaient. Matilde les regardait mourir, incapable de bouger. Son cœur brûlait, mais ses bras refusaient de se tendre vers ses sœurs, alors qu'elle n'avait qu'une envie : les toucher, les étreindre.

Ouvre les yeux, s'étranglaient-elles. *Le danger approche.*

Leurs yeux à elles allaient se poser sur quelque chose qui se trouvait derrière elle.

Matilde, regarde…

Désormais, elle contemple le baldaquin vaporeux de son lit, en s'efforçant de calmer son cœur emballé. Ce n'était qu'un rêve, certes, mais l'effroi ne se laisse pas repousser. La magie en elle est également agitée. Ses pouvoirs échappent de plus en plus à son contrôle pendant son sommeil. Compte tenu de l'attention critique dont elle est l'objet, elle se retient de les utiliser, mais moins elle les laisse s'exprimer, plus sa magie se fait remuante, ensauvagée. Pour la millième fois au moins, elle regrette de ne pas mieux la comprendre.

À en croire les légendes de la famille Dinatris, la première Oiselle de Nuit de la lignée tenait un journal. Si tel était en effet le cas, ses notes se sont perdues il y a fort longtemps. Enfant, Matilde n'en fouillait pas moins les placards, qu'elle soupçonnait de renfermer des tiroirs secrets, et les bibliothèques dont les rangées de livres pouvaient dissimuler une ou deux boîtes, dans l'espoir de mettre la main sur le fameux journal. Elle aurait adoré apprendre des choses sur l'époque où Delaina était une Oiselle Sauvage. Que ne donnerait-elle pas maintenant pour disposer d'un guide comme elle !

La jeune fille s'extirpe de son lit en soupirant, mal réveillée. Elle n'a jamais été du matin. La soie tekane de son peignoir pose un baume rafraîchissant sur sa peau enfiévrée, puis elle passe dans le salon familial. Si luxueusement meublée que soit la suite du Palais Ailé occupée par les Dinatris, toute de velours, de tulle, de tapis moelleux, ce n'est pas leur foyer. Ce matin, Matilde a la pièce pour elle seule – curieux, car habituellement Samson est déjà debout à vaquer à ses occupations à cette heure-là. Enfin. Au moins, quelqu'un a rempli la cafetière. Elle se sert une tasse de café bien noir, qu'elle agrémente de sirop à la cannelle et dont elle avale aussitôt une bonne gorgée, bien qu'il soit encore bouillant.

Puis elle sort sur le balcon, aux portes grandes ouvertes. Le soleil levant transforme les canaux et les Coins en veines de feu éclatant. Sa cité ne va pas tarder à se réveiller et à s'affairer. Matilde en personne va bientôt mettre son masque pour dissimuler son exaspération. En attendant, le rêve occupe toujours son esprit, où résonnent les avertissements de ses amies. L'ont-elles d'une manière ou d'une autre contactée pendant la nuit ? Est-ce possible ? Elle ne sait pas grand-chose du lien qui les unit ni de la distance sur laquelle il persiste.

À en croire Krastan, il arrivait, très rarement, que se forme un groupe de quatre Oiselles Sauvages plus puissantes que les autres. Des *dendeal*, disait-il. Liées par le cœur, attirées les unes par les autres. Lorsqu'elles se rassemblaient, corps et âme, elles étaient de taille à faire trembler le monde. Quand Sayer, Fen, Æsa et elle se sont prises par les mains dans les souterrains, cette histoire lui a semblé vraie. Elle ressent encore l'impression de plénitude, de justesse, qu'elle a alors éprouvée. Comme lorsque le soleil laisse son image sur les paupières : une empreinte. Cette marque refuse en l'occurrence de se laisser chasser d'un clignement d'yeux. Elle brûle en Matilde.

Mais se peut-il réellement que ses amies et elle représentent le deuxième avènement de ces Oiselles Sauvages ? De quoi seraient-elles capables, avec un tel pouvoir ? Elle aimerait tester le lien qui les unit, le comprendre. Mais, compte tenu de leur séparation, peut-être n'y parviendra-t-elle jamais.

Elle repousse une vague de tristesse. Il ne sert à rien de pleurnicher.

La porte d'entrée de la suite s'ouvre dans son dos, laissant flotter jusqu'à elle un parfum de fleurs. Dennan lui fait porter tous les jours un bouquet, qu'il compose en personne. La fragrance écœurante qui parvient à Matilde est plus qu'elle n'en peut supporter.

« Remportez-les, ordonne-t-elle sans se retourner. Je n'en veux pas.

— Pas même si je les livre en personne ? »

Elle fait volte-face. Dennan est là, vêtu sans recherche, chemise froissée et pantalon de toile, quoique maître de lui au point d'en être agaçant. La lumière matinale qui enveloppe sa mince silhouette musclée dore ses cheveux sombres, le flattant comme si elle l'aimait. Matilde, elle, n'est certainement pas sous le charme.

« Il est un peu tôt pour les visites, lance-t-elle en resserrant son peignoir autour de son corps. Et votre présence ici n'est guère appropriée, vu que je ne suis pas habillée.

— Mais nous sommes fiancés, maintenant. Les règles changent. »

Cette remarque lui donne envie de riposter sèchement, mais elle se retient. Avec Dennan, elle veille à ne pas dévoiler ses cartes.

Il pose le vase sur une table basse. Les fleurs ont un langage, à Simta. L'esta, associée au bellenum, symbolise la fidélité. Le chardon et la donella pourraient aussi bien être une gifle. Le bouquet de Dennan comporte des lysailes, la fleur de la Maison Dinatris, dont les pétales offrent un contraste saisissant avec le vert sombre des verdas de la Maison Vesten. Il y a ajouté des primevères officinales et du jasmin doux, respectivement dévouement et affection. Cet hommage est-il censé apaiser Matilde ? La convaincre ? Il ne réussit qu'à lui donner envie de fracasser le vase par terre.

« C'est très intéressant, dit-elle d'un ton froid, car je ne me rappelle pas que vous m'ayez demandé ma main. »

Il fait la grimace.

« Je comptais aborder le sujet, mais Frey a estimé qu'il valait mieux procéder de cette manière. »

Elle manque lâcher sa tasse.

« Vous… vous en avez parlé à Grand-mère ?

— Ainsi qu'à Madame votre mère. Elles sont d'accord avec moi : il vaut mieux nouer une alliance plus officielle. Elles pensaient aussi qu'il valait mieux vous en faire la surprise. Implorer votre pardon plutôt que votre permission. »

L'esprit de Matilde est en plein tumulte. Les matriarches de la famille la poussaient à se marier avec un bon parti quand elle était Oiselle de Nuit, mais c'était une autre époque. Pourquoi Grand-mère la promettrait-elle à Dennan, qu'elle a vu assassiner sa sœur ? Elle ne ferait tout de même pas une chose pareille sans en parler à la jeune fille.

Et pourtant. L'absence des deux femmes et de Samson crève les yeux. Comme s'ils savaient que Dennan comptait venir la voir, elle. D'ailleurs, la veille, la douairière l'a bien dit : *Notre famille va bientôt avoir de bonnes raisons de faire la fête.*

Les oreilles de Matilde tintent – le claquement des portes de la cage qui se referme sur elle. Elle inspire longuement pour repousser la panique dans un coin. Pas question de laisser Dennan voir à quel point elle est secouée. Elle s'est installée au Palais Ailé pour se servir de lui, pas l'inverse.

« Nous avions convenu de ne plus recourir au mensonge ni à la tromperie. » Elle veille à s'exprimer d'un ton égal. « Je n'aime pas qu'on m'utilise comme un pion sur un échiquier.

— Vous êtes fâchée, constate Dennan en se frottant la bouche.

— Non. » Pur mensonge. « Mais vous auriez dû me demander l'autorisation de faire pareille déclaration.

— Auriez-vous accepté ? » questionne-t-il. Elle pose sa tasse. Ses paumes sont si chaudes à présent que le café s'est mis à fumer. « Il fallait faire quelque chose, Matilde. Les autres membres de la Table s'opposent à votre présence au Palais. Ils estiment qu'elle crée trop de frictions avec l'Église.

— Alors, expulsez le Pontifex de la Table, riposte-t-elle en levant les yeux au ciel. Je vous ai déjà dit de le faire. »

Quand le Pontifex précédent a été exilé dans le Waystrell, elle s'est autorisée à espérer que son successeur, quel qu'il soit, serait moins odieux, mais l'arrivée du pater Rolo lui a enfoncé dans le pied une épine qui ne se laisse pas retirer.

« Vous savez parfaitement que je ne peux pas. Nous avons eu la chance d'obtenir la destitution de son prédécesseur, mais le père Rolo a le soutien à la fois des frères et du peuple. La cité est déjà divisée. J'essaie de l'unir, pas de provoquer une guerre civile. »

Dennan se rapproche, ses yeux à l'éclat de joyaux rivés sur elle. Fut un temps où elle trouvait difficile de détourner le regard. Aujourd'hui, ils ne font qu'aiguiser sa méfiance.

« Lorsque vous aurez eu le temps d'y réfléchir, vous comprendrez qu'il est nécessaire d'en passer par là. C'est pour vous que je le fais.

— Je vous demande pardon ?

— Vous voulez une place à la Table, Matilde. Pour avoir davantage de pouvoir, d'influence. Vous l'obtiendrez en prenant mon nom. Les Grandes Maisons ont beau prétendre le contraire, leurs rejetons épousent des Oiselles de Nuit depuis fort longtemps. C'est une pratique bien connue. Elles respectent ces alliances. »

Respecter ? Choix de mot intéressant, quand il est question en réalité d'*exploiter*.

« Votre place ici en sera légitimée, insiste Dennan. Quand nous serons mariés, je pourrai partager mon siège à la Table avec vous. Le premier suzerain le faisait. Personne ne pourra vous empêcher de siéger. »

Se pourrait-il qu'il dise vrai ? Elle serre les poings en se contraignant à rester impassible.

« Et vous, quel avantage y trouvez-vous ? Vous partagez votre siège avec moi, je partage ma magie avec vous ? Epinine m'avait fait le même genre de proposition. »

Il attrape le dossier d'une chaise, faisant jouer les muscles de ses bras.

« Vous êtes injuste. » La mention du nom de sa sœur a introduit une certaine dureté dans sa voix. « Vous ai-je demandé votre magie ne serait-ce qu'une fois, depuis la Moindre Nuit ? Ai-je exigé de vous que vous ameniez les autres Oiselles Sauvages dans mes filets ? »

Non, mais, à vrai dire, il ne sait pas quel pouvoir elles sont capables de manier à elles quatre. Le secret est mort avec Epinine. Et Matilde ne veut pas que Dennan le découvre un jour.

« Vous ne m'avez pas non plus aidée à atteindre mes buts. La Prohibition est toujours en vigueur. Et la cité dangereuse.

— En effet. Les filles de magie n'ont aucune protection. Chaque jour voit les émeutes se multiplier, ainsi que les échauffourées entre Tournepierres et Surveillants. » Il se passe la main dans les cheveux. « Mais comment voulez-vous que j'y change quoi que ce soit, alors que l'Église est toujours furieuse de l'évasion de la sorcière des mers et que celle des tempêtes déclenche toutes les nuits le chaos ? La moitié de la cité, si ce n'est plus, vous redoute ou se méfie de vous. Les gens adhèrent aux mensonges des paters. Je n'en ai pas moins vu les autels qu'on vous dédie, Matilde. Certains Simtans vous révèrent, et ils sont bien plus nombreux encore à m'aimer. Le nom des Vesten est chargé de pouvoir. Si donc un Vesten est disposé à épouser une Oiselle Sauvage, vous ne pouvez être mauvaise. Vous en serez légitimée, oui, et celles qui vous ressemblent aussi. Si nous jouons cette carte-là correctement, il se peut que nous fassions enfin tourner la marée. »

Sa bouche déverse le nectar des fleurs-bijoux, censé enivrer Matilde, mais elle n'est pas aussi naïve. Ces suavités dissimulent forcément un pan tout entier d'égoïsme. Dennan ne se soucie réellement que de lui-même.

« Vous prétendez être disposé à partager votre siège, mais vous m'avez fait bien d'autres promesses exaltantes. Vous me pardonnerez donc si je me répugne à vous croire sur parole.

— Il ne s'agit pas seulement de vous et moi. » Son ton monte. « Ouvrez les yeux, par les dieux. Vous ne voyez donc pas que le terrain est loin d'être sûr en ce qui nous concerne ? Vous avez l'air persuadée de la solidité de mon pouvoir de suzerain. Vous vous trompez. La moitié des gens qui fréquentent ce palais rêve de me remplacer. L'autre est soit jalouse de vous, soit terrifiée par vos pouvoirs. Les Maisons s'écharpent pour savoir qui soutenir, nous ou l'Église, alors même que le Pontifex précédent les persécutait. Même celles qui se sont rangées derrière nous passent leur temps à se quereller. »

Il fait les cent pas devant les portes du balcon, entrant et sortant de la lumière.

« Notre mariage n'est pas seulement une déclaration adressée à Simta, il est aussi censé créer l'union… la stabilité. Une nation divisée est une nation vulnérable, nos rivaux le savent parfaitement. Ils nous observent. Ils complotent. Les rapports des espions que j'ai envoyés dans les cours étrangères m'avertissent que les Lointains parlent tout bas d'invasion.

— Mais… » Ce n'est pas possible. Matilde ne peut seulement imaginer une chose pareille. « Nous disposons d'une des meilleures flottes du monde. Ils n'oseraient essayer de s'en prendre à nous.

— Pourquoi pas ? Nous sommes une riche cité portuaire et nous avons quelque chose qu'ils n'ont pas. Quelque chose qui suscite bien des convoitises. »

Elle déglutit.

« La magie. »

Dennan se tourne vers l'extérieur pour considérer les Coins.

« Notre escadre est très occupée par les pillards côtiers et les Tekans, qui s'agitent au nord. Il a fallu que j'en rappelle une partie pour apaiser les violences entre nos murs. Nos forces ont atteint leurs limites. Elles les ont même dépassées. Plus longtemps la Table se chamaille et la cité reste divisée, plus les risques d'invasion augmentent.

— Qu'est-ce qu'un mariage peut bien y changer ?

— Il va servir à la fois de déclaration et de point de ralliement. Nous allons lancer une campagne à ce sujet. Inviter tout l'Eudéa et toutes les nations étrangères, par l'intermédiaire de leurs ambassadeurs, à regarder une Oiselle Sauvage et un Vesten unir leurs pouvoirs. Par la suite, nos ennemis y réfléchiront à deux fois avant de nous défier. » Il lui prend la main et la serre avec force. « Pensez-y, Matilde. Ensemble, nous pourrions faire tout ce qu'il nous plairait. Être tout ce qu'il nous plairait. »

Il se tient trop près d'elle, la dominant de sa haute taille. Elle meurt d'envie de retirer sa main.

La porte de la suite s'ouvre avec un cliquetis qui la fait sursauter. Ils se retournent simultanément, persuadés de voir apparaître un des gardes de Dennan ou les proches de Matilde, mais il n'y a personne. Un tiraillement naît pourtant dans la poitrine de la jeune fille, une cascade de picotements sur sa peau, une brusque certitude dans son esprit. La sueur perle soudain au creux de sa nuque.

Dennan considère toujours la porte, les sourcils froncés. Elle lui serre la main pour détourner son attention.

« Très bien, Dennan. J'accepte votre proposition, si inexcusablement tardive soit-elle.

— Vraiment ? » demande-t-il, les lèvres incurvées par un sourire.

Elle n'a aucune envie de le dire, mais il le faut, pour qu'il s'en aille.

« Vraiment. »

Il lui baise la main.

« C'est un honneur, mademoiselle.

— Maintenant, laissez-moi. Il faut que je m'habille. »

Il repart enfin. Elle prend la peine de fermer la porte de la suite à clé derrière lui avant de tourner sur elle-même.

« Par l'enfer, Sayer, tu sais que je déteste quand tu te glisses chez moi comme ça.

— Oui, bon. » La voix de Sayer flotte à travers la pièce, aiguisée et acerbe. « Je m'en serais voulu d'interrompre ta grande scène romantique. »

La nouvelle venue entreprend de se dépouiller de son camouflage, un processus qui prend un certain temps. Elle ne passe pas de l'invisible au visible instantanément, on dirait plutôt du sable qui s'écoule d'un conteneur de sablier à l'autre ou de la fumée adoptant une forme tangible. Le spectacle a toujours quelque chose de merveilleux, bien que Matilde y ait déjà assisté plusieurs fois. Enfin, Sayer est là, saine et sauve malgré le cauchemar, ce qui l'emplit d'une émotion qu'elle est bien en peine de définir. Elle a envie de serrer la visiteuse dans ses bras… mais elles se contentent de se regarder fixement. La dernière fois qu'elles se sont vues, elles se sont disputées. Or le temps n'a manifestement pas adouci l'humeur de Sayer.

« Ce café sent drôlement bon, finit-elle par lancer, sans préambule.

— Tu en veux une tasse ? demande Matilde avec une nonchalance forcée.

— Du moment que tu me le sers correctement. » Sayer boit ce qui reste de celui de son hôtesse en fronçant le nez. « Tu mets assez de sucre pour propulser une péniche jusqu'aux Lointains.

— Si tu veux mon avis, un peu de suavité ne te ferait pas de mal. »

Cette fois, Matilde sert deux tasses. Sayer verse dans la sienne une cargaison de crème, mais pas un grain de sucre. Si Æsa était là, elle s'emparerait plutôt du pot de thé odorant. Quant à Fen... Quels sont ses goûts en la matière ? Sans doute a-t-elle un faible pour le café très noir, mais qui sait : il se peut qu'elle dissimule un penchant pour les sirops les plus sucrés. Matilde poserait volontiers la question, mais juge plus sage de s'en abstenir. Une image s'impose soudain à son esprit : elles sont toutes réunies dans son salon de thé préféré, *Chez Astraline*, où elles papotent entourées du cliquetis des tasses et des bouillonnements feutrés de la mousse. Si nostalgique qu'elle se sente à cette vision, ce n'en est pas moins un simple fantasme. Peut-être se serait-il réalisé, dans une autre vie.

Sayer s'adosse à l'encadrement de la porte-fenêtre dans une attitude familière, quasi féline. Un chat faisant mine de ne pas se préparer à bondir.

« Je suppose qu'il faut te féliciter pour tes fiançailles. »

Matilde se raidit.

« Qu'as-tu entendu de notre conversation ?

— L'essentiel.

— Il est impoli d'espionner, figure-toi. Et tu ne devrais pas non plus te balader n'importe où dans le palais. C'est dangereux.

— Pas pour toi, apparemment. » La visiteuse arque un sourcil. « On dirait que tu te fais toutes sortes de... d'amis étonnants. »

Le ton de la remarque pique Matilde au vif. Qui est Sayer pour la juger ?

« J'essaie de gérer une situation compliquée. Nous ne pouvons pas toutes évacuer notre frustration en jouant les justicières et en dépouillant les hommes. »

Les traits fins de Sayer se durcissent.

« Au moins, je fais mon possible pour rendre les rues plus sûres.

— Alors que moi, non ?

— Tout ce que je vois, c'est toi qui serres des mains et organises des soirées. »

Sa réponse menace de blesser son interlocutrice, comme le font souvent ses cruelles vérités.

« Je m'efforce de changer les choses de l'intérieur, là où se prennent les grandes décisions.

— Et ça marche ?

— J'aurais peut-être plus de succès si tu ne passais pas tes nuits à terroriser les gens. Chaque fois que tu étrangles à moitié un seigneur ou que tu dévalises un pater, tu me rends la tâche plus difficile. Tu nous fais passer pour des menaces.

— Ils devraient nous considérer comme *telles*. Ce serait plus sûr. Tu n'as pas mis le nez dehors depuis des mois. Tu ne sais pas ce qui se passe. Les filles ont tellement peur qu'elles demandent protection aux Tournepierres. Forcément, les Surveillants les traquent. Ils les arrêtent. Ils les torturent. Il y en a aussi qui disparaissent. »

Matilde pense à Phryne. Disparue, enlevée.

« Je sais. Je pousse la Table à s'occuper des spectres.

— Celles qui s'évaporent sont de simples ouvrières. La Table n'en a rien à faire. Tu peux tout autant cracher dans le vent, ce sera plus efficace. »

Un goût de cendres lui a envahi la bouche. Quelque chose de fragilisé en elle menace de se rompre.

« Tu crois que je ne rêve pas de me conduire comme la sorcière des tempêtes ? Que j'aime jouer cette comédie ? Par moments, je n'ai qu'une envie : foutre le feu et m'en aller. Mais pour moi, le devoir, c'est ce que je fais ici. Et ce n'est pas facile.

— Ah bon ? Je ne vois pas en quoi c'est difficile de rester au palais, bien au chaud, en sécurité. Au lieu de se salir les mains.

— Tu te trompes. Et j'en ai assez de réparer tes bêtises. »

Les yeux dorés de la visiteuse étincellent.

« Moi, j'en ai assez d'être la seule à me battre pour nous. »

Les mots restent là, à planer au-dessus de leurs têtes, telle une faux prête à s'abattre. Comment Sayer peut-elle dire une chose pareille ? Pourquoi est-elle incapable de voir que Matilde lutte aussi ? Quelque chose passe soudain sur son visage, lui rappelant la Moindre Nuit, où elles se sont comprises – et aimées. Du moins en était-elle persuadée. Mais, déjà, l'expression qui a fait remonter ce souvenir à sa mémoire disparaît, aussi vite qu'elle était apparue.

« Même si ça me manquait énormément de papoter avec toi, ce n'est pas pour ça que je suis là, finit par reprendre Sayer, caustique. J'ai des nouvelles dont tu devrais être informée. »

Matilde s'assied sur le canapé, acceptant cette trêve fragile.

« Lesquelles ?

— J'ai infiltré une des fêtes d'Oiselles de Nuit, hier soir. »

Elle fronce le nez.

« Pourquoi ? Ça a l'air odieux.

— Parce qu'il y avait sur les lieux une fille de magie qui avait besoin d'aide. »

Sayer résume à son hôtesse la soirée : la danse, la fille, la drogue. Est-ce là ce que mijote la jeunesse dorée de Simta ? Matilde ne devrait pas être surprise : les seigneurs croient avoir tous les droits, y compris celui de s'emparer de la magie. Cette seule pensée fait naître un brasier en son sein.

« Comment va-t-elle ? Cette Iona ?

— Je l'ai emmenée chez Leta, qui va l'envoyer en lieu sûr.

— Heureusement que tu étais là. » Elle regrette de ne pas y avoir été aussi. « Et cette drogue, alors ?

— Je ne sais rien de plus. Le client a attendu d'être sûr qu'Iona était bien magicienne pour mettre le truc dans son verre.

— Donc, tu penses qu'il s'agit d'une substance spécifiquement conçue pour les filles comme nous.

— C'est ce qu'il a dit. »

Matilde repense au tue-magie qu'on lui a quelquefois étalé sous le nez pour la priver de ses pouvoirs. Son poil se hérisse.

« Tu as une idée de l'effet qu'elle était censée avoir ?

— Rendre celle qui la boit obéissante.

— Qu'est-ce que ça signifie, au juste ?

— Mystère. Mais le type m'a dit aussi qu'il espérait que le salopard qui lui avait donné cette saleté deviendrait mon gardien. »

Son *gardien*. Comme pour les lions de cirque qu'on fait sauter à travers des cerceaux

« Alors tu penses que ça permet à quelqu'un d'autre de contrôler la magie de celle qui boit. »

Les lèvres de Sayer se pincent.

« De la contrôler ou de la lui prendre contre son gré. »

Mais il est impossible de prendre de force la magie de celles qui en ont. C'est une certitude cardinale des Oiselles de Nuit, une des rares à s'être révélée fondée. À moins que…

« Il t'a donné le nom de son fournisseur ?

— Non. Je sais juste que cette drogue coûte une fortune. Les choses ont mal tourné avant que je ne puisse en apprendre davantage. »

Matilde exhale avec force.

« Je ne veux même pas savoir ce que tu entends par *mal tourner*. »

Il s'agit peut-être juste d'un nouveau produit alchimique qu'un Tournepierre cherche à mettre à la mode. Avec un peu de chance, cette histoire se réduit à des mots et rien de concret n'en sortira. Mais si jamais cette drogue fonctionne…

« Si c'est du sérieux, Fen doit être dans le secret. Tu lui en as parlé ? »

Sayer se fige totalement.

« Pas encore. »

Le lien qui les unit ne permet pas à Matilde de déchiffrer les émotions de son amie, mais de les ressentir directement. Un cocktail intéressant de colère, de souffrance et de désir. Quelque chose est évidemment allé de travers entre Sayer et Fen. Elle poserait bien la question, mais la visiteuse a le visage aussi fermé qu'une chambre forte.

« Vu le type qui en disposait, je pense que c'est un truc très sélect, reprend-elle. Réservé aux seigneurs. J'espérais que tu en avais entendu parler au palais, pendant que tu magouillais.

— J'ignore tout de cela. » Et si la chose fonctionne réellement comme le dit Sayer, qui sait sur qui on l'emploie en ce moment même ? Matilde pense une fois de plus aux disparitions. « Mais on ferait mieux d'en apprendre davantage. »

Sayer tire de sa poche une petite boîte en métal.

« Leta tâte le terrain à travers son réseau pour voir si elle arrive à dénicher quoi que ce soit. Moi, je vais aller trouver les Étoiles Noires. Et puis je porterai un échantillon du Sucre à Alec. Voir s'il arrive à en tirer quelque chose. »

Le souffle de Matilde se bloque dans sa gorge. Ses doigts se posent sur son médaillon, le tenant contre sa gorge.

« Alec… Comment va-t-il ? »

Sayer hésite.

« Oh… bien. Il survit. »

Le remords plante ses serres en Matilde. Krastan lui a demandé en poussant son dernier soupir de prendre soin d'Alec, et elle n'en a rien fait. La dernière fois qu'ils se sont vus, ils se sont déchirés l'un l'autre, il est parti et elle ne l'a pas retenu, par orgueil. Malgré les mois écoulés depuis, les remarques coléreuses qu'il lui a faites sur ses choix n'ont rien perdu de leur venin.

Elle déglutit.

« Il vit toujours chez Leta ?

— Non, il loue une chambre aux Bains. C'est là qu'il travaille. »

Elle fronce les sourcils.

« Il mixe des cocktails pour les voyous, maintenant ?

— Entre autres. »

Les Tournepierres de la cité utilisent depuis peu des armes plus sophistiquées dans leurs affrontements avec les Surveillants. Une fumée qui provoque des cauchemars éveillés ; une poudre qui brûle la peau. Est-ce Alec qui les confectionne ?

« Il fabrique aussi des armes de contrebande ?

— Je n'en sais rien. Tu devrais lui poser la question directement. »

C'est une provocation. Matilde s'empare de la petite boîte. Le losange jaune qu'elle renferme ressemble fort à une friandise, douce et innocente.

« Je vais le faire. Et je vais lui apporter le Sucre par la même occasion. »

Sayer hausse les sourcils.

« Te voilà donc prête à descendre de ta tour ? »

Dans ce but-là, oui. Matilde meurt d'envie de retourner enfin parcourir sa cité. D'affronter les dangers que risque de représenter une nuit à l'extérieur.

Nous récoltons ce que nous semons,
Nous rentrons nos filets,
Nous allumons les feux de notre destinée,
Et nos dettes nous réglons.

– Célèbre chanson illish,
chantée lors de Marée-Moisson

CHAPITRE 05

PIQUES AIGUISÉES

La couronne posée sur les cheveux d'or rouge d'Æsa lui paraît bien lourde, alors qu'elle se compose juste de roseaux de jinny séchés, entrelacés de mousse des glaces, de chardons violets et de chardons bleus des dunes. Rien de délicat ne survit aux vents et aux vagues d'Illan. Les filles à marier arborent ce genre de couronne pour Marée-Moisson afin de célébrer leur propre fertilité… Mais Æsa entend déjà ce que dirait Sayer si elle était là : *Ou de signaler qu'elles sont bonnes à cueillir*. La jeune fille ramasse sur la table un chardon bleu à ajouter à une nouvelle couronne. Une belle plante, quoique épineuse, et qui donc s'accroche aux doigts et aux vêtements. Son séjour à Simta lui a appris que les armes les moins impressionnantes peuvent infliger des dommages surprenants. Que certaines choses – ou personnes – sont parfois plus dangereuses qu'il n'y paraît.

Elle travaille avec sa mère et Jacinta, à la limite du champ de jinny tout juste moissonné. La ferme de Spard Deal célèbre toujours le premier jour de Marée-Moisson. Quelques garçons du coin ont bâti à la demande du propriétaire une douzaine de tas de bois flotté qu'il ne reste qu'à allumer pour les transformer en feux de joie. Ils seront les bienvenus plus tard, quand le froid de la nuit tombera. L'été évanoui a cédé la place à des marées plus fraîches, à des crépuscules plus longs et à l'odeur épicée du jinny en train de sécher. Æsa adore depuis l'enfance la semaine de Marée-Moisson, où les pêcheurs amarrent leurs bateaux et où les îles s'animent grâce aux festivités. Mais, aujourd'hui, elle a du mal à être vraiment dans l'instant présent.

Son regard dépasse les tas de bois pour aller se poser au sommet de la falaise, dont la paroi plonge à pic dans l'océan. Le soleil couchant a peint la mer des Méduses d'un pourpre menaçant. Les flots roulent et soupirent ; on dirait de longues inspirations. Les colonnes de pierre qui en dépassent évoquent des crocs aiguisés, au tranchant aigu débordant de nids d'oiseau. Certains décollent puis plongent dans les vagues, en quête de poisson. Il y a des gens qui trouvent leurs cris dérangeants, parce qu'on les croirait poussés par des femmes. Ce n'est pas le cas d'Æsa. En ce qui la concerne, c'est une des notes composant le chant de son foyer. Son grand-père les qualifiait d'ailleurs de *musique illish*. Mais elle a beau être de retour depuis des mois, elle n'arrive pas tout à fait à s'accorder à leur rythme. Elle en connaît l'air, mais ne peut le fredonner.

Sa mère la secoue légèrement par l'épaule.

« Arrête de rêvasser, ma fille.

— Je ne rêvassais pas, proteste-t-elle, d'un ton plus agacé qu'elle ne l'aurait voulu. Je... réfléchissais.

— Réfléchis moins, je te prie. Il faut que l'on termine avant que les feux ne soient allumés. » Sa mère pose la couronne sur laquelle elle travaillait. « Je crois que nous allons manquer de chardons. Continuez, toutes les deux. »

Elle se dirige vers un autre groupe de femmes. Ses joues ont repris des couleurs, ce dont Æsa est heureuse. C'est pour ça qu'elle était allée à Simta : ses parents ne s'en sortaient plus, et devenir Oiselle de Nuit était censé permettre de faire tourner la chance. Ils pensaient qu'elle épouserait un riche simtan. Tel n'a évidemment pas été le cas, mais Leta n'en continue pas moins de leur envoyer une allocation. Elle et sa mère ont raconté à papa qu'un lointain parent de maman leur avait laissé un héritage. Æsa regrette de ne pas recevoir de vraies nouvelles, en plus de l'argent.

Son regard se repose sur l'horizon, par habitude, en quête de… quelque chose. Un navire, plein d'hommes venus l'arrêter. Des envoyés du Pontifex décidés à la faire répondre de ses crimes. Il n'en arrive pourtant pas. Elle devrait en être soulagée, mais ce silence lui porte sur les nerfs. Ne pas savoir ce qui se passe menace de la rendre folle. Le courrier en provenance du sud, qui a toujours été lent, se réduit maintenant à un goutte-à-goutte. Pas un mot de Matilde, de Sayer ou de Fenlin. Pas *un*. Étant donné la situation au moment de son départ de Simta, Æsa ne savait où leur écrire et a donc adressé ses lettres à Leta. Un message cryptique lui est parvenu en retour pour la prévenir que les correspondances à destination de la cité étaient à présent ouvertes et passées en revue. Leta laissait aussi entendre que l'Église offrait une récompense pour la capture de la sorcière des mers. Qu'Æsa avait tout intérêt à se faire oublier et à rester en sécurité.

Il lui est cependant impossible de ne pas s'inquiéter du chaos qu'elle a laissé dans son sillage ou des problèmes qui menacent peut-être encore. Le don imprévisible qui la gratifie de visions de l'avenir répugne apparemment à répondre à ses invocations. Il lui arrive de chercher en elle le lien qui l'unit à ses amies, sans jamais, hélas, le trouver. Il est possible qu'elles soient trop loin. Sans elles, sa magie est nettement moins puissante. Elle commence à se demander si l'image d'elle soulevant le navire de guerre grâce à la houle n'était pas un rêve. Quoiqu'elle ait depuis affiné son pouvoir sur l'eau, en s'entraînant en secret avec les oisillons, elle le sent moins vaste, moins profond. À une époque, elle aurait été ravie – voire soulagée – de cet affaiblissement. Aujourd'hui, elle se sent juste très loin de ses compagnes... et d'elle-même.

« Je suis encore tombée sur ton pater Toth, à l'arbre creux, annonce Jacinta en posant la couronne qu'elle vient de terminer.

— Ce n'est pas *mon* pater Toth. » Æsa refuse de fréquenter l'église depuis son retour, malgré les demandes persistantes de son père. Elle ne parvient pas à se persuader d'aller écouter les sermons du prêtre sur la manière dont les utilisateurs de magie empoisonnent la Source. La patience lui manque en ce moment pour subir les discours moralisateurs. « Qu'est-ce qu'il t'a dit ?

— Il m'a posé un tas de questions très significatives.

— À quel sujet ?

— Notre identité. Les raisons de notre venue. »

Son pouls s'emballe. Quand elle est arrivée sur l'île dans un bateau rempli de réfugiées simtanes, les Illish les ont accueillies à bras ouverts. Mais c'était avant que la rumeur du retour des sorcières ne se répande. Il a fallu qu'elles se montrent très prudentes. Elle vit dans la peur qu'un des oisillons pratique sa magie à un endroit où quelqu'un pourrait la voir.

« Et toi, qu'est-ce que tu lui as répondu ?

— Je lui ai dit très précisément où il pouvait fourrer son nez de fouineur. »

Æsa considère Jacinta. Elle a maigri depuis leur détention aux Mâchoires. Ses blessures les plus évidentes ont guéri, mais il est clair que son emprisonnement l'a marquée en profondeur.

« Tu ne devrais peut-être pas travailler autant à l'auberge. Au moins jusqu'à ce que les rumeurs s'affaiblissent.

— Elles ne s'affaibliront pas, Æsa. Je dirais plutôt qu'elles vont en empirant. »

C'est hélas indéniable. Des histoires inouïes leur parviennent depuis Simta. Les nouvelles sont lentes à voguer jusqu'aux Illish, et la plupart du temps, elles s'y échouent augmentées de multiples tentacules. À en croire certains, le prince bâtard s'est fait roi et celle qu'on appelle la sorcière du feu l'a ensorcelé pour s'assurer de son obéissance. D'autres affirment que la prétendue sorcière des tempêtes assassine les paters dans leur lit. Il y a de cela une semaine, papa est rentré avec une histoire sur la sorcière des mers. *Il paraît qu'elle a provoqué un raz-de-marée dans le port et qu'elle s'en est servie pour couler un navire plein de marins.* Æsa aurait aimé lui dire qu'elle n'avait pas tué un seul de ces hommes, mais c'était impossible. Il ignore toujours qu'elle n'est autre que cette fameuse sorcière.

« Il ne se passe pas une journée sans qu'une des filles vienne me trouver au crépuscule, en larmes, continue Jacinta. Les garçons les poursuivent en les insultant ou en essayant de les embrasser.

— Certaines ont-elles laissé paraître leur magie ? s'inquiète Æsa, le regard soudain acéré.

— Non, mais nous sommes des réfugiées simtanes. Ça suffit pour nous attirer des coups d'œil en coin et des regards hostiles. »

Elle soupire.

« Les villageois parlent beaucoup, d'accord, mais ce sont de braves gens. Jamais ils ne nous feraient le moindre mal.

— Tu aimes trop cet endroit pour avoir un avis objectif. »

Elle sursaute. Le chardon bleu vient de la couper au doigt. Une épine s'est prise dans sa peau, petite pique aiguisée.

« Il faut repartir, conclut Jacinta. Rentrer à Simta. »

Æsa essuie le sang de son doigt.

« On a quitté la cité parce qu'on y était en danger, et voilà que tu veux y retourner ?

— Ce n'est pas comme si on était en sécurité ici non plus.

— Tu as oublié ce que j'ai fait pour qu'on puisse s'en aller ? insiste-t-elle en refrénant son exaspération. On est des fugitives. Si jamais on regagne Simta, les Surveillants nous jetteront tout simplement en prison à nouveau.

— Une grande bataille approche, qu'on s'en cache ou qu'on aille à sa rencontre. Simta va avoir besoin de ses Oiselles Sauvages. »

Jacinta a des visions inquiétantes de l'avenir de la cité, Æsa le sait. Quant à elle, ses pouvoirs divinatoires se manifestent moins en ce moment, mais elle a eu sa part de révélations. Des scènes floues, confuses, qui ne lui ont rien donné de solide sur quoi s'appuyer ni aucune idée de ce qu'elle devrait faire.

« Je sais que tu aimerais rentrer chez toi, Cinta, mais c'est *ici* chez moi.

— Et les filles qu'on a laissées là-bas ? »

Matilde, Sayer et Fen se trouvent à Simta. Mais si elles avaient besoin d'Æsa, elles lui écriraient certainement. Le remords n'en plane pas moins au-dessus d'elle en permanence, tel un oiseau cherchant où se poser.

« Je ne peux pas m'en aller comme ça. Qu'est-ce que je dirais à mes parents ? »

Jacinta se penche vers elle.

« Tu pourrais essayer la vérité. »

Æsa a tout raconté à sa mère dès son retour ; enfin, presque tout. Sa mère l'a serrée contre elle en faisant ce seul commentaire : *Pas un mot à ton père.* Sans doute prendrait-il mal ce genre de révélations, à cause des rumeurs et des sermons de plus en plus enflammés du pater Toth. Mentir lui brise le cœur. *Alors, arrête,* dit Willan quand ils en parlent. *Fais-lui confiance pour t'aimer, même s'il ne te comprend pas.* Mais chaque fois qu'elle se prépare à essayer, son père dit quelque chose qui la persuade de rester bouche cousue.

Je suis content que tu aies quitté cette cité, ma fille, lui a-t-il déclaré, pas plus tard que la veille au soir. *Je n'aimerais pas te savoir exposée à de tels fléaux.* Ces mots l'ont brûlée comme une méduse kelden s'infiltrant sous sa peau.

« Si tu dois y aller, vas-y, dit-elle à Jacinta. Tu diras ce que tu veux, mais ma famille a besoin de moi.

— Ta famille a besoin de la fragile petite fleur que tu étais autrefois, et sur laquelle il faut veiller en permanence. Tu n'es plus cette fille-là. Tu es une sheldar. Une Oiselle Sauvage. Il est temps que tu t'en souviennes. »

Elle ouvre la bouche prête à riposter, quand ses parents arrivent.

« Eh bien, les filles, lance son père. Ces couronnes sont ravissantes. Pas autant que toi, bien sûr, mon amour. »

Il presse sa joue barbue contre celle de sa femme, ses cheveux d'or roux brillant contre les boucles brunes chaleureuses de maman. Elle pouffe. Ils sont toujours comme ça, deux jeunes amants en train de se séduire.

« Où en êtes-vous, au port ? demande Æsa.

— Tout le monde est très occupé. » Les yeux verts de son père pétillent. « Tu ne devineras jamais qui la marée nous a amené. Enis Dale.

— Ah bon ? » Le cœur de la jeune fille lui martèle les côtes. « Je le croyais à Caggan-Way.

— Son apprentissage est terminé. Il ne va pas tarder à entrer à la distillerie. Il en sera le directeur en un rien de temps. »

Elle a l'estomac noué, des nœuds plus serrés que la main d'Enis sur son poignet, il y a de cela plusieurs mois. *Les dieux veulent notre union,* lui a-t-il chuchoté dans les appartements du Rossignol. *Je le sais.* D'après Willan, il a déliré à ce sujet pendant tout le voyage qui le ramenait sur Illan. Des mois durant, elle a craint de l'avoir rendu fou avec sa magie.

« De quoi avait-il l'air ? »

Son père fronce les sourcils.

« Comment ça ?

— Était-il... » Elle cherche ses mots. « Était-il en forme ? »

Le visage de papa s'éclaire.

« Ah. Ta mère t'a dit qu'il avait été malade, hein ? Il est guéri. Un peu moins costaud, mais rien que les bons ragoûts de sa mère ne puissent arranger. »

Elle se permet d'exhaler. Enis, le petit voisin, a toujours été le chouchou de son père. Que penserait ce dernier s'il savait que le jeune homme l'a agressée ?

« Il vient, ce soir ?

— Je ne sais pas, mais si jamais, j'espère que tu lui réserveras une danse. Vous feriez un couple très bien assorti. »

Elle rougit, mais pas de plaisir.

Maman donne un petit coup de coude à son mari.

« Allez, Brendan. Arrête de jouer les marieurs.

— Pourquoi ? Un père ne peut donc pas adresser un petit encouragement à sa fille ? »

Il a déjà encouragé ladite fille à rester au large de Willan. La seule fois où elle l'a invité chez eux à dîner, son père l'a interrogé comme s'il était aux prises avec un poisson difficile. Qui sont ses parents ? D'où est-il originaire ? De quelle manière gagne-t-il sa vie ? Willan a prétendu être un honnête marchand, mais son hôte ne l'a pas cru. *C'est un garçon à problèmes,* a-t-il affirmé plus tard. *Surtout, garde tes distances.* Si seulement il savait à quel point ils sont proches, Willan et elle.

Ses parents continuent à papoter pendant que le soleil disparaît. Æsa s'absorbe dans la confection des dernières couronnes puis va proposer son aide à la table des rafraîchissements, dans l'espoir que ces occupations apaisent son esprit agité. On ne tarde pas à allumer les feux, qui badigeonnent d'un rouge lumineux le chaume jaune du champ de jinny. L'ambiance gagne en frénésie pendant que la foule augmente et que le ciel s'obscurcit.

Un garçon entame au violon un air vif et rythmé, sur lequel les gens se mettent à danser, le ventre plein de gâteaux aux graines collants et de bière aux épices.

Quelques oisillons gambadent autour du feu le plus proche. Kadeel, un des hommes d'équipage de Willan, fait tournoyer Layla, dont la couronne tressaute follement. Æsa se réjouit que les anciens pirates soient restés sur Illan. Au début, ils se méfiaient des filles, mais au fil des mois, les deux groupes ont fini par se prendre d'affection l'un pour l'autre. Les marins ont beau être un peu frustes, ils veillent sur leurs protégées, à qui ils donnent même des cours d'escrime. Professeurs et élèves se retrouvent pour ferrailler près de la caverne du bord de mer où le père de Willan cachait autrefois son butin. *Traite ton épée en amie*, répète sans arrêt Willan à Æsa, *et tu finiras par avoir l'impression que c'est une partie de toi.* Malgré ses réticences du début, elle en est venue à aimer ces leçons. Endurcir son corps pour le rendre plus difficile à briser lui a fait du bien.

« Allez, viens danser avec nous ! lui crie Layla.

— Pas question, tu tournes trop vite. »

Les pensées d'Æsa tourbillonnent déjà bien assez sans qu'on les y aide. *Tu es une bonne fille*, lui a dit tout bas papa un peu plus tôt, en l'embrassant sur le front. Jacinta n'en a pas moins raison : elle n'est plus la petite chose fragile d'autrefois, qui ne rêvait que de devenir la tendre épouse d'un paysan. Se représenter une vie pareille lui demande maintenant un gros effort. Elle ferme les yeux afin d'imaginer une maisonnette du bord de mer, où elle coupe des plantes puis les met à sécher. La porte s'ouvre dans son dos : Enis rentre de la distillerie. Mais, quand il prend la parole, c'est d'une voix qui ne lui appartient pas. La voix de Willan fait toujours danser le cœur d'Æsa.

« Tu as déjà brûlé tes vœux ? »

Elle se retourne et ne peut s'empêcher de rester bouche bée. Willan porte une chemise de bonne qualité, d'un vert quelques teintes plus sombres que celui de ses yeux, à laquelle est épinglée une fleur de jinny. La lumière des feux qui dore sa peau brune met en valeur son menton anguleux. Il est incroyablement beau. Impossible d'en détourner les yeux.

« Pas encore. Et toi ?

— Non. Il est trop tôt. Je préfère attendre que le feu flambe plus fort. »

Telle est la tradition à Marée-Moisson. Si on couche ses vœux sur le papier puis qu'on les jette au feu, la Source est censée les exaucer.

« Alors, reprend-il. Qu'est-ce que tu souhaites ?

— Enfin Willan, tu sais bien que ça doit rester secret.

— Oh, mais je suis le roi des secrets bien gardés.

— D'accord. Je croise les doigts pour récupérer des chatons et des réserves inépuisables de gâteaux aux graines.

— Tu es aussi mauvaise menteuse qu'escrimeuse.

— Je me suis considérablement améliorée, merci, riposte-t-elle avec une indignation feinte.

— Tu as sans doute eu un excellent professeur. »

Comme toujours, leur conversation est aussi fluide que les flots. L'attraction qui s'exerce entre eux ne s'est pas relâchée depuis leur toute première rencontre. À vrai dire, elle a même plutôt crû. Ils ont passé bien des après-midis ensemble, à explorer les plages de sable bleu foncé ou à errer sur les falaises. Il leur arrive aussi de s'installer à bord du bateau de Willan, le *Tempête,* où ils discutent des nombreux voyages qu'ils feront peut-être. Près de lui, elle s'imagine une vie différente, un avenir audacieux. Le rire leur vient facilement, ils parlent de tout et de rien. Par moments, ils se contentent de se regarder. Toutefois, il n'a jamais cherché à l'embrasser et elle n'a jamais osé courir le risque. Matilde et Sayer ont déjà embrassé des gens sans leur faire de mal, mais elle n'en a pas moins peur. Et plus encore à cause de la vision qui hante son esprit, une vision qui lui est apparue plusieurs fois, invariable : Willan l'embrasse, puis la scène se modifie, il titube, la bouche et le torse ensanglantés. Il va mourir, et d'une manière ou d'une autre, c'est sa faute à elle. La dévastation qu'elle lit dans les yeux du garçon l'empêche de dormir la nuit.

Bien qu'il ne puisse pas savoir à quoi elle pense – elle ne lui a jamais parlé de cette vision –, il fronce les sourcils.

« *Kilventra ei'ish ?* »

Ça va, cœur de mon cœur ? Il lui a posé la même question le soir où ils ont fait connaissance, alors qu'elle était Oiselle de Nuit et lui Faucon, gardien de sa porte. Il n'existe plus de règles pour les séparer, mais Æsa a toujours l'impression que Willan lui est interdit. Aspirer à sa compagnie semble à la jeune fille plus dangereux que jamais.

« Très bien, affirme-t-elle, mais ça ira peut-être encore mieux après une danse. »

Il la gratifie de son sourire de pirate contagieux.

« J'ai cru que tu n'allais jamais demander. »

La prenant par la main, il l'entraîne en direction du feu. Les premières notes d'un nouveau morceau s'égrènent tout juste, une danse pour laquelle les participants constituent deux cercles concentriques et où les partenaires se tiennent face à face. Le violoniste donne aussitôt le rythme. Willan danse comme il manie l'épée, avec grâce, mais en ajoutant aux pas des petits bonds qui amusent les spectateurs. Æsa se déhanche et tournoie, ses cheveux se prenant dans sa couronne.

La mélodie ralentit ; Willan se rapproche d'elle. Les deux cercles se jettent vers l'avant puis reculent, évoquant des vagues puissantes. Les poitrines des deux jeunes gens se touchent, une fois, deux fois. La sensation qui enfle en Æsa est toujours la même. Une impression de… justesse. À en croire maman, c'était comme ça avec papa, son *apselm* : le mot illish qui désigne deux âmes faites l'une pour l'autre. *J'ai senti que le destin me guidait jusqu'à lui,* a dit sa mère à Æsa.

Les yeux vert océan de Willan exercent sur sa partenaire la traction des marées, à laquelle il est impossible d'échapper.

« C'est la première fois que je suis là pour Marée-Moisson, lui avoue-t-il. Avec mon père, on avait l'habitude de repartir avant la fin de l'été.

— Je suis contente que tu sois là », répond-elle, souriante.

Son sourire à lui vacille.

« L'équipage commence à s'agiter, *kilventra*. Mes hommes ne sont pas faits pour rester éternellement à terre. Je ne sais pas combien de temps je vais encore pouvoir les retenir.

— Oh. » Elle détourne le regard en se disant que ça vaut mieux pour lui. Que c'est plus sûr. Il lui semble cependant qu'un hameçon s'est logé dans son sein. « Tu repars quand, alors ?

— Ça dépend.

— De quoi ?

— De toi. »

La danse les sépare. Æsa a chaud au point de se sentir presque étourdie, sa magie montant en elle en même temps que cette brusque chaleur. Lorsque la danse les rapproche de nouveau, Willan la serre contre lui.

« Viendras-tu avec moi ? »

Elle en a le souffle coupé.

« Pour aller où ?

— Dans les îles aux Épices. Ou jusqu'aux Lointains. Où on voudra, en fait. »

Elle devrait lui parler de sa vision de mort. Peut-être cela le pousserait-il à la quitter. Mais quels que soient les efforts qu'elle fait, les mots refusent de sortir.

« Je ne peux pas quitter les autres filles.

— Je sais. Et je pourrais te faire remarquer que vous devriez toutes venir, parce que nous vous protégerions, mais je sais que tu n'as plus besoin de garde. » Il détourne les yeux, quasi embarrassé. « Non. La vérité, c'est que je ne veux tout simplement pas partir sans toi. »

Sa franchise manque la faire trébucher, mais il lui a posé dans le dos une main aussi ferme que chaude.

« Où que j'aille, on me pourchassera, dit-elle enfin. Je ferais de toi une cible. Tu ne veux pas une chose pareille.

— Si. » Le regard de Willan, aussi lumineux qu'un phare, emplit le champ de vision de sa cavalière. « Mais j'ai besoin de savoir ce que tu appelles de tes vœux, toi. Que veux-tu vraiment, Æsa ? »

Des marées conflictuelles luttent en elle. Elle aimerait qu'il parte, ce qui le mettrait à l'abri, mais un autre courant heurte de front celui-là, le besoin impérieux de le garder près d'elle. De même, elle voudrait à la fois rester avec sa famille et retrouver ses amies pour se battre à leur côté. Être une fille aimante, une *apselm* et une sheldar. Mais est-ce possible ? Elle inspire à fond. Willan et elle se sont immobilisés. Des étincelles volent aux endroits où leurs deux corps se touchent.

« Willan, je… »

Quelqu'un les sépare brutalement.

« *Toi !* »

Elle cligne des yeux en cherchant à reprendre ses esprits. Enis Dale est là, le menton pointé en avant, entouré de trois camarades. Leurs joues marbrées de rouge lui font comprendre qu'ils ont trop bu.

« J'espérais ne jamais te revoir, crache Enis à Willan, mais tu es là, et tu cherches à t'emparer de choses dont tu n'es pas digne.

— J'aurais dû te larguer dans un canal et t'y laisser », répond Willan à voix basse, quoique d'un ton si menaçant qu'Æsa frissonne.

Les oisillons ont également arrêté de danser. Deux des hommes de Willan se rapprochent discrètement.

« Au large, mon garçon, intervient Kadeel en entrouvrant sa veste pour dévoiler son couteau. Tu ferais mieux de rentrer chez ta maman.

— Quelles manières, riposte Enis. Enfin. Je suppose qu'on ne peut pas attendre mieux d'une bande de pirates.

— Enis », commence Æsa. Il lui semble en effet plus mince que lors de leur dernière rencontre, moins fiévreux aussi, même si l'éclat de ses yeux bleus reste inchangé. « Qu'essaies-tu de faire au juste ?

— Je n'allais pas rester planté là à regarder quelqu'un d'autre danser avec ma promise, répond-il, le regard toujours rivé sur Willan.

— Je ne suis pas ta promise, Enis Dale, riposte-t-elle. Comment peux-tu dire une chose pareille ? »

Enfin, il se tourne vers elle. Il a l'air… affamé, en quelque sorte. Ce qui ne rappelle que trop le visiteur nocturne du Rossignol.

« Tu ne te rappelles donc pas ce qui s'est passé entre nous ? Moi si. Et c'est le genre de choses après lesquelles on se marie. »

Ses compagnons éclatent de rire. Æsa préférerait éviter que les autres danseurs viennent s'agglutiner autour d'eux, mais il faut pour cela mettre fin à la scène avant que les choses n'empirent.

« Retire ce que tu viens de dire. Je ne vais pas tolérer une chose pareille.

— Je crois que si, répond Enis à voix basse. À moins que tu n'aies envie que je raconte toute l'histoire à ton père ? Je crois que quand j'en aurai terminé, il sera d'accord avec moi. »

La magie flambe en elle, langue au goût d'embruns, de sel et d'indignation. Enis a toujours l'intention de lui prendre son pouvoir. Et, si elle ne coopère pas, il dira à son père ce qu'il en est. Maintenant encore, elle a du mal à admettre qu'il ferait une chose pareille, mais il n'est plus question de lui trouver des excuses. De laisser les hommes parler à sa place.

« Ça suffit, déclare-t-elle en s'interposant entre les deux garçons. Va-t'en, Enis. Je suis sérieuse.

— Tu crois que je vais te laisser la prendre ? » Le jeune insulaire a élevé la voix pour jouer des émotions de la foule. « La parfaite jeune Illish, dans les bras du bâtard d'un marin ? D'un étranger. D'un *cullcaila*. Comme si tu pouvais un jour être digne d'elle. »

L'insulte suscite quelques exclamations étouffées. Et brise manifestement quelque chose en Willan. Il se jette en avant, bousculant Æsa, repoussant Enis, qui cependant retrouve très vite l'équilibre et lui expédie un coup de poing au menton. La riposte de Willan projette son adversaire à terre. Les camarades illish du fauteur de troubles sont maintenant aux prises avec l'équipage de Willan, sous une pluie de coups de poing, de coude, de genou. Æsa ne peut cependant détourner le regard d'Enis et de Willan. Elle se croirait presque revenue au soir où ils se sont battus dans les appartements du Rossignol. L'histoire se répète. Sauf qu'elle n'est plus la fille qui attendait que tout s'arrête, recroquevillée par terre.

« Arrêtez ! » s'écrie-t-elle en s'interposant, une fois de plus. Ils ne lui prêtent aucune attention. Elle leur pose à chacun une main sur la poitrine. « J'ai dit, *arrêtez.* »

Les mots roulent dans ses os, vibration bourdonnante. L'océan de sa magie lui murmure aux oreilles.

Sans même y penser, elle se tend vers les courants des émotions d'Enis. Elle n'a rien fait de tel depuis son évasion des Mâchoires, mais ne rencontre aucune difficulté. Désir ardent, jalousie et colère sont étroitement entrelacés, qu'elle plie à sa volonté.

« Tu as honte de ce que tu as dit », affirme-t-elle. Sa voix résonne comme dans la caverne du rivage, échos renvoyés par des parois escarpées. « Présente tes excuses à Willan.

— Désolé, camarade, s'empresse de dire Enis. Je plaisantais, c'est tout. Je n'en pensais pas un mot. »

C'est à présent l'esclave d'Æsa. Elle a découvert que les frontières entre émotion et pensée, et pensée et action, étaient minces. Une torsion de son pouvoir, et il fera tout ce qu'elle lui demandera.

« Maintenant, présente-moi tes excuses. »

Elle formule cette exigence en déversant en lui la honte et l'envie de faire plaisir. Les lèvres du jeune homme frémissent, mais Willan prend la parole le premier :

« Je suis navré, Æsa. Je te demande pardon. »

Elle se retourne et le voit avec horreur tomber à genoux, les yeux vitreux, emplis d'un remords douloureux. Seigneurs… Est-ce elle qui l'a mis dans un état pareil ? Elle n'en avait pas l'intention. Elle va le relever, défaire ce qu'elle a fait…

Trop tard. Enis s'est agenouillé, lui aussi, les mains levées, comme en prière devant elle. Un à un, ses camarades et les hommes de Willan l'imitent, pendant que Jacinta et les oisillons contemplent la scène, bouche bée. Æsa a toujours été persuadée de devoir toucher sa cible pour en modeler les émotions, mais là, on dirait qu'elle a laissé tomber un caillou dans une mare : sa magie s'est étendue à la manière des rides concentriques de l'eau jusqu'à englober tous ces garçons. Il leur est impossible de résister à l'envie de se prosterner devant elle.

Elle les libère à l'instant précis où une voix familière jaillit de la nuit :

« Ma fille ? » Son père sort de l'ombre en faisant d'une main tremblante le signe des Eshamein. « Cal áina sléant agalle ? »

Qu'as-tu fait ?

Enis ferme les yeux, comme pour se cramponner à la sensation qu'elle lui a imposée. Willan se frotte la poitrine. Pire que tout, le visage de papa déborde d'horreur. C'est plus qu'Æsa ne peut supporter.

Elle s'enfuit à toute allure en contournant les feux, pour ne s'arrêter qu'après avoir dévalé depuis les falaises un des sentiers qui mènent à la plage. Là, elle enfouit les orteils dans le sable bleu-noir, la tête levée vers le ciel. Les étoiles forment au-dessus de sa tête un large ruban lumineux qui éclaire le sommet des Trois Sœurs. L'eau mouille l'ourlet de sa robe pendant qu'elle gonfle avidement ses poumons.

Quand elle était enfant et qu'une mauvaise journée l'avait contrariée, maman l'emmenait se promener sur cette même plage. *Regarde*, disait-elle en montrant le sable du doigt. *La mer efface les marques, tu vois ? Tout est comme neuf. Demain, tu écriras une autre histoire.* Mais les marques que vient de faire Æsa ne s'effaceront pas de cette manière ; cette tache-là perdurera.

Jacinta avait raison : les filles ne sont pas en sécurité, ici. Et Æsa a beau être une enfant des Illish, elle n'y est plus chez elle. Elle avance d'un pas dans la mer nocturne glacée ; et d'un autre. L'eau se rue sur elle, lui monte jusqu'aux genoux, lui enlace la taille. Depuis son retour, elle n'est pas une seule fois allée se baigner. Les yeux clos, elle laisse son corps et son esprit partir à la dérive. Et, soudain, elle se sent tomber. Tout autour d'elle n'est que bulles et écume. Quand sa vision s'éclaircit, elle se trouve sur une scène, les yeux baissés vers des rangées de visages coléreux. Le plafond voûté qui la domine prouve qu'elle se trouve dans une église. Fen, Sayer et Matilde se tiennent près d'elle, enchaînées les unes aux autres. À cette vue, son cœur lui remonte dans la gorge. Une nouvelle chute. La vision explose en mille morceaux. Un des fragments lui montre Sayer, prisonnière des tiges d'une plante grimpante, se débattant pour se libérer. Un autre, Fen, immobile dans un enchevêtrement de racines. Un autre encore, Matilde, cernée de flammes rugissantes, les yeux à la fois creux et mornes. Une chute de plus efface tout cela.

Sa vision se divise. Elle se trouve à la fois dans un escalier, d'où elle regarde une jeune prisonnière aux chaînes d'argent, mais également en altitude, elle ne sait où, les yeux fixés sur les navires qui se pressent dans les canaux de Simta. Leurs voiles cramoisies emplissent la cité par centaines… par milliers. Ils vont la réduire en cendres.

Enfin, elle retrouve la liberté, mais l'avenir qu'elle vient de voir refuse de se détacher d'elle. Elle se débat pour émerger de l'eau et s'essuie les yeux. Il lui semble être en train de se noyer. Les voiles rouges persistent en un défilé au-dessus d'elle, marée meurtrière.

Elle inspire, tremblante, avance pas à pas. Plus sûre à chacun de son chemin. Son esprit retourne à l'avenir que Jacinta lui a donné autrefois. *Tu vas suivre un chemin tortueux, mais qui finira par te ramener chez toi.* La prédiction parlait de Simta. De Matilde, Sayer et Fenlin. C'est là le foyer qu'Æsa doit retrouver. La famille qu'il lui faut protéger.

PARTIE 2

JUSQU'À LA RACINE

Ma très chère Nadja,

Je me consume en pensant à toi. C'est tout juste si je respire sans éprouver le besoin de te serrer dans mes bras. À la pensée de tes lèvres contre les miennes, je me sens invincible, ma colombe. Ta magie m'électrise. Il n'existe rien de plus suave que toi.

À toi pour toujours,
W

– Vieille lettre de Lord Wyllo Regnis fils à la demoiselle Nadja Sant Held

CHAPITRE 06

DOUX-AMER

Fen a déjà commis d'innombrables effractions. Elle puise une satisfaction unique à ouvrir ce qui est prétendument impénétrable ; frissonne d'excitation en sentant une serrure compliquée céder à ses sollicitations. L'expérience lui a cependant appris qu'il est en général facile d'entrer : c'est la capacité à ressortir sans se faire prendre qui relève du talent.

Elle traverse le Club des Chasseurs chichement éclairé, un plateau entre les mains. Les volutes d'une fumée à l'arôme de clou de girofle sinuent autour d'elle et de la douzaine de seigneurs rassemblés. Un groupe fort sélect, dont chaque membre a dû montrer son carton d'invitation et l'anneau sigillaire de sa Maison pour être admis en ces lieux. Le Club des Chasseurs, exclusivement masculin, a beau être moins voyant que celui des Menteurs, certains des aristocrates les plus vieux jeu de la cité s'y retrouvent régulièrement. Tout y est d'un beige lustré. Le symbole de l'établissement est gravé à même les verres, un cerf au corps percé de flèches. Quelle subtilité. Un autre cerf, mort depuis des années et empaillé, se cabre sur un piédestal.

Fen arbore la livrée bleue du club, car un joueur qui devait un service aux Étoiles Noires lui en a prêté un exemplaire. Elle a réussi à en dénicher deux autres, pour Rankin et Hallie qui refusaient tout net de ne pas être de la partie. Olsa, lui, attend sur le toit, prêt à mettre en œuvre au besoin une évasion rapide et houleuse. Fen aurait préféré prendre seule le risque de cette soirée.

Les trois faux serveurs se sont servis des pommades alchimiques d'Alec Padano pour se déguiser. Ils ont tous les cheveux foncés aux Quatre Saisons. Un soupçon de Favoris Instantanés affuble aussi Rankin et Hallie de l'ombre d'une barbe. Des précautions franchement exagérées, de l'avis de Fen, puisque personne ne les a regardés de près. Ces messieurs attachent à peu près autant d'importance à la domesticité qu'au papier peint. Comme elle savait néanmoins que son bandeau attirerait une attention malvenue, Alec lui a donné un produit formant une pellicule teintée qui rend son œil vert du même brun que l'autre. Des yeux comme les siens, couleur de Source selon l'expression populaire, signifient, s'il faut en croire la superstition, que leur propriétaire est fille de magie. Voilà pourquoi elle a décidé de cacher le plus voyant, quand elle s'est enfuie de l'orphelinat. Au début, le bandeau la désorientait. Elle avait du mal à jauger les distances, et l'angle mort qu'il créait lui a posé problème dans quelques bagarres. Maintenant, c'est quand elle y voit des deux yeux qu'elle se sent un peu décalée. L'œil vert pleure, mais elle ne peut se permettre de le frotter. Les couleurs lui semblent trop vives, malgré la pénombre. Un nobliau fluet jette littéralement son verre vide sur le plateau, manquant le déséquilibrer.

« Je vous dis que c'était un vrai pandémonium. Cette fille a essayé de tuer Heath. Elle l'a ligoté dans un fauteuil d'un simple coup d'œil, par la seule force de sa volonté. »

Un autre jeunot frissonne.

« Cette sorcière des tempêtes a l'air très dangereuse, en effet.

— En tout cas, elle sait y faire pour casser l'ambiance. »

Des commentaires comme ceux-là sont limpides : Sayer a ennuyé ces messieurs. Fen ne sait trop si elle en est fière ou si elle trouve ça agaçant.

« Toi. » L'un des types tend le doigt dans sa direction. « Va me chercher un porto. »

Elle s'approche de la table des boissons, poussée contre un mur et près de laquelle se tient Rankin, une boîte à cigarettes à la main. Il vient d'avoir 14 ans. Sa silhouette dégingandée commence depuis peu à se remplir. Sa chevelure brune rebelle, ce soir impitoyablement lissée en arrière, lui donne l'air plus âgé, mais Fen a du mal à voir en lui autre chose que le gamin terrifié avec lequel elle s'est enfuie de l'orphelinat. Un véritable petit frère. Si seulement il était resté à la maison, ce soir.

« Quoi de neuf ? lui demande-t-elle à voix basse.

— Pas grand-chose. Les richards aimeraient bien que ça commence, mais à les entendre, ils n'en savent pas beaucoup plus que nous sur la fameuse drogue. »

Fen a la même impression. A priori, personne n'a parlé ni de la Main Rouge ni du tue-magie. Il faut espérer que la démonstration sera plus fructueuse.

« Et toi ? Tu as appris quelque chose d'intéressant ? s'enquiert Rankin.

— Seulement que la sorcière des tempêtes a froissé quelques plumes. »

Il sourit, dévoilant des dents du bonheur.

« C'est bien elle, ça. »

À l'autre bout de la salle, les portes principales se referment avec un claquement étouffé, suivi d'un cliquetis significatif. Elle tressaille, mais tout va bien : les serveurs vont et viennent par une porte plus discrète, que dissimule à demi une plante en pot flanquée d'une antique armure. Les intrus ne comptaient de toute manière pas déguerpir par l'entrée principale. Il n'empêche : ce genre de cliquetis la fait toujours penser à la cave de l'orphelinat. Dorisall l'y enfermait dans l'espoir que la peur ferait remonter son éventuelle magie à la surface. Une tactique qui a fonctionné : la première fois, elle a fait fondre une cuillère pour fabriquer une clé. Heureusement, il ne l'a pas prise sur le fait. Mais il a eu des doutes, ce qui l'a convaincue de ne plus jamais se servir de ses pouvoirs pour s'évader. Le cliquetis lui rappelle les longues heures passées enfermée dans le noir.

Rankin danse d'un pied sur l'autre.

« Tu crois que Dorisall va venir, ce soir ?

— Ça m'étonnerait. »

Il semble impossible à la jeune femme que le pater donne de son plein gré quelque chose à des hommes pareils : n'étant ni des fanatiques ni des abstinents, ils ne font pas partie de son troupeau. Or Dorisall a toujours été persuadé qu'il fallait rendre la magie à la Source, pas la distribuer aux seigneurs de ce monde comme les petits cadeaux qu'on leur remet lors des grands bals. Il n'aurait jamais changé d'avis, elle en est certaine, malgré la voix lointaine qui lui chuchote au fin fond de son esprit qu'il n'est pas étranger à cette histoire. Si elle arrive à trouver de quelle manière il est impliqué et à s'approprier au passage un peu de tue-magie, tant mieux.

« Mais si jamais ça tourne au vinaigre, rappelle-toi ce que je t'ai dit », ajoute-t-elle.

La barbe provisoire de Rankin remue quand il serre les dents.

« Je ne suis plus un enfant. Il ne me fait pas peur. »

Pur mensonge.

« Tu feras ce que je te dis, Rankin.

— Mais…

— Ne te laisse pas distraire, s'agace-t-elle. On a du boulot. »

Il s'éloigne discrètement. Fen soupire : elle n'aurait pas dû perdre son calme. Mais un filet de sueur lui dégouline dans le dos, trempant sa chemise, et ses mains tremblent. Ce soir, elle travaille sans mastic. Il ne lui en reste qu'un morceau, qu'elle réserve pour le moment où elle en aura vraiment besoin. Peut-être cette absence explique-t-elle la sensation familière qui s'impose brusquement à elle, l'impression que quelqu'un vient de glisser une clé dans sa serrure. Une clé qui se prend entre ses côtes et qui *tire*.

Par les chats infernaux ! Sayer.

Que vient-elle faire là, au nom des dieux ?

La tête basse, Fen s'approche d'un pas mesuré – surtout ne pas attirer l'attention – du type qui lui a demandé le porto, non sans parcourir discrètement la salle des yeux, une fois de plus. Pas de trace de Sayer. Mais on ne voit la sorcière des tempêtes que si tel est son bon plaisir. Fen a cependant l'habitude de trouver Sayer, de se gorger de son image quand l'objet de son attention regarde ailleurs. Là, dans un des escaliers en fer forgé qui montent en colimaçon jusqu'à la bibliothèque de l'étage. Une sorte de torsion de l'air agite la fumée au clou de girofle. Les contours d'un corps indiscernable.

Elles ont fait connaissance il y a des années, à la porte de service du café des Deux Lumières, mais Fen avait déjà vu Sayer pour la première fois un an auparavant, sur un marché de nuit. À l'époque, elle était déjà une voleuse accomplie et avait pris l'habitude d'évaluer chaque personne comme cible potentielle. Quelque chose dans la manière dont Sayer bougeait a attiré son attention. L'éclat de ses yeux dorés comme le miel la retenait. La longue ligne de sa nuque, la grâce de sa démarche. Fen s'était découverte incapable de détourner le regard. Et puis un vendeur avait provoqué par une remarque l'hilarité de Sayer : un chant de lumière liquide. Fen avait eu envie de le lui voler. Depuis, elle rêve souvent de lui dérober un baiser… voire un cœur.

Laisse-la se cacher, se dit-elle en s'approchant discrètement de l'escalier.

Fiche-lui la paix, insiste-t-elle en le montant à pas de loup. Pourvu que les richards ne s'aperçoivent de rien…

Les marches mènent à un balcon moquetté qui fait le tour de la salle, bordé d'une balustrade le long de laquelle s'alignent des vignes-lunes en pot. La coupole du plafond le domine de trois mètres, avec ses panneaux transparents d'un vert olive de bon ton. Des bibliothèques encadrent les étroites allées qui partent de la mezzanine, comme les rayons attachés au moyeu d'une roue. On voit de là les têtes des seigneurs qui vont et viennent au niveau inférieur. Il suffirait qu'ils lèvent les yeux pour s'apercevoir que Fen est montée, mais au moins, personne n'a allumé les lanternes du balcon et la pénombre la dissimule vaguement. Elle est prête à prendre le risque d'appeler Sayer à voix basse, quand on l'attrape par la main pour l'entraîner dans l'allée la plus proche.

« Fen, chuchote Sayer. Ça t'en a pris du temps.

— Qu'est-ce que tu fiches là ? demande Fen, tout aussi bas, en se dégageant.

— La même chose que toi, je suppose. »

Sayer efface en partie son camouflage, dévoilant sa coupe au carré, son cou gracile, son masque gris foncé. Ses lèvres, également. Fen absorbe le moindre détail de l'apparition avec avidité. Consciente de ne pouvoir trop s'en approcher.

« C'est-à-dire ?

— Ne joue pas les innocentes. Hallie m'a parlé de la démonstration. Tu croyais vraiment que j'allais laisser passer une occasion pareille ?

— Elle n'aurait pas dû, marmonne Fen en détournant les yeux.

— Pourquoi ça ? Les Étoiles me font toujours confiance, même si toi, non. »

Blessée par la riposte, elle se garde cependant de le montrer. Il ne faut pas qu'elle se laisse déconcentrer maintenant.

« Pourquoi ne m'en as-tu pas parlé, toi ? insiste Sayer. On aurait mis un plan au point ensemble.

— Parce que tes plans ont tendance à semer le désordre et que je ne peux pas me le permettre. » Les traits de Sayer laissent brièvement apparaître ce qui ressemble à de la souffrance. Fen rassemble ses forces pour ne pas se laisser attendrir. « Quoi qu'il en soit, je n'ai pas besoin de magie pour m'en sortir. Toi si. Or il se peut qu'ils aient du tue-magie. C'est dangereux. »

Son interlocutrice sourit.

« Tu n'as pas entendu ? Il n'existe rien de plus dangereux que moi. »

Fen ne devrait pas trouver cette réponse si séduisante. Elle aimerait se laisser aller… mais il faut convaincre Sayer de repartir.

« J'ai tout prévu. Ressors par le couloir de service quand le spectacle commence et que tout le monde pense à autre chose. Je te retrouve dehors après.

— Excuse-moi de douter de ta parole. »

Ce qu'a dit Fen à Sayer lors de la Moindre Nuit est encore là, entre elles, fantôme en lévitation. *Je te retrouverai toujours. Tu es mon ombre…* Jamais elle ne s'était montrée aussi honnête. Mais elle ne peut laisser personne la toucher au cœur, pas même Sayer. *Surtout* pas Sayer, qui nuit trop à sa maîtrise d'elle-même.

« Je vais considérer cette option, reprend Sayer. À condition que tu me dises pourquoi tu m'évites. »

On ne peut pas parler d'évitement. Plutôt de… d'abstinence. Parce que Fen sait qu'elle risque l'addiction.

« J'ai été très occupée. Les Étoiles me prennent tout mon temps. Ça n'a rien de personnel. »

Sayer avance d'un pas, la plaquant contre une bibliothèque.

« Menteuse. »

Elles sont à la limite du corps à corps, au point de se frôler presque de partout. Une proximité qui enivre Fen. La présence d'autres filles de magie rend toujours ses propres pouvoirs plus difficiles à refréner, mais là, c'est différent. Il lui semble que ceux de Sayer sont des racines qui se fraient un passage sous l'armure qu'elle a mis des années à se fabriquer, menaçant de la réduire en pièces. Quelque chose en elle aimerait céder, s'abandonner. Mais elle a toujours payé cher ses émotions – et sa magie. Tout a un prix.

Et voilà qu'il revient. Feuillage frémissant à la limite de son champ de vision, lumière agonisante. Le fouet de Dorisall claque.

Petite crapule, murmure-t-il. *Tu ne peux pas m'échapper. Je te vois.*

Le cauchemar cherche à la gober entièrement.

Elle ferme les yeux de toutes ses forces.

« Fen ? Qu'est-ce qui se passe ? »

La voix de Sayer s'est adoucie. Incapable de le supporter, Fen tire sa petite boîte en argent de sa veste. Le mastic empeste, comme toujours, mais rien ne lui a jamais paru plus suave. Le cauchemar reflue, l'obscurité disparaît. Elle prend une longue inspiration tremblante, pleine de reconnaissance.

Silence, tendu et frémissant. Fen se contraint à ouvrir les yeux et à affronter l'horreur de sa compagne.

« Dis-moi que tu ne te sers plus de ce poison. »

Encore une raison pour laquelle elle évite Sayer. Fen savait qu'elle ne comprendrait pas... Une sensation détestable lui monte sournoisement dans la nuque, la pesanteur de la honte.

Au rez-de-chaussée, quelqu'un claque des mains. Les deux filles sursautent. Fen se rapproche discrètement de la balustrade pour regarder en bas. Ces messieurs ont formé un cercle approximatif autour de quelqu'un dont elle ne distingue pas le visage. Juste une veste de velours foncé et une chevelure lissée en arrière, argentée aux tempes. L'homme tourne sur lui-même, en magicien désireux de montrer qu'il n'a rien caché dans ses manches.

« Soyez les bienvenus, mes amis, lance-t-il. Je vous remercie de vous être joints à moi ce soir.

— Non, ce n'est pas possible », murmure Sayer.

Mais elles ont toutes deux reconnu Wyllo Regnis.

Incapable de regarder son père en face, Sayer se concentre sur ses mains, manucurées et délicates. Des mains d'aristocrate, qui n'ont pas l'habitude du labeur. La première fois qu'elle les a vues, c'était sur le corps de sa mère, qu'elles attiraient contre lui pendant qu'il l'embrassait. Debout, appuyé au mur de l'appartement que louaient mère et fille au-dessus de l'atelier d'un orfèvre. La petite Sayer ignorait alors que l'intrus était son père. Il s'agissait à ses yeux d'un homme comme un autre, décidé à boire jusqu'à la dernière goutte ce qui restait de magie à Nadja Sant Held. Il n'y a pas si longtemps, il a aussi essayé de lui voler la sienne.

Cette nuit-là, c'est Fen qui l'a sauvée, en emprisonnant Wyllo. La captivité de Lord Regnis a malheureusement été de courte durée. Il n'a pas été vaincu. Sayer s'est juré de lui gâcher la vie une bonne fois pour toutes, mais elle n'a pas encore trouvé comment s'y prendre sans nuire en même temps aux femmes de sa famille, qui n'ont pas mérité de partager la chute de ce monstre. Elle s'est cependant servie de ses pouvoirs pour écorner les forces de l'aristocrate. La sorcière des tempêtes lui a volé notes et registres, a mis en danger ses contrats et ses investissements et est allée jusqu'à incendier un de ses entrepôts dans l'arrondissement du Dragon.

Laissez-le tranquille, l'a pourtant prévenue Leta. *Un loup acculé a parfois des réactions désespérées.*

Mais Sayer tenait à ce qu'il passe son temps à regarder par-dessus son épaule, sachant que les ombres dissimulent des poignards et une fille qui n'a pas peur de s'en servir. Elle croyait lui avoir fait peur. Elle aurait dû se douter qu'il prenait juste le temps d'aiguiser ses griffes.

Il sourit à l'assemblée.

« Vous êtes ici parce qu'on vous a fait certaines promesses. Laissez-moi vous assurer qu'elles seront tenues. J'ai bel et bien quelque chose de très spécial à vous montrer. Quelque chose de neuf et d'extrêmement puissant. Une substance qui ne ressemble à aucun des produits alchimiques que vous pouvez vous procurer dans nos rues à cette heure. »

Une vague de murmures parcourt son auditoire.

« Vous m'étonnez, Wyllo, lance un type bedonnant. Je vous croyais abstinent. »

L'orateur hoche la tête, lentement.

« Je le suis, en règle générale. Je ne crois pas qu'il soit bon pour un homme d'obtenir chance ou plaisir grâce à la magie. Mais je crois à la défense de nos investissements. Les Grandes Maisons ne peuvent se permettre de perdre les fortunes qu'elles ont bâties. »

Ses yeux étincelants débordent de promesses. Quand il continue son discours, c'est sur le ton chantant d'un conteur :

« Il y a de cela des siècles, les dernières Oiselles Sauvages s'en sont venues à Simta. Les Grandes Maisons ont décidé de les accueillir, alors que personne d'autre ne voulait d'elles. Nous leur avons tout donné : nos soins, notre protection, la respectabilité. Le système des Oiselles de Nuit a été fondé pour leur apporter confort et sécurité. Au fil du temps, nous avons façonné leurs pouvoirs, malgré ce qu'il nous en coûtait. »

Pardon ? Ce qu'il leur en coûtait ? Les Maisons n'ont eu qu'à se féliciter de cette tradition. Alors que les filles, obligées de s'y plier, en payaient le prix.

« Mais voilà que ce système a été détruit, ses secrets dévoilés. On nous accuse, nous, les seigneurs des Maisons, de nous approprier ce qui ne nous appartient pas. À en croire Matilde Dinatris, la magie qui court dans nos lignées n'est pas réellement nôtre, bien que nous l'ayons protégée. On nous dit qu'il est criminel de demander à une Oiselle de partager son don, qui est pourtant nôtre de plein droit. »

Quelques grognements de colère saluent cette déclaration. Sayer se cramponne de toutes ses forces à la balustrade.

« L'Église nous enseigne que la magie est chose sacrée. Elle a raison, bien sûr. Il ne faudrait en user ni en toute insouciance ni imprudemment. C'est pourquoi le système des Oiselles de Nuit fonctionnait aussi bien. On ne peut faire confiance aux filles de ce genre pour gérer un tel pouvoir. Non que ce soit leur faute : elles sont tout simplement trop faibles pour le manier judicieusement. Nous en avons eu la preuve quand elles ont été livrées à elles-mêmes. La soi-disant sorcière des fleurs a causé le plus grand désordre dans les rues du Phénix. Celle des mers s'est évadée de prison et a détruit un navire de guerre. Quant à Matilde Dinatris, elle a ensorcelé notre suzerain et infligé ce faisant des dommages incalculables à notre République. Je tiens en outre de source sûre qu'elle est responsable du triste état de confusion mentale de Lord Teneriffe Maylon fils. »

Les cris d'indignation redoublent. Wyllo expose ses arguments comme on abat ses cartes au krellen pour dévoiler à ses amis une main gagnante.

« Et la sorcière des tempêtes ! gronde-t-il. Son immoralité est sans bornes. Elle passe ses nuits à terroriser les paters et à traquer les hommes respectables en toute impunité. »

Une onde de mauvais augure parcourt son public.

« La vérité que ces filles refusent d'admettre, c'est qu'il leur est impossible de contrôler leur pouvoir. Il leur faut une laisse courte, tenue d'une main ferme. Elles ont *besoin* que nous les guidions. Ce soir, je vous ai apporté un moyen de le faire. »

Fen s'est totalement figée. Sayer est également incapable de bouger. Le discours de Wyllo s'infiltre à travers sa peau en véritable venin.

« Regardez. » Il sort quelque chose de sa poche. « Le Sucre. » Ce disant, il lève ce qui ressemble fort à une friandise jaune, un losange semblable à celui dont Sayer s'est emparée à l'enterrement de vie de garçon. « Nous savons tous qu'il est impossible de prendre sa magie à une Oiselle sans son consentement. Il faut que la donzelle la donne. Grâce au Sucre, elle s'y sent obligée. Mais il est aussi possible de lui faire faire ce qu'on veut, tout simplement. »

Des murmures fiévreux s'élèvent, tandis que les auditeurs échangent de petits coups de coude.

« Il se dissout dans n'importe quel liquide, reprend l'orateur. Son goût est sucré, de fait, mais par ailleurs indétectable. Quand la fille l'a absorbé, vous devez être la première personne à lui parler. C'est ainsi que vous devenez son gardien. »

Gardien. Le mot même que le fêtard de l'enterrement de vie de garçon a craché à Sayer. Un mot synonyme de contrôle total.

« Ça dure combien de temps ? crie un des seigneurs.

— Une dose fait effet un jour entier. »

Les murmures d'excitation redoublent.

« Il faut rester avec la fille ? demande un autre type. Pour en garder le contrôle ?

— La distance n'a aucune importance. Elle vous reste soumise aussi longtemps que se prolonge l'effet du Sucre. Vous pouvez l'envoyer en mission après lui avoir exposé votre but. Nul n'est alors capable de la dissuader d'obéir.

— Et ça ne leur fait pas mal ? s'enquiert une voix dubitative.

— Pas du tout, assure Wyllo. Elle a un peu mal à la tête ensuite, comme après n'importe quel bon cocktail de contrebande, mais je me suis laissé dire que la sensation était en réalité agréable. Les femmes aiment être dominées. »

Ses auditeurs boivent littéralement son discours en s'adressant de petits hochements de tête les uns aux autres. Leur excitation donne la chair de poule à Sayer.

« Excusez-moi, Wyllo, intervient un type au crâne dégarni, mais je trouve votre histoire un peu étrange. Je n'ai jamais entendu parler d'un produit alchimique qui possède un tel pouvoir. Qu'en est-il de votre supposée preuve ? »

L'orateur dévoile ses dents blanches dans un grand sourire. Puis il retourne à la porte, où il fait signe d'entrer à quelqu'un. Une fille le rejoint d'une démarche hésitante et lui prend le bras. Le cœur de Sayer se serre comme celui d'un oiseau en pleine chute.

« Tu la connais ? lui demande Fen à l'oreille.

— Oui. » Elle déglutit. Deux fois. La bile lui monte dans la gorge. « C'est Jolena. »

Sa demi-sœur. Qu'elle s'était promis d'aider, de protéger.

Sayer s'est introduite plus d'une fois chez les Regnis pour la voir. Par curiosité, au début. Puis, très vite, elle a été séduite, bien malgré elle. Les deux filles s'installent sur le toit, juste à l'extérieur de la chambre de Jolena, pour discuter jusqu'aux aurores. Si peu qu'elles aient en commun, elles trouvent toujours des tas de choses à se dire. Jolena a 14 ans. Malgré son existence protégée, elle est curieuse, candide et pleine d'humour. Ses yeux sont les fenêtres de son âme. Ils s'illuminent à l'apparition de Sayer, quoiqu'elle ignore qu'elles sont du même sang. Mais, ici et maintenant, elle se tord les mains, en proie à une anxiété non dissimulée. Elle a l'air si petite parmi ces hommes. Si seule.

« *Votre* fille ? s'étonne l'un d'eux. C'est une magicienne ?

— Oui. » Wyllo a l'air solennel. « Je ne l'ai découvert que récemment. »

Mais comment ? Jolena a promis à Sayer de ne jamais pratiquer sa magie de la terre chez elle, où elle risquait d'être vue. Il aurait fallu faire quitter le manoir à la petite.

« Je l'ai amenée dans l'espoir de vous rassurer quant aux usages du Sucre et à son caractère inoffensif. Vous savez bien que je ne donnerais jamais à ma propre fille quelque chose de nocif pour elle. »

Quel ramassis d'âneries. Sayer ne sait que trop bien ce que ce monstre est capable de faire à ses filles. Toutefois, contrairement à elle, Jolena fait partie de la famille qu'il s'est choisie.

« C'est à l'un de nous de lui servir de gardien, déclare le type à moitié chauve en s'approchant du père et de la fille. Cette petite suivrait probablement vos ordres de toute manière, Wyllo. Il nous faut quelqu'un qui n'exerce pas sur elle une autorité préétablie. »

Le jeune homme près duquel il se trouve lève une main empressée

« Je peux m'en charger.

— Très bien. » Wyllo lui fait signe de le rejoindre. « Venez, Owen. »

Ledit Owen se détache de la foule. Sayer a un haut-le-cœur en reconnaissant son horrible petit bouc : Labyrinthe Végétal, le type qui a essayé de s'emparer d'elle à l'enterrement de vie de garçon. À la pensée qu'il puisse exercer le moindre contrôle sur Jolena, elle est prise de l'envie de l'épingler une seconde fois contre le mur.

Wyllo prend une coupe à demi pleine, y laisse tomber le losange jaune puis la tend à Jolena. Elle y plonge le regard. Ses mains tremblent.

« Buvez, ma fille », ordonne-t-il.

Sayer s'anime, prête à se battre, mais Fen l'arrête. *Pas encore*, lit sa compagne sur ses lèvres.

Wyllo et Owen échangent tout bas quelques mots pendant que Jolena boit. Les spectateurs, fascinés, la regardent reposer la coupe en vacillant légèrement. Elle a les yeux vitreux. L'ensemble de la salle retient son souffle.

« Accordez-moi toute votre attention, Jolena », lance Owen.

La pauvre petite joint les mains en pupille empressée.

« Oui, messire. »

Sa voix, quoique toujours reconnaissable, a quelque chose d'un peu brouillé. De plat.

« Dites-moi, ma jeune amie, quelle est votre magie ?

— Je suis capable de parler aux choses en croissance. Les plantes, les fleurs. Elles me répondent. Elles m'écoutent.

— Faites-nous une petite démonstration. »

Jolena lève la main. Les vignes-lunes en pot disposées autour du balcon s'animent. Les invités de Wyllo lèvent les yeux pendant que Fen tire précipitamment Sayer hors de vue. Elle regarde les plantes s'étirer, croître si vite qu'on entend les pousses jaillir des tiges principales puis filer vers le niveau inférieur à toute allure, en claquant presque. Elle a déjà vu Jolena cajoler des végétaux pour en accélérer la croissance, mais jamais de cette manière : autant à la fois, qui s'épanouissent à un tel rythme que c'en est presque violent. Faut-il y voir un effet de leur présence, à Fen et elle ? Amplifieraient-elles la magie de sa demi-sœur ? À moins que ce ne soit le Sucre ?

Les tiges ont atteint le rez-de-chaussée. Certaines, aussi épaisses qu'un bras, rampent entre les pointes des chaussures cirées de ces messieurs. Owen a l'air enivré, étourdi par son pouvoir d'emprunt.

« Ligote un des serveurs, ordonne-t-il à Jolena. Celui-là, tiens. »

Une des plantes se jette sur le jeune homme en livrée le plus proche, autour duquel elle s'enroule. Sayer plisse les yeux pour passer outre la barbe mal entretenue. Serait-ce… ?

« Aïe. » Rankin se débat pour se libérer. « Eh, dites, ça suffit ! Du balai.

— Serre », ordonne Owen, comme s'il n'avait rien entendu.

La tige resserre en effet son étreinte. Se contracte autour de la gorge et des côtes de Rankin. Son souffle se fait saccadé. Fen crache son mastic. Sayer, elle, est hypnotisée par la scène. Impossible de dire si Jolena est perturbée par ce qu'elle fait ni même si elle comprend ce qui se passe. Son visage, si expressif en général, n'est qu'une page blanche attendant l'encre d'autrui.

Au moment où Sayer se prépare à intervenir, Owen ordonne à Jolena de libérer Rankin. Le faux serveur recule, haletant. Un silence stupéfait règne dans la salle. Enfin, quelqu'un le rompt :

« Combien ? »

Wyllo sourit.

« Je ne demande que cinquante andels et la discrétion la plus absolue. »

Une somme étourdissante, ce qui n'empêche pas les mains de se lever.

« Combien en avez-vous ? » demande une autre voix.

Wyllo présente une longue boîte, du genre de celles qu'utilisent les chocolatiers.

« Un Sucre par personne.

— Un seul ? » Le type dégarni fronce les sourcils. « C'est tout ?

— Patience, messires. L'ingrédient principal de la substance est difficile à faire sortir du Callistan et tout autant à faire entrer en contrebande à Simta. Mais une cargaison ne devrait pas tarder à nous parvenir. Ne vous inquiétez pas, nous aurons davantage de Sucre pour Marée-Haute. Juste à temps pour la fête très spéciale de notre suzerain. »

Déjà, les invités de Wyllo s'empressent de tirer leurs portefeuilles en discutant avec animation. Cela ne les dérange pas de priver des filles innocentes de leur libre arbitre et de leur droit à choisir. Ils sont évidemment d'accord pour les droguer et leur voler leur lumière.

La fureur débordante de Sayer a le goût de la foudre. Les ombres s'approfondissent, s'étirent dans la salle. L'atmosphère change. Un courant d'air brutal balaie une carafe posée sur une table. Les hommes sursautent quand elle vole en éclats. Sayer aimerait les asphyxier, tous autant qu'ils sont.

Elle se concentre sur l'air afin d'en modifier les caractéristiques. Faire baisser la pression par magie exige du doigté, et elle n'a encore jamais essayé à une échelle pareille. Il lui faut davantage de pouvoir… oui, davantage.

« Fen. » Elle tend la main. « J'ai besoin de toi. »

Fen secoue la tête.

« Je ne peux pas…

— *S'il te plaît.* »

Un battement de cœur. Puis Fen prend la main offerte dans la sienne, moite et froide. Sayer n'a rien fait de tel avec aucune autre Oiselle depuis qu'elles ont quitté le monde souterrain, mais il se passe la même chose que dans ses souvenirs : un chatouillis, un écho, un jaillissement. Les bourrasques des tempêtes soufflent en elle à travers les ramures, tandis que sa magie s'entrelace à celle de Fen. Leurs pouvoirs s'étirent, s'éveillant d'un long sommeil agité.

Cette fois, quand elle entreprend de manipuler la pression, les choses se passent très vite. Elle crée de petites bulles d'air autour de Jolena, Rankin et Hallie afin qu'ils puissent respirer normalement, mais c'est sans le moindre scrupule qu'elle met tous les autres occupants de la salle à genoux. Certains s'écroulent, tremblants, en toussant et crachotant. L'un d'eux vomit bruyamment dans un seau à glace. Elle exerce sa magie jusqu'à ce que la plupart perdent conscience, jetés à terre telles des poupées de chiffon. Alors seulement elle se précipite dans l'escalier.

« *Tig* », dit Fen, dans son dos.

Son invisibilité s'est évanouie, elle le sait, mais son masque est toujours en place et peu lui importe de se montrer. Ce qui lui importe, c'est d'éloigner Jolena de leur père.

« Jolena ? »

Sa demi-sœur lève les yeux quand elle lui touche la joue.

« Sayer ? »

Un soupir de soulagement échappe à l'arrivante.

« Oui. Allez, viens. Dépêche-toi.

— Je ne sais pas… Je… »

Jolena hésite, le front plissé.

Le temps manque pour la douceur. Il faut qu'elles sortent de là. Sayer entraîne sa cadette, lente et vacillante, vers la porte de service. Nul ne cherche à les arrêter. Jusqu'à ce que résonnent trois mots étranglés, quoique coléreux :

« Tu *restes*, Jolena. » Owen ! Jolena se fige si brusquement que son bras échappe à Sayer. « Emprisonne-la ! continue le type d'une voix sifflante, qui dérape dans les aigus. Maîtrise la sorcière des tempêtes. »

Sayer se retourne vers sa demi-sœur, quand quelque chose la fait trébucher. Elle tombe si brutalement qu'elle se cogne la tête, mais une vigne-lune la relève immédiatement. Le tentacule s'enroule à une vitesse ahurissante autour de ses jambes, de son torse, trop rapide, malgré les coups de couteau qu'elle lui porte. Déjà, il lui immobilise les bras.

Elle promène autour d'elle un regard affolé. Hallie et Rankin s'approchent en courant, mais les seigneurs encore conscients les attrapent, la privant de leur aide. La vrille l'empêche de respirer, de se servir de sa magie, de réfléchir.

« Jolena, je t'en prie ! Arrête ! Tu peux lutter contre le Sucre. »

Pas de réponse. Le contrôle qu'elle exerçait sur la pression de l'air s'est évanoui. Elle a beau essayer de le rétablir, elle a mal à la tête et elle se sent étourdie. Il lui semble que son pouvoir est aussi ligoté qu'elle.

Les hommes inconscients se réveillent peu à peu. Wyllo, déjà relevé, lisse sa veste froissée puis tire un flacon de sa poche de poitrine. Elle sait de quoi il s'agit, elle le sent d'ici. Elle ne peut cependant empêcher son père de lui étaler la pommade au tue-magie sous le nez.

« Tu as surestimé ta main, lui dit-il à l'oreille. Et tu vas le payer, crois-moi. » L'horreur qui envahit la jeune fille lui vole sa voix. La voilà réduite à l'impuissance. Il lui semble revivre la Moindre Nuit. « Messieurs, reprend Wyllo en se tournant vers son public, il me semble qu'il est temps de dévoiler l'identité de la sorcière des tempêtes. Je suis sûr que vous êtes d'accord ? »

Des acclamations rauques saluent la proposition. Sayer se débat, en proie à une panique croissante. Il n'en tend pas moins la main vers son masque.

Avant qu'il ne puisse le lui arracher, un fracas métallique retentit tandis que quelque chose de brillant s'abat sur lui, le projetant de côté. Il faut quelques secondes à Sayer pour comprendre ce qu'elle voit : une armure animée. Wyllo roule hors de portée en jurant, au moment précis où la chose lui porte un coup d'épée. Pendant ce temps, les autres armures réparties autour de la salle s'animent, elles aussi, pour se jeter sur les aristocrates en brandissant leur masse ou leur fléau d'armes.

Ils battent en retraite vers les portes, non sans bombarder les guerriers magiques de verres, qui se brisent ou rebondissent sur leurs plastrons. Dans la bousculade, le cerf empaillé tombe de son piédestal sur Owen, qu'il réexpédie à terre. Rankin et Hallie débarrassent Sayer des vrilles qui l'emprisonnent, mais elle a beau essuyer la pâte puante étalée sous son nez, sa magie reste affaiblie. Jolena a l'air complètement perdue.

« Sayer ? demande Hallie par-dessus le vacarme. C'est toi qui fais ça ?

— Non. »

Sayer n'a jamais vu qu'une personne commander au métal de cette manière… Et Fen se trouve en effet toujours sur le balcon, suante, les yeux écarquillés.

« Le sifflet ! » crie-t-elle.

Hallie sort maladroitement un sifflet d'une de ses poches et y souffle avec vigueur. Une trappe s'ouvre dans la coupole de verre, dévoilant la silhouette robuste d'Olsa. Une corde se déroule. Hallie la montre à Sayer, qui se tourne vers son père. L'armure lui a posé le genou sur la poitrine, le plaquant à terre, mais il a toujours la boîte de Sucre à la main. Elle le rejoint et lui déplie les doigts un à un jusqu'à ce qu'il lâche prise en jurant.

« J'emmène aussi Jolena.

— Je te l'interdis, crache-t-il. Elle est à *moi*. »

Sayer lui montre les dents.

« Nous savons l'un comme l'autre que vous ne la méritez pas. »

Derrière elle, quelque chose se brise. Un nuage noir engloutit la salle : la Cape de Nuit. Une obscurité aussi impénétrable que l'encre. Sayer se redresse ; la tête lui tourne. Où sont ses amis ? Comment les retrouver ? Elle sent alors Fen s'approcher d'elle. L'entraîner un pas, deux pas plus avant dans le noir.

« Jolena ? halète-t-elle.

— Elle est là, crie Rankin, mais elle se débat. »

Elle tend la main vers sa demi-sœur, qui gigote en effet de toutes ses forces.

« Ne restez pas là comme des poissons assommés, balbutie Fen, hors d'haleine. Grimpez à cette fichue corde.

— Non ! » proteste Jolena.

Il faut pourtant que Sayer la sorte de là !

« Vas-y, par l'enfer, murmure Fen à l'oreille de Sayer. Je la tiens.

— Mais comment…

— Fais-moi confiance. *Bouge !* »

Elle obtempère et s'élève dans la Cape de Nuit, une main après l'autre, laissant derrière elle le chaos et les hurlements de Wyllo, qui appelle Jolena.

Quand elle ondule, j'entends la musique,
Quand elle s'amuse, je tiens la rythmique,
Quand elle m'embrasse, je sens qu'c'est magique,
Ça m'tambourine, c'en est épique.

– *Fille de magie*, nouveau morceau de jazz simtan

CHAPITRE 07

DE BRAISE ET DE FLAMMES

Matilde a trouvé plus facile qu'elle ne le craignait de quitter le palais sans se faire remarquer. Sortir en toute discrétion ne pose aucun problème, quand on peut s'affubler du visage d'autrui. Bien qu'elle ne se soit pas servie de ce petit tour depuis des mois, changer d'apparence ne lui a pas été difficile. Elle a adopté celle d'une de ses femmes de chambre, la jeune au nez retroussé, aux boucles rebelles et aux joues semées de taches de rousseur. Elle était pourtant à moitié tentée d'arpenter les rues sous sa propre identité, une audace qui aurait peut-être poussé un des soi-disant spectres à essayer de l'enlever. Qu'ils y viennent. Ils verront ce qu'ils verront !

Étroitement enveloppée de son manteau douillet, elle parcourt une rue éclairée par des lanternes vertes. Elle s'était déjà aventurée au Griffon – son carrosse traversait l'arrondissement pour l'emmener jusqu'au Cou, la bande de terre reliant Simta au continent –, mais elle n'y était venue à pied qu'une seule fois. Le calme règne. Ni musiciens de rue poussant la chansonnette dans les recoins ni colporteurs de citrine douce. Serait-ce à cause des Surveillants ? Ils traînent en bandes, bien visibles dans leurs uniformes ornés de la coupe retournée. Certains sont accompagnés de salukis, qu'elle veille à ne pas approcher. Heureusement, les chiens ont l'air incapables de sentir à distance la magie intrinsèque.

L'ambiance était très différente, la nuit où Petra et elle se sont glissées dehors pour venir rôder au Griffon. Elles avaient entendu leurs frères raconter qu'on pouvait franchement s'amuser dans le quartier Vert et voulaient voir de leurs yeux ce qu'on y trouvait de si excitant. Il avait tenu toutes les promesses de leur imagination : Tournepierres malicieux, musiciens de rue, rires tonitruants. Les deux filles s'étaient aventurées dans le premier établissement de nuit venu, où elles avaient dansé comme si personne ne les voyait. Elles ne s'y trouvaient pas depuis une heure qu'un valet de pied des Dinatris était venu les chercher pour les traîner jusque chez elles. Une des pires disputes de Matilde avec Grand-mère avait suivi.

Une dispute négligeable, comparée à celle qui les a opposées cet après-midi, quand il a été question des fiançailles de la jeune fille. Elle n'arrive toujours pas à croire que la douairière soit aussi insensible au remords. *Tu t'imagines que ta magie va suffire à te protéger ?* lui a demandé la vieille dame. *Tu oublies qu'elle finira par disparaître. Tu ne seras pas éternellement celle que tu es maintenant. Mais, unie à un Vesten, le suzerain qui plus est, tu resteras puissante. Et nous aussi.*

Matilde était furieuse d'avoir été acculée. La dernière réplique de Grand-mère lui tourne encore dans la tête : *Il est temps de grandir. Le devoir exige parfois des sacrifices. Et le devoir passe avant tout pour les femmes telles que nous.*

Elle a des devoirs envers sa famille, elle en est consciente, mais elle en a aussi envers les filles de magie simtanes. Elle n'a pas fait assez d'efforts pour les protéger de ceux qui cherchent à leur nuire. S'il lui est possible de les sauver de la nouvelle drogue dont on lui a parlé, il faut qu'elle s'en occupe.

Elle dépasse un club, puis un autre, sur le chemin du bâtiment qui l'intéresse. La porte est gravée d'ailes et d'une étoile à onze branches. Les Bains, un des établissements les plus sélects du quartier Vert, a pour clientèle les aristocrates des deux sexes qui aiment s'encanailler en jetant l'argent par les fenêtres. Une bourse bien garnie et le sourire charmeur qu'elle adresse au portier lui permettent d'être admise dans un long vestibule à l'éclairage tamisé. Un autre employé la déleste de son manteau. Sa robe de velours sombre ruisselle littéralement de pampilles. Elle ne se ressemble peut-être pas, mais ne s'en est pas moins habillée de manière à attirer tous les regards, suivant son habitude. On la guide jusqu'à une porte qui évoque l'entrée d'un bunker ou d'une armoire de rangement. Lorsque le battant pivote sur ses gonds, elle cligne des yeux face à l'obscurité.

Les Bains ont été précisément conçus comme des bains publics d'autrefois. Les lumorbes qui flottent sur l'eau de la piscine principale, creusée au centre du bâtiment, éclairent les mosaïques des colonnes, parsemées d'éclats de miroir étincelants. Les fêtards se pressent au bord du bassin, où ils trempent les orteils en sirotant des cocktails, ou dansent sur le balcon qui fait le tour de la vaste salle au niveau supérieur. Matilde lève la tête. Un plafond de verre sombre, encré par le ciel vespéral. Toutefois, c'est sur le bar qui occupe le côté opposé du balcon que s'arrête son regard. Sur un barman, très occupé à piler des plantes et remplir des verres. Elle reste un moment pétrifiée, incapable d'en détourner les yeux.

Allez, ordonne-t-elle à ses pieds, rivés au carrelage lisse. *Ce n'est qu'Alec.*

Mais le voir là, après autant de temps, l'ébranle plus qu'elle ne l'aurait cru. Il lui semble que son cœur cherche à s'échapper de sa poitrine.

Enfin, elle monte un des escaliers menant à la galerie. Il reste au bar un tabouret libre, sur lequel elle se hisse. Penché en avant, accoudé au comptoir, Alec discute avec un client, ce qui permet à l'arrivante de l'examiner de la tête aux pieds. Chemise bleu pâle de bonne qualité, aux manches relevées jusqu'aux coudes, fines bretelles plaquées à l'ossature élancée. Il mâchouille, probablement des feuilles de frênette. Sa nouvelle coiffure – ses boucles noires ont été coupées très court et impitoyablement lissées en arrière – le change beaucoup : il a l'air plus réfléchi, plus circonspect. Mais il travaille toujours de la même manière, avec soin et concentration. Les muscles de ses avant-bras jouent sous sa peau pendant qu'il presse une demi-morelle. Un spectacle familier, qui allume en Matilde une chaleur dansante.

Enfin, il se tourne vers elle. Il ne va pas la reconnaître, impossible, vu le visage qu'elle arbore. Il n'empêche que, sous son regard, elle se sent à nu.

« Bonsoir. » Il s'empare d'un shaker propre. « Qu'est-ce que je vous sers ? »

Malgré le groupe qui joue bruyamment dans un coin, elle l'entend faire craquer une de ses phalanges, suivant sa vieille manie. Il faut un moment à Matilde pour retrouver sa voix envolée.

« Quelque chose d'unique. Je me sens d'humeur expérimentale. »

Il hoche la tête.

« Alcool ou alchimie ? L'alchimie est rare, en ce moment ; elle coûte donc trois fois plus cher.

— Vous avez l'air d'un esprit inventif. Étonnez-moi. »

Les coins de la bouche d'Alec s'incurvent.

« Quel courage. D'autant que nous ne nous connaissons guère.

— Nous avons toujours aimé vivre dangereusement, vous et moi. »

À cette plaisanterie malicieuse, habituelle entre eux, il se fige. Ses yeux sombres rapprochés flamboient. Elle ne veut pas être obligée de dire qui elle est ; elle préfère qu'il la perce à jour. Qu'il voie à travers le déguisement et sache qui elle est.

Il lui tourne le dos et s'éloigne.

Pincement de déception. Il n'a pas vu que c'est elle, évidemment. Mais il chuchote quelque chose à l'oreille de son collègue, sort de derrière le bar, la rejoint et la prend par la main pour la faire descendre de son tabouret.

« Venez. »

Elle lui emboîte le pas sans protester. Il l'entraîne à travers la foule, tourne à un coin de mur puis l'attire dans une alcôve, à l'abri des regards de la clientèle. Sans doute s'agissait-il autrefois d'un vestiaire. Les murs sont couverts de mosaïques, là aussi, vagues bleues mouchetées d'éclats de miroir. Il règne une chaleur étrangement électrique.

Alec lâche la main de Matilde et recule, sans la quitter des yeux, l'air aussi dur que le diamant. On dirait la figure de proue d'un navire.

« Tilde », dit-il enfin. Ce surnom affectueux emplit sa compagne de soulagement. Jusqu'à ce qu'il ajoute : « Tu ne devrais pas être là. »

Le ton accusateur de la déclaration hérisse le poil de la jeune femme. Le discours qu'elle a passé l'après-midi à répéter vole en éclats.

« Moi aussi je suis ravie de te voir, Alec. Je me porte comme un charme, merci de t'inquiéter de moi.

— Je suis sérieux. Il y a des Surveillants partout. Je suis surpris que le prince bâtard t'ait laissé sortir. »

Elle pose sur sa hanche une main provocatrice.

« Je ne suis pas un animal de compagnie. Je ne lui appartiens pas.

— Ah bon ? » Il croise les bras. « On s'y tromperait. »

Matilde en a le souffle coupé. La nouvelle de ses fiançailles est-elle déjà parvenue à Alec ? Il n'a pas l'air prêt à le lui dire.

« Et toi, alors ? riposte-t-elle. En parlant de possession... Je n'aurais jamais cru te voir vendre tes talents dans un endroit pareil. »

Cette fois, il s'enfonce les mains dans les poches.

« Après l'incendie du magasin, je n'avais pas tellement le choix. »

La mention de l'incendie arrête un instant la visiteuse, mais il faut qu'elle le dise : il faut qu'elle retourne le couteau dans la plaie.

« Tu aurais pu ouvrir ton propre magasin. C'est ce que Krastan aurait voulu.

— Avec quelles fournitures ? Quel argent ? J'ai tout perdu dans cet incendie. *Absolument tout.* »

La réplique emplit la petite alcôve, acérée, accusatrice. Débordante de la souffrance que partagent les deux jeunes gens.

« Par l'enfer, Alec. Je ne suis pas venue pour me disputer avec toi.

— Pourquoi, alors ? »

Elle devrait lui dire ce qu'il en est du Sucre avant que les choses ne se gâtent encore plus, mais quand elle rouvre la bouche, c'est tout autre chose qui en sort.

« Je voulais te voir. Nous ne sommes jamais restés aussi longtemps sans discuter, tous les deux. Il n'y a personne dans mon entourage pour me rappeler que je ne suis pas aussi spéciale que je le crois. » Cette remarque malicieuse ne lui vaut aucune réponse. Elle meurt d'envie d'ébouriffer les boucles tristement raccourcies et lissées d'Alec, de l'ébranler pour dissiper sa réserve, mais se contente de lui assener une autre vérité, plus précieuse encore. « Je voulais passer la soirée avec quelqu'un qui me voit telle que je suis. Il me semble parfois que toi seul l'aies jamais fait. »

Les joues la brûlent, mais l'aveu vient à bout de la raideur de son compagnon, dont les éclats de miroir incrustés dans les murs piquent le visage de points lumineux.

« Comment pourrais-je continuer à t'en vouloir quand tu me dis des choses pareilles ?

— Je crains que tu ne puisses pas. » Elle a retrouvé le sourire. « Alors, pourquoi ne pas boire un verre avec moi ?

— Si j'accepte, tu me promets de ne pas m'entraîner dans une bêtise quelconque ?

— Bien sûr que non. J'ai une réputation à tenir. »

Il pousse un soupir théâtral.

« Je vois. Un verre, point final. »

Et juste comme ça, ils sont de nouveau amis. Elle expire longuement, quelque chose en elle se relâche.

Il l'entraîne jusqu'au bar, où il persuade son collègue de le remplacer un moment puis mixe deux cocktails terriblement forts. Celui de Matilde lui monte aussitôt à la tête. Au début, ils se contentent de regarder la foule en se racontant des histoires sur les clients qui occupent la piste de danse, mais la musique endiablée donne envie à la jeune fille de se joindre à eux. Elle a beau être consciente qu'elle devrait ouvrir le compartiment secret de son sac à main pour en sortir le Sucre, la nuit leur appartient, à Alec et elle. La trêve qu'ils partagent est à la fois précieuse et fragile. Pas question de la briser. Tout ce qu'elle veut, c'est une heure de liberté en compagnie de son vieil ami ; une danse.

Elle repose son verre vide.

« Danse avec moi. »

Il fait la grimace.

« Tu es bien consciente que je vais juste te marcher sur les pieds, hein ?

— Pas si tu me laisses guider. »

Elle l'entraîne à travers la mer de danseurs. L'orchestre a entamé un morceau lent, dans lequel la voix de la chanteuse s'est faite plus suave, plus sensuelle. Matilde se met à se balancer en imprimant son rythme à son cavalier. C'est comme ça qu'elle lui a appris à danser, autrefois. Elle l'entraînait à travers le magasin de Krastan dans l'espoir de lui apprendre à créer un cadre où faire évoluer sa partenaire. Il l'accusait souvent de vouloir mener, mais c'est lui qui prend maintenant les choses en main, l'attirant contre son corps. Le temps passe, glissade délicieuse, quoique déchaînée. Depuis quand ne s'est-elle pas sentie aussi libre ? La certitude de ne pas être soumise en permanence à une multitude de regards évaluateurs l'enivre. Personne ne sait qui elle est, à part Alec. Elle renverse la tête en arrière pour laisser la lumière jouer sur ses paupières closes. Quand elle les rouvre, ses yeux croisent ceux du jeune homme.

« Je suis désolé pour ce que j'ai dit à la Moindre Nuit », déclare-t-il.

Elle détourne le regard.

« C'est tout juste si je m'en souviens. »

Pur mensonge, évidemment. Jamais elle n'oubliera comment il a réagi à sa décision de rester au palais. *Krastan en serait malade s'il te voyait te prostituer à un Vesten.*

« Ce n'était pas bien. Je n'aurais jamais dû dire une chose pareille. »

Elle déglutit.

« On a tous les deux dit des choses qu'on ne pensait pas. »

Ils tournoient quelques instants en silence.

« J'étais en colère, reprend enfin Alec. Je le suis peut-être encore. Mais tu m'as manqué, Tilde. Chaque jour. »

Il la serre contre lui. Le temps d'un battement de cœur, elle se demande s'il ne va pas l'embrasser. Puis il voit manifestement quelque chose derrière elle et s'immobilise sans prévenir.

« Par les chats infernaux ! »

Il l'attrape par la main et l'entraîne à travers le roulis des danseurs. Elle trébuche légèrement sur ses talons hauts.

« Qu'est-ce qui se passe ?

— Rien. Ne te retourne pas. Ne te retourne *pas*, je te dis. »

Un jeune homme patibulaire en veste bleu-vert rôde sur la piste de danse. Vu son allure de voyou et la fleur épinglée à son revers, il s'agit d'un Tournepierre. Matilde distingue à un moment quelque chose qui ressemble fort à une dent en métal foncée dans sa bouche.

« Qu'est-ce qu'il te veut ? »

Sans répondre, Alec l'entraîne vers un escalier métallique ajouré. À peine en a-t-il monté deux marches qu'il jure derechef : manifestement, quelqu'un qu'il n'a pas non plus envie de voir descend dans leur direction.

« *Alec*, insiste Matilde. Dis-moi.

— C'est… » Il est en nage, maintenant. « Gwellyn Mane, le second des Krakens. Je lui dois quelque chose. Il ne faut pas que ses sbires me trouvent. Ni toi. »

Elle cligne des yeux avec force. Rien de tel pour retrouver la sobriété que la nécessité du subterfuge. Un rapide coup d'œil circulaire lui permet d'évaluer la situation. Un canapé se dessine dans la pénombre, sous l'escalier. Les fêtards précédents ont accroché aux marches qui le surplombent des pièces de leurs tenues qui composent une sorte de rideau scandaleux.

« Fais comme moi », chuchote Matilde en tirant son compagnon dans cette direction.

Elle le pousse sur le sofa puis remonte sa jupe de velours. Un genou enveloppé d'un bas de soie se pose de chaque côté d'Alec tandis qu'elle s'installe à califourchon sur ses genoux.

« Tilde, s'étrangle-t-il. Qu'est-ce que tu *fais*, par l'enfer ? »

Elle se saisit d'un haut-de-forme dans la penderie improvisée qui se balance au-dessus d'elle et en coiffe les boucles massacrées.

« Tais-toi, Alec. »

Sur ces mots, elle se penche et s'empare de ses lèvres. Pendant un instant, tout se fige. Puis il se détend. Sa bouche s'entrouvre. Le baiser évoque une longue, une parfaite exhalation.

La dernière fois qu'ils se sont embrassés, c'était dans le magasin de Krastan. Ça a été bref et cuisant. Elle y pense presque toutes les nuits, depuis. En se demandant quel effet cela ferait de l'embrasser alors que le monde alentour ne brûle pas. Serait-ce aussi bon qu'elle l'a rêvé ? Oui. Meilleur, même. Il a un goût de frênette, doux et frais. Elle a envie de le dévorer.

« Pose les mains sur moi », souffle-t-elle.

Il embrasse comme il prépare ses potions, avec une concentration absolue. Ses mains de travailleur de la magie voyagent des épaules aux hanches de sa compagne, intelligentes et assurées. Lorsqu'il l'empoigne par les hanches à travers le velours de sa robe, elle frémit. Et s'aperçoit qu'elle étouffe un gémissement bien réel. La magie monte en elle, désireuse de se déverser en lui. Elle doit se concentrer pour la dompter et ne pas laisser disparaître son déguisement.

Les Krakens descendent d'un pas lourd les marches juste au-dessus d'eux. Matilde se serre contre Alec, se penche sur lui, s'enroule autour de lui dans l'espoir de le dissimuler de son corps – avec l'aide du chapeau.

« Il est pas dans sa piaule ? lance quelqu'un d'un ton rogue.

— Non, Gwell, répond un des types dans l'escalier. Il est nulle part. »

Ledit Gwell jure, avant d'ajouter :

« Il est censé être derrière le bar. »

Matilde se cramponne au cou d'Alec. Pourquoi les voyous s'attardent-ils ?

« Oh, Peter, balbutie-t-elle, assez fort toutefois pour qu'ils l'entendent. Comme ça, oui. Plus fort. Oui, oui, *plus fort*. »

Le fameux Gwellyn ricane, derrière elle.

« Par l'enfer, prenez une chambre ! »

Et voilà, ils s'éloignent. Elle n'en continue pas moins d'embrasser Alec, par précaution. Et puis elle n'a aucune envie d'arrêter.

Lorsqu'elle s'écarte de lui, les yeux sombres du jeune homme se sont impossiblement assombris.

« Je crois qu'ils sont partis, murmure-t-il, un rien haletant. Je n'arrive pas à croire que ça ait marché.

— Bien sûr que ça a marché. » Elle a le souffle court, elle aussi. « Et de rien. »

Il s'éclaircit la gorge.

« Ils vont peut-être rester traîner dans le coin. On ferait mieux de ne pas trop se montrer. »

Ils montent l'escalier, qui mène à un vaste toit-terrasse. Matilde se penche pour toucher la coupole de verre, à travers laquelle elle devine la piscine, en contrebas. Sans mot dire, Alec l'entraîne le long de ce qui ressemble à une serre jusqu'à la porte d'un appentis indépendant. La petite pièce se révèle aussi immaculée que sa chambre d'antan, chez Krastan. Il s'y trouve un lit étroit, quelques lanternes et une commode. Elle a l'air très nue. La boutique de Krastan débordait de pots, de plumes, d'os et de joyaux – de vie.

La visiteuse laisse son déguisement s'évanouir. Renoncer ainsi à un visage lui brûle toujours la peau, comme si elle se frottait la figure avec une éponge abrasive, mais là, le regard d'Alec lui donne davantage l'impression de se déshabiller.

« Pourquoi les Krakens sont-ils à ta recherche ? » demande-t-elle, adossée à la porte.

Il souffle en se passant la main dans les cheveux, se décoiffant totalement.

« J'ai fait un peu d'alchimie pour eux, de temps en temps. Au noir.

— Dis-moi que tu ne leur as pas fourni d'armes », lance-t-elle, suspicieuse.

Il pince les lèvres.

« Je n'exerce aucun contrôle sur ce qu'ils font des produits de ma fabrication. Mais s'ils s'en servent pour lutter contre les Surveillants, j'en suis ravi.

— *Alec.* »

Krastan a toujours refusé de travailler pour les Tournepierres. Les voyous avaient beau payer largement, ils étaient, à l'en croire, trop malhonnêtes. Il ne serait pas content du tout.

« Quoi ? C'est bien toi qui viens de me dire que je devrais ouvrir mon propre magasin. » Alec se met à faire les cent pas. « Or c'est impossible sans argent, et ce n'est pas avec ce que je gagne ici que je risque d'y arriver. Se procurer des ingrédients coûte tellement cher, maintenant, que je n'aurais pas accès à la plupart si je ne travaillais pas pour les bandes. Tu n'as pas idée du mal que j'ai à trouver de la frênette, en ce moment. »

La plante dont il a besoin pour gérer sa maladie du sucre. Sans frênette, il mourrait, tout simplement. Mais quand même…

« De toute manière, je n'ai pas d'autre moyen d'aider Sayer, continue-t-il. Ni ce qui reste du monde souterrain. Mes compétences leur sont nécessaires.

— C'est trop dangereux.

— Comme tout ce qui vaut la peine. Je n'ai pas peur de prendre des risques pour la justice. »

Elle éprouve un pincement de remords… qu'il n'a sans doute pas cherché à lui infliger.

« Si tu avais besoin d'aide, tu n'avais qu'à venir me trouver. »

Il serre brièvement les dents.

« Je n'ai pas besoin qu'on me fasse la charité.

— Ce n'est pas de la charité. Tu es de la famille.

— Je n'ai pas de famille. Je n'en ai plus. »

La gorge de Matilde se serre. Impossible de déglutir. Krastan est là, entre eux, fantôme tangible et quasi réel.

« Tu vaux mieux que ça. » Ses doigts trouvent la chaîne de son médaillon. « Mieux qu'eux. »

Alec soupire.

« Que veux-tu de moi, Tilde ? »

Elle inspire à fond. Le moment est venu de lui dire pourquoi elle est là, en réalité.

Mais elle n'a qu'une envie, sentir de nouveau ses lèvres contre les siennes.

Elle l'attrape par les bretelles pour l'attirer à elle.

« Ça. »

Ça. Leurs bouches se fondant, s'adaptant l'une à l'autre. Alec lui rendant ses baisers avec autant de fougue qu'elle les lui donne. L'échange se poursuit, brûlant, haletant, comme s'ils cherchaient à se marquer mutuellement. Les doigts de Matilde, animés d'une volonté propre, débarrassent les épaules du jeune homme de ses bretelles, s'attaquent à ses boutons. Elle se fiche bien de n'être ni douce ni distinguée. Quand elle lui mord la lèvre inférieure, il pousse une exclamation étouffée. Une de ses bretelles à elle glisse sur son bras sans qu'elle fasse mine de la remonter. Elle veut sentir les lèvres d'Alec sur sa peau. Il lui embrasse le menton, le cou, continue à descendre. La flamme des deux lanternes qu'il a allumées bondit, dessinant des formes étranges.

« Ça va ? demande-t-il contre l'épaule nue de sa compagne.

— Merveilleusement bien », murmure-t-elle.

Sans s'écarter de lui, elle le pousse en direction du lit.

« Tu es sûre, Tilde ? »

Elle est sûre de ce qu'elle veut à cet instant : tenir le monde à l'écart, ne serait-ce qu'un moment ; retirer le masque qu'elle porte depuis si longtemps.

« Oui. Et toi ? »

Il lui caresse la joue, la nuque.

« Je ne me rappelle pas une époque où je n'ai pas voulu ça. »

Il s'assied sur le lit. Elle remonte sa robe pour s'installer à califourchon sur lui, comme elle l'a fait quelques minutes auparavant, mais il n'est plus question de faux-semblants.

« Si c'est vrai, pourquoi tu ne me l'as jamais dit ? »

Les mains d'Alec se referment sur ses hanches. Leur chaleur traverse les fines couches de tissu qui les séparent de la peau de Matilde. Le regard brûlant du jeune homme est presque plus qu'elle n'en peut supporter.

« À cause de ce que Krastan me disait, quand il me surprenait à te regarder : "Les demoiselles Dinatris sont trop bien pour des hommes tels que nous. Il vaut mieux éviter de désirer ce qu'on n'a pas le droit de toucher." »

Les joues de Matilde s'empourprent.

« Je ne suis pas une sorte de bibelot délicat posé sur une étagère.

— Je sais. Mais tu as toujours eu l'air… intouchable. »

Cette réponse la renvoie à toutes les raisons pour lesquelles ils ne devraient pas faire ce qu'ils sont en train de faire. Mais elle ne veut pas y penser, elle meurt d'envie d'éliminer les remparts de tissu qui les séparent.

« Enlève ta chemise », ordonne-t-elle.

Il obéit, venant à bout des boutons de son vêtement avec rapidité, dévoilant un corps souple et harmonieux. Mince, mais puissant. Pas l'ombre d'un bijou, à part un bracelet en lambeaux. Non : une tresse de rubans. Celle dont elle l'a affublé quand le magasin de Krastan flambait autour d'eux, juste avant qu'ils ne s'embrassent. La voir à son poignet, des mois plus tard, enhardit Matilde. Elle fait passer sa robe par-dessus sa tête et la laisse tomber à terre. Les yeux de son compagnon s'écarquillent à la vue de sa nudité, à peine voilée par une nuisette de soie diaphane – scandaleusement remontée sur ses cuisses.

Les mains d'Alec se reposent sur elle. Matilde halète. Elle a beau jouer les femmes d'expérience, tout cela est nouveau pour elle. Cela ne signifie pas qu'elle veuille arrêter. Pas alors que la lumière des lanternes brille dans les yeux d'Alec, les transformant en flaques de lave, et qu'il penche le visage vers le sien avec révérence. Lorsqu'ils recommencent à s'embrasser, des cascades d'étincelles se déchaînent en elle. Il lui semble que la moindre portion de son être est faite de flammes.

La porte s'ouvre en grand et heurte bruyamment le mur. Matilde sursaute, le cœur battant à coups redoublés, tandis que la petite pièce se remplit de monde. Les intrus restent un instant figés de saisissement, les yeux ronds. C'est vraiment trop humiliant.

« Sayer ! Combien de fois t'ai-je dit d'arrêter de prendre les gens par surprise ? »

La nature n'est ni bonne ni mauvaise. Elle aspire à l'équilibre ; à l'harmonie. On dit que quand une toxine s'épanouit dans les pétales d'une fleur, on en trouve souvent la cure dans ses racines. En alchimie, il est fréquent de découvrir que les différentes parties d'un végétal engendrent des effets opposés. C'est un équilibre. Le reflet se forge dans la même terre que l'original.

– Extrait d'un des calepins de l'alchimiste jaune

CHAPITRE 08

PAR LES RACINES

Matilde n'avait pas mis les pieds dans le bureau de Leta depuis une éternité. La pièce lui paraît à présent plus sombre, avec ses murs d'un mauve profond absorbant l'essentiel de la lumière des bougies. Elle trouve cette étrange réunion déconcertante. La table de travail semble trop imposante, le feu trop éclatant.

Quand Sayer, Fenlin, quelques Étoiles Noires et une gamine qui n'avait manifestement aucune idée de ce qui se passait ont fait irruption dans l'appentis des Bains, Matilde a dû virer à un cramoisi peu seyant. D'ailleurs, chaque fois qu'elle repense à la manière dont on l'a surprise dévêtue en compagnie d'Alec, un sentiment d'embarras la traverse. Enfin. Au moins, la petite inconnue a eu le bon sens de tourner de l'œil à cet instant précis, ce qui a empêché Sayer de lancer une de ses terribles remarques. La gamine – Jolena – est maintenant allongée sur le canapé du bureau, consciente, mais apparemment très affectée par ses aventures nocturnes. Curieux : Matilde savait que Wyllo Regnis avait deux filles légitimes, Lystra et Jolena, mais elle n'avait jamais vraiment pensé à elles comme aux sœurs de Sayer. Jolena a beau avoir le visage plus rond, plus doux, semé de taches de rousseur, elle lui ressemble vaguement par ses cheveux presque noirs et son nez fin. Sayer lui tient la main avec une tendresse sidérante. Ce n'est évidemment pas la première fois qu'elles se voient, et Matilde ignorait qu'elles se connaissaient.

Alec encourage Jolena, tremblante, à boire la décoction qu'il vient de préparer. Il ne disposait pas aux Bains des ingrédients nécessaires, raison pour laquelle tout le monde s'est retrouvé chez Leta : certaines des plantes rares cultivées dans sa serre ne sont pas purement décoratives, semble-t-il. Le jeune alchimiste s'est servi pour confectionner sa tisane des feuilles de l'une d'elles. Matilde n'arrivait pas à détourner les yeux de ses mains quand il a rempli la tasse. Ces mains qui, moins d'une heure auparavant, étaient posées sur son corps. Le moment a beau être mal choisi pour s'appesantir sur ce qui s'est passé entre eux, elle ne peut pas s'en empêcher. Elle sent toujours les lèvres d'Alec dans le creux de sa clavicule, telle une brûlure fantôme.

« Tu es sûr que ça va lui faire du bien ? s'inquiète Sayer, assise à côté de Jolena.

— Ça va l'aider à éliminer ce qu'ils lui ont donné. Mais comme je ne sais pas de quoi il s'agit, j'ignore combien de temps ça va prendre. » Il fronce les sourcils. « Comment s'appelle cette drogue, tu disais ? »

Les yeux dorés de Sayer étincellent en se posant sur Matilde.

« Tu avais une chose à faire, Dinatris. Tu ne lui as donc rien dit ?

— J'allais le faire, répond Matilde, le feu aux joues.

— De mon point de vue, la seule chose que tu allais te faire…

— Mesdemoiselles, intervient Leta. Pas maintenant. »

L'ancienne Madame s'est installée à son bureau, comme autrefois lors des réunions de ses Oiselles de Nuit. Elle qui se montre d'habitude si sereine, si détachée, semble à Matilde plus agitée qu'elle ne l'avait jamais vue. Son regard, fixé sur Sayer, s'obstine cependant à dériver vers la fenêtre devant laquelle se tient Fen. Depuis son arrivée, la Renarde tourne le dos au reste de la pièce. Matilde n'en distingue pas moins son reflet dans la vitre obscure. Apparemment, Fenlin dispose en réalité de ses deux yeux… mais l'un ne serait-il pas plus clair que l'autre ?

« Rankin ? Pourquoi ne pas nous présenter vos amis ? » demande Leta.

Matilde n'a accordé qu'un coup d'œil aux Étoiles Noires pendant le court trajet sous tension qui les a tous menés chez leur hôtesse. Elle connaît déjà Rankin, qui a grandi d'une bonne vingtaine de centimètres depuis la dernière fois qu'elle l'a vu. Les deux autres sont en ce qui la concerne de parfaits inconnus. Olsa, un garçon massif à la peau très brune, et Hallie, un petit barbu tiré à quatre épingles. Quoique, à mieux y regarder, il se pourrait que ce soit une fille.

« La barbe ne vous avantage pas, lui lance Matilde sans réfléchir.

— Je parie que je suis plus crédible que vous en mec », riposte Hallie, hautaine.

La jeune aristocrate manque en rire malgré elle. Hallie aussi, jusqu'au moment où son regard se repose sur Fen. Les yeux des Étoiles reviennent sans arrêt à leur cheffe, comme s'ils en attendaient un ordre ou une explication. Elle n'a l'air décidée à donner ni l'un ni l'autre. Matilde la trouve aussi plus mince, plus… affamée que dans ses souvenirs. Presque fragile, à la manière d'un tissu effiloché.

Matilde sent sa magie depuis l'endroit où elle est assise. Une traction, une familiarité fourmillante, que la présence de Sayer accentue. Elle n'a pas senti sa propre magie palpiter avec autant de force depuis la dernière fois que les quatre Oiselles Sauvages se sont vues. Si Æsa était là, quel effet cela lui ferait-il ? De quoi seraient-elles capables, ensemble ?

Jolena repose la tasse vide, qui tinte contre sa soucoupe. La pauvre petite bat des paupières, une fois, deux fois.

« Je suis tellement fatiguée. »

Sayer caresse ses cheveux emmêlés.

« Dors, si tu veux. »

Jolena se rallonge, la tête sur les genoux de sa demi-sœur. Ses yeux papillotent puis se ferment. Toutefois, ils se rouvrent quand Rankin lui pose une couverture dessus.

« Je suis désolée de vous avoir fait une chose pareille, murmure-t-elle. Mais il fallait que je le fasse. Il le *fallait*. »

Il ne répond pas. Se contente de la fixer, fasciné.

« Tout va bien, intervient Sayer. Ce n'était pas ta faute. »

Jolena n'a pas l'air de l'entendre. Son souffle ralentit peu à peu, pendant que Matilde essaie d'en suivre le rythme. Même assise, elle se sent mal assurée sur ses pieds.

Le silence règne un moment, que Leta finit par briser.

« Je crois que quelqu'un devrait nous raconter ce qui s'est passé, du début à la fin. »

Une seconde de silence supplémentaire, puis Sayer se lance dans le compte rendu des évènements qui se sont enchaînés au Club des Chasseurs : la présentation d'un produit alchimique doté du pouvoir de contraindre une fille de magie à obéir aux ordres d'autrui ; les seigneurs des Grandes Maisons en réclamant à grands cris. Une facette obstinée de la Matilde d'antan a envie de se boucher les oreilles à ce récit, de refuser d'y croire. Après tout, ces hommes ont autrefois fait serment de protéger, de chérir leurs Oiselles de Nuit. Comment peuvent-ils s'imaginer être de ce fait propriétaires de la magie de leurs filles ?

Mais pour elle, l'identité du vendeur est aussi terrible que les effets de la substance.

« Je n'arrive pas à y croire. » Elle en a la chair de poule. « Je sais que Wyllo Regnis est un être méprisable, mais soumettre sa propre fille à ce Sucre… c'est… c'est dépravé.

— Il n'a jamais témoigné beaucoup d'affection aux femmes qu'il côtoyait, fait remarquer Leta, le regard à la fois dur et lointain. Il s'agit à ses yeux soit d'atouts, soit de fardeaux.

— C'est normal qu'il ait fini par découvrir de quoi Jolena était capable, marmonne Sayer. Je n'aurais jamais dû la laisser au manoir Regnis. »

Mais comment a-t-elle su dans un premier temps ? Elle a gardé tant de secrets vis-à-vis de Matilde, ces derniers mois. Que lui a-t-elle caché d'autre ?

« Je suis surprise qu'un aristo prenne le risque de vendre un truc pareil, intervient Hallie. Les Surveillants l'écorcheraient vif pour s'en emparer. Et les autres chefs de bande le lui voleraient, purement et simplement. »

Plongée dans ses pensées, Leta tapote son bureau du bout des doigts.

« Le prestige de Wyllo a souffert de la Moindre Nuit. Or, cet homme ne vit que pour le statut et le pouvoir. Une substance aussi rare, réservée à l'élite, lui apporterait les deux. D'ailleurs, il n'a jamais aimé les Oiselles de Nuit. C'est un rancunier. Je vous avais dit de ne pas le pousser dans ses retranchements, Sayer. »

Cette dernière se renfrogne, nullement repentante.

« Vous aviez raison. J'aurais dû simplement le poignarder à la place.

— Mais c'est lui qui fabrique la substance ? » Alec s'est assis par terre en tailleur, les bras autour des genoux. « Ça m'étonnerait qu'il ait les compétences requises.

— Les Mers Profondes les ont sans doute, dit Olsa. Ça n'a pas l'air tellement différent de l'Hypnotique.

— Sauf que ça ne fonctionne que sur les filles de magie, objecte Alec. C'est un produit alchimique complexe. Je n'avais jamais entendu parler de rien de tel.

— Mais si. » Fen se retourne enfin. Elle a encore plus mauvaise mine que quand ils sont tous sortis en se bousculant de l'appentis d'Alec, aux Bains. Son teint est livide, son front luisant de sueur.

« Le tue-magie aussi ne fonctionne que sur les filles de magie. Je te parie qu'il existe un rapport. C'est Dorisall qui a mis cette saleté au point. Forcément. »

Sayer et Rankin se raidissent, comme s'ils savaient de qui elle veut parler. Matilde a la nette impression d'être à la traîne.

« Dorisall ? Qui est-ce ? » demande-t-elle.

Fen déglutit. À deux reprises.

« Le type que tu connais sous le nom de la Main Rouge. »

Le passé de la Tournepierre reste, en ce qui concerne Matilde, voilé de mystère : Fen n'ayant jamais été Oiselle de Nuit, elles n'ont pas eu l'occasion de commérer et de bavarder de leur passé. D'ailleurs, la Renarde n'est clairement pas du genre à partager ses secrets. Il est cependant évident à sa voix qu'elle connaît la Main Rouge de manière plus personnelle que Matilde.

« D'après Sayer, c'est lui qui vous a élevés, Rankin et vous, intervient Leta. C'est exact ?

— Je ne suis pas sûr qu'on puisse dire qu'il nous a élevés, répond Rankin. Mais on a survécu à ce qu'il nous a fait. »

Cette déclaration laisse les autres sans voix. Fen considère d'abord ses Étoiles Noires, puis Sayer.

« Qu'est-ce que tu as dit d'autre à dame Tangreel pendant mon sommeil ?

— Rien. » Sayer a l'air un peu vexée. « Ce n'est pas mon histoire, je n'allais pas la raconter. »

Fen plonge les mains dans ses poches, le regard fixé sur l'âtre, puis reprend la parole, entamant un récit qui se révèle pénible. Matilde ne peut s'imaginer grandir sous le toit de la Main Rouge, un homme pour qui le chemin de l'obéissance passe par la souffrance et qui voit en la peur un outil. Son esprit la ramène au jour où, avec ses Caska, il a acculé les filles de magie dans le magasin de Krastan. Autant qu'elle s'en souvienne, il a alors appelé Fen, *Ana*. Qu'a-t-il dit d'autre ? *Je ne risque pas de t'oublier. C'est toi qui m'as engagé sur ce chemin.* Matilde frissonne.

« Il savait, affirme-t-elle. Il savait que tu étais fille de magie. Même à l'époque.

— Il s'en doutait », rectifie Fen d'un ton inexpressif. Toute de pragmatisme. « Mais il n'avait personne d'autre sur qui tester ses théories. J'étais donc au premier rang pour assister à ses expériences. Il consacrait un temps fou à essayer de forcer mon éventuelle magie à se montrer. »

Olsa et Hallie la considèrent avec des yeux ronds, comme s'ils n'étaient informés de rien de tout ça.

« C'est *toi* qui as animé les armures, au club, dit enfin Olsa.

— Et c'est elle qui a fait pousser la plante grimpante du Phénix », déclare Rankin.

Fen lui jette un regard assassin, mais il est manifestement soulagé d'avoir vidé son sac.

« La sorcière des fleurs. » La voix d'Hallie s'est durcie. « C'était *toi* ? » L'air de la pièce semble se solidifier tant le silence est épais. « Pourquoi ne pas nous l'avoir dit ?

— On en parlera plus tard.

— Mais…

— Par l'enfer ! J'ai dit, *plus tard*. »

Hallie est prête à protester, mais le garde-feu de fer qui entoure l'âtre se met à trembler. Fen se cramponne au dossier d'une chaise en inspirant profondément.

« Dorisall passait son temps à compulser les livres qu'il empruntait à la bibliothèque d'Augustain, reprend-elle. De vieux ouvrages de botanique ou des légendes sur Marren. Il cherchait la vérité enfouie dans les mythes. À les en croire, Marren avait trouvé comment éliminer la magie des sorcières. La plupart parlaient d'une épée de flamme, mais Dorisall pensait qu'il s'agissait d'un symbole. Selon lui, Marren disposait d'un moyen alchimique permettant de prendre les pouvoirs de ces filles. C'est devenu chez lui une véritable obsession. »

Pas étonnant. Depuis sa plus tendre enfance, Matilde entend raconter comment les hommes ont tué les sorcières, mais aussi comment les rois les ont enchaînées. Il y en a toujours eu pour vouloir en être propriétaires. C'est ce qui a obligé les dernières Oiselles Sauvages à venir se cacher à Simta ; à intérioriser leur magie. Elles s'imaginaient trouver la sécurité dans l'affaiblissement de leurs pouvoirs.

« Il avait l'intuition que le *weil breamus*, le tue-magie, était la clé du problème, mais il ne savait pas s'en servir, poursuit Fen. Alors que moi, si. C'est un secret que j'ai emporté en partant. Malheureusement, il a fini par comprendre, lui aussi. »

Matilde se rappelle la sensation de vide huileuse que lui a fait éprouver l'aconit magectone. C'était déjà suffisamment affreux. Mais la plante capable d'éliminer sa magie peut-elle en plus l'enchaîner ? Permettre à autrui d'en prendre le contrôle ? Cette possibilité a des implications trop sinistres pour qu'elle les envisage.

« Le Sucre ne peut pas être à base de tue-magie, objecte-t-elle. Il nous oblige à utiliser nos pouvoirs, alors que le tue-magie les élimine. Ça ne colle pas.

— Peut-être que si, contre Alec. Il existe des végétaux dont les différentes parties ont des propriétés apparentées, quoique opposées. Elles occupent en quelque sorte les deux extrémités d'un même spectre. Ma frênette, par exemple. Les feuilles me permettent de réguler ma maladie du sucre, mais la poudre issue des racines l'aggraverait. »

Il lève la boîte que lui a remise Sayer et qu'il a ouverte, le regard fixé sur les losanges jaunes qu'elle contient.

« Nous sommes à mon avis en présence d'un produit complexe, aux ingrédients multiples. Dorisall a pu prendre pour base disons, un genre d'Hypnotique, qui rend l'esprit du consommateur influençable, puis adapter la recette en y ajoutant du tue-magie, entre autres. Il faut que j'examine ces cachets de plus près pour déterminer précisément leur composition.

— Mais pourquoi la Main Rouge donnerait ça à Wyllo ? s'étonne Matilde. Et, à ce propos, comment pourraient-ils bien se connaître ?

— Je n'en sais rien, mais au bal de la Moindre Nuit, Wyllo avait du tue-magie, répond Sayer. Il s'en est servi contre moi. Pour m'enlever. J'ai failli ne pas réussir à m'échapper.

— Il a fait *quoi* ? » Matilde a les paumes brûlantes, son agitation réveillant sa magie. « Pourquoi ne m'en as-tu pas parlé ?

— Tu étais occupée. »

Elle fixe Sayer d'un regard noir. Toutes ces révélations - de choses sur lesquelles elle n'a pas la main - commencent à la fatiguer sérieusement.

« Wyllo sait donc depuis des mois ce qu'il en est du tue-magie, murmure Leta, pensive. Ce qui signifie qu'il était, d'une manière ou d'une autre, en relation avec la Main Rouge. Mais ni lui ni les Caska ne se sont servis de la plante en public. Pas que nous sachions. Quant au Sucre, il vient juste d'apparaître. Je me demande pourquoi.

— Dorisall a peut-être besoin d'un investisseur, suggère Sayer. De quelqu'un qui finance ses expériences. Qui ait le pouvoir de se procurer les ingrédients nécessaires sans que personne ne s'en rende compte. Il faut bien qu'un complice les ait cachés, les Caska et lui. Si ça se trouve, c'était en échange de l'accès à ses créations.

— Pourquoi ne les aurait-il pas plutôt confiées aux frères ? demande Alec. Ils ont à la fois l'argent et le pouvoir. Et puis c'est un pater. Il aimerait certainement rentrer dans le giron de l'Église.

— Le clergé ne l'a pas soutenu, objecte Fen. Quand il a révélé que Matilde était fille de magie. Et après l'inondation du monde souterrain, ses collègues ont laissé les Vesten lui faire porter le chapeau. Or il n'y a pas plus rancunier que Dorisall...

— Mais que veut-il ? reprend Matilde. Quel but poursuit-il ? »

Un silence s'installe, bien qu'ils connaissent tous la réponse à sa question. Dorisall veut ce qu'il a toujours voulu : abattre les filles de magie.

Les sourcils froncés, Sayer contemple Jolena endormie.

« Au moins, la drogue ne s'est pas trop répandue. J'ai pris à Wyllo tous les losanges qu'il avait apportés au Club des Chasseurs, et il a dit lui-même que le stock était limité. Il ne comptait vendre qu'une dose à chaque seigneur.

— La Main Rouge ne lui a certainement pas confié la totalité de ses réserves, marmonne Leta, dont les doigts martèlent toujours le bureau. Je ne sais pas ce qu'il mijote, mais en ce qui le concerne, Lord Regnis n'est que le moyen d'atteindre son but. »

Les entrailles de Matilde se tordent. Une sensation de lourdeur s'abat sur elle, lui donnant l'impression de sombrer, comme si on l'avait jetée tout habillée dans un canal.

« Tu as dit qu'il t'utilisait comme sujet d'expérience, expose-t-elle à Fen. Il est permis de penser qu'il en a fait autant avec d'autres magiciennes depuis la Moindre Nuit. Pour tester la substance. La perfectionner. Tu crois que les disparues lui servent à ça ?

— Il paraît que les spectres s'habillent en gris, dit Hallie. La couleur des Caska. »

Fen ferme les yeux.

« Il en est bien capable. »

L'horreur plante ses griffes en Matilde. Elle pense à Phryne, l'oisillon disparu. Peut-être la cousette est-elle en cet instant même enfermée dans une cellule obscure, à la merci de la Main Rouge. Prisonnière, attendant qu'une Oiselle Sauvage la libère.

« Il faut qu'on mette un terme à tout cela, affirme-t-elle. Avant que les choses n'aillent plus loin. Nous allons localiser la Main Rouge et l'éliminer.

— Nous savons que Wyllo est impliqué. C'est un bon début, déclare Leta. Mais il faut attaquer le problème à la racine. En empêchant le renouvellement des stocks.

— Ils attendent une cargaison de l'ingrédient principal. D'après Wyllo, elle est censée arriver juste avant Marée-Haute, explique Sayer.

— Imaginons que ce soit du tue-magie, suggère Rankin. Vous croyez que Dorisall en fait cultiver quelque part dans le coin ?

— L'aconit magectone a du mal à s'acclimater hors de sa région d'origine, répond Fen. Il ne pousse vraiment bien qu'à l'état sauvage, dans le Callistan. »

Le regard de Leta s'est aiguisé.

« Vous savez qui pourrait leur en vendre, Fenlin ?

— Non. Je n'ai jamais réussi à découvrir où se fournissait Dorisall. »

Fen se cramponne toujours à la chaise. Ses phalanges blanchissent peu à peu. Elle n'a pas l'air bien du tout.

« Mais on a un contact, ajoute Rankin. Un type des clans sythiens qui nous a déjà vendu des plantes. Il pourra peut-être nous aider. »

Elle secoue la tête.

« Les Sythiens se méfient des étrangers. Il faudrait que j'aille le voir en personne.

— Tu iras ? » insiste Matilde.

La Tournepierre vacille. Elle est en nage. Si ça se trouve, elle va être malade…

Leta se lève.

« Pourquoi ne pas vous asseoir, Fenlin ?

— Je suis très bien debout.

— Je vais sonner Alice, elle…

— Par les dix enfers ! Je vais *bien* ! »

Sans un mot de plus, sans un regard à personne, Fen quitte le bureau. Un silence inconfortable suit son départ, avant qu'Olsa et Hallie n'entraînent Rankin à l'écart pour discuter avec lui à voix basse. Sayer a les yeux rivés sur la porte, comme si elle pouvait forcer Fen à revenir.

Leta s'enveloppe plus étroitement dans son peignoir.

« Je serai de retour dans un instant. Restez là. Je vous envoie Alice, avec des rafraîchissements. »

Elle sort en coup de vent. Matilde considère le feu qui brûle dans l'âtre. Elle se demande s'il ne flambe pas plus, depuis quelques minutes, alimenté par son exaspération croissante.

« Pourquoi ne pas m'avoir dit que Wyllo t'avait agressée avec du tue-magie ? demande-t-elle à Sayer. J'aurais conseillé à Dennan de le faire amener pour l'interroger. On aurait tué dans l'œuf toute cette histoire.

— Tu aurais fait ça ? » Sayer s'exprime à voix basse pour ne pas réveiller Jolena, mais d'un ton sans équivoque. « Tu aurais *pu* ? »

Matilde croise les bras.

« Quoi que tu en penses, j'exerce une certaine influence. Par moments, on a vraiment l'impression que tu aimes faire cavalière seule. »

Les yeux dorés de Sayer entrent en fusion.

« De quoi te plains-tu ? Tu n'as jamais à te salir les mains. Tu es trop occupée à jouer la fiancée du prince bâtard. »

Les yeux d'Alec s'écarquillent. Matilde pourrait réduire Sayer en pièces pour ça.

« Tu es fiancée ? s'exclame-t-il. À lui ? »

La question plane entre eux, lourde de sens. Impossible pour elle de se contraindre à y répondre. Il reste un moment figé à la regarder, comme s'il cherchait à comprendre ce qu'elle a dans la tête, puis ses yeux sombres se glacent. Il sort à son tour.

« Par l'enfer, Sayer, te sens-tu vraiment obligée de réduire tout le monde en charpie ? parvient-elle enfin à lâcher.

— La vérité est douloureuse, marmonne sa camarade. Je suis bien placée pour le savoir. »

Matilde aimerait se lancer à la recherche d'Alec. Lui dévoiler réellement son cœur. Mais à quoi bon ? Cette nuit, elle a découvert que rien ou presque n'avait changé, malgré ses efforts. Les Dorisall et les Wyllo Regnis de ce monde sont toujours libres d'y répandre la désolation. Elle peut bien organiser toutes les soirées qu'elle veut, la Table ne lui accordera jamais de siège. Que lui a donc dit Epinine Vesten ? *Une femme doit se donner dix fois plus de mal pour se faire respecter. Ou craindre. Il faut qu'elle se montre nettement plus dure.* Matilde n'arrivera à se faire écouter que si elle sort de derrière son paravent. Quand elle sera mariée à Dennan, les puissants ne pourront plus se permettre de la traiter comme quantité négligeable.

Leta dispose d'un réseau d'espions pour chercher où se cache la Main Rouge. Fen découvrira peut-être d'où vient le tue-magie. Mais, en tant qu'épouse du suzerain, Matilde aura du pouvoir et de l'influence. Il est possible d'en faire tellement plus depuis ce cercle de lumière.

Elle considère la porte par laquelle vient de sortir l'homme qu'elle désire. Elle ne savait pas à quel point, avant cette nuit. *Le devoir exige parfois des sacrifices.* Quand Grand-mère lui a assené cette déclaration, elle n'y a pas cru. Elle a réfuté l'idée que quelque chose d'autre ait plus d'importance que sa volonté, à elle. Mais ce qui se joue à présent dépasse de tellement loin ses envies, si brûlantes soient-elles. Lorsqu'elle repousse son cœur au fin fond de sa poitrine, il se met à palpiter douloureusement.

Fen n'avait pas l'intention d'aller dans la serre, mais c'est là que la mènent ses pieds. Erreur. Il y a trop de plantes. La sève qui bourdonne dans la verdure l'appelle. Essaie de faire suinter à travers sa peau davantage de sa magie.

Elle s'essuie la bouche. Par l'enfer, elle se sent atrocement mal. La petite boîte de mastic qu'elle tire de sa poche se révèle vide, évidemment. Ses dernières réserves se sont évanouies. Curieusement, elle a à la fois faim et envie de vomir. L'œil qu'elle dissimule en principe sous son bandeau lui donne l'impression d'être plein de sable. Elle en ôte la pellicule colorée puis cligne de l'œil pour apaiser la douleur. Il lui semble qu'on a frotté le moindre centimètre carré de son corps au point de le mettre à vif. Que ne donnerait-elle pas pour récupérer son cache-œil, cette barrière familière qui l'isole du monde ! Hélas, elle l'a bêtement oublié au quartier général des Étoiles Noires.

Personne d'autre qu'elle n'est responsable de ce qui s'est passé cette nuit. Elle a accepté le travail en toute connaissance de cause. Elle a animé les chevaliers de métal. Elle aurait dû éliminer Dorisall, il y a des années. Après la bataille du Phénix, elle s'est permis d'espérer que les Oiselles l'avaient vaincu. Elle a cédé à la facilité : quand on coupe une mauvaise herbe en la tirant par les feuilles, on ne peut pas s'attendre à ce qu'elle meure. Il faut l'arracher par les racines.

Elle s'appuie au bord de la fontaine. Un filet d'eau ruisselle sur le marbre, susurrement résonnant contre le carrelage. Ce chant discret lui rappelle Æsa, qui l'a surprise un jour dans le monde souterrain à mâchouiller du mastic. Æsa, qui a découvert ce secret-là avant Sayer. Fen l'entend encore lui murmurer à l'oreille :

Dites-lui la vérité. Elle vous aimera toujours.

Mais Fen savait pertinemment que sa vieille amie n'aimerait pas la voir continuer à mâchouiller du tue-magie. Le regard que Sayer lui a jeté au Club des Chasseurs trahissait sa déception, son dégoût. Cette réaction si prévisible explique en partie que Fen l'ait tenue à distance. Elle ne voulait pas lui laisser voir à quel point elle a besoin de son mastic. Sayer ne peut pas comprendre. Les Étoiles Noires non plus, sans doute. C'est pourtant ce qui a permis à Ana de devenir Fenlin Brae. Fonder une bande à Simta exige à la fois ruse et férocité. La faire perdurer implique de ne jamais baisser sa garde. Le mastic a toujours servi à Fen d'armure et de bouclier. Il l'a aidée à gagner en force. Elle ne sait pas être la Renarde sans son tue-magie.

Autour d'elle, les feuilles frissonnent, comme froissées par la brise. À la limite de son champ de vision, la lumière baisse peu à peu. Non loin de là, une lourde porte se referme, une clé cliquette dans la serrure. Elle secoue la tête pour écarter le cauchemar. Pas question de se laisser emporter. Pas *question.*

Un pas léger dans son dos. Elle jure rageusement.

« Pas maintenant, Hallie.

— Ce n'est pas Hallie. »

Fen se tourne suffisamment pour voir dame Leta Tangreel s'approcher discrètement.

Son hôtesse a beau l'avoir soignée durant sa convalescence, Fen peut compter sur les doigts d'une main ce qu'elle sait d'elle. Premièrement : c'était autrefois la Madame des Oiselles de Nuit. Deuxièmement : elle est riche, quoiqu'elle ait apparemment fait fortune par ses propres moyens. Troisièmement : n'importe quel Tournepierre lui envierait son réseau d'espions et d'informateurs. Quatrièmement : son regard est toujours déstabilisant. Assez aiguisé pour transpercer son interlocutrice.

« Que puis-je pour vous, dame Tangreel ?

— Je voulais vérifier que vous ne vous étiez pas évanouie parmi mes plantes vertes.

— Tout va bien, je vous l'ai déjà dit. Je n'ai pas besoin qu'on veille sur moi.

— Nous savons l'une comme l'autre que ce n'est pas vrai. »

Fen se retourne complètement. Si ses yeux couleur de Source surprennent Leta, elle n'en laisse rien voir. Elle reste aussi posée et distante qu'à l'ordinaire. Fen se rappelle très vaguement que quelqu'un fredonnait à son chevet pendant qu'elle était alitée au manoir, en proie à la fièvre. Se peut-il qu'il se soit agi de cette femme ? C'est difficile à croire.

« Il paraît que votre bande est douée pour percer les secrets, Fenlin, déclare-t-elle. Figurez-vous que moi aussi. Au vu de la situation, l'heure me semble venue de mutualiser nos ressources.

— Qu'est-ce que vous racontez ? demande Fen, les doigts crispés sur le bord de la fontaine.

— J'aimerais que les Étoiles Noires nous aident à localiser le repaire de la Main Rouge. Je suis prête à y mettre le prix. »

L'idée que ses Tournepierres travaillent pour une Grande Maison, serait-ce celle de Leta, hérisse le poil de Fen.

« Les Étoiles n'ont pas besoin de votre charité.

— Il ne s'agit pas de charité, mais d'une offre parfaitement honnête. Ce qui est plus qu'on ne peut en dire de celles du Tranchant Lanagan. »

Comment peut-elle bien être informée d'une chose pareille ? Les pensées morcelées de Fen l'empêchent d'être davantage qu'une boule de nerfs à vif.

Leta penche la tête de côté, l'oreille tendue, semble-t-il. Puis elle entreprend de faire le tour de la serre, d'une démarche de prédatrice. Élégante, mais meurtrière.

« Vous ne le savez peut-être pas, reprend-elle, mais les Maisons expliquaient aux Oiselles de Nuit que leur magie disparaîtrait avec l'âge. C'est vrai, pour l'essentiel. Je suppose que les choses suivent bel et bien ce cours-ci quand on donne trop souvent ce qu'on possède. En ce qui me concerne, je n'ai jamais fait ce qu'on me disait. Je ne me suis pas mariée. J'ai conservé ma magie et découvert qu'elle perdurait. Elle n'est plus ce qu'elle a été, mais tout de même. »

Fen se demande si Sayer sait. De toute évidence, leur hôtesse est capable de garder un secret. Elle frôle un parterre de fleurs, fermées pour la nuit, qui s'ouvrent en se tournant vers elle. L'énorme palme qu'elle caresse ensuite s'enroule autour de son doigt.

« Je suis une fille de la terre, comme vous, continue Leta. On m'appelait la Pie, parce que mon don permettait de trouver toutes choses cachées et enterrées. De voir ce qu'on dissimulait derrière les portes fermées à double tour. »

Le poil de Fen se hérisse sur sa nuque. La première fois qu'elles se sont vues, Leta lui a aussitôt demandé : *Je vous connais ?* Comme si une matriarche de Grande Maison pouvait comprendre la Renarde. Mais peut-être l'avait-elle déjà percée à jour.

« Je présentais une autre différence avec le reste de ces demoiselles, continue Leta. J'étais fille de docker. Avant de devenir Oiselle de Nuit, j'étais pensionnaire dans une des maisons de plaisir de la rue Enfumée. À l'époque, j'ai vu plus d'une fois à quoi ressemblait une addiction. »

Le silence s'étire, mais paraît dense, en attente. Il frotte de manière inconfortable sur la peau enfiévrée de Fen.

« Je ne souffre d'aucune addiction.

— C'était ce que disaient la plupart des filles avec qui je travaillais, acquiesce Leta. La Poudre de Sirène les aidait à supporter le fardeau de notre métier. Mais certaines ne pouvaient plus s'en passer. J'ai eu quelques problèmes de ce côté-là, moi aussi. »

Fen essuie son front suant.

« Pourquoi me raconter tout ça ?

— Pour que vous me croyiez quand je vous dis que je comprends une partie de vos difficultés. Vous n'avez pas à les affronter seule. Sayer vous est très attachée et je la considère comme ma fille. J'aimerais que vous… que vous le soyez aussi. »

Une dangereuse douceur s'est insinuée dans la voix de Leta. La pitié qui y vibre est insupportable à Fen.

« Sayer cherche peut-être une mère, crache-t-elle en reculant, mais pas moi. Je n'en ai jamais eu besoin. »

Leta se rapproche. Elle a l'air triste ; presque nostalgique.

« Étonnamment, je ne te crois pas, Ana. »

Fen tressaille. Comment cette femme a-t-elle appris ce nom-là ? Qui le lui a dit ?

Quelque chose la touche, à la taille. Une tige souple s'enroule autour d'elle avec douceur. Les plantes s'inclinent en réaction à sa peur. Des émotions qu'elle ne saurait nommer s'épanouissent en elle. La serre menace une fois de plus de sombrer dans la nuit.

« Je ne veux pas de ça, balbutie-t-elle d'une voix rauque. Je n'en veux *pas*.

— Attends... »

Leta tend la main, mais, déjà, Fen court, une unique pensée en tête : s'enfuir. Il faut qu'elle sorte de là, qu'elle parte, oui, qu'elle *parte*.

Elle regagne à toute allure le quartier général des Étoiles Noires, sans quitter l'abri des ombres. Ses pensées tournoient en maelstrom, son cœur n'est que ruines, mais ce n'est pas en laissant ses émotions la mener par le bout du nez qu'elle est devenue Fenlin Brae. Pas question que Leta Tangreel sache ce qu'elle a en tête. Il faut qu'elle reprenne sa maîtrise d'elle-même. Elle a une équipe à protéger, des factures à payer, des problèmes à régler. Vu ce que mijote Dorisall, il est impératif de s'occuper de lui, mais elle ne peut l'affronter – lui et tout le reste – dans l'état où elle se trouve. Peut-être dispose-t-elle d'un moyen de contrecarrer les projets du pater, de retomber sur ses pieds et de rétablir les finances des Étoiles Noires en faisant d'une pierre trois coups. Peut-être même cela lui permettra-t-il d'aider les autres filles désireuses de garder leur magie secrète.

La marche à suivre est claire. Laisser un message au quartier général pour informer son second de ce qu'il doit raconter au Tranchant – il ne faudrait pas qu'il les harcèle au sujet de la présentation du Sucre – et lui dire d'accepter la proposition de Leta Tangreel. Fen, quant à elle, va quitter Simta en emportant le strict minimum avant que quiconque ne se doute de rien. Il arrive qu'une renarde soit plus efficace seule.

La sorcière des tempêtes est une plaie pour notre cité. Elle m'a volé, ce qui est inadmissible. Ma précieuse enfant a été enlevée, et je crains qu'elle ne soit en grand danger. Jusqu'où ira cette engeance, avant que notre Table respectée ne décide de s'attaquer une fois pour toutes à la menace qu'elle représente ?

– Extrait d'un récit publié par *La Traversée*,
journal simtan

CHAPITRE 09

MAUDITE LUMIÈRE

Sayer maudit la lumière. Surtout celle qui se fraie un chemin entre les rideaux mal tirés de sa chambre et lui tombe droit dans les yeux. Elle les frotte, mal réveillée, en essayant de se repérer. Quelque chose bouge à côté d'elle, qui la fait sursauter : Jolena, entortillée dans les draps, ses longs cheveux ondulés répandus en bataille sur les oreillers. Une petite ride s'est creusée entre ses sourcils, bien qu'elle dorme encore.

De quand date la dernière nuit où Sayer a partagé le lit de quelqu'un ? Elle a dormi avec Fen une fois, quand sa mère venait de mourir. Puis une autre, après la Moindre Nuit, quand elle a craint que sa meilleure amie blessée ne se réveille pas de son sommeil fiévreux. Sayer s'est glissée dans le lit de Fen et lui a chuchoté ses confidences au creux de l'oreille. *Je serais perdue sans mon ombre. J'ai besoin de toi. Ne me quitte pas.* Elle comptait les répéter au réveil de son amie. Souffler sur les braises de la chose qui couve entre elles. Elle n'en a pas eu l'occasion, puisque Fen a disparu subitement et l'a ensuite tenue à distance, sans un mot d'explication. *Ça n'a rien de personnel,* a-t-elle affirmé la nuit dernière. Ça en a pourtant l'air, aux yeux de Sayer. Maintenant encore, ses joues la brûlent à cette pensée.

Jolena remue. Ses paupières battent puis s'ouvrent sur ses yeux sombres anxieux, mais elle se détend à la vue de sa sœur. Comme si elle se sentait en sécurité en sa présence.

« On est où ? croasse-t-elle. Chez toi ? »

Au moins, elle a l'air plus en forme que pendant la nuit précédente. Moins lointaine.

« Chez Leta Tangreel. Mais oui, je vis ici. »

Jolena s'assied dans le lit en faisant la grimace.

« Je me suis toujours représenté la sorcière des tempêtes dans une sorte de nid obscur.

— Je ne suis pas une chauve-souris », proteste Sayer en se retenant de rire. Le sourire que lui adresse sa cadette disparaît très vite, lui glissant des lèvres en eau qui coule à travers un tamis. « Comment te sens-tu ?

— Comme si quelqu'un m'avait assommée d'un coup d'enclume, répond Jolena en se frottant les tempes.

— Tu as encore l'impression d'être… ? »

Soumise ? Possédée ? Sayer n'a aucune envie de prononcer un mot de ce genre.

« Droguée ? Non. » Le visage d'ordinaire si ouvert de sa sœur change, envahi d'ombres. « Mais je me sens toujours… je ne sais pas… sale. »

Jolena remonte ses genoux contre sa poitrine, frissonnante. Sayer réfléchit à quoi lui dire.

« De quoi te souviens-tu au juste ? »

Elle déglutit.

« Je me souviens que j'étais… pleine de zèle. On aurait dit qu'il n'existait plus rien que la voix de cet homme. Je voulais de toutes mes forces lui obéir. Jamais je n'aurais pu arrêter. C'était si bon de faire ce qu'il me disait. Ça me donnait une impression de… de justesse. »

Sayer, elle, s'imaginait que ça lui donnerait l'impression d'être prisonnière de son propre esprit, mais d'une certaine manière, ce que raconte Jolena lui semble pire encore. Forcer quelqu'un à obéir au moindre de vos ordres et en plus à aimer ça. Quelle violation. Un nœud lui tord les entrailles.

« Comment ton père a-t-il découvert ta magie ?

— Tu m'as dit d'être prudente, je sais. » Jolena baisse la tête. « Je l'étais. Mais je tiens un journal. J'y écris mes expériences, mes découvertes sur ma magie. Sans doute l'a-t-il trouvé dans la serre. C'est là que je le cachais. Mais je ne crois pas qu'il ait eu de certitude avant de… de me tendre un piège. »

Sayer a déjà vu sa cadette en proie à diverses émotions : joie, ardeur, chagrin. Il lui semble cependant que c'est la première fois qu'elle la voit en colère.

« Un soir, à table, il s'est écroulé. Il s'étouffait et était tout rouge. C'était horrible. Ma mère pensait qu'il avait été empoisonné, qu'il fallait appeler un médecin. Mais lui, il a dit que non, qu'il avait juste besoin de moi. Là, j'ai compris qu'il avait dû lire mon journal, parce que j'y racontais que j'avais appris à extraire le poison de quelqu'un. Il a dit que je pouvais le guérir. Et moi, j'ai pensé que si je l'aidais, si je le sauvais, il ne me considérerait peut-être plus comme une nuisance. »

Sayer sait cependant ce que pense Wyllo Regnis des filles magiciennes, qu'elles lui soient proches ou non. Elle regrette que Jolena ait eu à apprendre cette leçon-là, elle aussi.

« J'ai extrait le poison de son corps. J'étais perplexe, parce qu'il n'y en avait pas assez pour lui faire courir un vrai danger. Ni même pour provoquer une crise d'étouffement, franchement. Mais il avait l'air… content. J'aurais dû comprendre. J'aurais dû me méfier. Mais j'étais si heureuse qu'il soit fier de moi. » Jolena se recroqueville sur ces mots, fleur honteuse de ses pétales.

« Et puis hier soir, il m'a demandé d'aller me promener avec lui. Il m'a dit qu'il aurait besoin de mon aide. Je ne voulais pas qu'il se fâche. » Elle se tord les mains dans les draps puis se frotte les poignets. La première fois que les deux sœurs se sont vues, ils étaient pleins de bleus. « Je ne savais pas ce qu'était cette drogue. Je n'aurais jamais cru qu'il me ferait du mal. Pas comme ça, du moins. »

Le cœur de Sayer se serre à ces mots. Jusqu'à hier soir, elle croyait détester Wyllo Regnis, mais la haine qu'il lui inspire maintenant est si énorme qu'elle menace de la faire exploser.

« Je n'aurais jamais dû te laisser chez lui, murmure-t-elle. C'est ma faute… »

Jolena secoue la tête. « Sans toi, je serais toujours là-bas. Tu m'as sauvée. »

Sayer aurait dû l'aider depuis longtemps à quitter la Maison Regnis. Peut-être aurait-elle dû aussi lui dire qu'elles sont du même sang. Mais cette vérité lui semble si lourde. Elles sont sœurs. Le dire tout haut l'obligerait à expliquer ce qu'il en est de son passé, et elle ne sait pas comment le prendrait sa cadette. Il lui semble plus sûr de garder tout ça secret un certain temps encore.

Elle étire ses jambes. Le temps manque pour rester les bras croisés à broyer du noir. Il faut qu'elle aille trouver les Étoiles et qu'elle se lance au plus vite à la recherche de la Main Rouge. Elle veut ruiner son père, une bonne fois pour toutes.

La porte de sa chambre s'ouvre à la volée et va heurter le mur, coup de tonnerre dans le silence tendu.

« Say ! Il faut que je te parle… »

Rankin, essoufflé, s'arrête à côté du lit. Ses cheveux bruns en bataille lui donnent souvent l'air de sortir d'une essoreuse, mais là, il est vraiment très ébouriffé, y compris d'après ses propres critères.

« Tu permets ? » riposte-t-elle. Que fait-il là ? « On n'est même pas encore habillées. »

Les yeux du visiteur se sont écarquillés à la vue de la chemise de nuit de Jolena. Il a toujours eu un faible pour les filles chics.

« Oui. Heu… »

Jolena coince une mèche derrière son oreille.

« Vous êtes Rankin, c'est ça ? »

Il hoche la tête, bouche bée, avant de retrouver sa voix :

« John, en réalité. Johnny Rankin. »

C'est la première fois que Sayer l'entend se présenter de cette manière.

« Écoutez, Johnny, je suis navrée de ce que je vous ai fait hier soir », dit Jolena.

Il se fend d'une petite révérence.

« Pas de problème, mademoiselle. Ce n'était pas votre faute. »

Quand elle lui sourit, les yeux du garçon deviennent aussi doux que ceux d'un chiot. Sayer claque des doigts.

« Rankin. Concentre-toi. Qu'est-ce qui se passe ? »

Il secoue la tête.

« Oui. Heu. Fen. Fen a disparu. »

Leta apparaît sur le seuil, raide comme un bâton.

« Qu'entendez-vous par *disparu* ?

— Elle nous a laissé un message pour nous dire qu'elle allait dans le Callistan se renseigner sur la cargaison dont a parlé Lord Regnis. Voir si elle arrive à découvrir qui l'a expédiée. Elle est toute seule, et je ne crois pas que ce soit une bonne idée.

— Pourquoi ça ? » demande Sayer, les sourcils froncés.

Il joue avec sa casquette à la manière d'un torchon que l'on essore.

« Elle est… malade. Depuis la Moindre Nuit. Il y a quelque chose qui ne va pas. Elle a beau essayer de le cacher, je m'en rends bien compte. »

Sayer revoit Fen au Club des Chasseurs, pâle et transpirante. Fermant les yeux de toutes ses forces, comme si elle souffrait. Mais en admettant que ses blessures la tourmentent encore, pourquoi ne pas le dire ? Exaspération et inquiétude se tordent dans la poitrine de Sayer, vrilles entremêlées.

Leta entre dans la chambre, moins composée que d'habitude – pieds nus, le peignoir chiffonné.

« Nous avons un autre problème. »

Elle tend à sa pupille la gazette du matin en lui montrant le titre qui occupe le haut de la page. Sayer parcourt l'article puis se force à le relire. Les mots se plantent en elle telles des griffes.

« Qu'est-ce que ça dit ? » s'enquiert Jolena.

Le sang de sa sœur s'est glacé à en ralentir son cours.

« La sorcière des tempêtes enlève la fille bien-aimée d'une Grande Maison. »

La feuille de chou raconte ce qui s'est passé lors de la démonstration organisée par Wyllo Regnis, mais de manière complètement mensongère. Dans sa version, il n'est question ni de substance alchimique ni de jeune fille droguée contre son gré. Juste d'un dîner privé entre amis, la fille de l'un d'eux en plus. À en croire les témoins, la sorcière des tempêtes est entrée par effraction et a blessé plusieurs seigneurs sans la moindre raison. Ils affirment également qu'elle a enlevé Jolena. La supplique passionnée de Wyllo forme la conclusion de l'article : *Ma précieuse enfant a été enlevée, et je crains qu'elle ne coure un grand danger. Jusqu'où ira cette engeance avant que notre Table respectée ne décide de s'attaquer une fois pour toutes à la menace qu'elle représente ? Je demande à tous mes compatriotes simtans de m'aider à ramener Jolena chez elle et à traîner la sorcière des tempêtes en justice.*

Il promet pour le retour de Jolena une récompense énorme – une somme étourdissante. Mais ce qui retient l'attention de Sayer, c'est l'illustration qui accompagne le texte : un visage féminin aux dents aiguisées et aux yeux assassins. Une caricature déformée du sien, tout en menace, quoique parfaitement reconnaissable. Agrémentée d'une légende : *Sayer Sant Held.*

Un juron lui échappe.

« En effet, acquiesce Leta. Vous avez omis de préciser la nuit dernière qu'on vous avait démasquée.

— Personne ne m'a démasquée, riposte la jeune fille, le cœur battant, mais Wyllo sait qui je suis. » Son père est au fait de sa véritable identité depuis des mois. Il semblerait qu'il se soit finalement décidé à la dévoiler au monde entier. « Je ne comprends pas à quoi il joue. Il doit bien se douter que je peux aller trouver les journalistes, moi aussi, pour leur raconter ce qu'il trafique.

— Nous n'avons aucune preuve, objecte Leta en croisant les bras. Ce serait parole contre parole. Manifestement, il prend le pari que personne ne vous croirait si vous affirmiez qu'il vend ce Sucre. Il est connu depuis des années pour son abstinence et le soutien qu'il apporte à l'Église. Alors que la sorcière des tempêtes… Vous avez des amis à Simta, mais aussi des ennemis. Il espère que cette histoire va salir davantage votre nom. »

Sayer, qui s'est levée, fait maintenant les cent pas sur le tapis. C'est Wyllo qui devrait être caricaturé dans le journal, près du récit de ses crimes imprimé en grosses lettres accusatrices. Elle froisse l'article, qu'elle laisse tomber à terre.

« Je peux aller trouver la presse pour leur expliquer que ce n'est pas vrai, propose Jolena, hésitante.

— Non, répondent en chœur Rankin et Sayer.

— Si vous vous y risquez, on vous ramènera à la Maison Regnis, ajoute Leta.

— Je… je ne crois pas que je le supporterais, balbutie Jolena, livide.

— Tu n'auras pas à subir une chose pareille. »

Sayer continue ses allées et venues en pensant à toutes les horreurs qu'elle va infliger à Wyllo Regnis pour lui faire payer ce coup bas. Leta finit par la prendre par la main, ce qui l'oblige à s'arrêter.

« Il vaudrait mieux que vous quittiez la cité. Momentanément, du moins.

— Je ne vais pas m'enfuir à cause de lui, riposte-t-elle, furieuse.

— Simta tout entière sait maintenant qui vous êtes et va se lancer à votre recherche. Bien des gens vont reconnaître votre caricature et l'associer à ma pupille. Les Surveillants risquent d'arriver d'un instant à l'autre. Nous avons de la chance qu'ils ne soient pas déjà là. »

Rester chez Leta revient en effet à lui faire courir un danger plus grand encore qu'il ne l'est déjà. N'empêche. Sayer ne va pas prendre la fuite à cause de son père. Simta est son monde, et elle n'a jamais quitté la cité. Simplement, elle est sur la défensive et a besoin d'employer des moyens inédits pour vaincre l'ennemi. Le mieux serait de trouver où il s'approvisionne et de lui couper les vivres. En admettant qu'elle déniche du même coup une preuve tangible de ses crimes – si accablante qu'il ne puisse s'en dépêtrer –, ce serait parfait.

Elle chasse ses cheveux courts de son front.

« Tu peux nous dire exactement où est allée Fen, Rankin ? » Il répond d'un hochement de tête. « Alors je vais y aller aussi. »

Cette fois, il fronce les sourcils.

« Pas sans moi. C'est hors de question. Rafe n'adressera tout simplement pas la parole à une inconnue.

— Je viens avec vous, annonce Jolena en se redressant dans le lit.

— Non, tranche Sayer.

— Et pourquoi pas ? On a utilisé le Sucre sur moi. Je sais à quoi ressemble la substance et quels sont ses effets. Et puis je m'y connais davantage que toi en plantes. Je t'aiderai à trouver ce que tu cherches.

— Ça risque d'être dangereux. »

Jolena pointe le menton en avant.

« Je ne suis pas aussi douillette que tu le crois. »

Elles ne se ressemblent guère, mais là, juste là, dans l'expression effrontée de sa cadette, Sayer distingue son propre reflet. Comment pourrait-elle refuser ?

Elle se tourne vers Leta.

« Mais qu'en est-il du repaire de la Main Rouge ? Et des disparues ?

— Matilde peut prendre le relais sur ce point-là. » Leta lui serre la main. « Elle, les Étoiles Noires et moi. Allez-y, Sayer. Trouvez Fenlin et faites le maximum avant Marée-Haute. »

La jeune fille ferme les yeux pour refréner sa fureur. Ce qu'elle veut, c'est se rendre tout droit à la Maison Regnis éliminer son père, pas se lancer à la poursuite d'une amie qui s'obstine à la fuir. Mais Fen a volé à son secours lors de la Moindre Nuit, même si, manifestement, elle le regrette à présent. Peut-être l'heure est-elle venue pour Sayer de lui rendre la pareille.

PARTIE 3

TOURS, DÉTOURS ET ENTRELACS

Joost s'enroule plus étroitement dans sa cape doublée de fourrure pour se protéger du vent marin glacial. Les vaisseaux qu'il contemple, bâtis avec soin, font partie de sa nouvelle marine de guerre. Les chantiers navals ont dû travailler à un rythme effréné pour les terminer à temps. Le port fourmille d'activité, le tempo des marteaux correspondant à celui de son cœur palpitant. Bientôt, tous ses désirs seront satisfaits.

« Tu n'as pas froid, ma douce ? » demande-t-il à sa nouvelle galgrène.

Phryne secoue la tête ; le mouvement fait scintiller sa pershane. La jeune Eudéenne n'apprécie visiblement pas les températures trellanes, puisqu'elle frissonne en permanence. Mais sa chaîne d'argent ne fait que la rendre plus séduisante. Au début, elle répugnait à la porter. Elle a contrevenu à nombre des règles fixées par Joost, qui s'est trouvé dans l'obligation de la punir, bien qu'il n'aime pas voir sa fille de magie pleurer. Mais finalement, cajoleries et promesses l'ont convaincue de parler des nouvelles Oiselles Sauvages. Elle les connaît apparemment mieux que les espions dont il dispose à Simta. D'après elle, ces sorcières commandent au feu, couvrent les bâtiments de plantes, soulèvent les navires hors de l'eau ou conjurent les tempêtes. Ces miracles ont éveillé en lui une fascination ardente, presque douloureuse, mais il est encore plus obsédé par l'histoire de l'inondation qu'elles ont réussi à maîtriser dans un endroit appelé le monde souterrain. Phryne lui a expliqué qu'en se tenant par les mains, les quatre filles avaient conjuré un pouvoir dont la seule évocation échauffe le sang du souverain.

Ensemble, elles sont différentes, lui a appris Phryne. *Plus fortes. Et elles rendent le reste d'entre nous plus fortes aussi. Mais elles sont capables de choses dont nous sommes incapables.*

Ces Oiselles Sauvages sont dignes des légendes que racontait le père de Joost au coin du feu. De quoi serait capable sa nouvelle galgrène, si elles alimentaient sa magie ? De quoi serait-il capable, lui, avec une arme pareille à sa disposition ?

C'est pourquoi il a envoyé un de ses meilleurs équipages passer les Illish au peigne fin, à la recherche de la sorcière des mers. À en croire Phryne, la magicienne est originaire de l'archipel : on peut donc supposer qu'elle s'y est réfugiée. Les hommes de Joost la trouveront et la lui amèneront. Maintenant qu'il sait de quoi sont capables les filles comme elle, pas question qu'il se contente d'une unique galgrène magique ou d'une seule Oiselle Sauvage. Il les aura toutes, quoi qu'il en coûte.

Un sourire lui monte aux lèvres. Apparemment, le destin s'en mêle, puisqu'il vient de recevoir une invitation au mariage de Dennan Hain. Il n'aura pas à abattre les portes de Simta pour s'emparer de ses trésors ; il lui suffira de les franchir d'un pas tranquille.

« Ne crains rien, dit-il en tapotant la main de Phryne. Nous ne tarderons pas à partir pour ta mère patrie.

— Vous m'emmènerez ? Comme promis ? demande sa galgrène d'une petite voix crispée.

— Bien sûr, affirme-t-il, apaisant. Il faut que nous te trouvions des amies. »

CHAPITRE 10

BAISER DE MORT

Les îles Chantantes tiennent leur nom du sifflement mélodieux du vent dans les pins dont elles sont couvertes. Aujourd'hui, cependant, tout y est silencieux, figé dans un brouillard gris. Malgré la population réduite de l'archipel et le calme des flots, Æsa a l'impression qu'on l'observe, depuis cette brume. Un picotement prémonitoire lui parcourt la nuque.

Le bateau ayant jeté l'ancre au large d'un des plus petits îlots, Jacinta et elle sont sorties sur le pont, où elles se sont assises sur des tonneaux solidement arrimés. Par temps clair, elles distingueraient la partie la plus septentrionale du Callistan, mais le brouillard a englouti la côte. L'air lourd, humide et immobile indique qu'une tempête va éclater sous peu. Un temps pareil rend tout le monde querelleur. Arjen, qui répare le gréement, se plaint entre ses dents de sa chemise trempée de sueur. Kadeel a organisé une séance d'escrime et ferraille avec un des oisillons, mais leurs assauts sont, au mieux, hésitants. D'autres hommes d'équipage ont gagné l'îlot en chaloupe, à la recherche de réapprovisionnement. Sans eux, le navire a l'air désert.

« C'est trop long, déclare Æsa. Il faut nous remettre en route. »

Jacinta bat les cartes de son oracle puis les pose entre elles sur un tonneau.

« On ne peut pas faire autrement. Il nous faut à manger. Peu importe quand le bateau arrivera à Simta si on est tous morts à ce moment-là. »

Le *Tempête* n'a quitté les Illish que depuis une semaine. Willan à la barre et Æsa cajolant les flots pour qu'ils portent le navire en douceur. La navigation a été bonne, mais les réserves se limitaient dès le départ à des biscuits de mer rassis. Jacinta a raison : une étape était nécessaire. Æsa n'en continue pas moins à regarder par-delà le bastingage, dans l'espoir de voir reparaître les chaloupes. Ça ne lui plaît pas que les hommes soient là, dehors, aussi vulnérables.

« On aurait dû y aller par la terre, reprend-elle. Il se peut qu'il y ait des patrouilles navales, aussi près de Simta.

— Peut-être. Mais ça aurait été plus long, et on n'a pas de temps à perdre. »

Passer par la terre aurait aussi obligé les filles à se séparer de Willan. Après ce qu'elle lui a fait lors de la fête de Marée-Moisson, Æsa pensait qu'il prendrait peut-être la mer sans elles, mais il a au contraire insisté pour assurer leur protection jusqu'à Simta. Et à la grande surprise de la jeune fille, l'équipage n'a élevé aucune protestation. Depuis, elle évite de se retrouver seule avec lui, ce qui n'est pas très difficile, sur un bateau surpeuplé. Elle n'en est pas moins toujours consciente de sa présence. D'ailleurs elle ne peut s'empêcher, à l'instant, de le regarder, posté seul à la proue. Les hommes y passent souvent murmurer vœux et prières, qui, à les en croire, leur porte bonheur. Contrairement à Æsa.

Willan se retourne, comme s'il sentait son regard. Leurs yeux se croisent, vert à vert.

« Tu l'as déjà embrassé ? »

La question la ramène instantanément à Jacinta.

« Pourquoi me demandes-tu une chose pareille ?

— Tu crois vraiment qu'on ne sent pas ce qui couve entre vous ? Le bateau n'est pas si grand. »

Les doigts d'Æsa se crispent sur le tonneau.

« J'ai des soucis nettement plus importants.

— Vous devriez profiter l'un de l'autre tant que vous le pouvez, crois-moi. »

Le regard de son amie se perd dans le lointain. Sans doute pense-t-elle à Tom, le compagnon simtan qu'elle a perdu. Cette disparition explique qu'elle prodigue un conseil pareil, d'autant plus qu'elle n'a jamais rendu personne dépendant par ses baisers. À en croire les autres Oiselles, il est possible d'embrasser quelqu'un sans lui donner sa magie, mais Æsa a la tête débordante de visions et des souvenirs du feu de joie. Pas question de courir le risque. La manière dont son pouvoir a obligé Willan à s'agenouiller continue de la hanter.

Qui plus est, son père a été témoin de la scène. Il l'a regardée comme s'il ne la reconnaissait pas. Ce qu'il a dit alors résonne toujours à ses oreilles : *Qu'as-tu fait ?*

Elle baisse les yeux sur son pouce, où subsiste une vieille cicatrice datant de la première fois qu'il l'a emmenée à la pêche. Ce jour-là, il a embrassé les cheveux de la fillette avant de panser la petite plaie. *N'aie pas peur, fillette. Nous allons arranger ça.* Certaines blessures sont malheureusement plus difficiles à soigner.

Après la vision qu'elle a eue sur la plage, Æsa est allée trouver Jacinta pour mettre au point leur projet de fuite. Mais elle ne pouvait quitter les Illish sans dire au revoir à ses parents. Quand elle est rentrée chez elle, ils étaient assis à la table usée, les yeux rouges. Son père s'est levé à son entrée, les traits tirés. Peut-être avait-il peur.

Elle a ouvert la bouche, prête à lui présenter ses excuses, mais pas un son n'en est sorti.

Je ne comprends pas, a-t-il fini par dire. *Comment une chose pareille a-t-elle pu arriver ?*

Maman a secoué la tête, peut-être pour prévenir Æsa de garder le silence, mais se confesser enfin lui a fait du bien. Crever l'abcès lui a apporté un soulagement douloureux. Au fil des mots, la nuit a viré peu à peu au jour. Les premières traînées de lumière ont barbouillé la terre battue de la maisonnette ; les quatre murs qui avaient abrité son enfance, si différents, à présent ; elle-même, si changée.

Après en avoir terminé, elle a attendu le jugement paternel. Ce sont des questions qui sont venues d'abord.

Tu ne peux pas restituer cette chose à la Source ? Tu ne crois pas que le pater Toth saurait comment faire ?

Non, il était impossible à Æsa de se dépouiller de son pouvoir – sa magie faisait partie d'elle.

Je ne te condamne pas, mais j'ai peur pour toi, ma fille.

C'était la première fois qu'elle voyait son père pleurer.

Avant que toute la famille ne se couche, il l'a serrée étroitement dans ses bras.

Dors, ma fille. Demain, nous arrangerons ça.

Mais elle devait voguer vers d'autres horizons. Au réveil de ses parents, elle était partie. Qu'ont-ils pensé en découvrant son lit vide ? L'aimeront-ils toujours, quand d'autres histoires de la sorcière des mers atteindront leur rivage ?

Jacinta se remet à battre ses cartes, la distrayant de ses pensées.

« Allez, on réessaie. »

Depuis quelques jours, elles tentent la divination conjointe. Æsa amplifie la magie de Jacinta, qui en retour lui donne apparemment un meilleur contrôle de la sienne. Avec de la chance, combiner leurs pouvoirs leur permettra d'en voir davantage sur l'armée d'invasion : elles apprendront qui sont ces gens, ce qu'ils veulent, quand ils arriveront. Pour l'instant, elles ont beau faire, leurs visions fragmentées, éparpillées, ne sont que de simples lambeaux d'histoires refusant de s'assembler. C'est la nuit, quand elle dort, qu'Æsa voit le mieux l'avenir : Matilde se jetant dans une rivière tumultueuse, Fen traversant à la rame un vaste marais, Sayer se débattant pour se libérer d'un filet. Chacun de ses rêves s'achève de la même manière : elles se trouvent toutes dans une grande église dont les encensoirs crachent de la fumée de tue-magie. Puis lui apparaît la fille au cou entouré d'une chaîne d'argent et l'immense flotte aux voiles rouges agressives. Des étrangers qui viennent à Simta pour s'emparer de ses camarades, elle le sent. Elle se réveille invariablement dans son hamac, en nage.

Jacinta coupe puis tend la moitié des cartes à Æsa. Les deux filles les retournent à tour de rôle, les posant les unes sur les autres. La Montagne, les Trois Rois, le Grand Voilier. Cette série n'a aucun sens. L'exaspération flambe en Æsa. Pourquoi les visions viennent-elles toujours par vagues et refusent-elles de se laisser gouverner ? À quoi sert un don pareil, si elle est incapable de voir ce qui l'intéresse le plus ? Ces aperçus de l'avenir lui donnent l'impression que quelqu'un d'autre fixe le cours de sa vie, et elle déteste ça. À croire que ce n'est pas elle qui écrit sa propre histoire.

Elle relève la tête. Jacinta a cessé de manipuler l'oracle. Son regard s'est perdu sur l'océan.

« Je ne l'ai pas vu dans les cartes, dit-elle au bout d'un moment, pas de manière exacte, mais une partie de moi est absolument convaincue que je ne reverrai jamais Simta. »

Æsa sursaute.

« Bien sûr que tu reverras la cité. Ne dis pas des choses pareilles. »

Un long silence pesant s'installe. Enfin, Jacinta coupe sa portion du jeu de cartes et en retourne une. Un oiseau éclatant aux ailes de feu. Elle soupire.

« Je suis contente de t'avoir enfin vue retrouver ton courage. Redevenir une Oiselle Sauvage. Vous serez réunies toutes les quatre, Æsa. Vous changerez les choses. Je crois à cet avenir-là, et peu m'importe de ne pas être des vôtres pour le voir. »

Æsa lui prend la main, décidée à la rassurer. La vision s'impose sans prévenir, immédiate, gommant le brouillard grisâtre. Elle se trouve à bord d'un autre bateau. Matilde est là, vêtue d'une robe dont l'éclat rappelle les écailles d'un serpent au soleil. Autour d'elle, le feu se tord en formes bestiales. Les flammes ont beau être siennes, on dirait qu'elle ne les contrôle pas. Æsa se précipite vers elle, heurtant violemment au passage Sayer et Fen. Cet avenir déborde de chaos et de danger.

La vision se dissipe, la laissant étourdie. Lorsqu'elle retrouve le monde environnant, Jacinta a l'air ailleurs. Les poils d'Æsa se hérissent sur sa nuque.

Elle secoue légèrement sa compagne. Qui cligne des yeux, à deux reprises.

« Jacinta ? Qu'est-ce que tu as vu ? »

Avant que la jeune fille ne puisse répondre, le nuage au-dessus d'elles s'ouvre. Des éclats d'argent tombent délicatement du ciel, rideaux de pluie qui balaient le navire. Æsa attrape la toile cirée posée à proximité et la tire sur Jacinta et elle. Quelques oisillons viennent en courant se glisser dessous en leur compagnie, mais l'équipage restant n'a absolument pas l'air contrarié. Un des hommes met les mains en porte-voix pour crier gaiement :

« À la douche, tout le monde ! »

Un cri de joie général lui répond, puis le bateau s'anime. Tas de chiffons et gros savons sortent des seaux tandis que les marins, de plus en plus nombreux sur le pont, se débarrassent de leurs chaussures.

« Mais qu'est-ce que c'est que ça ? s'étonne Jacinta en fourrant ses cartes dans ses jupes.

— Aucune idée », avoue Æsa, perplexe.

Du moins l'est-elle jusqu'à ce qu'ils entreprennent d'ôter leurs chemises.

« Ils… ils se lavent ! s'exclame Layla, manifestement partagée entre fascination et dégoût. Mais pourquoi ? »

Les hommes échangent rires et cris en savonnant leurs torses sales. Æsa rougit.

« Ça se fait pendant les longues traversées, quand il pleut sans qu'on risque un gros orage. Il ne faut pas gaspiller l'eau douce.

— C'est compréhensible, reconnaît Jacinta. Même si j'aurais pu vivre sans voir Arjen en caleçon.

— Hé, Cinta, croasse justement Arjen, viens un peu me frotter le dos !

— Tu n'as qu'à te le frotter tout seul. »

Éclats de rire tapageurs.

« On garde ses sous-vêtements, messieurs, crie Willan. Pas besoin d'écorcher les yeux de ces demoiselles. »

Le regard d'Æsa se fixe sur lui quand il s'approche. Ses vêtements trempés pourraient aussi bien être peints sur son corps, dessinant les muscles aux lignes nettes. Et voilà qu'il fait passer sa chemise par-dessus sa tête, lui aussi. Son torse ciselé est digne d'une sculpture. Les poumons d'Æsa se recroquevillent, se réduisant à la taille d'un petit pois. Il s'empare d'un morceau de savon, dont il se frotte les épaules. La mousse ruisselle sur sa poitrine. Que ressentirait-elle à le toucher de cette manière ? À être les bulles qui lui jouent sur la peau ?

« Si tu ne veux pas l'embrasser, je le ferai », murmure Jacinta.

Un des oisillons laisse échapper une ébauche de rire étranglé.

Æsa a la bouche sèche. Sa magie s'agite, prête à enfler avec le désir. Il faut qu'elle la ralentisse, qu'elle la dompte ; qu'elle cesse de désirer. Les vagues, sortant de leur assoupissement, giflent les flancs du bateau. L'une d'elles s'élève assez pour déborder sur le pont, où elle déséquilibre quelques marins. Les oisillons regardent la jeune fille, conscientes que c'est elle qui provoque la houle. Les hommes le sont aussi, apparemment.

« C'était toi, sheldar ? appelle Kadeel. Essaie de ne pas nous faire chavirer ! »

Simple plaisanterie, qui cependant serre le cœur d'Æsa. Elle se lève, si vite qu'elle chancelle, mais ne s'en éloigne pas moins. Une fois dans la cale, elle s'arrête à l'endroit où devrait être entreposée l'épicerie. Il règne une obscurité si profonde qu'elle distingue tout juste ses mains, mais elle n'a pas envie de se munir d'une lanterne. Mieux vaut ne pas y voir. Les paumes pressées contre la coque, elle essaie de maîtriser son souffle. Pas question de provoquer une tempête. La mer immense a en permanence l'oreille collée au flanc du navire. *Parle, sheldar. Nous entendons, entendons, entendons.*

« Æsa ? »

Elle fait volte-face. Willan est là, lanterne brandie, torse nu. Sublime. Dans cette position, ses yeux couleur de mer étincellent. Æsa a les doigts qui la démangent d'envie de le toucher. Mais elle ne se permettra pas de tendre la main.

Elle se souvient d'une histoire que son grand-père lui racontait sur les dieux qui ont précédé les Eshamein et que prient encore quelques habitants des Illish. Ælish, une déesse mineure des marées, passait son temps à ramasser des coquillages et à régaler les crabes de ses chansons, heureuse de vivre dans des eaux chaudes peu profondes. Mais un jour, Glaum, dieu des mers profondes, la vit et s'en éprit. *Tu ne peux la prendre pour femme,* lui dirent les autres dieux. *Elle n'est pas faite pour les flots insondables.* Leurs avertissements laissèrent Glaum indifférent. Il étreignit Ælish, qui se désagrégea, devenant du sable coulant entre ses doigts. Si fort qu'il voulût la rassembler, lui rendre son intégrité, il était trop tard.

C'est quoi, la morale de l'histoire ? demandait Æsa, habituée aux sermons du pater Toth.

Il n'y en a pas. C'est une simple mise en garde. Il ne faut pas désirer ce qu'on ne peut avoir.

« Qu'est-ce qui se passe ? demande maintenant Willan.

— Rien », répond-elle, un peu haletante.

Elle se plaque contre la coque en évitant de le regarder en face.

« Ne te cache pas de moi, *apselm.* »

Jamais encore il ne lui avait dit ce mot tendre – *mon aimée, ma destinée* –, qui n'a que plus de réalité dans cet espace réduit.

« Tu ne devrais pas m'appeler comme ça.

— Pourquoi ? C'est la simple vérité. » Il lui touche la joue, avec une telle douceur. « Tu n'es pas d'accord ?

— Je ne sais pas ce que je ressens, Willan.

— Je ne te crois pas. »

Elle secoue la tête. La proximité du jeune homme sème le désordre en elle. Il a une odeur mêlée de sel, de caramel et de soleil.

« Pourquoi n'as-tu pas peur ? demande-t-elle sans pouvoir s'en empêcher.

— Peur de quoi ?

— De moi. »

Il la regarde comme lors de leur première rencontre ; comme si elle était un phare qu'il voulait rejoindre à la nage.

« Tu as un grand pouvoir. Je ne prétends pas le comprendre, mais je n'en ai pas peur. »

Elle devrait se taire, mais les mots sortent d'elle, impossibles à refouler.

« Tu devrais. J'ai interféré avec tes émotions. Je suis intervenue en toi pour modifier ce que tu ressentais. »

Il la regarde en face. Il avait connaissance depuis longtemps du pouvoir dont elle dispose, parce qu'il a été son Faucon quand elle était Oiselle de Nuit. Mais en être conscient n'est pas la même chose qu'y être soumis

« Tu essayais d'interrompre la bagarre, c'est tout. J'aurais dû m'en aller et t'épargner ça. Mais j'ai perdu mon calme quand il m'a traité de *cullcaila.* »

Sang étranger, tel est le sens exact de ce mot archaïque. C'est une grave insulte, forgée à l'époque où des envahisseurs débarquaient des îles aux Épices dans l'espoir de conquérir les Illish. Au souvenir de la manière dont Enis l'a crachée, les joues d'Æsa s'empourprent.

« Enis n'aurait pas dû dire une chose pareille. »

Willan hausse les épaules.

« Ce n'est pas le premier Illish à m'insulter. D'ailleurs, je n'ai jamais vraiment eu l'impression d'être chez moi dans l'archipel. »

Tu es chez toi avec moi. Aussi désireuse qu'elle soit de le lui dire, elle ne peut pas se le permettre. Il ne faut pas.

« Je suis quand même désolée.

— Pourquoi ? Ce n'est pas toi qui as fait de ce type un débris de naufrage aux mains avides. »

Elle repense aux baisers échangés avec Enis, tant de mois auparavant.

« Peut-être que si.

— Ce n'est pas ta magie qui a fait de lui ce qu'il est.

Elle inspire longuement, lentement.

« Peut-être pas. Mais mon baiser a le pouvoir de modifier les émotions d'autrui. Comment sais-tu que ce que tu ressens pour moi est réel ? »

Il recule.

« Ce que je ressens n'a rien à voir avec ta magie. Mes émotions m'appartiennent. Tu dois bien le savoir. »

Mais quand il est là, ses émotions à elle lui échappent. Il lui semble que son cœur vit hors de sa poitrine. Or elle ne peut se permettre de perdre le contrôle ou de se laisser distraire au vu de ce qui se prépare. Ses amies ont besoin de la sheldar en elle, pas de l'*apselm*. Et elle ne sait pas être les deux à la fois.

« Tu ne vois donc pas ? balbutie-t-elle d'une voix étranglée. Je ne suis pas bonne pour toi. Je suis dangereuse.

— Je sais, gronde-t-il. Mais moi aussi. » Elle ne lui avait encore jamais vu une expression pareille. Un air presque hanté. Il halète, à présent, au même rythme qu'elle. « Je sais ce que tu éprouves à cause du garçon que tu as tué dans le monde souterrain. Je sais que ça t'obsède. Mais tu oublies que j'ai vécu une vie de pirate. J'ai tué plus de gens que toi, et pour des raisons moins impérieuses. Ça ne m'empêche pas de tendre la main. De te l'offrir, si tu veux bien la prendre. »

Cette déclaration coupe le souffle de la jeune fille. Mais que se passera-t-il si elle est une déité des mers profondes et lui des eaux côtières ? Si elle provoque sa fin en essayant d'être sa compagne ?

Il lui prend le menton avec douceur. « Qu'y a-t-il en réalité, *kilventra* ?

— J'ai eu une vision. » Le murmure d'Æsa charrie du poison. « Tu mourais dans mes bras. Tu mourais *à cause* de moi. Je l'ai eue plusieurs fois au fil des mois. Toujours la même. J'ai peur de provoquer ta mort si tu restes. Je ne supporterais pas de vivre dans un monde où tu n'es pas. »

Pendant une véritable éternité, il se contente de la regarder, à croire qu'il espère voir le tréfonds de son cœur. Enfin, il *hausse les épaules*.

« Je veux bien prendre le risque. »

Le saisissement la laisse bouche bée, jusqu'à ce que l'exaspération lui délie la langue.

« Comment peux-tu dire une chose pareille ?

— Parce que je t'ai aimée à la seconde où je t'ai vue. Tu sais ce que je me suis dit, cette nuit-là ? J'ai pensé : *Cette fille ne devrait jamais avoir peur de personne. Je vais passer ma vie à la soutenir.* » Un frisson effleure la peau d'Æsa. Willan lui touche de nouveau la joue. « Je sais que tu n'as pas besoin de moi. Tu es assez forte pour te débrouiller toute seule. Mais quoi qu'il arrive, je veux me battre à ton côté. Si mon destin est aussi d'y mourir, très bien. Je ne laisserai pas une vision décider pour moi. Je choisis mon destin, et je te choisis, toi. Mais je partirai si tu l'exiges. Je ne prendrai jamais rien que tu ne veuilles me donner. Et je ne t'embrasserai pas si tu ne me le demandes pas. »

Sur ces mots, il se détourne, prêt à remonter l'escalier. Elle a beau s'ordonner de le laisser s'en aller, cet amour lui appartient, à elle aussi, et elle veut s'en revendiquer. Elle veut tracer son propre chemin, quoi qu'il arrive.

« Willan. » Il pivote. Elle se rapproche de lui. Lui touche le torse, comme elle en avait tellement envie, les doigts écartés sur sa peau humide. Le silence règne, sauf pour le tapotement de la pluie sur le pont, au-dessus d'eux, le grincement de la lanterne oscillante du jeune homme et son cœur martelant sous la main d'Æsa. « Embrasse-moi. »

Il se penche, lentement, pendant qu'elle se hausse à sa rencontre. Puis leurs lèvres se fondent, tendres et assurées. Leurs corps se serrent l'un contre l'autre, s'épousant, comme s'ils étaient faits pour ça. Comme s'ils étaient destinés à s'unir.

Autrefois, Æsa allait parfois jouer sur une portion particulièrement dentelée des falaises d'Illan, les Crocs – ainsi nommés parce que leurs pointes sont assez aiguisées pour transpercer le ciel. Le vent qui rugit sur ces hauteurs est parfois si violent qu'il est capable de supporter le poids d'un être humain. Alignés sur l'herbe, Æsa et ses camarades écartaient les bras puis se laissaient tomber dans la bourrasque, la mettant au défi de les rattraper. Le baiser lui donne la même impression : une excitation enivrante l'a envahie ; elle se sent soutenue, vivante, reconnue. Il lui semble voler.

Elle passe les bras autour du torse de son compagnon pour lui caresser le dos, dont les trapèzes se contractent sous ses paumes. Willan et elle ont pivoté sans qu'elle sache comment : c'est maintenant lui qui est dos à la coque, les bras noués à sa taille à elle. Seul le tissu de sa robe sépare leurs deux poitrines. Elle se gorge du jeune homme en lui caressant le visage, en lui serrant les épaules avec une ardeur dévorante. Il fait preuve d'autant d'avidité à son égard.

Dehors, l'océan rugit, à moins que ce ne soit le sang aux oreilles d'Æsa. Sa magie gronde tel un torrent. Quelque chose en elle lui hurle de reculer, de protéger son partenaire, mais l'abandon déchaîné du baiser est tellement bon, tellement adéquat qu'elle ne peut s'y refuser.

« Æsa », balbutie Willan d'une voix gutturale.

Elle lui couvre la bouche d'un baiser qui le rend au silence.

Une vague s'écrase contre la coque. Un martèlement résonne sur le pont, suivi d'un grondement de tonnerre. Willan met fin au baiser, les sourcils légèrement froncés, comme tiraillé entre l'envie de rester avec Æsa et l'inquiétude que lui inspire le bruit extérieur.

Mais il n'est pas question qu'un incident quelconque gâche leur moment. Elle se penche vers lui, décidée à prolonger cet instant merveilleux.

Les mains de son compagnon se referment sur ses hanches, s'impriment dans sa chair.

Un cri s'élève au-dessus d'eux, suffisamment fort pour réveiller les morts :

« *Tout le monde sur le pont !* »

Les vastes forêts marécageuses du Callistan sont à la fois impénétrables à pied et difficilement navigables, à moins qu'on en connaisse les chemins et les voies. Ceux qui osent s'y aventurer sans la permission des Sythiens en ressortent rarement. Ces bois humides sont sacrés aux yeux de leurs habitants, car ils constituent le cœur même de la Source. Comme le disent ces gens : Nos bois dévorent l'indigne. *Ils disent aussi cependant qu'à l'époque où vagabondaient les Oiselles Sauvages, elles étaient toujours les bienvenues en leur contrée. Ils qualifiaient les filles de magie d'*illimnées *– bénies des eaux. Ce n'étaient pas, en ce qui les concernait, des intruses, mais des pèlerines. Des âmes errantes rentrant chez elles.*

**– Extrait du journal de voyage
de Lord Antony Silveen**

CHAPITRE 11

ÂMES ERRANTES

« Alors ? » Fen s'essuie le front. « Oui ou non ? »

Rafe sirote une gorgée de cidre brut. Sa troisième bolée, parce que c'est elle qui paie – mais elle ne va pas tarder à être à sec.

« Je ne sais pas. » Petit coup de phalange sur le bar. « Ce ne serait pas donné.

— Je m'en doutais. »

Elle tire une bourse d'une poche secrète. Rafe en verse les graines jaunes au creux de sa main puis les lève pour les examiner comme s'il s'agissait d'une poignée de diamants.

« C'est quoi, ton hybride ?

— Alouette-tigre et soupir de minuit. »

Il hoche la tête, approbateur.

« Impressionnant, pour une *gwythda*. »

En d'autres termes, quelqu'un des terres sèches. C'est en effet impressionnant. Fen a mis des années à réussir l'hybridation des lys… dans l'espoir de vendre le fruit de ses recherches à l'élite simtane. Il n'y a aucune magie dans ces graines, mais les fleurs rares valent leur pesant d'or à Simta. Ces graines sont d'autant plus précieuses que l'inondation du monde souterrain en a englouti la plupart. Mais ce qui se trouve au Callistan est plus précieux encore pour Fen à l'heure actuelle.

Elle essuie ses mains moites sur son pantalon. *La Poule Tachetée* lui semble oppressante, à cause de tous les corps rassemblés non loin du bar, où elle occupe un tabouret. La taverne est perchée sur la berge d'un des nombreux bras d'eau de Sarask, une ville qui en compte davantage que de rues. Les bateliers comme Rafe y sont légion. Une brise faiblarde a beau entrer par une des fenêtres, Fen est en nage. Il en va ainsi depuis son départ de Simta. Elle a passé tout le voyage à essayer de ne pas se laisser déborder par le chaos qu'elle a provoqué. De ne pas penser à Sayer, aux Étoiles Noires, à Dorisall ou à Leta Tangreel. Il faut qu'elle se concentre sur le travail qui l'attend.

Rafe pose sur le comptoir ses bras bronzés et bien découpés de batelier.

« C'est de la bonne marchandise, mais ça ne suffit pas à être admise dans les bois, tu le sais pertinemment.

— Pourquoi ça ? Je ne suis pas une inconnue. Ça fait des années qu'on se connaît. On est amis. »

La réponse vaut à Fen un coup d'œil aiguisé.

« C'est beaucoup dire. »

Il a raison, mais elle a besoin de lui. Et elle en est tout sauf ravie. Il y a de cela des années, Rafe lui a vendu les graines grâce auxquelles les Étoiles Noires se sont lancés dans le commerce des plantes rares. Elle a gagné sa confiance lentement, difficilement. Mais ça en valait la peine : les plantes magiques les plus précieuses pour l'Eudéa viennent du Callistan, où les Sythiens s'estiment chez eux et qu'ils protègent férocement. Ils se montrent chatouilleux dès qu'il s'agit de vendre le moindre végétal à des étrangers et n'ouvrent leurs bois sacrés qu'à très peu de gens.

« De toute manière, pourquoi veux-tu y aller ? » demande Rafe.

Fen n'a aucune envie de prendre le risque de lui dire toute la vérité avant qu'il n'accepte de lui servir de guide. Elle lui en livre cependant une partie, après avoir bu une gorgée d'eau.

« Quelqu'un fait sortir en cachette quelque chose de vos bois pour l'emporter à Simta. Quelque chose de dangereux. »

Il fronce les sourcils.

« Quel genre de chose ?

— Je ne peux pas en parler ici, je me méfie. Mais je peux te promettre que ta cheffe de clan sera très intéressée par ce que j'ai à dire. Plus vite tu m'emmèneras la voir, plus tôt on en terminera.

— Il me faut son accord préalable. Elle m'écorcherait vive si j'amenais une gwythda dans les bois sans son autorisation.

— Je pourrais acheter un bateau et y aller sans toi.

— Il ne te faudrait pas dix minutes pour te perdre, Brae, s'amuse Rafe. Épargne-moi la future découverte d'une barque à la dérive transportant ton cadavre desséché, s'il te plaît. »

Il a sans doute raison. Les bois constituent pour les gens de l'extérieur un labyrinthe impénétrable. Si les Sythiens ne viennent pas à bout des intrus, la forêt s'en charge. Elle dévore les indignes, dit-on. Les braconniers sont nombreux à s'y aventurer et à ne jamais trouver le moyen d'en sortir. Mais Fen prendra le risque s'il le faut.

Quelque chose se brise tout près d'eux. Déjà, elle a bondi sur ses pieds en portant la main à son poignard.

« Du calme, Brae, lance Rafe. C'est juste une personne qui a fait tomber un verre. »

Elle se cramponne au bar dans l'espoir de dissimuler un brusque étourdissement.

« Oui, bon. On ne devient pas quelqu'un à Simta si on est trop long à dégainer. »

Enfin, elle se rassied. Ces quelques jours ont été longs, d'autant plus qu'elle a très peu dormi. La lumière est trop vive. Un rire, quelque part. Sa vision se déforme, se brouille. Le rire aussi, évoquant davantage celui de Dorisall. *Je te vois, petite crapule.* Elle cligne des yeux de toutes ses forces pour refouler le cauchemar. Sans le mastic, sa magie échappe toujours plus à son contrôle… ainsi que ses souvenirs. Il lui faut du tue-magie. Combien de temps arrivera-t-elle à tenir, autrement ?

Rafe l'examine avec attention. Elle fait de son visage une page blanche, mais ne peut dissimuler la sueur qui lui mouille le front ni le tremblement de ses mains.

« Pourquoi es-tu vraiment là ? » demande-t-il.

Impossible de lui dire de quoi elle a besoin : impossible de courir le risque d'essuyer un refus avant de l'avoir *obtenu*. L'heure est venue d'abattre le seul atout dont elle dispose.

« Il paraît que les Sythiens emmènent n'importe quelle fille de magie dans les bois sans poser de questions. C'est vrai ?

— Ce n'est pas faux. »

Elle pince les lèvres.

« Bon. »

Un coup d'œil circulaire lui permet de s'assurer que personne ne les regarde. Puis elle ôte son bandeau. Rafe regarde ses yeux, l'un d'un brun chaleureux, l'autre vert. Enfin, le batelier se frappe le sternum du poing, comme elle l'a vu faire quand il maniait une plante particulièrement magique.

« Des yeux couleur de Source, murmure-t-il. Tu es *illimnée* ? » Elle hoche la tête, bien que, pour l'instant, elle se sente tout sauf bénie. « Bien. » Il s'adosse au comptoir. « C'est complètement différent, alors.

— Tu m'y emmènes ? Aujourd'hui ?

— Il vaudrait sans doute mieux. »

Le soulagement envahit la visiteuse. Elle va obtenir ce dont elle a besoin et pouvoir respirer enfin. Après quoi elle sera en état d'arranger les choses.

En ce qui concerne Fen, amour et souffrance ont tendance à se mêler. Elle aimait l'ombre de sa mère, mais cette femme n'est jamais venue à son secours. Elle aimait le chien en peluche que lui avait donné un cul-bénit quelconque, mais on le lui a pris, ce qui l'a fait pleurer. Elle sait maintenant que l'amour blesse, mais c'est une vérité qu'elle ne s'attendait pas à expérimenter dans le Callistan. Son cœur palpite atrocement sans qu'elle comprenne pourquoi.

Posté à la poupe de l'esquif à fond plat, Rafe se sert d'une longue rame mince pour le guider à travers les marais. Il a l'air de savoir où il va, mais elle se demande comment. Le marécage se résume pour elle à un enchevêtrement de buissons et d'arbres aux branches tendues hors des eaux stagnantes. Ils sont plus imposants qu'elle ne s'y attendait, et omniprésents. Les draperies de mousse de leurs ramures se balancent tels des fantômes. Jamais elle n'aurait cru qu'il existait autant de nuances de vert, clair ou foncé, pastel ou éclatant. L'air même lui fait mal aux dents.

« Qu'est-ce que c'est que ça ? s'enquiert-elle.

— Quoi donc ?

— Ce bruit. Ce… bourdonnement.

— C'est la magie qui circule dans les bois, répond Rafe sans détourner les yeux des arbres. Nous, on l'appelle le pouls de la Source. Il n'y a que les Sythiens qui l'entendent… et les *illimnées*. »

Le vrombissement est vraiment trop fort. Par les chats infernaux, Fen a besoin de son mastic ! Elle a la bouche sèche, la peau brûlante. Le fond vaseux du marais se dessine clairement, sous un réseau de racines entrelacées. Elle plonge les doigts dans l'eau couleur de thé pour profiter de sa fraîcheur, mais la trouve d'une chaleur inattendue. Un petit frisson la parcourt cependant.

Quand elle était enfant et que les choses tournaient mal, elle fermait les yeux et rêvait qu'elle se trouvait dans une forêt de ce genre. Ainsi se sentait-elle en sécurité, protégée. Parce que sa forêt de rêve l'aimait. Cette forêt véritable l'aime également. Les plantes grimpantes se tendent vers elle comme pour la caresser. Il n'en règne pas moins une atmosphère de vigilance, mais aussi d'avidité. Les bois sacrés attendent quelque chose d'elle, elle le sent. Les feuilles murmurent, dans une langue qu'elle ne devrait pas comprendre.

Nous te voyons.

Sa magie enfle, porteuse d'une nuit qui s'enroule à la limite de son champ de vision. Une porte se ferme, une clé tourne en cliquetant dans une serrure, une voix rauque lui résonne aux oreilles. *Je te vois, petite crapule.* Un claquement de fouet déchire l'air.

Elle se cramponne au bord du bateau. *Reprends-toi.* Il ne faut pas qu'elle se laisse aller.

Enfin, Rafe cesse de ramer. Il semble faire un signe étrange de la main à l'intention des arbres. Une voix flotte jusqu'à eux, à laquelle il répond. Puis s'élève un sifflement soudain : *tchak*. Une flèche s'enfonce dans l'eau, non loin d'eux. Suivie de plusieurs autres : *tchak, tchak, tchak*. Fen s'aplatit au fond du bateau.

« Par l'enfer ! Qu'est-ce qui leur prend de nous tirer dessus ?

— Ce n'est pas nous qu'ils visent, rectifie Rafe, c'est eux. »

Elle se retourne. La proue d'une embarcation très semblable à la leur se balance violemment dans leur sillage. Ses occupants ont beau lui être pour l'essentiel dissimulés par un arbre, elle *sent* de qui il s'agit. Comment se fait-il qu'elle n'ait pas repéré Sayer plus tôt ?

« Arrêtez ! s'écrie-t-elle. C'est une amie !

— Tu savais qu'ils nous suivaient ? demande Rafe, visiblement furieux. Pour l'amour des eaux, Fen…

— Je suis sérieuse, Rafe. Dis-leur d'arrêter.

— Je n'ai pas d'ordre à leur donner. »

Les flèches continuent à pleuvoir, venues de partout à la fois, semble-t-il. L'une d'elles se loge dans le flanc du second bateau, qui se rapproche, à la dérive. S'y trouvent en effet Sayer… Rankin et Jolena.

« Arrêtez ! braille Rankin, qui tient maintenant sa rame à la manière d'une massue. On est avec Fenlin ! »

Les archers n'en persistent pas moins à tirer, de plus en plus précis – trop précis. Le garçon doit se jeter de côté, ce qui oblige Jolena à le rattraper quand il manque passer par-dessus bord. Sayer entreprend de rassembler sa magie. La lumière change, l'eau se plisse autour de son embarcation, un miroitement sombre vibre dans l'air environnant. Les projectiles ralentissent maintenant avant d'atteindre les intrus, pris dans la barrière d'air qu'elle a dressée, puis tombent à l'eau avant de les atteindre. Toutefois, il s'en trouve un pour passer au travers. Elle pousse un cri en portant la main à son épaule. Touchée. Le sang lui coule entre les doigts, d'un rouge éclatant sur le fond vert des feuilles.

La magie de Fen explose si violemment qu'il lui semble se fendre en deux. Les arbres alentour sifflent et frissonnent, exprimant sa fureur. Les tiges des plantes grimpantes se jettent des arbres, les racines jaillissent de l'eau, tous ces cordages végétaux se tordent en formes impossibles et s'entrelacent pour envelopper le bateau de Sayer d'un bouclier ruisselant. Quelqu'un hurle ; Fen en personne, peut-être.

Le cauchemar referme ses crocs sur elle.

Nous te voyons. Murmure-t-on à son oreille.

Je te vois, Ana.

Goût de fer, d'impuissance et de terreur.

Puis, soudain, le déchaînement s'interrompt. C'est tout juste si elle a encore conscience de son corps. Rafe crie quelque chose par-dessus le vacarme, mais elle n'y comprend rien. Il ne reste que la magie, les voix, l'impression de tomber. L'eau l'enveloppe de son étreinte. Elle ferme les yeux, perdue dans le noir.

À chaque action alchimique, sa réaction. À chaque poison, son remède. Il faut cependant apprendre la langue de nos plantes. Connaître leurs propriétés ne suffit pas. Plongez-vous dans leur histoire, leurs origines. Ne méprisez pas les contes de bonnes femmes. Si fantaisistes qu'ils vous semblent, respectez-les. Les légendes de ce genre m'ont plus d'une fois mené à la vérité.

– Extrait d'un des calepins de l'alchimiste jaune

CHAPITRE 12

TOXINE ET CONTREPOISON

Sayer ne compte plus les fois où elle a rêvé d'aventure. Elle n'a jamais voyagé – elles ne pouvaient pas se le permettre, sa mère et elle – et ne connaît donc rien d'autre que Simta. Mais, enfant, quand elle n'arrivait pas à dormir, elle s'imaginait remplir un sac, traverser le Cou et aller *ailleurs*. Elle se représentait faisant voile vers les îles Chantantes, flânant sur les marchés éclatants de Fare, parcourant les collines de craie blanche de Stonington. Jamais cependant elle n'a rêvé d'être ici, dans ce Callistan que si peu de gens voient de leurs yeux. Mais elle est tellement inquiète pour Fen qu'elle n'en profite pas.

Quand la Tournepierre s'est écroulée, les assaillants ont brusquement demandé un cessez-le-feu. Des petites barges ont émergé d'entre les arbres, pendant que le batelier de Fen la hissait hors de l'eau. Il l'a ensuite confiée à ses camarades et une inconnue a emporté la Renarde inanimée derrière une porte orange, qu'elle a refermée d'un geste décidé. En voyant cela, Sayer a dû se retenir de hurler, mais Jolena appuyait sur sa blessure afin de ralentir le saignement et la tête lui tournait trop pour qu'elle puisse dire ou faire grand-chose d'utile. Un

Sythien est venu chercher les trois intrus dans leur bateau, percé de quelques trous par les racines follement entremêlées de Fen. L'un d'entre eux a même soigné Sayer. Elle a serré les dents quand une jeune Sythienne a posé les mains sur l'entaille puis a fait appel à une forme de magie guérisseuse qui l'a refermée. Ça brûlait. *Vous n'auriez pas eu à vous donner tout ce mal si vous n'aviez pas commencé par me tirer dessus,* a grincé Sayer. *On ne l'aurait pas fait, si on avait su,* a répondu son infirmière en se frappant le sternum du poing.

Le clan propulse maintenant ses barges à la rame à travers le marais, emmenant les visiteurs dans un endroit inconnu. Au moins, on les traite en invités, pas en prisonniers, mais cela ne calme en rien la nervosité de Sayer. Ils ont été conviés à bord du bateau où se trouve également Fen et que pilote le garçon qui l'accompagnait. Aussitôt sur le pont, Rankin s'est posté à côté de la fameuse porte orange. Sayer en personne n'arrive pas à en détacher le regard. Elle a demandé à voir Fen – elle l'a exigé, à vrai dire. Le refus qu'elle a essuyé a failli la convaincre d'arracher le battant de ses gonds. *Seleese sait ce qu'elle fait,* lui a assuré Rafe, le guide de Fen. *C'est la meilleure guérisseuse du Callistan.* Mais, quel que soit le problème de Fen, Sayer n'aime pas l'idée de l'abandonner aux mains d'une inconnue.

Elle souffle bruyamment. Si Matilde était là, elle chercherait à la rasséréner par ses plaisanteries et ses commentaires sur leur batelier. Æsa, elle, lui caresserait le bras en lui murmurant doucement à l'oreille. *Fen s'en sortira,* dirait-elle peut-être. *Elle est forte.* Mais Sayer n'arrive pas à oublier l'image de la Renarde tombant à l'eau, *aspirée* par elle. Fen ne se ressemblait plus.

Quelque chose de rose bouge à la limite de son champ de vision. Elle se tourne brusquement vers la proue. Jolena a réussi à persuader Rankin de quitter son poste de garde, à la porte, pour s'asseoir à côté d'elle. Elle a cueilli – les chats infernaux savent où – des fleurs éclatantes et parfumées qu'il la laisse tresser dans sa chevelure emmêlée.

« Ça me va bien ? demande-t-il, ragaillardi par l'attention dont il est l'objet.

— Ça fait ressortir les jolies taches dorées de tes yeux. »

Il rougit.

« Je ne savais pas que j'en avais.

— Tout est plus éclatant, ici. »

Jolena soupire. Son visage se lève vers les ramures, fleur jouissant de ce qui l'entoure, en quête de soleil. Malgré tous ses sujets d'inquiétude, Sayer est heureuse de la voir retrouver une certaine sérénité. Depuis leur départ de Simta, sa cadette se montrait renfermée, peu causante. Les cajoleries de Rankin lui tiraient bien quelques sourires, mais fugaces. Sayer l'a surprise plus d'une fois à pleurer sans bruit, le regard perdu au loin. Les bois marécageux du Callistan semblent pourtant lui rendre sa personnalité ensoleillée. Logique : c'est une fille de la terre, elle est ici dans son élément. Son aînée se sent en revanche dépassée.

« Comment arrives-tu à te repérer ? demande-t-elle à Rafe. En ce qui me concerne, tous les arbres se ressemblent.

— Parce que tu es une gwythda, répond-il. Tu ne reconnaîtrais pas un sentier d'un trou d'eau. »

Elle le regarde ramer. Les roseaux séchés tressés autour de ses avant-bras ondulent.

Leur bateau, à peine plus gros que celui qu'elle a volé devant l'auberge de *La Poule Tachetée*, a cependant un fond plus plat. Le marais est d'ailleurs moins profond qu'elle ne l'aurait cru. Il ne s'y trouve pas de route, seulement de l'eau, pointillée d'îlots qui disparaissent sous les arbres. La région tout entière donne l'impression d'être vivante, irriguée par son propre cœur battant. La jeune fille le sent presque essayer de se calquer sur le rythme du sien.

Jolena inspire longuement.

« L'air est tellement plus pur qu'à Simta. Et la forêt est si paisible.

— Je trouverais le coin plus agréable s'il n'essayait pas de me manger toute crue, répond Sayer en essayant d'écraser un des innombrables insectes décidés à la piquer.

— Apaise-dent. » Rafe arrache quelques feuilles dentelées à la plante grimpante près de laquelle ils passent. « Tous les maux ont un remède, dans le marais. Frotte-toi ça sur la peau. La sève devrait tenir les affamés à l'écart.

— Vraiment ? Tu es sûr que je ne vais pas plutôt me couvrir de pustules ?

— Sayer ! Tu pourrais être un peu plus aimable », proteste Jolena en riant.

Mais l'amabilité sert à mettre autrui à l'aise, et Sayer n'est pas d'humeur.

Rafe, lui, se contente de sourire.

« Ne t'en fais pas, je n'essaie pas de te tuer. Pas la peine. Après tout, les alligators sont là pour ça. »

Comme pour lui donner raison, un claquement retentit non loin d'eux. Un gigantesque monstre écailleux aux crocs luisants se hisse sur un enchevêtrement de branches. À sa vue, Sayer ne peut s'empêcher de penser à son père, et de ressentir la fureur familière s'épanouir dans son sein. Matilde et Leta ont-elles découvert où se cache la Main Rouge ? Ont-elles contraint Wyllo aux aveux ? Si elle était à Simta, elle le clouerait au mur et l'obligerait à parler. Il ne devrait pas lui être permis d'aller et venir en toute liberté et tranquillité. Mais c'est en partie pour ça qu'elle est dans le Callistan. Pour trouver qui lui fournit du tue-magie et empêcher la plante de parvenir à Simta. Il faut qu'elle découvre si les Sythiens qui l'entourent savent quelque chose.

Elle bondit sur ses pieds quand l'inconnue ressort sur le pont par la porte orange. La guérisseuse est très bronzée et trapue.

Bien qu'elle ait sans doute à peu près l'âge de Leta, pas une ride ne lui plisse la peau. Comme Rafe, elle exhibe des roseaux séchés tressés dans sa chevelure et autour de ses avant-bras. Comme Fen, elle a les yeux couleur de Source. L'un du brun chaud des troncs alentour, l'autre de l'orange foncé de la porte.

« Bonjour. Je suis Seleese, se présente-t-elle d'une voix grave et douce. La cheffe de ce clan. Bienvenue chez vous, mes filles. »

Sayer se raidit à ce dernier mot.

« Où est notre amie ? Que lui avez-vous fait ?

— Elle dort. Je lui ai donné de quoi l'empêcher de se réveiller avant un moment.

— Pourquoi ?

— Pour apaiser le manque. Le poison est bien ancré en elle.

— Vous voulez parler du tue-magie ? » demande Rankin, l'air un peu écœuré.

Rafe pousse une sorte de *pfft*, qui tient autant du sifflement que du crachat.

Seleese croise les bras sur son ample poitrine.

« Nous parlons quant à nous de vigne à venin. J'espère que vous avez renoncé à en voler dans nos bois. Je suppose que c'est pour ça que vous étiez là.

— Nous ne sommes pas là pour voler quoi que ce soit, proteste Sayer en secouant la tête.

— Les toxicomanes sont prêts à tout pour obtenir ce dont ils ont besoin. »

Elle a du mal à imaginer que Fenlin Brae puisse avoir à ce point besoin de quelque chose, y compris le tue-magie.

« Vous ne comprenez pas. Elle ne peut pas en être dépendante. Ça nous rend malades.

— Quand on en consomme assez longtemps, cet effet-là finit par s'évanouir, et la plante a ses avantages. Un calme plus important, une concentration aiguisée. La plupart des Sythiennes douées de magie sont trop avisées pour s'y laisser prendre. Nous n'y touchons pas. Mais j'en ai connu une, d'un autre clan, qui en mâchouillait. Elle avait vécu un certain temps à Sarask, où un pater itinérant l'avait persuadée que la magie allait la corrompre. Quand on aspire au contrôle, cette plante a de quoi séduire. »

Sayer a été horrifiée en voyant Fen se fourrer du mastic dans la bouche, au Club des Chasseurs. Elle n'arrive pas à comprendre que la Renarde s'inflige une chose pareille, après ce qu'elles ont vécu. La magie ne représente pourtant pas à ses yeux le même problème moral qu'à ceux d'Æsa.

Mais qu'a-t-elle dit en parlant de sa magie, justement, il y a quelques mois ? *Elle ne m'avait jamais rien apporté de bon, au contraire, elle m'avait toujours fait souffrir.* C'était la première fois que Fen avouait à son amie jusqu'où était allé Dorisall dans l'espoir d'amener ses pouvoirs à se dévoiler. Sa vie sous l'autorité du pater se réduisait à une cave obscure, des portes fermées à double tour, un fouet. Elle y a pourtant survécu. Il n'a pas réussi à la briser. Du moins Sayer en était-elle persuadée.

« Elle en prenait beaucoup plus depuis la Moindre Nuit, déclare Rankin, manifestement troublé. J'ai essayé de lui dire d'arrêter, mais elle m'a envoyé promener. N'empêche que je gardais un œil sur son stock. Elle vient de tomber à court.

— Quand ? demande simplement Seleese.

— Il y a quatre jours. Peut-être cinq.

— Je suis surprise qu'elle ait réussi à arriver ici sur ses deux jambes. Elle ne devrait pas tarder à atteindre le point culminant du manque. »

Par les chats infernaux ! La colère s'élève en Sayer, mais tel du givre sur une vitre, il suffirait de le gratter de l'ongle pour dévoiler le remords qu'il recouvre. La jeune fille aurait dû voir ce qui se passait. Il est vrai aussi que Fen aurait pu lui en parler. Elle en a assez des secrets qu'elles se cachent l'une à l'autre.

Seleese chuchote quelque chose à Rafe, qui se sert de sa longue perche pour changer de direction.

« Vous pouvez l'aider, oui ou non ? demande Sayer.

— Oui, je peux, acquiesce Seleese. Ça va prendre quelques jours, mais elle devrait se remettre totalement. En attendant, j'aimerais que vous me disiez pourquoi vous êtes ici. »

Sayer inspire à fond. Peut-elle faire confiance à ces gens ? Il est vrai que si elle veut obtenir leur aide, elle n'a pas réellement le choix. Aussi explique-t-elle ce qu'il en est du tue-magie dont se sert la Main Rouge et du Sucre. Seleese passe rapidement de la sérénité à la gravité.

« Mon clan ne vendrait jamais de vigne à venin en dehors des marais, affirme-t-elle. Une chose pareille crache au visage de tout ce qui est sacré.

— Le vôtre peut-être pas, mais vous ne croyez pas que d'autres le feraient, s'ils y gagnaient assez ? insiste Sayer.

— Non, répond instantanément Rafe. Les clans ont beau être indépendants, nous avons des lois. La vente d'une plante pareille y contrevient. Un Sythien ne ferait jamais commerce de quelque chose qui peut nuire aux *illimnées*. »

Aux yeux des Sythiens, les filles de magie sont sacrées. Et Seleese a appelé Sayer et Jolena ses *filles*. Toutefois, les liens familiaux n'empêchent pas les gens de se faire du mal les uns aux autres, Sayer ne le sait que trop bien. Ils ne protègent pas de la trahison.

« Nous savons comment s'appelle l'acheteur, intervient Jolena d'un air sombre. Wyllo Regnis.

— Il s'agit d'un seigneur simtan, ajoute Sayer. Vous avez entendu parler de lui ?

— Non, mais je peux poser la question à d'autres chefs de clan, propose Seleese. Discrètement, attention ; on ne va pas porter ce genre d'accusation à la légère.

— Il ne faut pas traîner, prévient Sayer. A priori, des Simtans vont venir très prochainement récupérer une cargaison. Nous devons les en empêcher. »

Seleese considère Rafe dans une longue communication silencieuse. Enfin, ils semblent parvenir à une décision.

« Nous allons vous aider à les arrêter, mes filles. Pas question de laisser la vigne à venin quitter les marais. Mais il va falloir que votre amie se repose pendant que nous cherchons les réponses à nos questions. »

Sayer laisse échapper un souffle qu'elle n'avait pas conscience de retenir.

« Je veux la voir.

— Elle préférerait que vous restiez tous à l'écart, pour l'instant, répond son interlocutrice avec douceur. Ça vaut peut-être mieux. Son état va empirer, avant de s'améliorer. »

Une piqûre au cœur, une soudaine brûlure. Sayer et Fen sont censées être l'ombre l'une de l'autre. Alors pourquoi Fen s'obstine-t-elle à fuir Sayer ?

Seleese demande à Rafe de ralentir à l'approche d'un îlot.

« Regardez. »

Elle montre à ses invités une plante grimpante aux feuilles trilobées, enroulée autour d'un arbre tors. Sayer, qui n'y connaît pas grand-chose au règne végétal, trouve qu'elle ressemble à toutes les autres, mais la perçoit curieusement comme… mal intentionnée, en quelque sorte. Le dessous de ses feuilles paraît collant, enduit de résine. Son odeur – mélange de fumée et de pourriture – lui donne envie de vomir.

« C'est ça, hein ? » Jolena est hagarde. « Le tue-magie.

— Oui, acquiesce Seleese. On s'arrête ici pour sa voisine. Le cœur sanglant. »

Un nom qui s'explique par des feuilles rouges, bel et bien en forme de cœur, qui tranchent sur la végétation environnante. Quant aux tiges, elles dessinent des veines éclatantes sur l'écorce de l'arbre. Seleese se penche, plonge deux doigts dans l'eau et murmure quelques mots, avant de décoller plusieurs cœurs du tronc en veillant à ne pas toucher le tue-magie.

« C'est pour Fenlin, explique-t-elle. Les vapeurs et les huiles de cœur sanglant sont des reconstituants pour les *illimnées*. Ça l'aidera à reprendre des forces. »

La plante se met à pousser, à s'enrouler autour du bras de la guérisseuse. Jolena lâche une exclamation étouffée. Sayer trouve bizarre de voir une femme de cet âge pratiquer la magie. Peut-être le Callistan a-t-il permis à son pouvoir de continuer à vivre en elle. Ou peut-être, contrairement aux Oiselles de Nuit, ne l'a-t-elle jamais donné à autrui.

Jolena tend la main vers une feuille rouge, qui lui enveloppe tendrement un doigt.

« Comment allez-vous le préparer ?

— Il vaut mieux disposer de jeunes feuilles très fraîches. » Seleese est manifestement ravie de son intérêt. « Nous allons en broyer certaines pour confectionner un onguent à appliquer sur la poitrine et préparer le reste en décoction. Tu peux m'aider si tu veux, ma fille. »

— D'après un de mes manuels de botanique, le meilleur remède au poison d'une plante se trouve en général dans une de ses voisines, déclare pensivement Jolena. *Une toxine est souvent mêlée à son contrepoison*, c'est comme ça qu'il présente les choses. Ça me fait penser à la berce et à la carotte sauvage. La berce peut provoquer des cloques, mais la carotte sauvage les soigne. Elle peut même les éviter, purement et simplement. »

Seleese sourit.

« Tu as bien retenu les leçons, bravo. Mais le cœur sanglant n'annule pas tous les effets du tue-magie. Enfin, pas complètement.

— Vous venez de dire que ça aide », s'inquiète Sayer, le poil hérissé.

En admettant que cette plante atténue les ravages de l'aconit magectone, ne pourrait-elle pas les en protéger ? Empêcher le Sucre de fonctionner sur les filles de magie ?

Jolena lui attrape la main, comme si elle entendait ses pensées.

« Ça nous aiderait peut-être aussi à créer un antidote au Sucre. Si on en avait un, aucune de nos sœurs n'aurait plus à subir ce que j'ai subi. Plus jamais.

— Merveilleuse idée, mais ne te fais pas de trop grands espoirs tout de suite », lui dit gentiment Sayer.

Les yeux de Jolena étincellent, s'animent.

« Je ne vois pas quel mal il y a à espérer. »

Comment peut-elle dire une chose pareille après ce qui lui est arrivé ? Comment peut-elle garder la foi alors que le monde l'a trahie ? L'excitation qui s'est emparée de sa sœur se révèle cependant contagieuse et grandit en elle. Sayer n'a pas le cœur de la réduire à néant. Pour une fois, elle a envie d'espérer, elle aussi, au lieu de douter.

Esprit vif, vif envol.

– Devise de la Maison Dinatris

CHAPITRE 13

ÉCLAT D'EMPRUNT

Matilde se redresse de toute sa hauteur sur son piédestal, les bras levés, obéissante. Elle ne peut cependant s'empêcher de tressaillir quand une des épingles de la couturière lui pique la peau.

« Cette couleur n'est absolument pas adaptée, déclare Madame Mère en examinant d'un œil critique la soie dont on l'enveloppe. Ce rouge… Les gens vont l'associer au deuil, forcément.

— Mais aussi au feu, fait remarquer Grand-mère, sa tasse de thé à la main. Tout le monde n'aura d'yeux que pour elle. Il me paraît judicieux de rappeler aux spectateurs de quel pouvoir elle dispose.

— Je devrais peut-être y aller nue, intervient Matilde, hautaine. Ils auraient un sujet de conversation tout trouvé.

— Ce n'est pas le moment de plaisanter », proteste sa mère, les sourcils froncés.

La jeune fille ne peut s'empêcher d'essayer d'alléger l'ambiance un tant soit peu, car jusqu'ici, les préparatifs du mariage ressemblent davantage à des conseils de guerre. Mais il est vrai que l'évènement fait partie d'un combat plus grand. Le moindre détail de la cérémonie est censé porter un message, de la musique jusqu'aux fleurs ornant les fauteuils. Il faut veiller à ce que ce soit le bon. Pour l'instant, cependant, elle préférerait vraiment faire la sieste.

Madame Mère compare quelques échantillons de tissu. Elle attend depuis des années de voir Matilde marcher jusqu'à l'autel. *Ma fille épouse le suzerain…* Elle le dit et le répète à qui veut bien l'entendre, oublieuse du fait qu'elle ordonnait encore il y a peu à ladite fille de tenir Dennan Hain à distance. Tout a changé, depuis.

Le mariage aura lieu dans quelques semaines, à la fin de Marée-Haute. Les Dinatris et le personnel du palais sont dans tous leurs états, vu la brièveté des fiançailles, car ils ont beaucoup à faire en peu de temps. Les invités venant de l'étranger vont devoir se hâter pendant le voyage, même si, heureusement, la haute noblesse avait reçu ses invitations en priorité. Il s'avère qu'elles ont été envoyées des semaines avant que Matilde entende seulement parler de cette union. Si furieuse soit-elle que Dennan ait eu l'audace de tout manigancer derrière son dos, elle a décidé qu'elle était trop fatiguée pour faire un scandale.

« Pourquoi pas du blanc ? propose Madame Mère. Une variation de la couleur de notre Maison. »

La douairière examine sa petite-fille de la tête aux pieds. Elle l'examine souvent ces derniers temps, comme si elle craignait que Matilde ne rassemble ses jupes et ne parte en courant n'importe quand.

« Vert et blanc, peut-être. Pour symboliser l'union des deux Maisons.

— Le doré serait plus adapté, muse Matilde. La couleur du mythe et de la légende. De la grandeur. Qui plus est, elle reflète merveilleusement la lumière. »

Madame Mère claque des mains.

« Dennan n'aura qu'à porter une tenue assortie. Vous serez éclatants ! »

Sourires alentour. Matilde essaie de s'y joindre, si difficile que ce soit. Empêcher ses paupières de se fermer lui demande un gros effort.

« Il faut absolument vous reposer, ma fille, la tance sa mère, les sourcils froncés. La fiancée ne saurait avoir les yeux cernés.

— Oui, bon, riposte Matilde, après s'être accordé une gorgée de café prudente. J'ai tellement à faire. »

Elle n'a pas le temps de dormir. La journée, elle consacre de longues heures aux préparatifs du mariage et à l'espionnage des réunions de la Table. La nuit, elle se lance avec l'aide des Étoiles Noires à la recherche des disparues, du Sucre et du repaire de la Main Rouge. Malgré sa mauvaise opinion des Tournepierres en général, ses assistants lui sont sympathiques. Surtout Hallie. Son humour macabre et son penchant pour le poignard lui rappellent Sayer. Apparemment, l'étude du Sucre occupe trop Alec pour qu'il se joigne à eux. Mais, à vrai dire, il paraît plus probable que ses expériences lui servent de prétexte pour éviter Matilde. Elle se dit et se répète qu'il vaut mieux, en ce qui les concerne, qu'ils gardent leurs distances. La plupart du temps, elle arrive presque à y croire.

Wyllo Regnis représentant leur meilleure piste, c'est sur lui qu'ils concentrent leurs efforts. Où qu'il aille, il est suivi : à son club, à l'église, à la banque Commerciale, dans les autres Maisons. Dès que possible, elle prend une autre apparence et lui emboîte le pas. Elle s'est même glissée chez les Regnis à un moment où la famille était sortie et a fouillé le bureau du maître des lieux, à la recherche du moindre indice ; rien. Pas un mot qui le relie à la Main Rouge. Il couvre ses traces, c'est clair.

Elle aimerait le tenir à sa merci, pieds et poings liés, pour l'obliger purement et simplement à avouer ce qu'il en est, mais ce serait une mauvaise idée, à en croire Leta. L'ex-Madame Corneille se montre extrêmement prudente depuis que les Surveillants ont pris sa demeure d'assaut, à la recherche de Sayer. Ils l'ont soumise à un véritable interrogatoire et, bien qu'elle n'ait rien dit, lui ont imposé ce qui ressemble fort à une assignation à domicile. *Il faut rester discrètes,* affirme-t-elle. *Laissez croire à Wyllo qu'il nous a battues. C'est la meilleure façon de l'inciter à baisser sa garde.* Toutefois, si l'armure du seigneur présente un point faible, elle ne l'a pas trouvé. L'exaspération de Matilde couve sous son calme forcé, et les singeries de l'adversaire lui donnent grande envie d'y laisser libre cours. Elle n'arrive toujours pas à croire qu'il a fait paraître des âneries pareilles dans les journaux. D'après lui, Sayer est un monstre. Maintenant, la cité tout entière craint que la sorcière des tempêtes enlève ses filles dans leur lit.

Il faut mettre la main sur cette sorcière, a déclaré le Pontifex ce matin même, lors de la réunion de la Table. *Nous ne pouvons laisser de tels crimes impunis.*

En effet, a acquiescé Sand Deveraux. *Nous donnons l'impression de ne plus rien maîtriser.*

Matilde les écoutait discuter, cachée derrière son paravent. La plupart des notables avaient apparemment hâte de voir Sayer la corde au cou, mais il n'en allait pas de même de Dennan. Il insiste quant à lui pour que Matilde invite sa sœur Oiselle au palais, où, d'après lui, il la protégerait. Une proposition qui déconcerte autant sa promise que les menaces de la Table.

Voilà pourquoi nous avons besoin d'un registre, a ajouté Sand. *Si nous savions qui sont ces filles, il nous serait possible de les réglementer.*

Si nous savions qui elles sont, nous veillerions à ce que leur magie ne serve qu'à des œuvres pieuses, a renchéri le Pontifex.

Nous devrions consulter ma fiancée à ce sujet, est intervenu Dennan. *Après tout, elle est parmi les premières concernées. Et elle se joindra à nous d'ici peu.*

La déclaration a été suivie d'un silence tendu, frémissant. Un silence qu'elle a dû se retenir d'emplir de sa voix. *On nous empoisonne*, avait-elle envie de crier. *Ce sont les empoisonneurs de magiciennes qu'il faut punir.* Elle a absolument besoin de siéger à la Table le plus tôt possible. Que diraient ces messieurs, si elle leur parlait du Sucre ? Si elle exigeait qu'on trouve et qu'on lui livre la Main Rouge ? Elle craint que ce ne soit un risque davantage qu'une solution, car elle ne peut se fier à aucun de ces hommes pour l'aider à résoudre ses problèmes. Il est en effet bien possible qu'ils ne voient justement pas le Sucre comme un souci à régler.

Madame Mère parle à présent des robes des demoiselles d'honneur, rôle qu'ont accepté de jouer Petra, Sive et Olivia. Matilde regrette tellement de ne pas être encadrée par Æsa, Sayer et Fen à leur place. Sayer lui a laissé un bref message avant de partir pour le Callistan.

Désolée d'avoir informé Alec des fiançailles. J'étais furieuse. Je crois en ton pouvoir ; n'hésite pas à t'en servir.

Le petit papier, qui ne quitte pas la poche de Matilde, lui rappelle qu'elle n'est pas seule contre tous. D'un autre côté, savoir que les autres Oiselles Sauvages ont toutes quitté Simta lui pèse, poids de plomb lui lestant les ailes.

On frappe. Une bourrasque violette s'engouffre aussitôt après dans la pièce, quand le Pontifex entre sans y avoir été invité.

« Je vous prie de m'excuser, mesdames, il n'était pas dans mes intentions de vous interrompre », commence-t-il.

Quelle comédie. C'était tout à fait son intention, au contraire. Matilde sourit, en femme qui n'a pas l'ombre d'un souci.

« Pontifex Rolo. » La douairière est d'une politesse glacée. « Quelle surprise.

— Vous ne pouvez rester, s'insurge Madame Mère, le rouge aux joues. Ma fille n'est pas habillée. »

Matilde attrape son peignoir sans se presser, pour bien montrer à l'intrus qu'il ne lui a pas fait perdre son sang-froid.

« Je suis sûre que notre visiteur ne va pas en profiter. Après tout, Rolo n'a d'yeux que pour les dieux. »

Il pince les lèvres en l'entendant l'appeler par son nom seulement, dépouillé de son titre.

« J'aimerais que mademoiselle Dinatris m'accorde une audience. Seul à seule. »

Matilde conserve le sourire.

« Mais avec plaisir. Asseyez-vous donc. »

Ses parentes, la couturière et les cousettes sortent les unes après les autres. Grand-mère a l'air inquiète, alors que Matilde sent sa curiosité s'éveiller. Que peut bien lui vouloir le prélat ? Lorsque la porte se referme quasi silencieusement, la jeune fille ne fait pas mine de descendre de son piédestal. Elle ne va pas renoncer à sa position de supériorité.

« Le café est encore chaud, dit-elle avec un geste de la main en direction de la desserte. Servez-vous donc, si vous en voulez une tasse.

— Non, merci. J'essaie de limiter mes vices.

— Si seulement je pouvais en dire autant », réplique-t-elle avec un clin d'œil.

Il fait la moue. Sa présence est moins brutale que celle de son prédécesseur : plus petit, moins tiré à quatre épingles, il a en outre un ventre rebondi et de grandes oreilles en ailes de papillon. Ses sourcils rasés lui donnent un air candide, auquel son hôtesse n'est pas assez idiote pour se fier. Il n'a peut-être pas essayé de la poignarder, contrairement au Pontifex précédent, mais il la déteste tout autant.

« Quelle belle œuvre », commente-t-il en montrant le tableau accroché au mur en face d'elle.

Pour sa part, elle estime qu'on trouve nettement trop de représentations des dieux au Palais Ailé. La peinture en question montre Syme, nimbé de soleil, brandissant sa traditionnelle gerbe de blé. Il a l'air très content de lui dans sa robe dorée et son éclat d'emprunt. De toute évidence, personne n'a jamais trouvé son pouvoir menaçant ni douté qu'il y ait seulement droit.

« Je suppose que oui, si on aime les sujets religieux, répond Matilde en regardant ses ongles. Je dois avouer que j'y ai perdu goût, ces derniers temps.

— Je crois savoir que l'Église l'a offert au premier Vesten à être devenu suzerain. Pour lui rappeler que, parfois, un miracle survient en l'honneur de celui qui en est digne. » Le Pontifex croise les mains sur son ventre. « Vous connaissez l'histoire de Syme ? »

Elle hausse une épaule insouciante.

« Il est question de faire pousser des champs de blé, je crois ? Ou d'arrêter une épidémie ? Je ne me rappelle pas.

— Vous devriez vraiment venir davantage à l'église, mademoiselle Dinatris.

— Je serais peut-être davantage tentée si vous ne prêchiez pas que les filles dans mon genre sont le mal incarné. Hélas… »

Ce commentaire blasphématoire ne déchaîne pas l'ire du petit homme, qui se contente de sourire de toutes ses dents.

« Le miracle de Syme fait partie de mes préférés, affirme-t-il. Il s'est produit en temps de guerre, de souffrance, quand la terre ne portait plus de fruit. Plus rien ne poussait. Les gens mouraient de faim. Une maladie quelconque avait tué toutes les semences. Ce tableau célèbre le moment où la Source a rejailli, donnant à Syme la magie, qu'il a réussi à utiliser de manière à convaincre les graines desséchées de germer.

— Tout comme la sorcière des fleurs a fait pousser une plante grimpante géante lors de la Moindre Nuit. C'est très intéressant.

— Mais elle a utilisé la magie à des fins de destruction. Je préférerais que des dons pareils servent à faire le bien. »

— Qu'avez-vous à me dire, Pontifex ? demande Matilde, gagnée par l'impatience. Je suppose que vous n'êtes pas venu me voir pour parler d'histoire de l'art ou de doctrine religieuse. »

Le visiteur lisse sa robe.

« En effet. Je voulais vous informer que notre suzerain m'a convaincu, après discussion, d'officier lors de votre mariage. »

Elle s'efforce de dissimuler sa surprise. Dennan l'a prévenue qu'il allait évoquer le sujet avec Rolo – *Si c'est lui qui nous unit, ce sera un signe de faveur et de coopération* –, mais jamais elle n'aurait cru que le Pontifex accepterait.

« Et quel sera le prix de vos services ? »

Il lève ses mains tavelées.

« Nous vivons des temps troublés, mademoiselle Dinatris. Je cherche à instaurer l'unité. Nous n'avons pas à être ennemis, vous et moi.

— Je ne vois pas comment nous pourrions être amis.

— La chose va peut-être vous surprendre, dit-il en se rapprochant, mais je ne crois pas à la mise à mort inconsidérée des sorcières. La Source ne dispense pas sans raison sa sainte magie. Ce serait lui faire insulte que de la rejeter. »

Elle manque lui rire au nez

« Vraiment, Rolo. Je croyais que les dieux désapprouvaient le mensonge.

— Je suis sérieux, mademoiselle Dinatris. Je ne crois pas qu'il faille tuer les filles dans votre genre à cause de ce qui vit en elles. Simplement, je ne pense pas non plus que vous soyez capables de supporter un tel pouvoir. La plupart d'entre nous ne sont que de faibles vaisseaux, peu faits pour véhiculer le sacré. Les bienheureux destinés à devenir des dieux constituent l'exception.

— D'après vous, je devrais donc accorder mon pouvoir à quelqu'un d'autre. » Elle ne peut s'empêcher de penser au Sucre. « Quelqu'un comme vous, je suppose.

— Les gens ne vont pas tolérer les crimes de Sayer Sant Held. Ils vont lutter contre ce qu'on peut qualifier de blasphème. Je vais d'ailleurs les y aider. Mais si des filles pareilles collaboraient avec l'Église, nous pourrions utiliser leurs pouvoirs pour mener à bien des œuvres pieuses. Entre les bonnes mains, ils permettraient d'accomplir toutes sortes de miracles. »

Matilde le considère d'un air qu'elle espère imperturbable, mais elle a le tournis. Que veut-il dire, en réalité ? *Entre les bonnes mains*… Ces mots résonnent dans la tête de la jeune fille.

« J'ai courtoisement décidé d'oublier nos différends et d'officier votre mariage, reprend le Pontifex. Tout ce que je vous demande, en échange, c'est d'envisager de soutenir une proposition que Dennan vous exposera, le moment venu. Un registre des filles de magie. Si vous en deveniez le visage officiel, les sorcières de Simta s'y inscriraient beaucoup plus volontiers.

— Et que gagneraient-elles à cet arrangement ?

— Le savoir. » Les yeux larmoyants du petit homme se sont aiguisés, calculateurs. « Notre bibliothèque renferme de nombreux volumes consacrés à la magie en tous genres. Il y figure des recettes et des sortilèges pour mieux la canaliser. Pour la renforcer. Pour l'adoucir. »

Il n'a pas changé de ton, mais ce seul mot – *adoucir* – fait frissonner Matilde. S'agit-il d'une référence voilée au Sucre ? Rolo est-il, après tout, informé de l'existence de la substance ?

Krastan a bien dit un jour que la grande bibliothèque d'Augustain, ses archives surtout, contenait nombre de secrets. *Nous ne savons pas quelles connaissances peuvent s'y trouver*. Les paters d'autrefois avaient appris à contrôler les pouvoirs des sorcières

– à les enchaîner. À en croire Fen, la plupart des livres dont se servait la Main Rouge pour ses expériences venaient de cette même bibliothèque. Elle renferme clairement des trésors sur lesquels il vaudrait la peine de faire main basse. Peut-être Matilde et les Tournepierres n'ont-ils pas cherché les réponses au bon endroit.

« Je vais réfléchir à ce que vous m'avez dit, déclare-t-elle. Mais pour l'instant, il faut que je me repose. Je me suis levée très tôt. »

Et ce soir, elle compte se coucher très tard.

AQUAVERA

<u>ESSAI N° 3</u>

BUT : permettre à une personne de retenir son souffle pendant un long moment.

~~Un verre entier d'aquavit~~ Un demi-verre d'aquavit
4 brins de somniherbe séchée
~~2~~ 3 pincées de poudre de poisson lune
2 racines d'algue rouge illish (ramassées si possible pendant Marée-Haute)

MÉTHODE : Laisser mariner tous les ingrédients dans l'aquavit pendant deux semaines. Ajouter de la salive fraîchement recueillie, si possible celle de la personne à qui est destiné le produit. Faire réduire à petit feu*, en remuant sans arrêt, jusqu'à obtenir une pâte collante. Mettre en capsules.

RÉSULTATS : Toujours obligé de respirer au bout d'environ trois minutes, mais pas de branchies inesthétiques, cette fois-ci.

** Très, très petit feu. Failli y laisser ma tête. Sourcils grillés, mais pour le reste, OK.*

– Extrait du journal secret d'Alecand Padano

CHAPITRE 14

PLUS SAINT QUE SAINT

Matilde rajuste sa robe à l'ombre sinistre de l'église d'Augustain. Les plis diaphanes froufroutent autour de son corps.

« Il faut reconnaître une chose à l'Église, déclare-t-elle d'une voix basse et rauque. Ces robes sont hideuses, mais monstrueusement confortables. On croirait porter une tente pour géant. »

Les deux jeunes gens se sont servis au quartier général des Étoiles Noires, dont la garde-robe renferme à l'évidence pléthore de costumes. On ne peut pas dire qu'Alec soit très séduisant, vêtu en acolyte, d'autant qu'il a utilisé une pommade alchimique lui permettant de donner l'impression d'avoir le crâne et les sourcils rasés, comme tout pater qui se respecte. Il ne se ressemble plus vraiment, sans cheveux.

« C'est une très mauvaise idée, déclare-t-il. Je tiens à le dire encore une fois, pour la postérité.

— Oh, allez. Où est passé ton sens de l'aventure ?

— Je l'ai laissé chez moi, avec mon instinct de survie. »

Elle lève les yeux au ciel. Il passe son temps à grommeler depuis qu'elle est arrivée aux Bains, où elle l'a cajolé pour le persuader de venir. N'empêche qu'il n'a pas dit non.

« Écoute. Le Pontifex en sait davantage qu'il ne veut bien le dire. Cette bibliothèque contient peut-être les réponses dont on a besoin. Si ça se trouve, on va y trouver la recette du Sucre ou de son antidote. Rien que pour ça, ça vaut la peine de courir le risque. Mais on peut aussi découvrir où se cache la Main Rouge. » Elle se touche la joue. « De quoi j'ai l'air ?

— Tu es très bien, répond Alec. Même si je reste persuadé que tu aurais dû te faire une autre tête. Celle-là est trop reconnaissable.

— C'est fait pour. » Elle ne peut emprunter les traits de quelqu'un qu'elle n'a jamais vu, et elle ne fréquente pas tellement les paters. Le Pontifex aurait trop attiré l'attention, alors que son secrétaire… C'est un type mince et effacé, qui assiste souvent aux réunions de la Table, sans jamais relever le nez du calepin où il griffonne en permanence. Une présence silencieuse. « Garald est suffisamment important pour que les portes fermées à double tour s'ouvrent devant lui.

— Ou pour qu'on se fasse prendre la main dans le sac si quelqu'un nous pose des questions auxquelles tu es incapable de répondre.

— Dis donc, tu vas râler tout du long ? Parce que, dans ce cas-là, tu ferais peut-être mieux de m'attendre ici. »

Alec ricane.

« Tu ne serais pas fichue de distinguer une recette de gâteau d'une mine d'or alchimique. Tu as besoin de moi. »

C'est exact. Il a plus de chances que Matilde de se repérer dans la bibliothèque d'Augustain, mais il est moins bien déguisé.

« Je suis sérieuse. Si tu ne veux pas…

— Arrête, Tilde. Si tu y vas, j'y vais. »

Une vague de soulagement engloutit la jeune fille. Elle n'a aucune envie de se jeter à l'eau toute seule.

« Bon. Mais n'oublie pas. Je suis un pater de haut rang. Reste derrière moi. Et prends un air admiratif. »

Il lâche un son qui ressemble assez à un rire.

« Je vais faire de mon mieux. »

Ils se dirigent d'un bon pas vers l'entrée de l'église d'Augustain. Les grandes portes voûtées sont fermées, mais ne devraient pas être verrouillées. La zone ouverte au public est accessible en permanence, au cas où quelqu'un voudrait y prier.

« Arrête d'onduler des hanches comme ça, lance Alec.

— Pardon ?

— Un pater n'aurait jamais une démarche pareille. » Puis, plus bas : « Et je trouve déjà assez déconcertant de te voir sous cet aspect-là sans… tout ça. »

Ces mots font à Matilde l'effet d'étincelles crépitantes, malgré le manque de chaleur avec lequel ils ont été prononcés. Alec et elle n'ont pas discuté des baisers échangés dans la chambre des Bains ni de ce qui s'est passé ensuite. Lui n'en a pas fait mention et elle ne sait pas comment aborder le sujet. Ses fiançailles sont là, entre eux, animal de compagnie attendant qu'on s'occupe de lui… ou prêt à mordre la main qui se tend.

Matilde inspire à fond puis tire sur un des battants. La partie de l'église d'Augustain ouverte au public est vaste et imposante, coiffée d'un plafond si élevé qu'il faut renverser la tête en arrière pour le voir. Des alignements de piliers et de bancs taillés dans un bois austère s'y succèdent. À cette heure de la soirée, les fenêtres ornementées se réduisent à des trous noirs. La plupart des vitres simtanes sont faites de verre coloré, mais tel n'est pas le cas de celles-là, censées permettre aux dieux de voir au travers. De son côté, Matilde a toujours soupçonné que c'est en réalité pour laisser entrer le soleil, dont la brûlure empêche ainsi les fidèles de s'endormir.

Les deux intrus progressent en silence dans l'allée centrale, baignée d'un lourd parfum d'encens et de cire d'abeille, puis dépassent la chaire et son élégant escalier de pierre en colimaçon. Heureusement, aucun pater ne s'est attardé près des confessionnaux où la crème de Simta se déleste de ses péchés. Le silence règne, hormis pour le pas léger des deux jeunes gens et les clapotis étouffés des petites fontaines disposées le long de l'allée. Ces dernières sont censées représenter la Source. Matilde en effleure une de la main ; la fraîcheur de l'eau lui fait du bien.

Un éclat inattendu vacille à la limite de son champ de vision, dans une des quatre chapelles latérales, toutes ornées d'une fontaine murmurante et de la statue d'un Eshamein. Celle qu'elle vient de remarquer est en outre remplie d'offrandes et le moindre de ses cierges est allumé. Quant à savoir si ce sont les fidèles ou les paters qui y viennent en masse prier Marren… Quoi qu'il en soit, elle est manifestement très fréquentée, ce qui déplaît à Matilde.

Elle la dépasse pour s'approcher à pas de loup des modestes portes situées presque au fond de la nef. À en croire la carte qu'elle a découverte dans les archives du Palais Ailé, l'une d'elles mène au clocher, l'autre dans les entrailles de l'église, interdites au public. Elle emprunte la seconde, Alec sur ses talons. C'est dans ce vaste complexe que le Pontifex réunit son conseil des frères, que les acolytes étudient, mangent et dorment. Pour une religion prêchant la modération et l'abstinence, les lieux sont richement meublés. Les intrus passent un coin de couloir, un autre, longent alcôves de prière et salles de classe. Dans un corridor sont alignés des crânes humains aussi polis que des trophées. Ont-ils appartenu à des Oiselles Sauvages ?

Arrête avec ça, s'ordonne Matilde en repoussant cette pensée.

Comme elle l'espérait, les lieux sont quasi déserts, car les paters sont en général matinaux. Les deux jeunes gens en croisent cependant quelques-uns, qui les saluent d'un signe de tête. Elle le leur rend. Une perle de sueur descend le long de sa colonne vertébrale. Enfin, les portes de la grande bibliothèque d'Augustain se dessinent devant elle. Un soupir de soulagement lui échappe quand elle constate qu'elles ne sont pas gardées.

Les faux religieux échangent un coup d'œil. Il suffit à Matilde de pousser un des battants pour qu'il pivote sur ses gonds. Heureusement.

La salle où ils se glissent est plus vaste encore qu'elle ne l'imaginait. Des lanternes ont beau en éclairer le rez-de-chaussée, leur lumière peine à atteindre les niveaux supérieurs. La jeune fille se demande si elle a jamais vu autant de livres réunis. Des piles démesurées posées par terre, des rangées innombrables. Un véritable labyrinthe. Pour autant qu'elle puisse en juger, Alec et elle ont la bibliothèque pour eux tout seuls.

Le silence n'est rompu que par le bruit ininterrompu de l'eau courante : un canal pénètre dans cette véritable caverne, à l'opposé de la porte qu'ils viennent d'emprunter, parcourt l'allée centrale spacieuse puis se divise en deux branches, qui disparaissent par des ouvertures percées dans les murs. Le Maelstrom, censé représenter la Source.

« Audacieux, murmure Matilde. Une rivière dans une bibliothèque…

— Il paraît que ses constructeurs ont conçu une pompe pour aspirer l'eau des canaux et une autre pour créer un courant à l'intérieur, répond Alec sur le même ton. Une vraie prouesse d'ingénierie.

— Je me demande où ça mène.

— L'eau retourne sans doute se jeter dans un des canaux. J'ai entendu dire que les acolytes, eux, se jetaient dans cette espèce de torrent avant d'être ordonnés paters. Pour prouver leur dévotion. »

Elle frissonne à cette idée.

Une passerelle leur permet de traverser la branche droite du Maelstrom pour s'engager dans le labyrinthe. Ils se mettent à tourner et virer entre les piles de livres, tandis qu'Alec passe les mains sur leur dos, incapable de s'en empêcher, semble-t-il, en leur murmurant elle ne sait quoi. Elle-même déchiffre quelques titres au passage, dont la plupart ne lui inspirent qu'ennui : *Traité sur l'agriculture du Waystrell* ou *Guide de la prière en toute concentration*, par exemple. Au bout d'un moment, tous commencent à se brouiller.

Elle ouvre le chemin en direction de l'autre bout de la salle. Il doit y avoir une zone à l'accès interdit, où sont rangés les ouvrages les plus précieux et, à en juger par sa carte, elle se trouve dans ce coin-là. Oui : une porte ornementée, incrustée dans le fond d'une bibliothèque, perce le mur du fond. Matilde s'empresse de s'en approcher, manquant trébucher dans sa hâte. Alec s'empare d'une des lanternes pendues à des crochets pour éclairer le dessin gravé dans le métal ; un entrelacs de vagues très travaillées entourant trois mots de vieil eudéen :

EN RECTA, VAILE.

Dans le savoir, le pouvoir.

L'excitation enfle et se met à danser sous la peau de Matilde.

Mais quand elle tend la main vers la poignée de fer forgé, Alec l'arrête.

« Attends.

— Pourquoi ?

— Je crois qu'elle est protégée par un sort. Regarde. » Il décrit du doigt un petit cercle en l'air, à côté de la poignée et au-dessus de l'empreinte de main gravée dans le métal. « Il faut poser la main dans le creux. Si tu fais partie des gens admis par le sortilège, tu peux entrer. Autrement…

— Autrement, *quoi* ? demande-t-elle, le cœur battant. Ça déclenche une sirène ? On se fait démembrer ?

— Je ne sais pas, avoue-t-il, penaud.

— Bon. » Elle fait de son mieux pour avoir l'air sûre d'elle. « Puisqu'on est là… »

Petite vérification de son déguisement ; parfaitement en place. Alors elle lève la main – la main de Garald – et la pose dans le creux. Puis elle compte : un, deux… Ça va fonctionner. Pas question que ça rate, elle ne le permettra pas. Cette porte va voir ce qu'elle veut lui faire voir.

Enfin, un cliquetis. Le battant pivote sur ses gonds. Les deux intrus laissent échapper un soupir tremblant.

Ils se tiennent sur le seuil d'une longue pièce étroite, littéralement *bourrée* de livres. Des centaines… des *milliers* de livres. Tellement de secrets emprisonnés entre ces murs.

Alec pose la main sur une étagère, avec douceur et révérence. C'est aussi d'une voix tendre qu'il déclare :

« Krastan aurait adoré. »

Krastan, au sourire facile et aux mains noueuses, qui avait foi en Matilde. Cette nuit, elle va prouver qu'il avait raison.

Un battement de cœur plus tard, Alec se met à tirer des ouvrages de leur emplacement pour les feuilleter, pendant qu'elle reste près de la porte, l'oreille tendue. Elle passe cependant les titres alentour en revue, sans tomber ni sur *Conseils utiles pour se protéger du tue-magie* ni sur *Les Oiselles Sauvages : guide complet*. Cela ne l'empêche pas de s'emparer d'un volume quelconque et de l'ouvrir au hasard, dans l'espoir de trouver quelque chose, n'importe quoi. Il lui semble chercher une perle dans le trésor d'un dragon.

« Certaines de ces recettes me sont totalement inconnues, déclare son compagnon en promenant le doigt sur une feuille à l'air fragile. Il y a un sortilège de soin pour faire grandir les os, par exemple.

— Mais on peut déjà y arriver avec l'alchimie, non ? demande Matilde, les sourcils froncés.

— Non. C'est une recette d'avant les Grandes Révélations. D'après Krastan, la magie était différente, à l'époque. » Le faux acolyte tourne la page. « Tout ce savoir… réservé à des gens qui ne s'en servent pas. »

Matilde se souvient ce que son père lui a dit un jour : *Celui qui a acheté tout le stock d'un produit en fixe le prix. Quand vous êtes le seul fournisseur de la ville, c'est vous qui avez le pouvoir.*

« Je ne doute pas que ce soit le but. Ils se sont assuré l'exclusivité. »

Combien de paters ont joué avec la magie en prêchant que c'était un péché ?

Le silence règne un moment pendant que les deux intrus feuillettent des livres. De temps en temps, Alec griffonne quelque chose dans son calepin, mais ils ne trouvent nulle part mention du Sucre ou du tue-magie. Se pourrait-il que la Main Rouge ait dérobé les ouvrages qui en parlaient ? Il y en a tellement ; il faudrait une vie entière pour tous les parcourir. Matilde, exaspérée, attrape le bord d'une étagère.

« Regarde », lance Alec.

Elle va s'appuyer contre son épaule. Le volume qu'il consulte ressemble à une sorte de registre, rempli de pattes de mouche serrées. Elle se demande un instant ce qui a attiré l'attention de son compagnon, avant de découvrir le dessin d'une paire d'ailes et les quelques courtes lignes griffonnées à l'intérieur :

Si une sorcière refuse de soumettre son pouvoir,
l'huile de tue-magie le bannit.
Si âme et magie divorcent, le cœur sanglant
permet de soigner la rupture.

Le pouls de Matilde accélère.

« Qu'est-ce que ça veut dire ?

— Aucune idée. Mais ça nous concerne. »

Il recopie les deux phrases. Elle lui prend la lanterne et la lève pour qu'il y voie mieux. Au fond de l'étagère, derrière l'emplacement du registre, quelque chose brille. Elle se penche et voit un mince volume, relié de cuir bleu foncé, au dos orné d'un minuscule symbole en feuille d'or. Le choc la secoue de la tête aux pieds : elle reconnaît parfaitement le cheval volant, si familier. Les journaux intimes de ce genre, elle en a vu d'autres. Sa famille, éprise de tradition, les fait fabriquer artisanalement et orner du sceau de la Maison Dinatris depuis des générations. Que fait celui-là ici ?

Elle le sort de la bibliothèque. Il est vieux, craquelé. Sous ses doigts, le cuir lui fait l'effet d'une peau fragile trop longtemps exposée au soleil. L'encre de la page de garde a pâli, mais reste lisible.

« Alec, murmure-t-elle en tendant le petit livre à son compagnon. Lis ça à voix haute. Dis-moi que je ne suis pas en train de rêver. »

Il inspire brusquement.

« Le journal de Delaina Dinatris ! »

Matilde a l'impression que son cœur vient de s'enflammer.

Ce journal n'a jamais été pour elle qu'un conte du soir. Un mythe séducteur, aux mots effacés par le temps. Sauf qu'ils n'ont pas été effacés, en fin de compte, mais volés. Qui a emprisonné ici les mots, les pensées de Delaina ? Le mince volume semble contenir pour l'essentiel des entrées de journal intime, mais il s'y trouve aussi des recettes et des bouts de papier volants. Il est rempli de part en part. Elle le feuillette, les doigts tremblants, trop excitée pour en déchiffrer davantage que de simples lambeaux de texte.

« *Ma fille ne veut pas devenir Oiselle de Nuit,* lit-elle tout haut. *Elle ne veut pas donner son pouvoir. J'imagine ce qu'elle penserait si je lui disais que, en l'accordant à autrui, elle le perdra d'autant plus vite. La magie ne l'accompagnera pas toujours, contrairement à ce qu'il en était de nous.*

— Alors il se pourrait que ta magie ne te quitte pas ? chuchote Alec.

— Elle a quitté Grand-mère. Elle a toujours quitté les Oiselles de Nuit. »

Seulement Matilde n'est pas une simple Oiselle de Nuit. Elle pose la main sur la page, comme si elle pouvait ainsi atteindre Delaina. Lui demander ses secrets et son aide.

Quand Alec ouvre la bouche, elle le fait taire d'un geste.

« Tu as entendu ? »

S'agissait-il de voix ou juste des eaux du Maelstrom ? Elle regagne la porte.

« Vous avez accédé à sa requête ? interroge une voix coléreuse. Vous allez les marier ? »

Matilde risque un coup d'œil. Alec se poste juste derrière elle, la frôlant de tout son corps à travers leurs robes. Deux paters se disputent dans une alcôve de lecture de la vaste bibliothèque, à une dizaine de mètres de la section interdite. Le bord d'une étagère a beau les dissimuler en grande partie, la jeune fille sursaute à leur vue : il s'agit de Kyr, l'ancien Pontifex, et de Rolo, son successeur. *Par les dix enfers !*

« Il épousera cette sorcière, que nous bénissions ou non leur union, explique Rolo. Si nous acceptons dès maintenant un compromis, ils seront plus faciles à contrôler plus tard, tous les deux. »

À la mention du mariage, les deux intrus se raidissent. Alec se recule même très légèrement.

Kyr et Rolo se penchent l'un vers l'autre pour continuer leur discussion un ton plus bas. Elle n'a pas vu Kyr depuis qu'il a essayé de la poignarder lors de la Moindre Nuit et que Sayer l'en a empêché en déclenchant vent et tempête. Il a été obligé de renoncer à son poste ; on a même dit à Matilde qu'il avait quitté la cité. Alors que fait-il là, par les chats infernaux ? Le bruit du Maelstrom noie les paroles des deux hommes, bien qu'elle tende l'oreille de toutes ses forces. Il lui semble distinguer les mots *sorcière* et, peut-être, *Main Rouge*… puis la voix de Rolo reprend du volume, pleine d'ardeur :

« C'est exactement ce que je dis. Ce pouvoir doit se trouver chez nous, pas à l'extérieur. »

De quoi parle-t-il au juste ? Du Sucre ? Travaille-t-il de concert avec la Main Rouge ?

« Il faut y aller, chuchote Alec à l'oreille de Matilde. Si l'un d'eux vient par ici, on est faits comme des rats. »

Il a raison, ils ne peuvent pas se permettre de se faire surprendre dans la section interdite alors qu'il est minuit passé. D'ailleurs, il se peut qu'ils arrivent mieux à espionner les paters depuis la grande salle. La jeune fille fourre le journal de Delaina sous sa robe.

« Suis-moi. »

Elle se glisse par la porte de fer puis s'approche à pas de loup des ombres des piles de livres. Il n'y a pas grand-chose pour dissimuler les intrus entre la petite pièce et la sécurité : quelques fauteuils, une table basse, un piédestal et une mappemonde de parquet. Matilde se faufile d'un abri à l'autre, quasi accroupie. Elle y est presque quand un grand fracas retentit derrière elle. Elle fait volte-face pour découvrir que la robe d'Alec s'est prise dans le piédestal, envoyant valser le livre qui était juché dessus. Les deux paters se tournent en sursaut vers le jeune homme.

« Acolyte, gronde Kyr. Tu devrais être au lit. Que fais-tu là ?

— Je… je rangeais des livres », répond Alec. Il baisse les yeux comme le veut son rôle.

— À une heure pareille ? »

Matilde revient sur ses pas, d'une démarche mesurée, le cœur battant à tout rompre. Il faut juste qu'elle la joue au culot.

« Garald ? » Rolo fronce les sourcils. « Que se passe-t-il ? »

Elle sourit du mince sourire placide qu'arbore parfois le véritable Garald et veille à répondre de sa voix à lui, suave et profonde.

« Pardonnez-moi cette interruption, mes frères. Je me suis réveillé avec une idée sur ce dont nous avons parlé ce jour. Il m'a semblé qu'un peu de lecture m'aiderait à clarifier mes pensées. »

Le regard des deux hommes oscille entre elle et son complice, qu'elle sent remuer dans son dos. Elle impose à son déguisement de rester quant à lui parfaitement en place.

« Et cet acolyte ? demande Kyr.

— Je lui ai ordonné de consacrer une partie de la nuit au rangement. Pour le punir d'une offense à mon endroit. Mais tu as fait pénitence, n'est-ce pas, mon fils ? » Alec répond d'un hochement de tête, toujours sans relever les yeux. « Je vais vous laisser, ajoute-t-elle en s'inclinant. Puisse la Source vous dispenser ses eaux.

— Et puissent Ceux qui Boivent partager leur coupe », répondent les paters d'une seule voix.

Elle se détourne, Alec sur les talons. Ils ont réussi.

C'est alors que le véritable pater Garald arrive en vue.

Tout le monde se fige. Le vrai Garald laisse tomber une pile de livres, ses yeux écarquillés rivés sur son double. Matilde n'entend plus rien que son cœur désespéré, affolé.

« Qu'est-ce que cette sorcellerie ? » s'exclame Rolo.

À l'instant précis où le véritable Garald demande :

« Mais qui êtes-vous ?

— Mais qui êtes-vous ? répond-elle en écho. Imposteur ! »

Kyr, bouche bée, regarde alternativement les deux Garald. Puis Rolo se met à crier haut et fort :

« Surveillants ! Surveillants ! »

Alec pousse violemment la mappemonde, qui tombe sur Garald l'importun, lequel chute à son tour sur ses collègues. Les trois prêtres se retrouvent par terre. Les deux usurpateurs prennent la fuite à travers le labyrinthe des étagères, dans l'espoir de les semer. Matilde trébuche à deux reprises sur sa robe en courant dans les allées. Il faut qu'ils arrivent à la porte de la bibliothèque avant que les Surveillants ne leur bloquent la sortie, mais l'ennemi s'y bouscule déjà, nombreux, armé d'arbalètes.

« Par l'enfer, jure-t-elle. Il va falloir que je me serve de mon feu pour passer.

— *Non*, proteste Alec. Ils sauront que c'est toi. Ils t'arrêteront comme une vulgaire criminelle.

— Pas s'ils sont occupés à éteindre un grand incendie. »

Elle ne peut pas se laisser prendre en sa compagnie. Il serait envoyé à la potence. La panique remonte le long de la colonne vertébrale de la jeune fille, pendant qu'Alec se débarrasse de sa robe. Il s'avère qu'il porte en dessous une veste aux poches étonnamment nombreuses.

« Dis-moi que tu as quelque chose d'utile là-dedans, supplie sa compagne. De la Cape de Nuit ou ton dragon de feu, ou… »

Il contemple les balcons qui les dominent avec la même concentration que lorsqu'il mesure des ingrédients, pour être sûr d'en prendre la quantité nécessaire, pas une once de plus.

« Tu me fais confiance, Tilde ? »

Lorsqu'elle lui a posé la même question, quelque temps auparavant, il a répondu : *J'ai l'impression que c'est une question piège*. En ce qui la concerne, jamais encore elle n'avait eu l'impression qu'il était dangereux de faire confiance à Alec.

« Bien sûr. »

Il tire d'une de ses poches un sachet, d'où il fait tomber deux capsules dans sa main.

« Alors, avale ça et suis-moi. »

Il l'entraîne dans un des escaliers jusqu'au balcon du premier niveau, où ils entreprennent de se faufiler entre les bibliothèques. Le contenu de la capsule, à la fois gluant et collant, laisse dans la bouche un goût d'herbe et de sel. Matilde essaie d'éviter de s'interroger sur sa composition, pendant que les Surveillants se déploient au niveau inférieur, à la recherche des intrus. Au moins, le courant du Maelstrom couvre le bruit de leurs pas, mais les nouveaux venus sont équipés de lanternes : il leur suffira de regarder en l'air pour repérer leurs proies. Lesquelles seront prises au piège.

Enfin, Alec tire sur le bras de sa compagne pour l'arrêter.

« Inspire le plus fort possible avant de sauter à l'eau.

— Avant de *quoi* ? »

Il lui montre le Maelstrom, torrent obscur en contrebas. Le cœur de Matilde lui martèle les côtes.

« Je suppose que tu plaisantes.

— Ne t'en fais pas. L'Aquavera nous permettra de retenir notre souffle le temps nécessaire.

— C'est-à-dire ?

— Trois minutes ? Quatre ? Je… j'en suis encore au stade expérimental.

— *Alec…*

— Enlève cette robe, Tilde. Elle risque de te faire couler. »

Un rire paniqué cherche à se frayer un passage hors de la bouche de la jeune fille.

« Le moment est mal choisi pour me déshabiller.

— Tilde !

— Bon, d'accord. »

Elle se débarrasse de sa tenue de pater, remerciant en son for intérieur Sayer de l'avoir initiée au port des pantalons. *Les vêtements de femme n'ont jamais été faits pour faciliter la fuite,* lui a-t-elle dit un jour, alors qu'elles discutaient de la manière dont elles avaient échappé à une bande de fanatiques. Un souvenir qui donne à Matilde envie de rire et de pleurer.

« Le journal de Delaina. » Elle serre le petit volume contre sa poitrine. « Je ne peux pas le laisser là.

— Passe-le-moi. Mon sac est ininflammable et imperméable. »

Sitôt qu'elle a obtempéré, Alec lui montre la balustrade en fer forgé, sur laquelle elle grimpe en se cramponnant le plus fort possible pour éviter de tomber.

« À trois. » Il lui prend la main. « Ne me lâche pas. » Elle hoche la tête, le cœur en déroute, tandis qu'il commence à compter. « Un… » L'eau est-elle très obscure ? Très froide ? « Deux… » Un Surveillant les montre du doigt en hurlant. Elle serre la main de son compagnon. *Ne lâche pas. « Trois ! »*

Ils sautent. Des flèches sifflent autour d'eux pendant leur chute, les frôlant de si près qu'elle en sent presque le contact. Puis c'est le choc du froid qui les engloutit, car ils plongent dans une nuit écumeuse. Le Maelstrom les aspire vers le bas, les bousculant comme des épaves dans la tempête. Elle se cramponne de toutes ses forces à Alec, terrifiée à l'idée de le perdre. Les parois du canal lui meurtrissent et lui éraflent la peau.

Où le courant les emporte-t-il ? Sans doute va-t-il les recracher dans un des canaux. En tout cas, l'Aquavera a l'air de fonctionner. Mais Matilde ne parvient pas à endiguer la peur qui cherche à la submerger, qui lui dit qu'ils se dirigent droit vers un tombeau aqueux. Elle connaît la sensation de noyade. L'inondation du monde souterrain a failli l'engloutir. L'eau, au-dessus, en dessous, autour d'elle, l'empêchant de remonter. Et l'obscurité – une obscurité tellement profonde. Jamais elle ne s'était sentie aussi impuissante, aussi perdue. À ce moment-là, cependant, les filles étaient avec elle pour la tirer d'affaire, la hisser vers la lumière par le lien qui les unit. Puis Alec lui a insufflé de l'air dans les poumons, lui redonnant la vie.

Le Maelstrom les emporte, les ballote. Elle manque lâcher la main du jeune homme quand ils tombent dans un précipice, puis le torrent tourbillonnant ralentit. Alec tire, tire, tire sur le bras de sa compagne en remuant les jambes pour progresser, alors elle se met à battre des pieds, elle aussi. Puis un brusque courant sous-marin s'empare d'eux, un tourbillon. Les voilà séparés. Où est passé Alec ? Les poumons de Matilde commencent à la brûler. Il faut qu'elle respire.

Elle cherche son complice à l'aveuglette, dans le noir, au hasard. Loin devant elle, quelque chose scintille. Elle bat des pieds, encore et encore, en luttant contre le besoin d'inspirer.

Enfin, sa tête crève la surface de l'eau. Ses poumons se gonflent. Au-dessus d'elle, un semis d'étoiles. Elle reste un moment immobile à les contempler, en respirant, tout simplement. Puis elle regarde autour d'elle en s'essuyant les yeux et la bouche. À sa gauche, l'église d'Augustain, illuminée sur fond de nuit. Elle se trouve dans les Coins, où se rencontrent les principaux canaux de Simta. Un bateau passe au loin, chargé de passagers rieurs. La panique a retrouvé le chemin du cœur de Matilde.

« Alec ? » crie-t-elle en nageant en rond. Où est-il ? « Alec !

— Tilde ! » Il s'approche le plus vite possible, non sans provoquer de grandes éclaboussures. « Tu vas… ? » Pour toute réponse, elle se jette dans ses bras. Les boucles mouillées du jeune alchimiste sont visibles au clair de lune… sensibles sous ses doigts. Elle a perdu son déguisement, elle aussi. « Tilde, répète-t-il en s'étranglant à moitié. Lâche-moi. Tu vas me noyer.

— C'est toi qui as failli me noyer, moi, pour commencer ! »

Le rire d'Alec, quoique crachotant, est sincère.

« Plus tard, tu me remercieras. »

Ils gagnent à la nage la berge la plus proche, celle du grand canal qui délimite l'arrondissement du Pégase. Une ribambelle de bateaux est amarrée près d'un pont ornementé, tous rangés pour la nuit sous une lanterne à papillons de feu. Les deux complices se hissent dans une des embarcations, où ils se laissent tomber sur le dos.

« Le journal, dit Matilde quand elle recouvre l'usage de la parole. Tu l'as toujours ? »

Alec s'agite pour tirer son sac de sa veste et l'ouvrir.

« Oui. En parfait état. »

Ils restent un moment silencieux, occupés à respirer, pendant que les papillons de feu s'agitent et se heurtent au-dessus d'eux.

C'est tellement beau, quand ils brillent à l'unisson. Flamboyant, si noire que soit la nuit.

Enfin, Alec soupire.

« Il s'en est fallu de peu. Ça te plaît de me causer des ennuis, hein, Dinatris.

— Tu sais très bien que tu aimes ça. »

Il éclate de rire, un grondement qui vibre en elle. Puis il roule sur le flanc pour la regarder.

« On voit ton vrai visage.

— Aussi charmant que le museau d'un rat des canaux, je suppose.

— Tu es belle, Tilde. Sous tous tes aspects. »

Il suit du bout des doigts le contour du menton, des lèvres de la jeune fille.

« Tu as dû avaler une bonne dose d'eau des canaux », lance-t-elle, le feu aux joues.

La plaisanterie tombe à l'eau, les laissant les yeux dans les yeux. Ceux d'Alec, du brun le plus sombre, caressent sa compagne. Elle lève la main pour lui dégager avec douceur le visage de ses boucles noires. Les papillons de feu dorent une de ses joues et le coin de sa bouche, toujours incurvée par un sourire. Quelque chose palpite ardemment dans la poitrine de Matilde.

Elle devrait retourner au palais tout de suite, au lieu de se laisser entraîner par cette traction téméraire, désespérée. Mais ils sont en vie, Alec et elle, sains et saufs, ensemble. Elle l'attrape par sa chemise pour l'attirer à elle. Leurs bouches se heurtent comme les papillons de feu qui les baignent de leur lumière. Celle d'Alec a le goût du sel et des plantes dont il s'est servi pour confectionner son Aquavera. C'est tellement bon que Matilde ne veut pas que ça s'arrête. Elle veut qu'il ne reste rien que ce baiser – ce feu.

Tu ne comprends pas pourquoi je t'ai quitté, Kras, je le sais. Tu crois que je ne t'aime pas autant que tu m'aimes. Il n'en est rien. Je t'aime – je t'aime vraiment. Mais quelle vie aurions-nous ensemble ? Comment notre amour pourrait-il jamais quitter ta mansarde ? Tu mérites quelqu'un qui puisse rester à ton côté nuit et jour, sans se cacher.

Ma famille exige que j'en épouse un autre. Il m'est impossible de refuser. Le devoir passe avant tout pour les femmes telles que moi.

– Vieille lettre de Frey Dinatris
à Krastan Padano, jamais envoyée

CHAPITRE 15

CE QUE NOUS CHÉRISSONS

Matilde a toujours été douée pour le maniement des mots. Elle sait combler le silence avec une remarque spirituelle ou une plaisanterie. Mais aujourd'hui, après avoir repris l'aspect de sa femme de chambre et hélé une voiture, elle reste muette. Alec et elle n'échangent pas un mot le temps d'arriver au quartier des jardins puis de parcourir les dernières rues menant au manoir Dinatris. Ni quand elle tire la clé de la demeure de sa cachette, dans le parc de la propriété. Parler risquerait de briser le sortilège. Elle refuse de penser à ce que tout ceci signifie.

Les deux jeunes gens se faufilent à travers le jardin de Grand-mère, où elle n'a pas mis les pieds depuis qu'elle s'est enfuie pour échapper à la mort, quelques mois auparavant. Il est un peu moins bien entretenu que dans ses souvenirs, un peu plus sauvage par endroits. Les lysailes sont morts, la fontaine à sec. Des éclats de… bouteilles, sans doute, scintillent sur le dallage telles des étoiles. La maison proprement dite est déserte, plongée dans la nuit et le froid. Il y règne l'odeur des fleurs quasi fanées.

« Tilde, tu penses vraiment qu'on devrait… ? » commence Alec dans un murmure.

Matilde le fait taire d'un baiser. Elle ne l'a pas amené ici pour penser ou s'interroger, mais parce que personne ne risque de les y déranger. En l'entraînant dans l'escalier menant à l'étage, elle se demande cependant si elle a eu raison ; si le manoir ne va pas leur rappeler tout ce qui les sépare – tout ce qui va les arracher l'un à l'autre.

Sa chambre sent vaguement le renfermé. Il y fait froid, aussi. Les rideaux sont tirés.

« Tu as des allumettes ? » s'enquiert Alec.

Elle sourit.

« Pour quoi faire ? »

La magie monte en elle sans qu'elle cherche à l'étouffer. Les longues bougies disposées sur la cheminée s'allument une à une, dorant le jeune homme de leur lumière. Matilde trouve à la fois excitant et saisissant de le voir là. Enfants, ils ont passé bien des après-midis chez Krastan à jouer dans la chambre d'Alec, elle n'a jamais vu de mal à ça, mais c'est la première fois que lui entre dans la sienne à elle. Sa présence en ce lieu a quelque chose de très intime, parce qu'il y côtoie les témoignages du passé de sa compagne et le lit où elle rêvait. Un secret partagé.

« Il faut te débarrasser de ces vêtements mouillés, affirme-t-elle, sans se soucier de l'impudence de la déclaration. Tu vas attraper la mort. »

Elle tire sur la chemise d'Alec pour la décoller de son corps. Il la prend dans ses bras en laissant échapper un soupir. Le baiser déborde de choses pour lesquelles ils n'ont pas de mots. C'en est fini des faux-semblants et des masques. Leurs mains parlent un langage propre, peignant l'autre aux couleurs du désir. Les doigts d'Alec, ces doigts d'artisan de la magie, s'entrelacent à ceux de Matilde.

Quand Grand-mère lui a révélé qu'elle avait eu une liaison avec Krastan Padano, Matilde en a été abasourdie. Une fille de Grande

Maison et un apprenti alchimiste ? Impossible. Qu'auraient-ils bien pu avoir en commun ? Mais le cœur n'a que faire des aspects pratiques tels que le rang ou le statut. Matilde a l'impression qu'une plaie béante occupe la place du sien dans sa poitrine.

« Attends. » Alec recule, le souffle court. « Attends, Tilde. Tu es fiancée.

— Je... Oui. » Que pourrait-elle dire d'autre ? « Mais...

— Mais quoi ? »

Elle se sent rougir.

« Il faut vraiment qu'on parle de ça ?

— Oui. » Il recule d'un pas. « Tu vas vraiment aller jusqu'au bout et l'épouser ? »

Sa poitrine la brûle, à croire que sa magie essaie de sortir d'elle pour atteindre Alec. La flamme des bougies frémit, se tord au rythme de son pouls frénétique.

« Il le faut. »

Il la regarde comme si elle venait de le poignarder. Krastan a-t-il regardé Grand-mère de la même manière, à la fin ?

« Pourquoi ?

— D'abord, parce que la moitié de Simta se méfie de moi. Si en plus je plaque le suzerain, les gens vont vraiment me détester.

— Ce n'est pas une bonne raison. »

Elle se cramponne à son médaillon.

« Je ne suis pas d'accord. Mais j'en ai d'autres.

— Lesquelles ? »

La dispute frémit entre eux telle une potion. Matilde la sent gagner en chaleur.

« Le fait que j'épouse le suzerain montrera à la population que les filles de magie ne sont pas l'ennemi. Ça me donnera aussi un siège à la Table, ce qui me permettra de m'occuper comme il se doit des menaces qui pèsent sur nous. De cette position-là, je pourrai enfin changer les choses.

— Tu n'as pas à l'épouser pour obtenir le pouvoir. Tu n'as pas besoin de lui.

— Et ma famille ? » C'est à cause de Matilde que ses proches ont dû renoncer à cette maison, cette vie, et se réfugier au palais. « Être liée au suzerain donnera aussi du pouvoir à mes proches. La sécurité. Je leur dois bien ça.

— Pas aux dépens de ton bonheur. »

Quand Grand-mère lui a raconté qu'elle avait renoncé à Krastan, Matilde en a été ébranlée. Pourquoi la Frey de l'époque avait-elle laissé son père lui choisir un époux, alors qu'elle avait déjà trouvé l'amour ? La douairière a eu beau invoquer le devoir, sa petite-fille n'a pas compris. Mais peut-être la vieille dame avait-elle raison. Peut-être le devoir implique-t-il des sacrifices. *Le devoir passe avant tout pour les femmes telles que nous.*

« Et les disparues ? Et tous les gens du monde souterrain ? C'est la manière la plus sûre pour moi de les aider. De lutter contre la Prohibition et de nous débarrasser de la Main Rouge. Je ferai en sorte que tu puisses te consacrer à l'alchimie, et elles, elles n'auront plus à se cacher, vous ne courrez plus aucun danger. Je peux changer les choses. Je croyais que c'était ce que tu voulais de moi. C'est ce que voulait Krastan.

— Mais qu'est-ce que tu veux, *toi* ? »

Quelques mois plus tôt, elle lui aurait dissimulé ses sentiments, mais ils ont dépassé ce stade-là. Aujourd'hui, elle veut être vue telle qu'elle est.

« Je veux que Sayer, Æsa et Fen reviennent. Je veux découvrir de quoi nous sommes capables, à nous quatre. Je veux disposer de mon pouvoir sans avoir à me soumettre à personne. Et je te veux, *toi*. »

L'expression d'Alec change, s'emplit d'un désir douloureux. Il s'approche d'elle, suffisamment pour la toucher. Ses mains s'ouvrent, ses doigts qui ont fabriqué tant de potions se tendent. Elle aimerait tant qu'ils se posent sur sa peau.

« Ça ne nous empêchera pas de nous voir », insiste-t-elle. Ce n'est pas bien, elle le sait, mais elle est désespérée. « On trouvera un moyen, toi et moi. »

Il reste un instant figé à la regarder, puis sa bouche frôle celle de Matilde, chaleur et tendresse. Le moindre nerf de la jeune fille s'emplit de cette lumière.

« Je ne veux pas te voir uniquement la nuit, déclare Alec d'une voix rauque. Je te veux le jour aussi. Je veux te tenir par la main dans la rue quand tu as ton vrai visage. Je te veux tout entière ou pas du tout. »

Il fait un pas en arrière. Elle doit se retenir d'en faire un en avant. Sur la cheminée, les bougies crachotent.

« Alec… »

Elle se retient d'exiger qu'il lui obéisse. L'alchimiste n'est pas quelqu'un qu'elle peut plier à sa volonté.

« Il est tard, dit-il après un long silence. Il faut y aller, avant que quelqu'un au palais ne s'aperçoive de ta disparition. »

Elle ne bouge pas d'un cil. S'ils en restent là, tout est fini. Elle inspire, expire, jusqu'à ce que sa magie se calme et que son pouls ralentisse. Sa main se repose sur son médaillon. Autrefois, elle y dissimulait les produits alchimiques que Krastan fabriquait à son intention. Grand-mère avait fait de même avant elle. C'est peut-être ce qu'elle possède de plus précieux, l'objet le plus cher à son cœur.

Elle l'enlève et le passe au cou d'Alec.

« Veille bien dessus, d'accord ? chuchote-t-elle. En attendant que je revienne le chercher. »

Il ne répond pas. Un nouveau silence que Matilde ne peut supporter.

Alors elle se détourne et part.

Ceux qui cherchent le chemin le cœur ouvert le trouveront. Les autres se perdront dans les roseaux.

– Proverbe sythien

CHAPITRE 16

DÉVERROUILLÉ

Fen s'est perdue dans une obscurité à l'odeur de terre et de métal. Elle s'accroupit pour promener ses mains sur le sol. Il est mouvant sous elle, écailles sèches et brûlantes de milliers de serpents. Non… Ce sont des tiges ligneuses, mais qui se tordent et se contractent comme des serpents. La panique l'étrangle. Un cri lui monte dans la gorge, mais des feuilles lui poussent sur la langue, lui emplissent la bouche. L'étouffent. Une voix d'homme râpeuse se faufile dans le noir. *Je te vois, petite crapule.*

Je te vois…

Elle réintègre son corps en sursaut, lâchant les racines auxquelles elle se cramponnait. Elle est en nage, la peau brûlante.

« Tu n'essaies même pas, ma fille. »

La voix de Seleese, implacable quoique calme. Rien n'a changé depuis des heures.

« Parce que je ne sais pas ce qu'on fait là. »

Fen ne garde presque aucun souvenir des derniers jours. Quand elle s'est réveillée, après s'être évanouie dans le bateau de Rafe, une obscurité déconcertante l'enveloppait. Un espace réduit qui ne lui rappelait que trop la cave de l'orphelinat, si l'on oubliait la chiche lumière d'une lanterne et l'inconnue assise à son chevet. Seleese a veillé sur elle plusieurs jours, lui massant le torse avec une huile aromatique et lui faisant boire des potions nauséabondes, alors qu'elle réclamait du tue-magie à pleins poumons. Fen haïssait le manque qu'elle en éprouvait. Elle est quasi certaine d'être allée jusqu'à supplier qu'on lui en donne.

Je ne vais pas t'aider à te procurer de ce poison, disait Seleese, *mais à te libérer de son emprise.*

Privée d'aconit magectone, la Tournepierre dormait mal, endurait des suées terribles, vomissait dans des seaux. Elle souffrait, aussi, atrocement ; comme si ses cicatrices se rouvraient. Sans oublier les cauchemars. Il lui est arrivé de se réveiller en hurlant. Au moins, Seleese avait interdit la barge aux amis de sa patiente, qui lui en était reconnaissante. Elle se demande si elle va arriver à regarder Sayer dans les yeux. Elle a beau aller mieux, maintenant, elle se sent à vif, tel l'épiderme d'une feuille toute neuve. Cette fragilité ne lui plaît pas du tout.

Elle s'assied en frottant son œil vert.

« Je ne comprends pas à quoi ça sert. »

Seleese sort de derrière un arbre dans le tintement des clochettes accrochées à ses jupes vertes. Les deux femmes se trouvent sur un îlot du Callistan presque entièrement cerné par des arbres au tronc si énorme que l'ensemble des Étoiles Noires ne serait pas de trop pour former une ronde autour du moindre d'entre eux. Leur base se déploie en murailles lisses autour de Fen, évoquant des ailes ; leurs racines s'entrelacent en une sorte de nid tapissé de mousse.

« Tu as desserré l'emprise de la vigne à venin sur ton corps. Il faut maintenant que tu la chasses de ton esprit.

— En quoi la communion avec les arbres est-elle censée m'y aider ? »

Fen regarde Seleese dans les yeux – l'un marron, l'autre orange foncé. Couleur de Source, comme les siens.

« Nul arbre ne pousse seul dans ces bois. » La guérisseuse a une voix de conteuse, chaude et chantante. « La terre y est trop granuleuse pour les soutenir. Alors leurs racines s'étendent à travers les vagues et l'humus afin de s'entrelacer. Ainsi communiquent-ils, partagent-ils force et histoires. C'est ce réseau qui tient debout chacun d'eux. Ils feront de même pour toi si tu le leur demandes. Ils te soutiendront. »

Fen souffle brusquement, agacée.

« Écoutez, je vous remercie de votre aide. Sincèrement. Je me sens beaucoup mieux. Mais je n'ai pas besoin de... de ce truc, je ne sais pas ce que c'est. Je vais bien, maintenant. Je suis guérie. »

Seleese croise les bras.

« Alors tu n'as plus de visions ? Elles ont disparu ? » La Tournepierre serre les dents sans répondre. Des insectes stridulent dans les branches au-dessus d'elles. « Tu ne peux être forte si tu refuses d'affronter tes démons. Tant que tu les fuiras, ma fille, ils reviendront te hanter. » Elle se fige totalement. Il lui semble avoir lu un jour dans un livre que certaines créatures s'immobilisent pour se dissimuler aux prédateurs. Se cacher pour survivre. Fen a appris cette leçon-là il y a bien longtemps. « Tu as peur de ta magie ? persévère Seleese.

— Non. » Pur mensonge. « Mais je n'aime pas la sensation qu'elle me donne. Il me semble que je ne la maîtrise pas.

— Engourdissement n'est pas maîtrise. Et le tue-magie ne fait que l'engourdir. » La guérisseuse pose la main sur un tronc. « Les visions enflent en même temps que ta magie, n'est-ce pas ? Tu ne t'es jamais demandé si tes dons n'essayaient pas de t'aider à supporter ton passé ? À évoluer malgré tout ? »

Être obligée de revivre des moments pareils n'apporte aucun bénéfice à Fen. Il vaut mieux abandonner certains souvenirs à l'obscurité.

« Réessaie, reprend Seleese. Laisse venir les visions. Confie tes histoires aux arbres. »

Elle disparaît derrière un arbre. Fen la rappellerait bien, mais elle ne veut plus se cacher de son passé, chercher à le distancer. Il faut qu'elle se reprenne. Pour les Étoiles Noires, dont l'avenir dépend d'elle. Pour Sayer, qui mérite une meilleure amie. Pour Dorisall, enfin, son démon personnel, qu'elle doit absolument vaincre. Comment pourrait-elle l'affronter, si elle ne conquiert pas d'abord ses visions ? Si elle n'est pas capable de se contrôler ?

Avec un soupir, elle se rallonge sur la terre moussue. Les branches arquent au-dessus d'elle leur plafond vivant, au feuillage si épais qu'il lui dissimule le ciel. Quand elle s'y autorise, elle prend conscience du pouls des arbres, de la sève qui court sous leur écorce. Le nid des racines s'offre à elle, doux et frais. Hésitante, mais tentée, elle y glisse les mains et s'y cramponne.

La lumière baisse ; une pénombre boueuse se referme sur elle. Le cauchemar renaît. Il commence par l'odeur suave des fleurs et une impression obsédante de sécurité, avant de basculer. Dorisall lui verse de l'eau bouillante sur les doigts. Un fouet claque ; une brûlure soudaine lui lacère le cou. Ce n'est pas le souvenir de la douleur qui la cloue sur place, mais celui de l'impuissance – de l'épouvante. Dorisall était avide de ses réactions, de son moindre signe d'agitation. Il cherchait à déclencher ses réflexes, ses émotions. Voilà pourquoi elle a appris à les contenir, à les enfermer en elle. C'était plus sûr. Aujourd'hui, elle se force à s'y ouvrir enfin.

D'autres souvenirs font surface, l'entourant de leurs vrilles. Leurs épines lui percent la peau. Elle essaie de retirer ses mains, mais les racines lui semblent moulées autour. La voix de Dorisall s'insinue jusqu'à elle.

Douleur et privation, tel est le chemin de la Source. On ne peut juger de la force d'un arbre qu'après l'avoir dépouillé de ses feuilles.

Fen se sent dépecée. Une odeur de moisi l'enveloppe, algues maxillaires et eau croupie. La voilà de retour dans la cave de l'orphelinat, une fois de plus. Peut-être n'en est-elle jamais sortie.

« Emmenez-la », murmure-t-elle d'une voix rauque.

Les racines ne s'en font que plus insistantes, interrogatrices, inquisitrices. Elle ne veut pas qu'on la voie dans cet état.

Un autre souvenir émerge en rampant de la nuit. Plus vieux et, d'une certaine manière, pire que celui des coups… pire que tout. Elle le regarde de l'extérieur tel un fantôme.

Installé à son bureau, Dorisall griffonne dans un de ses calepins personnels. Une très jeune Fen – 6 ans ? 7 ans, peut-être ? – est assise près de lui sur un seau retourné. Elle a encore les cheveux longs. Les vertèbres de son dos osseux pointent à travers sa robe de travail.

« Donne ton doigt », ordonne Dorisall.

Elle obtempère. Il la pique sans qu'elle produise un son. Puis il lui tapote l'épaule, presque gentiment.

« Tu es une bonne petite, Ana. »

Fen enfant s'illumine à ce compliment.

Fen adulte aimerait lui crier *Non*, mais il lui est impossible de sauver cette fillette. Dorisall l'a tuée. Autour d'elle, les feuilles frissonnent, se pressent contre son corps.

D'autres souvenirs suivent. Les fois où elle a essayé de poser la tête sur l'épaule du pater ; où elle a cherché à lui prendre la main. Cette vérité brutale, si longtemps enfouie, donne envie de vomir à la jeune fille : enfant, elle aimait Dorisall.

C'est l'amour qui vous brise.

« Non, souffle-t-elle d'une voix éraillée, je vous en prie. Ne m'obligez pas à voir ça. »

Il le faut, murmurent les arbres.

Fen a été deux personnes en cette vie : l'Ana d'avant et la Fenlin Brae d'après. Mais les racines les unissent, en font un seul et même être dont elles cherchent à recoller les morceaux, ouvrant brutalement les portes verrouillées depuis des années.

Toutefois, elle n'est pas seule. Elle se voit faire la lecture à un Rankin beaucoup plus jeune. Jouer les voix des histoires pour lui. Elle voit les soirées en compagnie des Étoiles Noires, les rires provoqués par la cuisine épouvantable d'Olsa. Leta Tangreel assise à son chevet, en train de chanter. Æsa et Matilde, taquines et cajoleuses. Et Sayer, encore et toujours, sa meilleure amie, son ombre. Elle donnerait n'importe quoi pour la serrer dans ses bras.

Un sanglot haletant lui échappe. Le bruit d'un tissu qui se déchire dans le noir. Quelque part, des poings martèlent une porte. Puis des voix lui parviennent : Sayer, Matilde, Æsa. Ses amies sont venues déverrouiller cette porte. Elle ouvre les yeux. *Laissez-moi sortir*.

Les papillons de feu brillent comme ils le font à cause du mélange unique que renferme leur cavité abdominale. Les alchimistes ont tenté de l'extraire et de le conserver en bouteille, mais il semble qu'il perde rapidement ses propriétés. Ce sont les insectes qui ont la clé de cet éclat si séduisant. Il ne peut se créer qu'en eux et par eux.

– Extrait de *L'Encyclopédie des insectes eudéens*

CHAPITRE 17

LA LUMIÈRE ENTRE LES BRANCHES

Sayer se demande pourquoi on appelle un endroit pareil l'Entrelacs. À sa connaissance, c'est la seule zone du Callistan depuis laquelle on voit une vaste étendue de ciel. Le disque du lac, incrusté dans la jungle, est de taille à accueillir une cinquantaine de barges. Les Sythiens les ont disposées en cercle puis jointes par des planches pour qu'on puisse passer de l'une à l'autre. Des ponts flottants en relient aussi certaines au minuscule îlot qui signale le centre de l'Entrelacs, une butte herbeuse illuminée par des lanternes.

Le clan a mis une journée entière à atteindre le lieu de réunion. Seleese a évoqué en privé avec d'autres chefs la possibilité que certains de leurs compatriotes vendent du tue-magie à l'extérieur des bois. *Ils ont trouvé cette accusation insultante,* a-t-elle rapporté à ses hôtes. *C'est normal.* Si ses collègues lui ont tous affirmé qu'ils ne feraient jamais une chose pareille, certains ont cependant entendu dire qu'une secte de l'extérieur ferait des affaires avec quelques clans. Quand Sayer est allée témoigner de ce qui se passait à Simta, une de ses auditrices les a prises à part, Seleese et elle, pour leur confier qu'elle en savait davantage : une de ses sœurs a épousé un homme dans un autre clan et s'inquiète de la ferveur religieuse toute neuve de son bien-aimé. Seleese et Sayer se sont alors adressées à la sœur en question, qui leur a honteusement appris où se déroulerait le chargement de la cargaison. *Ne jugez pas trop durement mon mari,* a-t-elle ajouté. *Il a perdu son chemin, c'est tout.* Æsa aurait sans doute dit quelque chose de ce genre, elle aussi.

Le tue-magie devant changer de main le lendemain matin, pas très loin du lac, Seleese a promis à ses hôtes de les aider à l'intercepter. Sayer est à la fois soulagée et sur les nerfs. Elle voudrait gagner dès maintenant le lieu de rendez-vous pour obtenir des réponses à ses questions, mais il est dangereux de naviguer dans les bois la nuit. Elle en est incapable sans les Sythiens et n'a donc pas le choix : il faut attendre l'aube.

La réunion tourne maintenant à la fête. Sur la petite île, une infusion agrémentée d'alcool coule à flots et on danse. Rafe fait tournoyer en riant son fiancé, un certain Tryste. Comme si aimer et être aimé étaient choses faciles.

« Ça y est, annonce Jolena, triomphante. J'ai fini. Tu es magnifique.

— Bizarrement, j'en doute, répond Sayer en touchant les fleurs que sa cadette lui a tressées dans les cheveux.

— Oh, arrête. Tu dis juste ça pour qu'on te fasse des compliments. »

Jolena porte une jolie robe jaune, empruntée à une fille du clan de Seleese. Les clochettes tintinnabulantes qui y sont cousues évoquent un rire clair, aussi adorable que les taches de rousseur qui lui poudrent le nez. Elle a continué à s'épanouir ces derniers jours, les bois exerçant sur elle une sorte de magie. Ses sentiments se manifestent ouvertement, malgré ce qui lui est arrivé à Simta, et elle flirte sans hésiter avec Rankin, qui est en admiration devant elle. Son attitude surprend énormément Sayer. La petite l'attrape soudain par la main pour la serrer spontanément dans ses bras.

« Sayer ? demande-t-elle, redevenant sérieuse.

— Oui ?

— Merci de m'avoir sauvée.

— Tu n'as pas à me remercier. » Sayer tire sur une de ses tresses. « Je le referais sans hésiter.

— Je ne parle pas seulement de… de ce qui s'est passé l'autre nuit. Je pense à la première fois où tu es venue me voir. Chez moi. J'ai beau aimer ma mère et ma sœur, elles ne me comprennent pas. Je me sentais terriblement seule, avant de faire ta connaissance. »

Une impression que la jeune fille connaît parfaitement et qui l'a souvent tourmentée. Elle serre la main de Jolena.

C'est le moment parfait pour lui avouer : *Nous sommes sœurs.* Mais il faudrait lui dire l'horrible vérité sur Wyllo Regnis. Non, il leur a déjà fait assez de mal comme ça.

« Tu n'es pas seule, dit-elle, à la place. Je suis là. Je serai toujours là. »

La musique plane au-dessus d'elles puis se pose sur l'eau comme une myriade de libellules. Lorsque Jolena reprend la parole, sa voix est pleine d'assurance :

« Quand on retournera à Simta, je ne veux pas rentrer chez moi. Je ne peux pas. »

À ces mots, la poitrine de Sayer s'emplit de douleur. Les souvenirs de sa mère planent autour d'elle puis atterrissent sur sa peau en douceur. Elle ne s'est jamais vraiment demandé ce qu'avait éprouvé Nadja, enceinte, en quittant sa famille de Grande Maison à 17 ans. L'âge de sa fille, maintenant. Elle devait avoir tellement peur. Mais elle l'a fait, elle est partie, pour Sayer. Pour elles deux.

« Tu peux venir vivre avec moi. » Elle déglutit, difficilement. « Si tu veux. »

Quand Jolena lui pose la tête sur l'épaule, elle sent des ailes pousser à son cœur.

Quelques bateaux plus loin, la porte orange du bateau de Seleese s'ouvre. Fen apparaît, en ample chemise de lin et pantalon simple. À ce spectacle, le pouls de Sayer s'affole. Elle n'a vu Fen que de loin, ces derniers jours. D'après Seleese, son état s'améliorait, mais Sayer n'arrivait pas à y croire vraiment avant de le constater de ses yeux. Si pâle soit-elle, la Tournepierre a effectivement l'air plus en forme. Malgré la distance, il est évident qu'elle a les yeux brillants, pleins de vie. L'étau qui comprimait la poitrine de Sayer depuis son arrivée dans les marais se relâche enfin. Fen va réellement s'en tirer.

Leurs regards se croisent. Une traction soudaine naît entre elles. Sayer s'ordonne de bouger, mais s'en découvre incapable.

« Pourquoi tu ne vas pas lui dire ce que tu ressens, tout simplement ? »

Et voilà. Jolena la désarme, une fois de plus.

« Ce n'est pas si simple.

— Ah bon ? »

Les sourcils froncés, l'adolescente a l'air réellement perplexe.

Sayer se rappelle tout ce qu'elle a chuchoté à l'oreille de Fen endormie, après la Moindre Nuit. *Je serais perdue sans mon ombre. J'ai besoin de toi. Ne me quitte pas.*

Et puis la Tournepierre s'est enfuie, après lui avoir volé son cœur.

« Invite-la au moins à danser, insiste Jolena.

— Si elle a envie de danser, elle n'a qu'à m'inviter, elle. J'en ai assez de lui courir après.

— Elle a sans doute peur que tu refuses. Tu ne lui facilites pas les choses. Il t'arrive d'être tellement… je ne sais pas. Fermée. »

Sayer n'a pas le temps de répondre, car Rankin s'approche d'une démarche chaloupée. Lui qui jouait de la trompette avec les autres musiciens, il la porte maintenant dans le dos.

« Salut, Say, lance-t-il en ébauchant une révérence. Jolena, tu veux bien m'accorder une danse, s'il te plaît ? »

Cette dernière acquiesce et il s'illumine comme si on venait de le couronner roi de Simta. Main dans la main, ils empruntent le pont le plus proche pour gagner l'îlot, non sans que Jolena gratifie par-dessus son épaule Sayer d'un petit sourire narquois, du genre *Tu vois ? Ce n'est pas compliqué.* Sans le vouloir, Sayer se retourne vers Fen.

Quand elle était petite, sa mère lui racontait à l'heure du coucher des histoires d'amour, entrecoupées de souvenirs fantasques et de douces caresses. Les galants s'y agenouillaient aux pieds de charmantes demoiselles, souriantes et soupirantes. À un moment, Sayer a déclaré qu'elle en avait assez. Sa mère lui a demandé pourquoi. *Parce que ce sont des mensonges*, a répondu la fillette. Aucun de ces récits ne lui avait jamais donné l'impression de pouvoir devenir son histoire à elle.

Un jour, tu trouveras ta moitié, lui a répondu Nadja. *À ce moment-là, tu verras la vérité dans ce que je te raconte.*

Les regards qu'échangent les deux filles, la chaleur entre elles, semblent en effet tellement vrais à Sayer.

Elle fait un pas. Un autre. La traction qui les lie palpite aussi vite que son pouls.

« Fen, dit-elle.

— Tig. »

La Tournepierre sourit.

« Seleese disait que tu ne voulais pas me voir. »

Fen se passe la main dans les cheveux.

« Je ne voulais pas que tu me voies comme ça.

— Comme quoi ?

— Brisée. »

Ce petit mot, si cru et si réel, refroidit la colère de Sayer.

« Tu aurais dû me dire. On est censées ne pas avoir de secrets l'une pour l'autre.

— C'est vrai… mais je ne sais pas m'y prendre… ni ce que tu veux, toi. »

Fen ne trébuche pas sur les mots. Elle n'hésite pas. Mais elle n'a pas l'air consciente de ce qu'éprouve son amie. Comment est-ce possible ?

Ce que vient de dire Jolena résonne dans l'esprit de Sayer. *Il t'arrive d'être tellement fermée.*

Elle inspire à fond. À Simta, tout semblait si brouillé entre Fen et elle, si emmêlé. Peut-être peut-il en aller différemment, ici.

Elle tend la main.

« Viens. Danse avec moi. »

Fen prend la main offerte et Sayer l'entraîne jusqu'à l'îlot. La musique a ralenti, passant à une douce mélodie chantante. Autour des deux filles, les partenaires s'enlacent. Sayer passe ses bras autour du cou de Fen. Un battement de cœur plus tard, Fen lui pose les mains sur les hanches avec une légèreté de plume. Elles entreprennent de refermer l'espace qui les sépare, centimètre par centimètre. Jolena et Rankin apparaissent brièvement parmi la foule. Ils se balancent maladroitement, sans chercher à dissimuler ce qu'ils ressentent. Sayer a l'impression d'être un insecte, comme un de ces scarabétoiles qui volent au-dessus de leurs têtes, en quête de la lumière des étoiles. Le moment est trop vaste pour les mots.

Elle lève les yeux au ciel. Il n'y a pas de lune, cette nuit, mais davantage d'étoiles qu'elle n'en a jamais vu. Fille de la ville, elle a l'habitude des petits points pâlichons qui peinent à se montrer sous l'éclat des réverbères. Mais ici et maintenant, les astres brillent par groupes en tourbillons plus denses que les graines de labnum sur les sablétoiles simtans. *Vous êtes une étoile filante,* lui a dit un jour Leta. *Tout le monde voudra faire un vœu en vous voyant.* Quant à elle, si elle devait jamais faire un vœu en regardant une étoile, ce serait pour demander du courage.

« Tu te rappelles la première fois qu'on a dansé ensemble ? » interroge-t-elle.

Les lèvres de Fen s'incurvent près de son oreille.

« Tu veux dire, la fois où tu m'as harcelée jusqu'à ce que j'accepte ? »

L'haleine de la Tournepierre ne sent plus le mastic, juste les gâteaux très sucrés confectionnés par Seleese pour la fête.

« *Moi ?* Impossible… »

Il était tard, Sayer avait terminé son service aux Deux Lumières et le café était fermé depuis des heures. Pourtant, l'orchestre jouait toujours, les Étoiles Noires occupaient les tables et la citrine alcoolisée coulait à flots. Sayer apprenait seulement à connaître la bande et prenait juste conscience de l'affection qui les liait les uns aux autres. Ils avaient embêté Fen jusqu'à ce qu'elle accepte de se lancer dans une danse traditionnelle. Elle s'était mise à virevolter autour de la jeune serveuse comme durant leurs cours d'escrime, avec grâce et vivacité. Quand quelqu'un avait essayé de lui faire un croche-pied, elle avait juste éclaté d'un grand rire insouciant. Cette nuit-là, Sayer s'était pour la première fois demandé quel effet ça ferait d'embrasser Fen. Depuis, elle en a eu envie tous les jours ou presque.

« C'est comme ça que j'avais envie de danser avec toi, admet finalement Fen. Dans tes bras. »

Sayer en a le souffle coupé.

« Pourquoi ne pas l'avoir fait, alors ?

— On était amies. Je ne voulais pas tout gâcher. »

Chaque lent tournoiement amène leurs deux corps plus près, encore plus près l'un de l'autre. Un doigt descend le long du dos de Sayer, si léger qu'il s'agit peut-être juste d'un effet de son imagination. Elle laisse ses doigts à elle effleurer d'une caresse la nuque de sa partenaire.

« Je sais que tu n'es pas venue au Callistan uniquement pour moi, reprend la Tournepierre au bout d'un moment, mais je suis contente que tu sois là, Tig. Je suis désolée de ne pas t'avoir emmenée. Je n'aurais jamais dû te cacher autant de choses. »

Sayer se sent comme une lame glissant hors de son fourreau. Une partie secrète de son être vient d'apparaître à découvert.

« Tu peux partir tant que tu veux, je te retrouverai toujours. Tu es mon ombre, Fen, et moi la tienne. »

Fen se fige. Elle n'a qu'une conscience lointaine des danseurs qui les bousculent, sa cavalière et elle. Il n'existe plus que Sayer, qui attend qu'elle dise quelque chose. Et elle-même n'a qu'une envie : être seule avec Sayer.

« Viens », lance-t-elle en la prenant par la main.

Sayer la suit sans poser de question, se laissant entraîner parmi la foule jusqu'au petit bateau amarré derrière celui de Seleese, plus grand. Les deux filles gardent le silence, comme si la moindre parole risquait de briser ce qui s'épanouit entre elles et qui leur semble assez transparent pour qu'on voie au travers.

Fen empoigne les rames et leur fait quitter l'Entrelacs. Pas question d'aller loin : il ne faut pas qu'elles se perdent dans le noir. La lumière des scarabétoiles leur permet de distinguer les contours d'une petite île toute proche, au bord de laquelle la Tournepierre jette l'ancre. Il s'y trouve un unique saule chanteur, dont les branches mouillées forment un paravent délicat.

Fen aide sa compagne à sortir de l'embarcation sous la ramure. Maintenant encore, les mots lui échappent ; elle sent son cœur battre dans sa gorge. Les yeux de Sayer étincellent, or cruel fondu jusqu'à devenir ployant. Elle lève les mains, pose sur le visage de Fen ses doigts élégants, et lui trace lentement avec les pouces un cercle autour de l'œil brun, puis du vert. Fen frissonne, violemment, sans cependant chercher à s'écarter.

« J'attends toujours que tu me montres ce qu'il y a là-dessous », murmure Sayer.

Sa sempiternelle plaisanterie pendant leurs cours d'escrime. Mais Fen a perdu son bandeau ainsi que l'essentiel de son armure, et la voilà infiniment vulnérable. Toutefois, c'est Sayer qui est là avec elle, sous les branches d'un autre monde.

« Qu'est-ce que tu veux voir au juste, Tig ?

— N'importe quoi. Tout. »

Les feuilles bruissent alentour, murmure encourageant. L'air entre elles bourdonne, chargé de sève, vivant. Pourtant, maintenant encore, la part de Fen qui l'a gardée en sécurité des années durant lui hurle *Non, reste cachée.* Seulement elle n'en peut plus d'enfouir ses émotions dans le noir.

Elle fait reculer sa compagne jusqu'à l'adosser au tronc encroûté de lichen, puis lui pose les mains de chaque côté du corps. Les lèvres de Sayer s'entrouvrent de surprise quand elle se retrouve ainsi entourée.

« Et si tu n'aimes pas ce que j'ai à te montrer ? demande Fen.

— Je te mets au défi d'essayer », propose son interlocutrice, sans détourner le regard.

Fen se penche lentement et frôle de ses lèvres celles de Sayer, qui s'entrouvrent aussitôt, tels des pétales se déployant. Le baiser commence en douceur, mais s'ensauvage très vite de tout ce qu'elles ont si longtemps caché. Leurs langues se touchent, chaleur désespérée, arrachant un soupir à Fen. Ses mains glissent sur les épaules anguleuses de Sayer, sur sa cage thoracique, puis l'attirent contre elle. A-t-elle jamais touché quelqu'un d'autre si intensément ? Il lui semble qu'elle n'en sera jamais rassasiée.

Son pouvoir enfle, si fort qu'il lui donne le tournis. La terre et le métal en elle heurtent de plein fouet le vent et la pluie en Sayer. Ses os vibrent quand leurs magies se joignent, s'entrelacent. Elle ne cherche pas à refouler la sienne. Les feuilles au-dessus de leurs têtes dansent dans une brise douce, se baissent pour les caresser. Dans leur dos, l'eau clapote, mue par leurs pouvoirs et celui du moment. Ce baiser est tout à la fois.

Quand Fen recule, à peine, les yeux clos, une lumière soudaine lui traverse les paupières. Elle les ouvre. Le saule déborde de papillons de feu et de scarabétoiles qui volettent autour des deux filles. Quelques-uns se sont même posés sur elles en joyaux éclatants. Est-ce la magie qui les attire ? Ou le rire incandescent de Sayer, joyeux et libre. Le son le plus sexy que Fen ait jamais entendu.

« Un jour, Leta m'a qualifiée d'étoile filante. Et voilà que j'en suis couverte !

— Tu es mon vœu exaucé. » Fen l'embrasse de nouveau, sur la joue, cette fois. « Ça fait tellement longtemps que j'ai envie de t'embrasser comme ça. »

Sayer rougit.

« Qu'entends-tu exactement par *longtemps* ?

— Une éternité. Chaque jour. Chaque heure de chaque jour. J'en avais tellement envie que ça me faisait peur. Tout ce que j'ai aimé m'a toujours été enlevé. »

Sayer reste un long moment silencieuse, son regard pensif fixé sur Fen. Enfin, elle se penche et l'embrasse dans le cou, sur une de ses cicatrices. Fen tressaille, mais les lèvres douces de sa compagne continuent leur chemin, traçant des arcs brûlants sur sa gorge vulnérable.

« Moi aussi, j'ai peur », murmure enfin Sayer contre sa peau.

Fen est bien incapable de répondre, pas avec les baisers qui se posent sur ses cicatrices, comme si leur dispensatrice se croyait capable de les guérir par les caresses. La Tournepierre finit cependant par déglutir afin d'obliger les mots à prendre forme :

« De quoi ?

— De vivre en laissant mon cœur hors de mon corps. Au risque qu'il soit brisé. »

Cette réponse la brûle de part en part. Elle prend la main de Sayer pour la presser contre son sternum.

« Je veillerai à sa sécurité, Tig, je te le jure. J'espère que toi, tu prendras soin du mien. »

Sayer l'embrasse, une fois de plus. Les insectes qui illuminent la nuit alentour ne leur laissent aucune cachette, mais ce n'est pas grave. Fen trouve libérateur de se dépouiller de son armure. D'être enfin vue telle qu'elle est.

La marée monte,
Nous portant au-dessus des ennuis.
La marée pousse,
Nous ramenant au-devant du destin.
La marée tourne,
Nous menant jusqu'aux saisons nouvelles,
Où nous attendent vents et tempêtes.

– Chant de marins illish

CHAPITRE 18

LE SERPENT DANS LE NID

T*out le monde sur le pont !* À ce cri retentissant, Willan se précipite dans l'escalier, Æsa sur les talons. Ils émergent à l'air libre en plein chaos : les filles, cramponnées au bastingage, montrent quelque chose du doigt, pendant que les marins regagnent leurs postes en courant. Le premier à repérer Willan s'arrête net.

« Qu'est-ce qui se passe, Arjen ? s'enquiert son capitaine.

— On a de la compagnie, annonce le second. La vigie n'a rien vu à cause de la pluie, mais ils se dirigent droit sur nous toutes voiles dehors et je n'aime pas leur allure. »

Willan tire sa longue-vue et pivote pour examiner ce qui se passe à tribord. Æsa, les yeux plissés dans l'espoir de percer la brume du regard, finit par distinguer la forme sombre d'un navire. L'averse a beau s'être interrompue, les détails du bateau inconnu restent brouillés.

« C'est un vaisseau de guerre ? » Des fourmillements lui courent sur la peau. « De Simta ?

— Je ne crois pas, répond Arjen. Ce n'est pas la bonne forme.

— Ça ressemble davantage à un drakkar de pirates trelliens, ajoute Willan.

— Des Trelliens ? répète-t-elle. Qui est-ce ?

— Des habitants des Lointains. Et pas du genre qu'on a envie de croiser. »

La voix de Willan s'est tendue. Le cœur de la jeune fille s'emballe.

« Vous les avez hélés ? » reprend Willan, à l'adresse de son second.

Lequel secoue la tête.

« On a hissé les drapeaux des pourparlers, mais ils ne réagissent pas.

— Ils ne veulent manifestement pas qu'on sache ce qu'ils trafiquent », constate Willan en baissant sa longue-vue.

Mais pourquoi ? Le navire s'est rapproché, glissant à vive allure sur l'eau dans leur direction. Æsa plisse les yeux... Les voiles ne seraient-elles pas rouges ? Un frisson d'appréhension lui remonte la colonne vertébrale.

« Les filles ont-elles fait de la magie ?

— Non, répond Arjen, mais... Ma foi, je ne sais pas ce que vous trafiquiez dans la cale, mais la pluie a pris des formes bizarres. À la voir, n'importe qui pouvait affirmer qu'il y avait de la magie là-dessous. »

Elle se mord la lèvre. Sans doute son pouvoir a-t-il échappé à son contrôle quand elle a embrassé Willan : les émotions l'aiguisent toujours. Et voilà que ces étrangers fondent sur eux tel un requin sur sa proie.

« Qu'est-ce qu'on fait, Willan ? On se bat ou on s'enfuit ? » demande le second.

Willan jette un coup d'œil à Æsa.

« Préviens tout le monde qu'il est temps d'y aller.

— Mais... la moitié des hommes est encore à terre, proteste-t-elle.

— On reviendra les chercher plus tard. »

Arjen fait volte-face et fonce sur le pont en braillant des ordres. Willan serre les mains de sa compagne puis se précipite vers le gouvernail. Elle s'empresse de rassembler les oisillons, dont Jacinta a déjà réuni la plupart sous l'un des mâts.

« Qu'est-ce qui se passe ? pépie une des petites. Est-ce que le bateau vient pour nous ?

— Je n'en sais rien, mais nous n'allons pas attendre de lui demander, répond Æsa, d'une voix qu'elle contraint au calme. Jen ? Tu veux bien nous aider à prendre un peu mieux le vent, s'il te plaît ? »

La fille de l'air acquiesce en serrant les poings. Æsa et Jacinta cajolent leurs camarades pour les persuader de descendre dans la cale, puis leur font promettre de ne pas en ressortir avant d'y avoir été autorisées. À peine les ancres ont-elles été remontées que le *Tempête* s'ébranle en changeant de cap afin de gagner le rivage encore lointain du Callistan. Æsa envoie sa magie encourager les vagues à accélérer le mouvement pendant que le vent de Jen gonfle la grand-voile. La jeune fille a beau se tenir assez près d'elle pour amplifier son pouvoir, la petite ne tiendra pas longtemps. Les minutes passent. Le vent commence en effet à vaciller, à s'affaiblir, alors que la magie de l'eau ne suffit pas à propulser le navire à l'allure voulue. Les hommes s'activent de cordages en cordages, déroulent les voiles, cherchent à faire accélérer le bateau. Celui des Lointains a l'air de dévorer les vagues.

« Ça ne marche pas, constate Jacinta. Ils vont nous rattraper.

— Ils ne nous tirent pas dessus. C'est une bonne nouvelle, non ? demande Jen.

— Non. C'est juste qu'ils ne veulent pas abîmer leur prise », répond Jacinta, les traits tirés.

Æsa distingue à présent les visages de leurs poursuivants, très pâles, tournés vers eux. Les voiles du vaisseau évoquent le sang frais dans le brouillard.

« Aux postes de tir ! » crie Willan.

Ses hommes se précipitent vers les balistes, ces sortes d'arbalètes fixées au bastingage. Les marins du drakkar s'activent quant à eux autour de ce qui ressemble à de gros tubes de métal foncé. Le frère de Matilde, Samson, a parlé un jour à Æsa de ce genre d'arme. Des *canons*, à l'en croire. *Ils mettent dedans une sorte de poudre, qui provoque une explosion contrôlée,* a-t-il expliqué. Elle s'est dit qu'il racontait des histoires, mais les cylindres des Trelliens ont l'air bien réels.

Æsa se cramponne à la rambarde. Il faut qu'elle fasse quelque chose. Mais avant qu'elle puisse trouver quoi, un des canons tressaute en lâchant un coup de tonnerre. Quelque chose en jaillit qui ressemble à une cage. La jeune fille se jette à terre en hurlant tandis que l'imposant projectile s'abat dans le gréement et vole en pièces au-dessus de sa tête. Tout n'est plus que claquements et grincements tonitruants, car son contenu s'abat en lourde pluie sur le pont. Æsa attire Jacinta et Jen contre la coque au moment où une lourde chaîne atterrit tout près d'elles. Elle tend une main hésitante : le métal brûle presque assez pour lui arracher la peau.

« Mais qu'est-ce que... ? commence Jacinta.

— De la mitraille ! hurle Kadeel en attrapant un cordage. C'est censé détruire les voiles et le gréement. Pour nous ralentir. Ils veulent aborder le *Tempête.* »

À ces mots, le sang d'Æsa lui rugit aux oreilles.

Elle se tourne vers Willan, toujours posté au gouvernail.

« Feu à volonté ! » crie-t-il, les dents découvertes par une grimace.

Les balistes expédient leurs carreaux enflammés, mais la plupart tombent à l'eau, où s'éteignent dans un sifflement. Quant à ceux qui touchent le vaisseau adverse, ils n'ont pas l'air de le ralentir du tout. Il est à présent presque au même niveau que le *Tempête*.

« Va dans la cale avec les autres, ordonne Æsa à Jen. Dis-leur de rester à couvert. »

L'oisillon, livide, gagne la porte en titubant.

La jeune fille songe à sa vision de l'avenir, cette mer de voiles rouges maléfiques. Elle a beau ne pas savoir ce que veulent les Trelliens, ils ont clairement l'intention de prendre possession du *Tempête*. Jacinta l'attrape par la main.

« Ils vont s'emparer des filles, à moins que quelqu'un ne les arrête. »

Les yeux rivés sur Æsa, elle attend de voir émerger la sheldar.

Il n'y a pas si longtemps, Æsa aurait répondu que c'est trop lui demander, trop à maîtriser pour elle. Que ce genre de don ne devrait pas servir d'arme. Mais pour sauver ses amis, elle est prête à se battre de tout son être.

« Je peux le faire. » Elle hoche la tête, prenant son courage à deux mains. « Je vais le faire. »

La fumée environnante lui pique les yeux quand elle se redresse. Sa magie enfle, goût d'embruns et de sel. Que lui demander ? Quelques mois auparavant, elle a convoqué dans le port de Simta une vague dont elle s'est servie pour soulever, déplacer un navire. Mais il s'agissait d'une anse abritée, pas d'un océan sans fin. Est-elle capable de commander un pareil pouvoir, ici et maintenant ?

Elle projette son esprit dans les flots, le laisse s'y répandre et essaie de tenir l'eau comme Willan lui a appris à tenir une lame. *Traite ton épée en amie*, lui répète-t-il inlassablement, *et tu finiras par avoir l'impression que c'est une partie de toi*. Mais l'océan est si vaste, quasi infini. Elle a besoin de toute sa force pour le soumettre à sa volonté.

Un autre coup de canon. D'instinct, elle lève les mains en criant en illish :

« *Granye !* »

Protège-nous.

Une créature luisante bondit hors des vagues, un monstre d'eau mi-poisson, mi-cheval, mi-cauchemar. Elle referme ses crocs aqueux sur la cage puis attire sa proie dans l'eau, où elle retombe dans un formidable jaillissement d'écume. Les hommes de Willan poussent des cris de joie, mais Æsa ne peut s'occuper d'eux : si elle cesse de se concentrer, le contrôle qu'elle exerce sur son élément cessera aussi.

Le *Tempête* continue à tirer des carreaux enflammés, pendant que les canons trelliens crachent haut dans le ciel leurs projectiles de métal meurtriers. Æsa crée d'autres monstres d'eau, qui jaillissent des flots pour les dévorer dans une nuée de fumée, de vapeur et d'écume. L'ennemi continue cependant à avancer, expédiant leur mitraille sans répit. Sa magie s'épuise, elle le sent. Enfin, elle demande à ses créatures de se diriger vers le drakkar. Peut-être leur sera-t-il possible de se cramponner au flanc du navire puis de tirer assez fort dessus pour le faire chavirer. Elles entreprennent d'obéir, avides, mais maladroites. Æsa se sent trébucher, malgré le soutien de Jacinta. Sa force, sa volonté ne suffisent pas. Matilde, Sayer et Fen lui manquent soudain atrocement. Si elles étaient là, elle y arriverait. Si elles étaient là, les Oiselles l'emporteraient.

Le *Tempête* frissonne, secouée par un choc. Quelque chose explose au-dessus d'elle. Une douleur inattendue et une lumière aveuglante oblitèrent sa vision. Un instant, tout n'est que blancheur, brouillard tourbillonnant. Puis elle cligne des yeux, une fois, deux fois, et le monde se réassemble peu à peu. Elle est allongée sur le pont. Comment cela se fait-il ? Pourquoi lui semble-t-il que le bateau a ralenti ?

« Æsa. » Jacinta se penche sur elle, les cheveux emmêlés, flottant au vent. « Par les chats infernaux, dis quelque chose ! »

Æsa essaie de s'asseoir, mais retombe en arrière.

« Qu'est-ce qui s'est passé ?

— Une cage s'est ouverte dans le gréement. Quelque chose t'est tombé dessus. »

Elle porte la main à son crâne palpitant dans l'espoir de calmer la pulsation. Ses pensées débordent de chaos et de fumée. La douleur lui brûle le bras droit, chauffé à blanc. Un éclat de métal s'est logé dans son biceps.

« Ne bouge pas. Ça va faire mal », prévient Jacinta.

Sans laisser à son amie le temps de lui demander de quoi elle parle, elle arrache le morceau de ferraille. Le champ de vision d'Æsa s'obscurcit tandis qu'elle essaie de se retenir de hurler. Bruit de tissu déchiré. Jacinta le lui enroule bien serré autour du bras pour endiguer le saignement.

« Tu peux te lever ? »

Elle n'en sait rien. Ses pensées sont fractionnées et houleuses, la scène qui l'entoure refuse de faire sens. Des pas martèlent le pont, les hommes de Willan essaient de se reprendre. Quelques oisillons sont sortis ; ne leur avait-elle pas dit de se cacher ? Un râle lui parvient, un son absolument terrible. Elle lève les yeux. Le grand mât a disparu, cassé en deux. Le *Tempête* n'avance plus. Ce qui signifie que…

« Les Trelliens, souffle-t-elle. Ils arrivent. »

Elle essaie de se redresser, mais ses mains glissent sur le bois du pont. Les ruisselets sombres qui y serpentent tracent un motif qu'elle connaît déjà. Elle l'a vu en rêve. Non… dans une vision. La panique l'empoigne. Sa poitrine, qui lui semblait vide, se met à lui faire mal.

Quelqu'un s'approche en titubant à travers la fumée. Un pas hésitant, un souffle saccadé. Son torse, toujours nu, est couvert de sang. *J'ai vu cet avenir,* se dit-elle, à moitié étourdie, mais c'est maintenant le présent. Avoir su ce qui allait arriver ne le rend pas moins douloureux.

« Willan », sanglote-t-elle.

Il tombe à genoux. Elle lit dans ses yeux vert océan la fin de tout. Mais elle ne va pas laisser la vie du jeune homme lui glisser entre les doigts.

« Tu ne peux pas mourir, tranche-t-elle. Je ne le permettrai pas. »

Ses mains cherchent une plaie à refermer, une douleur à apaiser, sans rien trouver. Il l'attire contre sa poitrine, soulevée par un halètement laborieux.

« Je ne vais pas mourir, *kilventra*.

— Le sang », s'étrangle-t-elle. Il n'a plus son odeur habituelle, mais celle du fer. « Où es-tu blessé ? Montre-moi.

— Æsa. » Il lui prend les deux mains dans les siennes, glissantes. « Ce n'est pas le mien. »

Elle inspire brusquement. Une vague de soulagement l'envahit, aussitôt suivie par un tsunami d'horreur.

« Alors qui… ? »

Le claquement du métal contre le bois. Des serres viennent se refermer sur le bastingage, d'un côté du bateau. *Des oiseaux*, se dit-elle avant de se rendre compte qu'il s'agit de grappins. Les Trelliens attirent le *Tempête* vers leur drakkar.

« À vos épées ! crie Willan d'une voix rauque. Ils passent à l'abordage. »

Les deux jeunes gens se relèvent ensemble. Jacinta les rejoint pendant que l'équipage restant se déploie, prêt à en découdre. Quelqu'un donne des épées à Æsa, Jacinta et aux oisillons. Le navire ennemi est maintenant presque contre le leur, à moins d'une toise. Les Trelliens se pressent sur le pont. Moins nombreux qu'elle ne le pensait, mais trop nombreux néanmoins, et tous armés. Plusieurs sont montés dans le gréement et se cramponnent à des cordes, prêts à s'élancer.

« Si tu veux les noyer, c'est le moment, marmonne Jacinta.

— Je ne crois pas que je puisse. » Æsa est encore étourdie. « Ma magie est… engourdie. »

Faut-il en accuser le coup à la tête, ou a-t-elle abusé de son pouvoir ? Elle sait bien qu'il n'est pas inépuisable. Et elle n'y peut rien, à part attendre qu'il lui revienne.

Une planche glisse du bastingage du drakkar à leur navire. Un Trellien s'engage dessus. Il a la peau très pâle, comme Æsa, presque translucide. Elle distingue clairement les rivières de ses veines au travers.

« Qui est votre capitaine ? demande-t-il en simtan, malgré un fort accent.

— C'est moi, répond Willan en s'avançant d'un pas. Énoncez votre demande.

— Il me semble que c'est assez clair. » Les yeux de l'étranger, d'un bleu mat inexpressif, s'illuminent quand ils se posent sur Æsa. « Nous sommes là pour nous emparer des sorcières. Ne cherchez pas à nous en empêcher, et nous laisserons vivre votre équipage. »

Les oisillons resserrent les rangs autour d'Æsa. L'équipage se redispose pour entourer les filles d'un cercle impénétrable.

« Si vous voulez les prendre, il va falloir nous passer sur le corps », prévient Willan.

La menace laisse le capitaine trellien indifférent.

« La sorcière des mers, c'est ça ? » dit-il en montrant du doigt Æsa. L'inconnu poursuit, ne semblant pas attendre de réponse de sa part. « J'ai un dessin de toi, mais il ne te ressemble pas. Tu es beaucoup plus belle en personne. »

Elle se redresse de toute sa taille sous ce regard dévorant.

« Vous faites erreur. Je ne suis pas celle que vous croyez.

— Pas de mensonges, sorcière des mers, prévient-il en agitant le doigt. Notre roi nous a envoyés dans les îles illish à ta recherche. Tu étais déjà partie, évidemment, mais des villageois nous ont aidés. Ils nous ont dit où tu allais et dans quel bateau. Maintenant, nous te tenons. Et les autres galgrènes magiques aussi.

— Essaie donc de la prendre, gronde Willan. Allez, viens. Je te défie. »

Mais il vacille très légèrement. Et il en va de même de la plupart de ses hommes. La peur éclaircit l'esprit d'Æsa, aiguise sa concentration autant que le fil de la meilleure des épées. Sa magie engourdie n'est guère qu'une palpitation émoussée, incapable de l'aider – pour l'instant. Elle peut cependant se servir d'un des talents d'Oiselle de Nuit qu'elle a dû apprendre : se masquer pour mieux mentir.

« Vous avez vu ce que j'ai accompli par magie, tout à l'heure ? lance-t-elle d'une voix forte, autoritaire. Ce n'était rien. Allez-vous-en tout de suite, et peut-être n'enverrai-je pas votre navire au fond des flots. »

Ce discours n'ébranle nullement l'étranger.

« Si tu en étais capable, tu l'aurais fait, riposte-t-il. Vous avez déjà perdu la bataille. »

La déclaration plane au-dessus du pont, barbelée et blessante. Puis Willan lance d'une voix claire :

« De vague en vague !

— *Nous voguons ensemble !* » répondent ses hommes en chœur.

L'épée au clair, ils se précipitent vers le bastingage. Le chef des pirates adverse se contente de sourire.

À son signal, les Trelliens postés dans le gréement bondissent, accrochés à leurs cordes, pour atterrir brutalement sur le pont du *Tempête*. Ils heurtent de plein fouet les marins de Willan. Les lames s'entrechoquent. Willan virevolte, à gauche, à droite, tellement plus rapide que quand il donnait des cours d'escrime à Æsa, son épée telle une lumière liquide et un signe de mort assurée. Malheureusement, ses hommes ont beau se battre de toutes leurs forces, le nombre joue contre eux. Leur cercle dense se transforme rapidement en groupe désordonné.

Æsa se cramponne à son arme en voyant un des assaillants passer au travers de la mêlée. Il s'approche de Jacinta.

« N'essaie pas de résister, lance-t-il, tout sourire. Je serai très gentil.

— Pose ne serait-ce qu'un doigt sur moi, et je te vide comme un poisson », riposte-t-elle, prête à frapper.

Sur ces mots, elle passe à l'attaque, mais le type repousse sa lame de côté sans aucune difficulté. Malgré qu'Æsa se soit jointe au combat, le Trellien a l'air étonnamment détendu, alors qu'il est seul contre deux. À la manière dont il pare leurs coups, elles passent pour de simples mouches agaçantes. Æsa s'avance et frappe, à deux reprises, tout en cherchant à se rappeler les conseils de Willan. Elle finit par se rapprocher de l'adversaire, dont elle emprisonne la lame en lui tordant le poignet.

Il ne faut pas hésiter, aime aussi à dire Willan. *L'hésitation, c'est la mort*. Jacinta passe l'homme au fil de l'épée sans une seconde de flottement. Il hurle en portant les mains à ses entrailles pendant que la jeune fille dégage son arme. Æsa recule, chancelante, en essayant de se retenir de vomir.

Le Trellien s'écroule, mais il y en a d'autres, tellement d'autres. L'équipage du *Tempête* s'est dispersé, le cercle protecteur des filles, brisé. Tout n'est que hurlements et corps qui s'effondrent. Les amis d'Æsa sont en train de mourir. Ceux qui l'ont suivie, se fiant à elle pour les protéger. Ceux dont la foi l'a aidée à croire en elle-même.

Reviens, je t'en prie, implore-t-elle sa magie en son for intérieur. Son pouvoir est là, elle le sent, mais faible, vacillant. Si elle arrivait à plonger assez profond en elle...

À travers la fumée, elle voit Layla, un des oisillons, brandir une petite boule de feu, prête à la lancer sur un Trellien... quand un autre l'attrape par-derrière, la soulève et la jette sur son épaule. La sphère de feu crachote et s'éteint. Layla hurle, les yeux écarquillés.

« Quand ce sera fini, dit Jacinta à l'oreille d'Æsa, pense à toutes les choses qui méritent qu'on se batte pour elles. Et n'oublie jamais la force dont tu es capable. »

Æsa n'a pas le temps de réagir : déjà, Jacinta s'éloigne en courant pour assener un grand coup d'épée au ravisseur de Layla. La jambe blessée du Trellien se dérobe sous lui. L'oisillon tombe sur le pont et s'éloigne à quatre pattes, pendant que les deux combattants roulent à terre, enchevêtrement de membres gigotant et jurant. Jacinta réussit à se hisser sur son adversaire et lève son arme, prête à la lui passer à travers le corps, mais le hurlement de rage qu'elle pousse s'interrompt brusquement sans qu'Æsa ne voie pourquoi.

« Non ! » crie-t-elle.

Trop tard. Jacinta s'effondre, alors qu'un autre Trellien traîne Layla vers le drakkar.

Æsa s'enfonce en elle-même, profond, encore plus profond, en quête de son pouvoir. Il va l'écouter *maintenant*, il le faut. Un dernier sursaut d'énergie lui permet de créer de longs tentacules aqueux qui s'élèvent jusqu'au-dessus du bateau puis s'immobilisent un instant, emplis de sa fureur, prêts à frapper.

Nul remords ne l'entrave quand elle donne son ordre :

« Kaila. »

Détruisez.

Les longs fouets d'eau s'abattent sur les pirates et s'enroulent autour d'eux. Certains les cognent violemment sur le pont, tels les fous de Bassan cherchant à ouvrir des coquillages, tandis que d'autres les entraînent jusque dans la gueule de l'océan. Les cris de leurs captifs ont beau écorcher la peau d'Æsa, elle ne se laisse aller à aucune pitié. Il n'est pas question d'arrêter avant de les avoir punis, tous autant qu'ils sont.

Enfin, il ne reste des barbares des Lointains plus que leur capitaine, immobilisé, les mains derrière le dos, par un des hommes de Willan. Æsa rejoint en titubant Jacinta, étendue sur le pont, parfaitement inerte. Une plaie horrible à son cou, sans doute due à un coup porté par son adversaire. Sa robe autrefois brune a viré au rouge, la couleur du deuil, teinte par son propre sang.

« Non, s'étrangle Layla en saisissant une de ses mains inanimées. Ce n'est pas possible ! Pas elle ! »

Les yeux ouverts de Jacinta ne voient plus rien. La fière et féroce amie des Oiselles est réduite au silence et à l'immobilité.

Æsa ravale un sanglot.

« C'est fini. »

Jacinta lui avait bien dit qu'elle ne rentrerait probablement jamais à Simta. Savait-elle que le destin la condamnait à mourir de cette manière ? Cette possibilité ne l'a pas empêchée de se battre de tout son être, avec un courage inaltérable. Æsa aimerait tant pouvoir la rappeler, la ramener chez elle.

Elle se tourne vers Layla, dont elle caresse la chevelure sombre.

« Laisse-moi m'en occuper. Emmène les filles en bas pendant qu'on vérifie qu'il n'y a plus de danger ici. »

L'oisillon obtempère en essayant d'essuyer ses larmes. Æsa ferme les yeux de Jacinta puis se relève. La tête lui tourne de nouveau, mais Willan est là pour l'empêcher de tomber. Ils restent un instant immobiles, tout proches l'un de l'autre, silencieux, puis il lui presse les lèvres contre la tempe. La tête nichée dans le creux de son cou, elle laisse échapper un sanglot, un seul. Enfin, elle inspire avidement, par deux fois, repoussant le chagrin. Elle aura le temps d'y céder plus tard.

« Où est-il ? demande-t-elle en s'écartant de son compagnon. Le Trellien. »

Willan l'entraîne jusqu'à la proue. Le bateau a beau être en ruines, il est toujours à flot. Elle s'efforce de détourner le regard des corps qui jonchent le pont et des vivants qui pansent leurs plaies. Ils se touchent le front sur son passage en signe de respect, d'adoration. De son côté, elle fixe le prisonnier, pieds et poings liés, à présent. Kadeel reste posté près de lui à le surveiller d'un œil noir. Le captif est livide, dans ses vêtements luxueux maintenant pleins de sang.

« Une si jolie petite chose, croasse-t-il. Je n'aurais pas cru qu'il y ait tant de violence en toi.

— Si tu réponds à mes questions, elle peut en rester là », répond Æsa, bien décidée à ne pas détourner les yeux.

Il tousse, une toux humide, puis crache du sang sur le pont.

« Je ne réponds pas aux galgrènes. »

Le même mot que tout à l'heure, chargé d'un immense mépris. Que peut-il bien signifier pour cet homme ? Elle s'accroupit et le prend par le poignet.

« Tu n'as qu'une envie : répondre en toute franchise à nos questions. Ça te ferait davantage plaisir que n'importe quoi d'autre au monde. »

Sa magie affaiblie rend difficile son emprise sur les émotions du Trellien, qu'elle cherche à manipuler contre sa volonté. Les mains du prisonnier se mettent cependant à trembler.

« Qui est ton roi ? reprend-elle.

— Joost Tharda, fils de Djorn et souverain de Trellane. »

Ce nom lui est totalement inconnu.

« Quels sont ses plans en ce qui concerne Simta ? » Le captif se tortille, haletant, luttant contre son influence. « Il a l'intention d'envahir la cité ?

— Oui, grimace-t-il.

— Pourquoi ?

— Pour s'emparer des sorcières. Il veut amener l'éclat de la magie sur nos rivages. »

Une fois de plus, la vision des navires aux voiles rouges et de la fille enchaînée s'impose à Æsa. Elle frissonne.

« Quand compte-t-il passer à l'attaque ?

— Bientôt, galgrène. Très bientôt. Tu ne peux l'arrêter. La pershane ornera sous peu ton joli cou. »

Le Trellien ajoute quelque chose qu'elle ne comprend pas ; on dirait presque qu'il chante. Suit un modeste craquement de verre brisé. Il convulse, l'écume aux lèvres, une salive noire ruisselant sur son menton.

Willan jure, avant d'expliquer :

« Il a mangé une perle de verre. »

Il y a de cela des mois, le client de Sayer a mis fin à ses jours de la même manière pour éviter de livrer ses secrets. Les épouvantables halètements étranglés de l'agonisant occupent un moment tout l'espace, puis le silence s'installe. Pourtant, les dernières paroles du prisonnier résonnent toujours aux oreilles de ses auditeurs, effroyablement lourdes.

« Tu sais ce qu'il a dit, Kadeel ? » demande enfin Willan.

Le marin gratte son menton barbu.

« Mon trellien est rouillé, mais c'était un truc du genre : *Le serpent est dans le nid, enroulé, prêt à frapper.* »

Qu'est-ce que ça peut bien signifier ? Æsa l'ignore, mais une chose est sûre : les amis qu'elle a laissés à Simta courent des dangers plus grands encore qu'elle ne le pensait.

PARTIE 4

RÉDUIRE EN CENDRES

HESTER :
Et que vaut donc ce trésor si fascinant ?

FASTEN :
Pour le payer, il va falloir m'appartenir.

HESTER :
Mais, cher Fasten, nul ne saurait me retenir !

FASTEN :
Des choses sans prix se vendent
pourtant au plus offrant.

– Acte Premier, scène 5 des *Comédies simtanes*

CHAPITRE 19

MARÉE MONTANTE

Un sourire fixe aux lèvres, Matilde agite la main à l'intention de la foule rassemblée sur les rives du canal. Il est hors de question ce soir de perdre, ne serait-ce qu'une seconde, son air radieux. Accompagnée de son fiancé, elle se rend en bateau dans l'arrondissement du Griffon, où ils vont assister à une représentation théâtrale. Les flots qui les portent sont tumultueux, à cause de l'Alta Dai – la Marée Haute qui, une fois l'an, gonfle au maximum les eaux de Simta. L'inondation qui en découle pose parfois de gros problèmes, mais Marée-Haute n'en reste pas moins une époque de fête. Les rôles s'inversent, les pauvres devenant maîtres de cérémonie et les seigneurs de Grande Maison dansant aux bals avec les filles de cuisine. Tout peut arriver.

Matilde plonge les doigts dans l'eau en pensant à Æsa. Partager ces festivités avec la fille de l'eau aurait été merveilleux. Quel dommage qu'elle ne soit pas là, à la place de Dennan.

Assis près de sa promise, il arbore une tenue toute simple, telle que pourrait en porter n'importe quel marin en permission. Cet accoutrement plébéien est censé lui attirer la sympathie populaire. Les Simtans qui contemplent leur suzerain depuis la berge du canal agitent la main, eux aussi. Il leur rend la pareille, déclenchant les acclamations. Le peuple aime son prince bâtard, malgré les rumeurs qui l'accusent d'avoir tué sa sœur. Bien sûr, les sommes colossales qu'il a dépensées pour les festivités de Marée-Haute l'y ont aidé. Grâce à sa générosité, les stands de citrine et de vin dispensent gratuitement leur marchandise dans les quatre arrondissements, en musique, car les orchestres sont légion. Le mécénat de Dennan s'étend jusqu'à la plupart des troupes de théâtre qui se produisent à travers la cité. Il veut que Simta se présente sous son meilleur jour à l'arrivée des invités au mariage. De son côté, Matilde constate avec plaisir que les rues encombrées débordent d'animation, mais quelque chose dans l'air la fait grincer des dents.

« Ne vous éloignez pas de moi, lui dit son compagnon en faisant signe à un groupe de femmes qui hurlent son nom. Je ne veux pas qu'on se retrouve séparés. »

Comme si elle risquait de s'échapper, avec tous les gardes dont ils sont entourés.

« Je ne suis pas une oie blanche. Je n'ai pas besoin de protection.

— Il n'empêche que je veux être sûr de votre sécurité. »

Elle refrène son agacement. Après tout, c'est elle qui a insisté pour qu'ils se rendent à la représentation. Comment ses concitoyens pourraient-ils lui accorder leur confiance si elle ne s'aventure jamais parmi eux ? a-t-elle argué. Comment pourraient-ils se réjouir de leur mariage s'ils ne les voient jamais côte à côte, Dennan et elle ? Elle ne mentait pas, à proprement parler, même si elle avait une autre raison de vouloir quitter le palais. Le fait est qu'elle se sent à présent légèrement claustrophobe, enfermée dans ses murs.

La nuit où elle s'est introduite en compagnie d'Alec dans l'église d'Augustain, elle a réussi à regagner discrètement ses appartements sans que personne n'en sache rien. Mais le lendemain, le Pontifex a répandu la nouvelle de la violation du sanctuaire. Les Surveillants sont dorénavant en état d'alerte maximum et les paters ont déchaîné leurs imprécations contre la coupable – une sorcière, forcément. Heureusement, ils ne sont pas informés de la capacité de Matilde à modifier son apparence. Ils ignorent que c'est elle qui a joué les voleuses. Elle a assuré qu'elle n'y était pour rien à Dennan, qui a fait mine de la croire, mais elle s'est aperçue ensuite que des choses avaient changé de place dans sa chambre, comme si quelqu'un l'avait fouillée. Depuis, les portes des appartements des Dinatris sont gardées la nuit, ce qui l'empêche de sortir. S'échapper est devenu chose impossible. Elle en est réduite à envoyer des messages par l'intermédiaire de la femme de chambre à qui elle fait le plus confiance.

Mais elle a beau écrire chaque jour à Alec, ses missives restent sans réponse. Comment peut-il considérer qu'il n'a rien de plus à lui dire ? Leta, elle, a répondu – une seule fois, en code – pour l'informer qu'entretenir une correspondance serait trop dangereux, compte tenu de la surveillance étroite exercée sur son manoir. Elle ajoutait que les Étoiles Noires n'ont toujours pas trouvé le repaire de la Main Rouge : Dorisall s'est purement et simplement volatilisé. Aucun progrès non plus en ce qui concerne Wyllo Regnis, le Sucre ou les disparues.

Le jour, Matilde se livre aux derniers essayages de sa robe de mariée et discute en famille des plans de table du banquet. Elle se dit et se répète que cette union constitue la meilleure manière d'écarter tous les dangers et d'arranger les choses, mais une once de panique se glisse dans ses mantras. La nuit, elle se consacre au journal de Delaina, dont elle a dévoré la moindre page. Il y est question des guerres menées par les Oiselles Sauvages d'antan, de la manière dont elles partageaient les flots et faisaient trembler les montagnes. De l'immensité, la vastitude, de leur magie.

Il ne parle qu'une fois des Oiselles liées par le cœur, dans un passage que Matilde a lu si souvent qu'il est resté gravé dans son esprit. Une flotte tekane a un jour attaqué l'Eudéa, une armada si immense que ses voiles s'étiraient par-delà l'horizon. À en croire l'Église, un des Eshamein l'a détruite, mais Delaina raconte une tout autre histoire. D'après elle, quatre Oiselles Sauvages se tenant par les mains ont réussi à combiner leurs éléments. *L'une des quatre a attiré en elle tout leur pouvoir de manière à le canaliser. Leur magie, mêlée et accumulée dans son sein, est devenue une, indivisible. Elle s'en est servie pour réduire en cendres les vaisseaux, mais il a fallu qu'elle en paie le prix. Pareil pouvoir nécessite un sacrifice. Leur magie conjuguée l'a brûlée, elle aussi.*

Qu'est-ce que ça veut dire au juste ? Matilde n'arrête pas d'y penser. D'imaginer ces quatre filles combattant une puissance étrangère.

Le petit bateau heurte le quai, la tirant de ses réflexions. Ils sont arrivés. Les gardes amarrent l'embarcation, puis son fiancé l'aide à mettre pied à terre dans l'arrondissement du Griffon. Ils se joignent à la foule animée. Les gens les regardent avec des yeux ronds et les montrent du doigt en chuchotant pendant qu'ils se dirigent vers la Trille. Leur escorte s'est séparée pour les entourer d'un cercle attentif. Les Surveillants omniprésents ouvrent l'œil, à la recherche d'éventuels contrevenants à la loi. Mais qu'en est-il d'En Caska Dae ? Les fanatiques se dissimulent-ils parmi les fêtards, à la recherche de filles de magie ? Et celles-là même sont-elles ici, à attendre Matilde ?

Dennan lui prend la main.

« N'oubliez pas de sourire. À vous voir, on croirait que vous avez une rage de dents. »

Elle aimerait se dégager, mais il n'en est pas question devant un tel public. Mieux vaut agiter sa main libre en souriant, en effet.

Une scène a été montée à la Trille, le plus vieil amphithéâtre en plein air de la cité. Malgré les gradins bondés, deux fauteuils luxueux attendent, inoccupés, sur l'estrade réservée aux invités d'honneur. Dennan et Matilde y seront exhibés au vu et au su de tous.

Les têtes se tournent vers eux quand ils prennent place. Les spectateurs sont représentatifs de la population simtane, de ses vendeurs de citrine, ses petites fleuristes, ses alchimistes. Les visages trahissent des émotions variées à la vue de Matilde : révérence, peur, saisissement, dégoût. Curieusement, elle trouve ces regards plus difficiles à supporter que ceux des nobles lors de la réception sur le toit du palais. Peut-être parce que les gens du peuple lui rappellent la mère de Phryne.

Enfin, le maître de cérémonie s'avance sur scène d'une démarche majestueuse. Sa troupe jouant ce soir les *Comédies simtanes*, il arbore le costume bleu caractéristique de Festen, y compris le haut-de-forme en velours. Sa moustache s'agite quand il sourit.

« Bonne soirée à toutes et tous, tonitrue-t-il. Et joyeuse Marée-Haute. Puissent ses eaux vous rassasier. »

Le public connaît la réponse adéquate :

« *Et puisse votre coupe se remplir.*

— Avant le début de la représentation, j'aimerais remercier le mécène grâce à qui cette soirée est possible, ainsi que les consommations gracieusement offertes dont vous vous régalez. »

Quelques applaudissements. Qui redoublent quand le comédien montre d'un grand geste du bras l'estrade de Matilde et Dennan.

« L'idée est de ma dulcinée, lance ce dernier en reprenant la main de sa compagne. C'est à elle que vous devez vos remerciements. »

Les spectateurs applaudissent derechef en poussant des vivats, moins forts cependant qu'en son honneur à lui. La jeune femme croit même entendre quelques huées. Toutefois, le maître de cérémonie la gratifie d'une révérence.

« C'est un honneur, notre dame du feu », affirme-t-il de l'air le plus sincère. Elle le remercie d'un signe de tête. « Nous feriez-vous l'honneur plus grand encore d'être notre reine, ce soir ? » demande-t-il alors, d'un air cette fois malicieux.

Elle se fige. C'est toujours une spectatrice qui incarne la reine, mais il s'agit en principe d'une jeune ouvrière, pas d'une fille de Grande Maison. À quel jeu joue cet homme ?

Dennan se penche vers elle, certainement prêt à lui déconseiller d'accepter.

« J'en serai ravie », déclare-t-elle d'une voix forte, sans le regarder.

Sur ces mots, elle se lève pour gagner la scène, escortée de quelques gardes. Des spectateurs tendent les mains sur son passage dans l'espoir de la toucher – quelqu'un récite même tout bas une prière. Quand elle rejoint le maître de cérémonie, il la prend par la main, fait une fois de plus la révérence puis l'entraîne vers la tour où la reine se tient en permanence. Il s'agit d'un rôle muet, puisqu'elle se contente de suivre l'action en juge impassible. Matilde est parfaitement consciente de l'ironie qu'il y a pour elle à incarner une femme réduite au silence dans sa haute tour.

Le spectacle commence. Elle a assisté à de nombreuses représentations des *Comédies simtanes*, quoique jamais de ce point de vue avantageux. Fasten et Hester passent marché puis tombent amoureux l'un de l'autre, tout en sachant fort bien qu'il s'agit d'une très mauvaise idée. Un tissu de mensonges finit cependant par décider Hester à épouser quelqu'un d'autre. Fasten entreprend de se venger, avec l'aide de son ami Gulle, mais les choses dérapent de manière hilarante. Au fil de l'intrigue, les comédiens offrent inlassablement à la reine des fleurs, des étoiles en papier, des mouchoirs ensanglantés, des promesses. Matilde sait ce qu'elle est censée faire : rester immobile, muette et lointaine.

Mais au milieu du troisième acte, quelque chose d'inhabituel se produit. Gulle se lance dans une réplique qu'elle n'avait jamais entendue auparavant.

« Ce monde est cruel, acquiesce-t-il. Mes prières ne seront-elles donc jamais entendues ?

— Si seulement une Oiselle Sauvage nous venait en aide », renchérit tristement Fasten.

Les deux hommes se tournent vers la reine. Elle en a le souffle coupé.

« Mais Fasten, ces filles de magie se sont éteintes il y a fort longtemps, objecte Gullen.

— Non, mon garçon. Elles marchent parmi nous, emplissant de terreur le cœur de leurs ennemis. »

Un cri approbateur s'élève dans la foule. Quelques personnes agitent le poing en comprenant que la pièce a été modifiée. Les Surveillants postés autour de la Trille commencent à s'agiter. Dennan s'est figé dans son fauteuil.

Gulle danse maintenant d'un pied sur l'autre.

« La sorcière du feu a-t-elle vraiment réduit en cendres le magasin de l'alchimiste jaune ?

— Sottises ! rugit Fasten, les poings sur les hanches. C'est elle qui a dompté les flammes. »

Le jour où la boutique de Krastan a brûlé, les témoins de l'évènement regardaient Matilde de la même manière, à croire qu'ils se demandaient s'ils devaient la lapider ou chanter ses louanges. Aujourd'hui, elle voit un spectateur faire le signe des Eshamein tandis que d'autres baissent la tête avec respect.

« L'Église la qualifie de sorcière, insiste Gulle. De mauvaise femme dont nous avons tout à craindre.

— Écoute-moi bien. C'est une sauveuse. Un don du ciel que nous devrions chérir. »

C'en est trop pour les Surveillants. Certains se mettent à crier, apparemment prêts à se précipiter sur scène. Gulle et

Fasten regardent Matilde comme si c'était à son tour d'intervenir, mais qu'est-elle censée faire au juste ? Improviser un discours ? Déclencher un incendie ? Elle ne peut se permettre ni l'un ni l'autre. Sa magie frémit pourtant à fleur de peau, implorant d'être libérée.

Les deux hommes s'inclinent. Le rideau tombe. La musique enfle dans la fosse, signe que l'entracte a commencé. Fasten entraîne Matilde dans les entrailles des coulisses.

« Dépêchez-vous, dame du feu. Vous avez de la visite. »

Elle devrait exiger des explications ou refuser purement et simplement de le suivre, mais quelque chose au creux de sa poitrine la pousse à se hâter. Une sorte de chatouillis léger, ininterrompu. Elle trébuche tant elle se presse.

Fasten écarte un autre rideau, plus modeste, pour l'introduire dans un vestiaire. Des costumes, tout de plumes et de paillettes, sont accrochés à de hautes glaces longilignes. Parmi ces accoutrements qui la dissimulent presque, attend une jeune fille encapuchonnée et masquée. Matilde ne l'en reconnaîtrait pas moins n'importe où.

Elles restent un instant figées, comme si elles craignaient de se rêver l'une l'autre.

« Quel subterfuge ! finit par lancer l'arrivante. Je vois que tu as bien retenu mes leçons. »

Les bras d'Æsa se referment sur elle.

« Matilde, tu m'as tellement manqué. »

Un instant, Matilde se contente de la serrer contre elle en essayant de retenir ses larmes. Leurs magies s'entrelacent, flots et flammes, doux soulagement. Mais la certitude du danger s'insinue entre elles. Elle recule, le cœur battant la chamade.

« Que fais-tu là, par les profondeurs obscures ? » N'importe quel Simtan est capable de reconnaître la sorcière des mers. Les Surveillants l'arrêteront dès qu'ils la verront. « C'est dangereux. L'Église a toujours un mandat d'arrêt contre toi.

— Peu importe. J'ai des choses à te dire. »

Æsa chuchote quelques mots à Festen, qui hoche la tête et repart. Elle ôte alors son masque. C'est bien Æsa, oui, mais… changée. Matilde se souvient d'elle acceptant de se livrer à la Main Rouge, les épaules voûtées, recroquevillée par la défaite. Alors que, dorénavant, elle a l'air prête à se battre.

La jeune aristocrate ouvre la bouche, prête à l'assaillir de questions, mais son amie la prend de vitesse.

« Les Trelliens vont envahir Simta. »

L'avertissement laisse une seconde Matilde sans voix.

« Pardon, quoi ? balbutie-t-elle en recouvrant l'usage de la parole.

— Joost, le roi de Trellane. Il dispose d'une flotte très puissante. Trop nombreuse. Je ne sais pas quand elle va arriver au juste, mais bientôt. Très bientôt. »

Matilde souffle un bon coup. « Comment le sais-tu ? »

Æsa baisse la voix et répond dans un murmure pressant :

« Willan et son équipage nous ont ramenées en bateau. Les oisillons… » Elle déglutit. « Jacinta et moi. Un navire des Lointains nous a attaqués en mer. Son équipage savait que j'étais à bord du *Tempête*. Le roi Joost avait envoyé ces hommes capturer la sorcière des mers. »

L'estomac de Matilde se noue.

« Par l'enfer ! Est-ce que les oisillons vont bien ?

— La plupart, oui. Nous sommes passées à un cheveu de la capture, mais finalement, nous sommes venus à bout des Trelliens. » Æsa détourne les yeux. « Nous avons réussi à en interroger un. Il nous a dit que Joost voulait envahir Simta à cause de la magie. Pour s'emparer des filles de magie. Ce barbare nous appelait les *galgrènes*. »

Matilde frémit.

« Quel mot horrible !

— Qu'est-ce que ça veut dire ?

— Les belles enchaînées. » Il s'agit de la catégorie d'esclaves la plus prisée de Trellane, exclusivement composée de femmes. Si Joost s'imagine que Matilde va le laisser imposer cette coutume à Simta, c'est un sombre imbécile. « Le marin vous a avoué tout ça ? »

Un silence, tonitruant et dense.

« Une partie. Mais je l'ai vu, aussi. Il m'arrive de voir l'avenir. »

Matilde sursaute à cette révélation. Autant qu'elle le sache, ce genre de visions était réservé à Jacinta. Il est vrai que cette dernière a dit un jour dans le monde souterrain qu'Æsa et elle se ressemblaient comme deux gouttes d'eau. Était-ce de cela qu'elle voulait parler ?

« Depuis quand ? »

Une expression familière se dessine sur les traits d'Æsa : la culpabilité.

« Avant notre soirée au Club des Menteurs. J'avais vu Tenny t'embrasser et le lustre exploser. Mais je croyais que c'était un rêve. »

En d'autres termes, plusieurs mois auparavant : à l'époque où elles étaient encore Oiselles de Nuit. La rancune flambe en Matilde, haute et claire.

« Franchement, Æsa ! Je croyais qu'on s'était promis de ne plus avoir de secrets les unes pour les autres. Mais je suppose qu'on était sœurs, quand on en a parlé.

— On l'est toujours, proteste Æsa, visiblement bouleversée. Pourquoi crois-tu que je sois revenue ? Sur Illan, j'ai eu une vision de ce qui va arriver. Je n'allais pas vous laisser vous battre toutes seules. »

Matilde ferme les yeux et inspire à fond. Elles n'ont déjà que trop de problèmes à régler, mais celui-là a l'air de taille à engloutir tout le reste.

« Il a fallu abandonner le bateau, reprend Æsa. Il était en ruines. Nous avons réquisitionné celui des Trelliens et avons fait voile jusqu'ici le plus vite possible. Willan m'a débarquée près du Cou avec les oisillons. Les filles sont rentrées chez elles et je suis venue te prévenir. Willan et son équipage ont découvert à bord des documents qui indiquent plus ou moins où la flotte trellienne doit jeter l'ancre. Il va voir s'il arrive à en apprendre davantage. »

Que faire ? Matilde peut prévenir Dennan, ou essayer d'agir à son insu. Elle cherche à déterminer quel mouvement opérer parmi les différentes possibilités qui s'ébauchent dans son esprit.

« Une chose est sûre, affirme la visiteuse en lui prenant les mains. Il va falloir qu'on s'unisse toutes les quatre pour les arrêter. Je l'ai vu. »

Une fois de plus, Matilde se souvient des quatre Oiselles Sauvages dont Delaina parle dans son journal.

« Sayer et Fen ne sont pas à Simta. Elles ont quitté la cité.

— Quoi ? » Æsa a l'air réellement inquiète. « Où sont-elles, alors ? »

Matilde sent ses épaules se voûter, soudainement fatiguées du fardeau qu'elles supportent depuis des mois.

« Oh, Æsa. Je ne sais pas par où commencer… »

Elle se prépare néanmoins à entamer son récit quand le rideau s'écarte. Dennan est là, parfaitement maître de lui. La jeune fille sent son poil se hérisser, ses mains se mettre à brûler.

« Mademoiselle Æsa, dit l'intrus d'une voix soyeuse. Je suis enchanté de vous revoir. »

Il entre sans hésiter, malgré l'exiguïté du vestiaire. Le regard qu'il rive sur Æsa est aussi ardent que le rayon d'un phare, et presque aussi aveuglant. Il s'approche d'elle pour lui prendre la main. Depuis combien de temps était-il là, à espionner les deux filles ? Qu'a-t-il surpris de leur conversation ?

« Je suppose que vous avez entendu la nouvelle ? déclare Matilde, d'une voix qu'elle contraint à un calme absolu.

— Une invasion », acquiesce-t-il.

Il a donc tout entendu. Y compris le nom des autres Oiselles.

« Merci d'être venue nous prévenir », ajoute-t-il, à l'intention de la visiteuse.

Pas *nous*, se retient de riposter Matilde. *Moi*. Mais le temps manque pour ce genre de choses.

« Il faut annuler le mariage, dit-elle à la place.

— Quel mariage ? » s'étonne Æsa, les sourcils froncés.

Dennan agite vaguement la main entre Matilde et lui.

« Le nôtre. »

Elle en reste bouche bée. Apparemment, une union pareille ne figurait pas dans ses visions.

« Il n'est plus possible d'organiser la cérémonie, reprend Matilde. Pas avec l'invasion qui s'annonce. Il faut tuer la menace dans l'œuf avant qu'elle ne puisse nous atteindre.

— Non. » Le regard de Dennan est à présent aussi lointain que lorsqu'ils jouaient autrefois ensemble, envisageant les différentes actions qu'il pourrait faire. « Il est trop tard pour annuler. La plupart des invités sont déjà arrivés. Tout est prêt. Si nous changeons d'avis maintenant, le peuple pensera que nous ne sommes pas sûrs de nous et nos ennemis que nous avons peur. Y compris les Trelliens. »

Matilde secoue la tête.

« Pas question que je sourie gracieusement et que je prête serment sous les yeux d'un roi qui a l'intention de me mettre en laisse. »

Dennan baisse la voix.

« Écoutez. Je connais Joost. Il est venu en visite à Simta quand nous n'étions encore que des enfants. À l'époque déjà, la magie l'obsédait. Il est plein de convoitise. Et, en ce moment, il nous estime vulnérables. S'il est décidé à attaquer, rien ne pourra l'en dissuader. Il vaut mieux ne pas dévoiler nos cartes.

Laissons-le croire que nous ne savons rien pendant que nous nous préparons au combat.

— Mais vous allez tout de même prévenir la Table ? insiste-t-elle.

— Oui. Malheureusement, nous n'avons aucune preuve. Donc elle se méfiera. La guerre coûte cher, et ces messieurs ne voudront jamais payer s'ils n'y sont pas obligés.

— Je peux leur raconter ce que j'ai vu, propose Æsa. C'est une preuve suffisante, je pense.

— Et prendre le risque que vous retourniez aux Mâchoires ? Non. Pas question. » La nuance possessive qui s'est glissée dans la voix de Dennan hérisse le poil de Matilde. Il fait à présent les cent pas, les mains derrière le dos. « Nous n'avons pas besoin de la Table. Je vais prévenir mes capitaines en toute discrétion. Ils m'écouteront, eux. À vrai dire, une invasion pourrait tourner à notre avantage. »

Matilde croise les bras.

« J'ai du mal à voir comment.

— Rien de tel pour unifier une nation qu'un ennemi commun. Tout le monde se tournera vers nous, en quête d'un chef. Et puis je pourrai invoquer le droit d'*entre dicta.* »

Æsa fronce les sourcils.

« Le quoi ? »

Matilde, elle, n'a pas oublié ses cours d'histoire.

« *Le droit de diriger*. Le suzerain peut l'invoquer si l'Eudéa est attaquée. Ça lui permet de prendre des décisions rapidement, sans avoir à consulter la Table. Il devient de fait souverain incontesté du pays et chef des armées.

— De cette manière, nous pourrions prendre le contrôle de la cité, vaincre l'ennemi et nous prévaloir du pouvoir absolu, acquiesce Dennan. Si nous jouons bien nos cartes, nous n'aurons même pas à y renoncer ensuite. »

Elle comprend à présent sa ferveur ; sa tactique.

« Vous profiteriez de l'occasion pour vous faire roi. »

Il pose sur elle des yeux brûlants.

« Et vous seriez ma reine. »

S'ensuit un silence tendu. Le regard inquiet d'Æsa oscille entre eux. La main de Matilde cherche son médaillon… sans le trouver.

« Je vais entreprendre de rassembler la flotte, reprend Dennan. Æsa, avez-vous la moindre idée de la direction d'où vont arriver les Trelliens ? »

La jeune Illish pose sur lui ses yeux écarquillés, pleins de méfiance. Matilde se sent tout aussi hésitante.

« Du nord, répond cependant Æsa. Du côté de la pointe de Fennis. Mon ami Willan et son équipage sont partis par-là pour essayer d'en apprendre davantage.

— Très bien. Leur marine a beau être puissante, la nôtre est de taille à l'affronter, du moment que nous savons où la trouver. Rentrons au palais. Il faut que vous rappeliez Fen et Sayer à Simta pour qu'elles se préparent, elles aussi. »

Toutes les alarmes de Matilde se déclenchent simultanément.

« Qu'elles se préparent à quoi ?

— Au combat. »

Elle a déjà vu Dennan arborer une pareille expression : celle de l'homme prêt à tout pour obtenir ce qu'il veut, quelles qu'en soient les conséquences. Une onde de peur la traverse.

« Nous ne sommes pas des soldats, Dennan. Il ne suffit pas de nous sangler dans des uniformes et de nous envoyer faire la guerre. »

Il écarte ses inquiétudes d'un simple geste de la main, comme il le ferait d'un papillon de nuit importun.

« Tout ira bien. Je vous protégerai. Vous montrerez à la cité de quoi vous êtes capables, à vous quatre. Imaginez : les Oiselles Sauvages et le suzerain sauvant Simta. La population nous adorera. »

Il a l'intention d'utiliser les filles tels des outils, des armes – ses armes à lui. De leur passer au cou une laisse d'un autre genre. Mais que dire ? Que faire ? Matilde se tourne vers Æsa… qui n'a apparemment pas plus de réponses qu'elle à ces questions. Si seulement elle ne se sentait pas aussi dépassée !

WILLAN DIRIGE SA longue-vue vers l'horizon. Il faut qu'il regarde en avant, pas en arrière, mais il trouve difficile de ne pas se tourner vers Æsa, même s'il sait qu'elle est hors de vue. Il en va ainsi depuis la nuit où il est entré chez le Rossignol. Ce souvenir est ancré dans sa mémoire : la jeune fille recroquevillée près de la cheminée, les yeux clos, les mains enfouies dans les cheveux. Et pourtant, pleine de force, de loyauté, de passion – il le *sentait*. En ce qui le concerne, elle a toujours brûlé comme le feu d'un phare dans une nuit tempétueuse. Maintenant encore, il ne peut se retenir de chercher sa lumière.

« Un peu plus de toile », crie-t-il.

Ce qui reste de son équipage s'empresse d'obéir. Les hommes escaladent le gréement, desserrent des nœuds, et les voiles se déploient, s'ouvrent dans un claquement en prenant le vent. Il laisse échapper une longue expiration quand le navire se balance sous son corps. Le drakkar a beau être d'une agilité de fauve, Willan ne se sentira jamais aussi à l'aise à son bord que sur le bateau paternel. Abandonner le *Tempête* lui a brisé le cœur. Si seulement son père pouvait le voir maintenant ! Le jeune homme se demande ce que le puissant Serpent penserait de la conduite de son fils, qui cherche une flotte ennemie sans avoir rien prévu dans le cas où il la trouverait. Mais, en réalité, il sait parfaitement ce que dirait le vieux pirate : *Ne joue pas les héros, mon garçon. Ils connaissent toujours une mort prématurée.* Peu importe. Willan ne laissera personne enchaîner sa bien-aimée ni aucune des autres filles d'ailleurs. Il est prêt à tout, absolument tout, pour empêcher une chose pareille.

Et dire qu'Æsa se rend à Simta sans lui. Tomber amoureux d'elle n'était pas un choix ; l'aimer, en revanche, si. Il referait le même n'importe quand, et avec joie, malgré le danger. Peut-être va-t-elle y croire aussi, maintenant qu'il l'a laissé partir. Ses doigts se posent sur le papier qu'elle lui a pressé dans la main avant qu'il ne la débarque. Il n'a pas besoin de le déplier pour savoir ce que dit le court message.

Quoi que nous réserve le destin, je veux l'accueillir en ta compagnie, Willan. Alors, je t'en prie, reviens-moi dès que possible.

Il se battra bec et ongles pour accomplir ce qu'elle lui demande. Il bravera les pires tempêtes pour la rejoindre.

CHAPITRE 20

PRÉDATEURS

Sayer se glisse entre les roseaux, les écartant sans bruit. L'eau lui arrive à la poitrine, si transparente qu'elle distingue le fond vaseux du bras d'eau, mais elle se retient de chercher à y distinguer des crocs jaunâtres.

« Il n'y a pas d'alligators, lui chuchote Fen, qui lit manifestement dans ses pensées. D'après Seleese, ils ne s'approchent pas autant de la côte.

— Tant mieux. Parce que je n'ai pas spécialement envie de faire leur connaissance.

— Toi et moi, Tig... C'est nous les prédateurs, aujourd'hui. »

La Renarde a l'air très sûre d'elle, mais sa compagne sait ce que cette petite promenade pourrait lui coûter. Fen vient juste de triompher de son addiction au tue-magie, et les malandrins dont elles s'approchent en cachette disposent d'une tonne de cette maudite plante. Que va-t-il se passer, s'ils s'en servent contre elles ? *Unies en ombres complices, tu te rappelles ?* a dit la Tournepierre à Sayer en lui prenant la main, dans le nid de couvertures qu'elles s'étaient installé sur le bateau de Seleese. *Je t'accompagne.* Si seulement elle avait forcé Fen à rester avec le clan !

La transaction se déroule près de la côte, où quelques ruisseaux se jettent du Callistan dans la mer des Méduses. Il est plus facile d'accéder aux bois par ici que par Sarask, à condition de connaître l'enchevêtrement des bras d'eau. D'autant plus si un Sythien est disposé à vous servir de guide. Sayer distingue d'ailleurs une barge sythienne devant elle, amarrée à un bateau plus imposant, dont dépasse une rangée de rames. Elle a vu ce genre de navire caboter le long de la côte simtane : leur coque tout en longueur signifie qu'ils sont aussi adaptés à la navigation au-dessus des hauts-fonds marins que dans les étroits chenaux de ce genre, encadrés par la jungle. Celui-là serait bien incapable de repartir rapidement. Tant mieux.

Les troupes de Seleese attendent le signal de la jeune fille à proximité, hors de vue. Elles ne voulaient pas arriver à la nage. D'après Rafe, c'est très bien pour les illimnées, mais les Sythiens en général n'aiment pas polluer ce qu'ils considèrent comme les eaux sacrées de la Source. Sayer comprend pourquoi, maintenant ; ou plutôt, elle le sent. L'espèce de bourdonnement qui la chatouille depuis son arrivée dans la région gagne en force dans l'eau, véritable vibration assez brutale pour lui faire mal aux dents.

Fen et elle progressent lentement, très lentement, vers le navire puis s'immobilisent derrière le dernier bouquet de roseaux qui les en sépare. L'océan est si proche que le couvert se réduit, mais le soleil se lève à peine. Il ne fait pas suffisamment jour et quelques lanternes brûlent encore à bord. Les capes gris pâle des passagers luisent littéralement à cette lumière.

Sayer attrape sa compagne par le bras. *Caska,* articule-t-elle sans produire le moindre son. Rien d'étonnant à cela, mais elle n'en a pas moins envie de casser quelque chose. Ces fanatiques n'ont rien à faire ici, en ce lieu magique. Apparemment, quelques-uns patrouillent autour du pont, l'arbalète dirigée vers la jungle. Pourvu qu'il ne leur vienne pas à l'idée de regarder plus bas...

Elle se mord la lèvre en jetant une fois de plus un coup d'œil à Fen : est-elle de taille pour cette épreuve ? Voyant son inquiétude, la Renarde répond d'un hochement de tête à cette question informulée. La magie qui les unit fourmille entre elles, vent et terre. Si Fen s'estime prête, Sayer lui fait confiance. Les deux filles inspirent longuement ensemble, puis se laissent couler et se mettent à nager au plus près du fond boueux du marais. La vase leur pique les yeux lorsqu'un banc de poissons leur file devant le nez, simples éclairs argentés. Il ne faut pas que la moindre bulle d'air leur échappe, car elle remonterait à la surface, où les Caska risqueraient de la voir. Impossible de s'arrêter avant d'atteindre le bateau.

Enfin, Sayer sort prudemment la tête de l'eau. Fen fend la surface près d'elle sans provoquer davantage qu'une simple ride. Le chenal étant trop profond à cet endroit-là pour qu'elles aient pied, elles continuent à nager, lentement, en serrant la poupe de près. Le flanc incurvé du navire devrait les dissimuler – tout juste – à ses occupants. Nul ne les verra, à moins de se pencher au-dessus du bastingage. Auquel cas... Eh bien. Un problème à la fois.

« Allez, lance quelqu'un à bord, on s'y met. Il faut repartir avant que la marée ne tourne. »

Autrement dit, il est temps pour Sayer d'endosser son déguisement. Elle appelle sa magie et regarde son corps se fondre à l'eau, aux feuilles, à l'air. Invisible. Son pouvoir lui est facilement accessible ici, surtout à proximité de sa meilleure amie. En principe, Fen doit saborder le bateau pendant que Sayer explore le pont. Déjà, la Renarde tire de ses vêtements la tarière que lui a confiée Seleese.

« Ne te montre pas, lui chuchote Sayer à l'oreille, quasi inaudible.

— Toi non plus. Et n'oublie pas. Je suis là. »

Elle inspire un bon coup puis se lance dans l'ascension de l'échelle de fortune – de simples barreaux de bois, fixés à la coque –, mais elle s'arrête dès qu'elle arrive assez haut pour voir ce qui se passe. Une dizaine de garçons s'activent à déplacer des caisses, tous en robe grise, sauf deux – vêtus de différentes nuances de vert et d'or. Sans doute des Sythiens. Ils n'ont pourtant pas l'air d'être les chefs, car c'est un Caska plus âgé qui mène la danse, pointant des choses ou des gens d'un doigt impérieux. Ni Wyllo Regnis ni la Main Rouge ne sont en vue. Sayer ne pensait d'ailleurs pas les trouver là : ils ont évidemment chargé leurs garçons de courses du sale boulot. Elle aimerait juste obtenir des preuves de leur implication et le maximum d'informations.

Les gardes passent. Elle grimpe sur le pont puis se glisse jusqu'à ce qui lui paraît être la cabine du capitaine. Déserte. La jeune fille pénètre du pas le plus léger dans la petite pièce, méticuleusement rangée : aucune lettre, aucune note abandonnée qu'elle puisse chaparder. Toutefois, elle s'aperçoit en se retournant qu'un manteau est accroché à une patère. C'est en lui faisant les poches qu'elle trouve une missive fermée par un cachet de cire bleue, estampé du loup des bois familier. Elle englobe les alentours d'un coup d'œil rapide avant de l'ouvrir puis la parcourt en diagonale. Il s'agit d'un document d'expédition signé de la main du propriétaire du bateau, dont le nom au bas du feuillet, même s'il est seulement écrit, la fait tout de même sursauter : Wyllo Regnis. À en croire ce papier, le navire transporte une cargaison de jinny – un roseau qui se fume – à destination d'une propriété du Waystrell. Par les chats infernaux. Est-ce là que la Main Rouge produit le Sucre ? Wyllo laisse-t-il réellement le fanatique utiliser sa maison de campagne pour fabriquer de la drogue ?

Un cri, sur le pont, fait sursauter Sayer ; sa concentration vacille. Ce n'est pas le moment de penser à son père, dont le châtiment approche. Elle fourre le document dans la bourse imperméable que lui a donnée Seleese et quitte la cabine.

« C'est tout ? demande le chef des Caska à un des Sythiens. J'en attendais davantage de toi. »

Le garçon tortille le col de sa chemise.

« On a du mal, vous savez. Il faut procéder à la cueillette sans que les autres clans s'en aperçoivent. Ils m'écorcheraient vif, s'ils savaient.

— Ils ne comprennent pas notre mission, déclare l'homme, radouci. Mais Marren, lui, voit le saint travail que tu accomplis et t'en récompensera.

— Merci, frère », répond le Sythien en se faisant sur la poitrine le signe des Eshamein.

Sayer s'approche à pas de loup d'une des lourdes boîtes, qu'elle ouvre en toute discrétion. Par les enfers ! La caisse *déborde* littéralement de tue-magie, dont l'odeur manque lui donner la nausée. Les feuilles sombres ont l'air empoissées de sève ; les bulbes des racines sont emballés avec soin dans de la toile de jute. Quelques autres plantes ont été mêlées à l'aconit magectone. Entrent-elles dans la composition du Sucre ? L'intruse se penche pour mieux les voir.

Une lumière apparaît soudain dans son dos : les deux Caska qui font la ronde approchent, avec leurs lanternes. Comme elle se trouve en plein sur leur chemin, elle bondit sur une des caisses fermées pour éviter qu'ils ne la heurtent.

« Tu ne devrais pas te plaindre », dit l'un, dont les sourcils se froncent à la vue de la boîte ouverte. Il pose sa lanterne sur le couvercle déplacé par Sayer. « Nous sommes en mission sacrée.

— Je sais. Mais j'espère qu'on va rentrer à temps pour le mariage. Ça m'embêterait vraiment de rater un évènement aussi historique. »

Elle fronce les sourcils, elle aussi. Sans doute parlent-ils du mariage de Matilde. Apparemment, la jeune aristocrate n'a pas annulé sa cérémonie de noce, malgré les baisers échangés aux Bains avec Alec. Sayer ne la comprendra jamais. Mais pourquoi un Caska aurait-il envie d'assister à la cérémonie ? Un type pareil ne peut pas figurer sur la liste des invités.

« La Main Rouge a raconté ce qui allait se passer à mon frère, continue le garçon, visiblement tout excité.

— Je ne te crois pas, riposte son compagnon. Qu'est-ce qu'il a dit ? »

L'autre se penche pour lui chuchoter à l'oreille, mais elle l'entend très bien. Un frisson lui descend la nuque telle une araignée. Puis quelque chose lui tombe dessus et se contracte aussitôt autour d'elle. Elle dégringole de sa caisse en se débattant pour se libérer. Les cordes qui l'entravent sentent l'algue et le poisson : un filet de pêche. Déjà, on la traîne sur le pont, à découvert.

« Bande d'imbéciles, lance le Caska qui l'a capturée. Vous avez laissé une sorcière s'introduire dans nos rangs. »

Un des garçons fait le signe des Eshamein.

« Mais comment se fait-il que vous l'ayez vue ?

— Je ne l'ai pas vue. J'ai repéré ses empreintes. »

Quelle idiote ! Sayer essaie de se retourner dans l'espoir de tirer son poignard, mais son adversaire tient bon. Alors elle en appelle à sa magie, agite l'air et lui donne le goût de la foudre, prête à étouffer s'il le faut tous ceux qui l'entourent. Mais le type se penche, l'empoigne à tâtons par le menton et s'empresse de lui appliquer une pâte répugnante sur la bouche. Du tue-magie. Son pouvoir s'évanouit, ainsi que son camouflage.

La voilà visible des Caska, qui rivent sur elle leurs regards haineux.

« Marren soit loué ! s'exclame l'un d'eux. C'est la sorcière des tempêtes ! Ça ne peut être qu'elle. »

Elle crache autant qu'elle peut, dans l'espoir de se débarrasser de la pommade. L'un des fanatiques sourit.

« Quel beau cadeau pour la Main Rouge. Il nous accordera sa bénédiction en remerciements. »

Elle se débat de toutes ses forces. Où est passée Fen ? Les deux Sythiens plantés derrière les Caska n'ont pas l'air enchantés.

« C'est une illimnée, murmure l'un en portant le poing à sa clavicule. Ça ne va pas plaire aux bois.

— En effet, acquiesce-t-elle en montrant les dents. Ça ne va pas leur plaire *du tout*. »

Puis elle siffle à pleins poumons. Le clan de Seleese passe immédiatement à l'attaque. Des flèches s'abattent de toutes parts sur le bateau, se plantant dans les caisses, le bastingage, les tonneaux. Les Simtans essaient de se mettre à l'abri, ripostent, se dispersent. Sayer se débat comme un beau diable, mais la poigne de celui qui l'a attrapée ne se relâche pas. Elle lui donne un grand coup de pied dans l'espoir de s'en débarrasser, le projetant en arrière. Malgré sa tentative d'amortir sa chute avec un bras, il s'écroule parmi les boîtes. La lanterne posée sur le couvercle de la caisse qu'elle avait ouverte tombe à l'intérieur, se brisant, et le tue-magie s'embrase d'un seul coup. Par les chats infernaux ! Il prend feu à une allure folle, même si l'un des Caska cherche à étouffer les flammes. La fumée soulève le cœur de Sayer. Heureusement que Fen n'est pas là, en fin de compte.

« Je tiens la sorcière ! crie le misérable qui s'est emparé d'elle, assez fort pour se faire entendre du clan de Seleese. Arrêtez de tirer ou je lui tranche la gorge. Je le ferai, je le jure. »

La pluie de flèches s'interrompt. Les caisses brûlent toujours.

« Ou tu la lâches, gronde une voix menaçante, ou tu es mort. »

Sayer ouvre des yeux ronds, bouche bée. Fen est là, juste devant le bastingage, ruisselante, le regard aussi aiguisé que le poignard qu'elle tient à la main.

« Une autre ! braille le fanatique. Emparez-vous d'elle !

— Va-t'en, Fen, implore Sayer. Je t'en prie. Le tue-magie… »

Le tue-magie va détruire la Renarde. Qui pourtant ne fait pas mine de bouger quand les Caska la mettent en joue.

Sayer ne sent plus aucune trace de son pouvoir en elle. Ce qu'elle sent, en revanche, c'est la fureur qui émane par vagues de son amie, une rage qui imbibe l'air environnant et à laquelle les bois réagissent, s'adaptent. La jungle montre les crocs, sort les griffes.

Les branches surplombant le bateau se balancent violemment pour frapper les fanatiques aux mains. La surprise et la douleur leur font lâcher leurs armes. Des plantes grimpantes aussi épaisses qu'un bras tombent des ramures. L'une d'elles s'enroule autour du bourreau de Sayer, dont les yeux s'exorbitent, le soulève puis le cogne contre un énorme tronc. D'autres l'y plaquent afin de laisser feuilles et épines le recouvrir d'une carapace étouffante. Il a beau se débattre de toutes ses forces, les bois sont fermement décidés à le dévorer. On dirait une mouche qu'une araignée emmaillote de son fil. Tous les Caska se retrouvent bientôt emprisonnés contre les arbres par des masses de verdure d'où seuls dépassent leurs visages.

Enfin, le tumulte s'interrompt. Fen est là, près de Sayer, tirant sur les mailles du filet.

« Ça va, Tig ? Il ne t'a pas fait de mal ?

— Tu n'aurais pas dû venir, croasse la captive. Le tue-magie. Tu aurais dû me laisser. »

Son amie lui touche la joue.

« Une promesse est une promesse, Tig. »

Mais l'heure n'est pas à la discussion. Le bateau brûle. Quelques membres du clan de Seleese y grimpent et entreprennent d'éteindre l'incendie… avec l'aide des deux Sythiens renégats. Des panaches de fumée huileuse ondulent autour d'eux. Sayer a atrocement mal au ventre, mais Fen… a l'air en pleine forme.

« Je ne comprends pas, balbutie Sayer, la gorge en feu. Comment se fait-il que tu aies réussi à utiliser ta magie ?

— Je ne sais pas », avoue la Renarde, l'air également déconcertée.

Elles se lèvent pour aider à maîtriser le feu en jetant des seaux d'eau sur les flammes jusqu'à ce que, enfin, il ne reste que des cendres. Cette cargaison de tue-magie ne parviendra jamais à la Main Rouge, mais l'appréhension de Sayer ne s'éteint pas pour autant. Pas après ce que le fanatique a murmuré sur le mariage censé se dérouler d'ici quelques jours.

Quand tout ça sera fini, la sorcière du feu sera à nous.

La vie à Simta est fort plaisante. Mes sœurs et moi jouissons le jour d'un confort relatif et consacrons nos nuits à recevoir ceux qui demandent à bénéficier du don des Oiselles de Nuit. Nous sommes en sécurité. Mais quand je pense à la magie que nous maniions autrefois, il m'arrive de trembler. Nous éclairions le chemin de tant d'autres ; nous étions une torche brandie face à la nuit. Alors que l'Église distord à présent nos légendes et nous salit de ses mensonges. Les paters nous accusent de tous les maux du monde. Ils réécrivent notre histoire et je suis impuissante à les en empêcher. Il est si facile de condamner les femmes de pouvoir.

– Extrait du journal intime de Delaina Dinatris,
une des premières Oiselles de Nuit simtanes

CHAPITRE 21

LES DERNIÈRES HEURES

« À l'avenir, lance Dennan.

— À l'avenir », répètent en écho les invités.

Matilde lève son verre, elle aussi. Des centaines de flammes se courbent, frissonnantes, tout autour de la salle de bal. Le feu prisonnier des lustres et des chandeliers vire du jaune à un blanc scintillant. Elle lui donne l'éclat des pierres de lune, suscitant gloussements et exclamations étouffées. Ce joli petit tour de magie leur rappelle ce dont elle est capable, sans toutefois leur faire craindre un quelconque danger. Puis elle relâche d'un seul coup son pouvoir.

Cris d'admiration et applaudissements l'entourent de nettement trop près. Elle s'y fraie un passage en distribuant autour d'elle sourires et signes de tête pour se rapprocher de Leta, postée près d'un miroir au cadre doré. Matilde y voit les centaines d'yeux fixés sur elle. La grande salle de bal déborde de la foule d'invités au mariage, venus dîner et danser au palais la veille de cet évènement. Toutes les régions eudéennes et nations de la carte ont dépêché des représentants. Et tous semblent attendre quelque chose d'elle. Les rires trop bruyants lui mettent les nerfs à vif.

« Vous êtes sûre de ne pas vouloir vous échapper à l'improviste ? lui demande Leta de derrière sa coupe. Je ne doute pas de pouvoir mettre quelque chose au point. »

Les invités harcèlent l'ancienne Madame Corneille de questions sans équivoque, souvent indélicates sur Sayer, à tel point que Matilde est surprise de la voir s'attarder à cette soirée.

« Vous avez toujours fait des merveilles pour rejeter mes prétendants. Je ne crois pas vous avoir jamais remerciée comme il se doit.

— C'est inutile, répond Leta en lui touchant le bras. J'étais censée vous protéger. Je regrette juste de ne pas avoir mieux rempli mon office. »

Matilde prend une inspiration revigorante. La présence de Leta lui fait plaisir, mais elle regrette l'absence de Sayer, avec qui elle se disputerait, d'Æsa, enfermée dans sa chambre… et même de Fen, qui lui proposerait peut-être de poignarder le diplomate dont le regard s'obstine à scruter son décolleté. Si ses amies étaient là, elle se sentirait peut-être plus forte.

« Vous avez toujours été très volontaire, reprend Leta, comme si elle lisait dans son esprit, en lui serrant la main. Ne laissez pas ce mariage vous changer. Ne vous inclinez jamais devant lui ni devant personne d'autre. »

Matilde lui serre la main en retour, la gorge nouée.

« Je n'en ferai rien, je vous le promets. »

Les musiciens entament un nouveau morceau. Dennan s'approche.

« Me ferez-vous l'honneur, mademoiselle ? » demande-t-il en lui présentant sa main.

Elle n'a aucune envie de danser, mais ils sont censés présenter un front uni. Le Vesten et l'Oiselle Sauvage. Un couple de pouvoir, avec qui on ne plaisante pas. Elle trouve de plus en plus difficile de porter ce masque-là. De se rappeler à quel jeu elle joue.

Il l'entraîne sur la piste de danse d'un pas souple et sûr. À le voir aussi détendu, jamais on ne croirait qu'il a passé les dernières nuits à se quereller avec la Table. Matilde a espionné la réunion de ce matin à travers la grille. Dennan n'y a pas parlé une seule fois des Trelliens. Lorsqu'elle l'a interrogé à ce sujet d'un ton accusateur, il lui a répondu qu'impliquer les notables dans cette histoire ne ferait que ralentir les préparatifs de la bataille. Lorsqu'elle a insisté pour qu'il laisse Æsa leur parler, il a refusé, prétextant qu'ils ne la croiraient pas. À vrai dire, Matilde le soupçonne de vouloir vaincre l'ennemi sans l'aide des autres seigneurs afin d'assurer à la fois sa propre ascension et leur chute. Elle pense aussi qu'il se refuse à partager Æsa avec eux. Elle n'aime pas non plus la manière dont Dennan semble répugner à laisser son amie s'éloigner de lui si peu que ce soit, à la perdre de vue.

« Vous êtes ravissante, dit-il. Comme toujours.

— Vous ne sauriez être d'un autre avis. » La robe qu'elle arbore ce soir est du bleu violet des yeux de son fiancé – une idée de Madame Mère, désireuse de montrer qu'ils sont assortis. « Je porte votre couleur.

— Elle vous va bien », affirme-t-il, souriant.

Vraiment ? À une époque, le regard de Dennan semblait de feu à Matilde, mais elle le trouve froid, à présent. En ce qui la concerne, il a perdu depuis longtemps son pouvoir de séduction.

Le jeune homme l'entraîne dans un grand tournoiement, la main au creux de ses reins.

« Je me rappelle lorsque nous assistions de loin à ce genre de soirée. Nous ne faisions alors que jouer, reprend-il. Mais regardez-nous, aujourd'hui. Nous sommes le centre de l'attention générale. »

L'estomac de Matilde se noue quand elle repense aux fêtes d'antan. Dennan représentait alors à ses yeux une énigme qu'elle résolvait lentement. Mais l'a-t-elle jamais réellement connu, si peu que ce soit ?

Elle distingue par-dessus l'épaule de son cavalier ses proches, qui les regardent d'un air ravi. La scène lui donne l'impression obsédante que l'histoire se répète. Il en allait déjà ainsi lors du bal d'ouverture de Leta la saison précédente, quand elle a dansé avec Tenny Maylon. Grand-mère lui souriait de la même manière, pleine de l'espoir de la voir convoler avec un prétendant convenable. Et, comme alors, Matilde est en proie à une grande agitation.

« Ça ne me plaît pas de danser et de festoyer alors qu'une armée fait voile vers nous, déclare-t-elle. Ce n'est pas bien.

— Notre flotte sera prête, n'ayez crainte », répond Dennan.

Il a organisé des réunions secrètes avec ses commandants pour les convaincre de ce qui les attend. Envoyé des patrouilles en exploration. Fait préparer les bateaux. Rien de tout cela n'apaise réellement les angoisses de Matilde. Elle pense sans arrêt aux révélations du marin capturé : le serpent est déjà là, bien au chaud. Pour ce qu'elle en sait, le roi trellien a des alliés dans la cité. Æsa n'a pas eu d'autre vision, ce qui signifie qu'elle n'en sait pas plus sur le moment où l'ennemi va frapper. Elle est sans nouvelles de son Faucon, qui devrait pourtant être de retour, et elle s'en inquiète, mais comment la rassurer ? Il n'est pas question de mentir.

« Tout de même, Dennan. Nous n'avons aucune idée de ce que Joost mijote pour notre mariage. Il vaudrait peut-être mieux le repousser. Il en est encore temps. »

Le silence les enveloppe un moment tandis qu'ils tournoient, une fois de plus. Les bras qui l'entourent font à Matilde l'effet d'une cage.

« Il est normal que vous soyez nerveuse, finit par déclarer son cavalier. Je m'y attendais. À moins que vous n'hésitiez à cause d'Alecand Padano ? »

Elle perd le rythme et manque trébucher.

« Pourquoi me demandez-vous une chose pareille ?

— Vous étiez très proche de ce garçon, autrefois. Je ne doute pas qu'il soit toujours épris de vous. Et vos missives indiquent clairement que vous l'êtes de lui. »

Dennan s'exprime d'un ton tranquille, comme lors d'une conversation banale. Des braises brûlantes s'allument dans la poitrine de la jeune fille.

« Vous avez intercepté mes lettres.

— Votre femme de chambre répugnait à les partager, mais je l'ai persuadée que votre sécurité était en jeu. »

Ainsi, elles ne sont jamais parvenues à destination. Un autre a lu les mots destinés à Alec, et à lui seul.

« Vous n'aviez pas le droit.

— Je suis au regret de vous contredire. » Les doigts de Dennan se crispent à sa taille. « Songez à ce qui se serait produit s'il les avait montrées à un journaliste ou si elles étaient tombées aux mains de nos ennemis. Notre union aurait eu l'air d'une farce. Je ne pouvais permettre une chose pareille. »

Malgré le calme avec lequel il s'exprime, la jalousie perce dans sa voix. Une sensation glacée glisse le long de la colonne vertébrale de Matilde.

« Apparemment, ce jeune homme fabrique des armes pour les Tournepierres, ce qui pose pas mal de problèmes aux Surveillants, poursuit Dennan. Ce serait un grand dommage qu'il soit arrêté. Un crime pareil le mènerait tout droit à l'allée du Gibet. »

Elle se raidit dans ses bras.

« Serait-ce une menace ?

— Je vous fais seulement remarquer la précarité de sa situation. En tant que suzerain, je pourrais l'aider. Et je le ferais, pour un vieil ami de mon épouse. »

L'orchestre a beau continuer à jouer, Matilde a l'impression qu'on lui a mis les fers aux pieds. Comment a-t-elle jamais pu se sentir en sécurité en compagnie de Dennan ? Comment a-t-elle pu ne pas voir leurs jeux pour ce qu'ils étaient : des pièges ?

« Il vous a embrumé l'esprit, je m'en rends parfaitement compte, ajoute-t-il d'un ton plus doux. Mais il ne faut jamais quitter l'objectif des yeux, Matilde. Votre vision doit être aussi large que la mienne. »

La sincérité avec laquelle il prononce ces mots donne envie de le croire. Il est tellement doué pour faire de sa propre vision, sa propre vérité, les seules au monde.

« Je sais que ce mariage est politique en ce qui nous concerne, mais j'ai réellement envie de vous épouser. Je l'aurais voulu, quelle que soit la situation. Je suis prêt à tout pour vous garder près de moi. »

Les yeux qu'il fixe sur elle sont aussi étincelants que le soir où il a assassiné sa sœur. La conviction absolue qui y brûle glace le sang de la jeune fille.

Les dernières notes du morceau s'éteignent, saluées par des applaudissements. Elle lutte contre l'envie de s'enfuir en courant, mais l'orchestre se remet à jouer sans lui laisser le temps de faire quoi que ce soit. Une main se pose sur l'épaule de Dennan.

« Excusez-moi, suzerain, lance l'importun avec un accent à couper au couteau. Puis-je danser avec votre demoiselle, moi aussi ? »

Dennan se fige, les lèvres serrées, manifestement prêt à refuser. Toutefois, Matilde aimerait prendre la mesure de cet homme.

« Avec plaisir, sire Joost. »

Elle laisse le roi de Trellane l'entraîner parmi les danseurs. Il est plus grand que Dennan, doté de longs doigts fins et d'une peau si pâle qu'elle en paraît presque incolore. Ses cheveux ras évoquent du givre sur une vitre de verre jaune.

« C'est un honneur pour moi, déclare-t-il. Quelle joie de faire enfin la connaissance de la célèbre sorcière du feu. Bien que, je l'avoue, je sois déçu de ne pas voir davantage de votre magie, ce soir. J'ai entendu des histoires si excitantes. »

Elle sourit, montrant les dents.

« Je vous assure que ce qu'on raconte sur mon pouvoir n'est nullement exagéré. Il m'est possible de brûler vif un homme d'une simple pensée. »

Joost n'en paraît pas effrayé le moins du monde. À vrai dire, il a plutôt l'air enchanté.

« Une arme puissante. Le suzerain a bien de la chance d'en disposer.

— Nul ne dispose de moi. Vous êtes loin de chez vous, sire. Vous oubliez qu'à Simta, nous n'avons pas d'esclaves. »

Il soupire.

« Les Eudéens ne comprennent pas nos coutumes. Vous voyez les galgrènes comme des esclaves, alors que nous sommes leurs protecteurs. Elles savent quel est leur rôle et en sont reconnaissantes. Certains sont faits pour commander, d'autres pour servir. »

Matilde refrène un frisson. Elle baisse la voix, veillant à en préserver la douceur.

« Ici, c'est moi qui commande, Joost. Et je détruirai quiconque essaiera de passer une pershane à une fille de magie. J'espère que vous ne l'oublierez pas. »

La main qu'elle presse contre la belle tunique verte de son cavalier s'échauffe. Les broderies sous sa paume commencent à fondre. Il va y avoir une marque de brûlure, mais elle ne reste pas pour la voir. Si elle ne s'en va pas immédiatement, elle craint de réduire ce type en cendres. Soudain, il fait trop chaud, dans la salle de bal. La tête lui tourne. Elle a désespérément besoin d'air.

Elle s'enfonce dans la foule, où les gardes censés veiller sur elle la perdent de vue, puis se glisse derrière un rideau. De là, il lui suffit de gagner un balcon, où elle parvient haletante. Sa magie s'agite en elle, réveillée par la colère. Si seulement elle pouvait la laisser couler à flots.

Elle reste un long moment immobile à respirer à fond, le regard perdu sur les Coins. Ils débordent en principe de petits bateaux – les embarcations qui transportent les gens à travers la cité –, mais ils ont disparu. Une énorme structure flottante occupe à présent le point de jonction des canaux principaux : le théâtre du mariage du lendemain. Les charpentiers de la cité ont mis deux semaines entières à construire cet ouvrage, mi-navire, mi-salle de bal. Le pont, assez haut pour être visible de partout, est désert à cette heure, quoique éclairé par des lanternes à papillons de feu. Le parfum entêtant des fleurs de verda et des lysailes tressées autour de ses balustrades parvient presque à Matilde.

Elle inspire à fond, encore et encore. *Demain matin, je me marie.* Si elle se le dit et se le répète assez, peut-être arrivera-t-elle à y croire. Comment a-t-elle bien pu laisser les choses en arriver là ? Elle s'est installée au Palais Ailé pour changer l'Eudéa de l'intérieur. Elle pensait qu'il n'existait pas d'autre moyen d'exercer un réel pouvoir, de détruire la cage où tant de gens cherchaient à l'enfermer. Mais la voilà ici et maintenant : une Oiselle Sauvage qui guette de derrière un paravent, pieds et poings liés, réduite au silence. Et des hommes qui ne voient en elle qu'un outil se la passent l'un à l'autre sur une piste de danse.

Elle ferme les yeux. *Qu'est-ce que tu veux, toi ?* lui a demandé Alec. Elle veut ce qu'elle a toujours voulu : choisir son propre chemin. Mais Dennan l'a prévenue qu'il ferait du mal à Alec si elle ne l'épousait pas comme prévu. Il connaît en outre l'identité des Oiselles Sauvages, et nul ne sait jusqu'où il irait pour les obliger à le servir. Peut-être est-elle allée trop loin sur ce chemin-là pour faire demi-tour maintenant.

Cet après-midi, assises sur son lit, côte à côte, Æsa et elle ont échangé tout bas leurs secrets. Il leur a fallu des heures pour se raconter ce qui s'était produit au fil des mois qu'elles ont passés si loin l'une de l'autre. Matilde a veillé à ne rien cacher. Elle a parlé de ses fiançailles, du Sucre, de son incursion dans l'église d'Augustain avec Alec. De ce qu'elle éprouve pour lui et du journal de Delaina. Le plus difficile a été d'avouer sa dispute avec Sayer. Toutefois, en parler a été un soulagement, comme quand un orage éclate enfin. Elle ne savait pas jusqu'ici à quel point elle se sentait seule.

À ton avis, faut-il vraiment que je le fasse ? a-t-elle fini par demander. *Dois-je épouser Dennan ?*

La réponse d'Æsa s'est longtemps fait attendre.

Ce choix-là t'appartient, et à toi seule. Mais quoi qu'il arrive, nous l'affronterons ensemble, toutes les quatre. Tu ne seras plus seule.

Matilde contemple la grande barge du mariage, dont les lanternes luttent contre la nuit. Le moindre papillon, même isolé, est beau, avec son miroitement. Mais en nombre assez important, ils deviennent phare dans les ténèbres. Il en allait de même des Oiselles Sauvages, autrefois : les gens étaient heureux de se laisser guider par leur lumière. Que disait Delaina, à ce sujet ? *Une torche brandie face à la nuit.*

L'évocation de ces mots remue en Matilde quelque chose de neuf et de fragile. La conviction déploie enfin ses ailes.

Elle essaie depuis des mois de changer les choses de l'intérieur. D'obliger la Table à l'écouter et Dennan à se plier à sa volonté à elle. Mais elle opère en Oiselle de Nuit, par les mots, le charme, la tromperie. En œuvrant dans un système qui n'est pas fait pour les filles comme elle. Il ne lui est pas possible d'exercer une réelle influence en se pliant aux règles d'antan. Il faut qu'elle les enfreigne. Toutes.

Elle inspire à fond. Une fois. Deux fois. Allégée d'un lourd fardeau. Pas question d'épouser Dennan.

Ses amies et elle vont se battre à leur manière.

Soudain, un bruit se fait entendre dans son dos. Elle va pour se retourner quand on l'attrape sans douceur en lui penchant brutalement la tête en arrière. Un liquide lui emplit la bouche et coule dans sa gorge. Elle a beau essayer de tousser, de cracher, la main qui lui pince le nez l'en empêche. Il ne lui reste qu'à avaler.

« Matilde Dinatris, lui dit un homme à l'oreille. Vous allez faire ce que je vous dis. »

Elle cligne des yeux. À deux reprises. Puis elle hoche la tête.

« Bien sûr. »

VOUS ÊTES CORDIALEMENT INVITÉ

À L'UNION DE

LORD DENNAN VESTEN,
SUZERAIN D'EUDÉA,

&

MADEMOISELLE MATILDE DINATRIS

DANS LE MARIAGE

AUX NEUF COUPS DE L'HORLOGE
LE DERNIER JOUR DE
MARÉE-HAUTE.

CHAPITRE 22

RIEN D'INCASSABLE

Matilde n'a jamais rêvé du jour où elle se marierait. Pendant que ses camarades se pâmaient à l'idée des robes qu'elles porteraient et fantasmaient sur leurs futurs époux, elle échafaudait des plans pour échapper à tout ce cirque. Il n'empêche qu'aujourd'hui, c'est une mariée qui la regarde depuis le miroir. Elle se sent aussi détachée de ce reflet que s'il appartenait à quelqu'un d'autre, mais elle doit admettre qu'elle a la tête de l'emploi. Sa robe à la dernière mode – fines bretelles et taille basse – comporte plusieurs épaisseurs de tissu souple qui ondoient autour d'elle. La soie dorée, ornée de fils d'argent véritable, va magnifiquement chatoyer au soleil, transformant sa porteuse en flamme liquide. C'est tout à fait de circonstance.

Madame Mère lui serre les mains en pleurant.

« Vous êtes parfaite.

— Je suis entièrement d'accord », assure Samson, avant d'embrasser affectueusement sa sœur.

La jeune fille sourit, alors que, à vrai dire, elle les entend à peine. Ses pensées sont déjà en chemin vers l'autel.

Grand-mère écarte sa fille et son petit-fils pour prendre leur place. La cérémonie ne va pas tarder à commencer. Au-dessus de leurs têtes s'élèvent la musique de l'orchestre et les pas des invités. Ce qui se passe ne laisse pas Matilde indifférente, mais elle se sent détachée de ses émotions. Elle a les lèvres engourdies et la bouche affreusement sèche. Malgré l'eau qu'elle sirote, rien ne semble apaiser l'aridité de sa langue.

La douairière lui touche le bras, un petit pli entre les sourcils.

« Tu es nerveuse, ma chérie ?

— Non. »

Le pli s'accentue.

« Tu n'as pas à me mentir. Pas à moi. C'est parfaitement naturel. J'étais nerveuse, moi aussi, au moment de marcher vers l'autel. »

Matilde s'imagine ce que devait ressentir Grand-mère, le jour où elle s'est avancée vers un promis de Grande Maison au lieu de Krastan Padano. Tout comme elle, Matilde va s'avancer vers Dennan au lieu d'Alec. À cette pensée, quelque chose en elle vacille. Elle cligne des yeux, à deux reprises, navire perdu dans le brouillard. Puis elle se rappelle pourquoi elle est là. Quelle est sa mission.

« Tout va bien, affirme-t-elle. Je connais mon devoir. »

Ces mots aident manifestement la vieille dame à se détendre.

« Je sais qu'il n'est pas toujours facile de suivre le chemin du devoir. Cela exige de la force, mais tu n'en manques pas. J'espère que tu sais combien je suis fière de toi. »

Elle serre Matilde dans ses bras, la baignant du parfum familier des lys. Puis, enfin, la petite troupe s'engage dans un couloir chichement éclairé. Dennan a fait construire sous la plateforme du mariage un véritable labyrinthe, pièces et corridors censés permettre aux gardes et aux serviteurs d'aller et venir hors de vue du public. Les appartements de la fiancée se trouvent à une extrémité, ceux du fiancé à l'autre. Ils ne se sont pas vus depuis la veille au soir, après avoir dansé ensemble.

Grand-mère entraîne le groupe jusqu'au pied d'un escalier, au sommet duquel une porte ouverte admet musique et soleil dans les entrailles de la barge. Le cœur de Matilde brûle d'envie d'être là-haut. Ses anciennes sœurs Oiselles de Nuit – ses demoiselles d'honneur, aujourd'hui – montent les premières en lui soufflant des baisers. Sa mère vérifie avant de les suivre que la longue cape à paillettes de Matilde est correctement déployée derrière elle ; puis la douairière, les yeux brillants, dispose son voile doré devant son visage. Enfin, elle se retrouve seule.

Elle inspire longuement, plusieurs fois, pour se préparer à ce qui va suivre. La musique enfle quand elle s'avance dans la lumière.

C'est une belle matinée, au ciel bleu vif. Le niveau supérieur de la barge se compose d'une sorte de scène, entourée de balustrades ornées de guirlandes de fleurs. Les immenses bandes de tissu tendues au-dessus d'une mer de sièges protègent les invités du soleil sans leur bloquer la vue. À travers le miroitement de son voile, Matilde distingue la foule qui entoure les Coins, agitant des drapeaux, poussant des acclamations. Elle va leur en donner pour leur argent.

Lorsqu'elle s'engage sur le tapis de l'allée en direction de l'estrade, le public se lève, les yeux rivés sur elle. Elle connaît bon nombre de ces privilégiés – amis de la famille, membres de la Table, Leta ; elle en déteste certains, y compris le roi Joost de Trellane. Ils n'ont cependant aucune importance. Le seul à compter pour elle lui semble briller, rayonner plus fort que la plus brillante des étoiles. Il salue son passage d'un petit hochement de tête discret. La certitude vertueuse inébranlablement logée en elle ne fait que croître.

Enfin, elle atteint la scène, sur laquelle l'attend Dennan, éclatant dans un costume crème à gilet doré et écharpe. Le

Pontifex, posté juste derrière lui, a l'air aussi pénétré de son importance qu'à l'ordinaire. Matilde monte la courte volée de marches pour les rejoindre d'un pas mesuré et sûr.

« Bienvenue à tous, commence le prélat en faisant signe aux invités de se rasseoir. Vous êtes réunis aujourd'hui, d'où que vous veniez, de près ou de loin, pour célébrer l'union de Dennan Vesten et de Matilde Dinatris. Une union qui promet d'être à la fois heureuse et fructueuse. »

Il se lance dans un petit discours sur l'harmonie et le devoir, pendant qu'elle dissimule ses intentions sous un sourire à l'imperturbable sérénité. Un éclair doré flamboie : Dennan vient de soulever le voile de sa promise pour le lui laisser retomber dans le dos. Il sourit, comme s'il n'avait pas, cette nuit même, menacé de s'en prendre à celui qu'elle aime. Mais elle se sent détachée des émotions que lui inspire cette pensée.

Enfin, le Pontifex brandit un couteau ornementé. Ce genre d'arme intervient dans tout mariage eudéen en tant que symbole de force et de fidélité, censé forger une union indestructible. Mais même le métal finit par casser, si on le frappe assez fort.

« Dennan Vesten, psalmodie le prélat, jurez-vous de consacrer votre vie à protéger et honorer cette femme ?

— Je le jure.

— Et vous, Matilde Dinatris, jurez-vous de consacrer votre vie à honorer cet homme et à lui obéir ? »

Le mot *obéir* suscite en elle un mouvement de recul. Cela ne l'empêche pas de dire *Je le jure*, tandis que Dennan sourit.

Le Pontifex place la poignée du couteau dans la main de Matilde, sur laquelle il pose celle de Dennan, puis il tire de sa robe un morceau de corde, qu'il lève au-dessus de sa tête.

« Par cette corde, je vous lie », entonne-t-il en l'enroulant autour des mains des deux jeunes gens, jointes sur la garde du poignard. « Un tour pour la promesse, deux pour le dévouement, trois pour une union durable. »

La foule retient son souffle pendant qu'il termine par un nœud serré. Matilde inspire à fond pour prendre des forces.

« Matilde, non ! » crie quelqu'un.

La voix a beau faire frémir son cœur, elle ne saurait hésiter.

Le soleil se reflète sur la lame juste avant qu'elle ne la plonge dans la poitrine du Pontifex.

Æsa baisse son voile bleu ciel pendant que le garde du palais rame sans mot dire. La robe et le grand chapeau qu'elle a soustraits à l'immense désordre qu'est la garde-robe de Matilde ne constituent certes pas le déguisement idéal, mais nécessité fait loi. La voilette obscurcit sa vision, comme autrefois son masque de Rossignol. S'ensuit une curieuse sensation de discordance, de temps qui s'accélère : elle ne va pas tarder à en manquer, elle le sent.

« Vous avez envie de vous dépêcher, dit-elle au garde en lui serrant le bras. Tout dépend de vous. »

Il accélère la cadence, haletant sous l'effort. Elle se sent coupable de le manipuler de cette manière, bien qu'elle ne puisse se laisser aller à ce genre de scrupule. La musique qui accompagne la cérémonie a déjà commencé.

Æsa n'a vu Matilde ni hier soir, après le bal, ni ce matin : la jeune aristocrate avait à faire en prévision du mariage, et il aurait été dangereux pour sa sœur Oiselle de l'accompagner pendant les préparatifs. Elle est donc restée sur le balcon des Dinatris, afin d'échapper aux regards nostalgiques de Samson et aux questions précises de Frey et d'Oura. Gagnée par la nervosité à cause de l'absence prolongée de Willan, elle a regardé le public se rassembler autour des Coins. Pas de doute, l'essentiel de la cité tient à assister à la cérémonie. Compte tenu de la foule, une scène flottante comme la barge allait permettre aux gardes de mieux voir arriver les invités – et un éventuel danger. Ils allaient évidemment fouiller tout le monde, à la recherche d'armes, et surveiller de près la moindre personne à monter à bord.

Æsa sirotait son thé en se demandant comment se sentait Matilde quand la vision s'est emparée d'elle. Brève et brutale. L'évènement lui était déjà apparu auparavant, mais beaucoup moins clairement. Aujourd'hui, il était évident qu'il se déroulait sur la barge, pas sur un bateau. Et la voilà maintenant en route, dans l'espoir d'empêcher l'avenir qu'elle a vu de se produire. Elle craint hélas de ne pas arriver à temps.

Enfin, l'embarcation touche une des plateformes d'accostage flottantes de la péniche de cérémonie. Le garde d'Æsa échange quelques mots rapides avec un de ses collègues puis entraîne d'un bon pas la jeune fille sur une passerelle. Apparemment, la célébration a déjà commencé. Ils longent la balustrade, en faisant mine de chercher un siège, puis le garde rebrousse chemin après lui avoir chuchoté de rester où elle est : près de la base d'un auvent, en partie dissimulée aux invités assis par un gigantesque vase de fleurs. Non que personne regarde dans sa direction : tout le monde n'a d'yeux que pour le couple posté sur l'estrade. La robe de la fiancée brille d'un tel éclat qu'elle en est quasi aveuglante. On dirait du métal. La position de Matilde empêche Æsa de voir son visage.

Le Pontifex entreprend d'enrouler une corde autour des mains jointes des jeunes gens.

« Par cette corde, je vous lie. »

Æsa parcourt les alentours d'un regard frénétique. Comment interrompre la cérémonie sans faire une scène ? Elle cherche en elle le lien qui l'unit à Matilde. Vu leur proximité, il devrait être facile à trouver, à sentir palpiter dans chacun de leurs battements de cœur. D'ailleurs, elle le sent, mais il lui semble… glissant. Impossible de le tendre.

« Un tour pour la promesse, deux pour le dévouement, trois pour une union durable. »

La foule regarde en silence le Pontifex nouer la corde. Æsa s'avance d'un pas en essayant toujours de tirer sur le fameux lien. Ce n'est pas possible, elle ne peut pas laisser son amie faire une chose pareille.

« Matilde, non ! »

Trop tard. Le couteau brille au soleil ; le prélat titube. Ses mains se crispent sur sa poitrine, où une tache sombre s'étend, dévorant le violet pâle de sa robe. Il s'effondre en lâchant une expiration gargouillante. Personne ne bouge, sous le choc. Dennan regarde leurs mains, à Matilde et lui, jointes sur le poignard. Bouche bée.

Æsa avance d'un autre pas.

« *Honte à vous !* » lance une voix rauque dans le silence total.

Au bout de l'allée, surgissant de nulle part, la Main Rouge vient d'apparaître, entouré de garçons en gris.

« Honte à vous ! » répète-t-il, en montrant cette fois Matilde du doigt. Des cicatrices fraîches déforment ses traits luisants, sur lesquels s'étale l'empreinte d'une main rouge. Ses yeux brillent toujours du même fanatisme que par le passé. « Votre dépravation est-elle donc infinie ? Faut-il que vous tentiez d'assassiner la voix des dieux ? »

Dennan, qui s'est libéré de la corde, s'accroupit à côté du Pontifex, mais la poitrine du prélat ne se soulève plus. Matilde reste plantée près d'eux, étrangement impassible.

« Il fallait que ce soit fait, déclare-t-elle d'une voix atone. Le règne de l'Église est terminé. Il est temps de la brûler de fond en comble. »

Des cris d'horreur s'élèvent. La réaction de la Main Rouge est immédiate.

« Voyez-vous enfin ce que En Caska Dae a essayé de vous montrer tout du long ? Il ne peut rien arriver de bon lorsqu'on laisse les sorcières en liberté. Elles corrompent le sacré. Elles représentent un danger pour nous tous. »

Il s'exprime sans la moindre hésitation, en homme qui a répété son rôle. Ce qui se passe ressemble d'ailleurs à une scène de tragédie. Æsa comprend alors que le pater avait tout prévu. D'une manière ou d'une autre, Matilde a été droguée au Sucre. Comment se fait-il que personne n'ait vu arriver le fanatique ? Comment a-t-il réussi à monter à bord de la barge et à accéder à la fiancée ?

« Regardez-la, continue-t-il. Elle n'a aucun regret. Dans sa quête de pouvoir, sa soif de sang, Matilde Dinatris a prouvé sa vilenie. Elle est allée jusqu'à ensorceler notre suzerain pour qu'il l'aide à commettre son crime.

— Non, proteste Dennan en se relevant. Je n'ai eu aucune part à cela.

— Vous avez été corrompu, Dennan Vesten, riposte Dorisall. Nul ne peut plus se fier à vous pour servir l'Eudéa en tant que suzerain. Nous vous arrêtons, Matilde Dinatris et vous.

— Essayez donc ! s'écrie Matilde. Je vous mets au défi. Vous verrez à quelle vitesse je peux mettre le feu à cette barge. »

Une palpitation de chaleur naît autour d'Æsa. Les petites flammes des lampes réparties autour de la scène grandissent, bondissent, comme s'il leur était poussé des ailes, puis elles s'envolent en effet. Elles filent jusqu'à Matilde, au-dessus de qui elles se fondent en une sorte d'auréole. Dennan recule d'un pas. Une partie du public se met à hurler, se lève, bat en retraite, titubant et tremblant. Les armes des gardes, jusque-là braquées sur la Main Rouge, se tournent vers la fiancée.

« Caska ! braille le pater. Allumez le tue-magie ! »

Les garçons en gris tirent des encensoirs de leur robe.

« Arrêtez ! »

Æsa sent le sel enduire sa langue quand elle fait appel à sa magie. Une vague s'élève au-dessus du bastingage de la barge et s'écrase sur le pont. Les invités se jettent de côté en hurlant. Ils n'ont aucune raison de s'inquiéter, l'eau ne cherche à s'en prendre qu'aux Caska. Elle s'abat sur les encensoirs, dont elle trempe le contenu, puis s'enroule fermement autour des jeunes gens.

Quand Æsa est arrivée au manoir Dinatris, on lui a attribué une belle chambre, avec cheminée. Une petite boîte en verre en ornait le manteau, une sorte de clochette transparente, parfaitement lisse, qui servait d'écrin à trois papillons artistiquement disposés. Elle trouvait cela cruel, même s'ils ne sentaient plus rien : ils étaient à jamais prisonniers hors du monde, figés, incapables de voler.

C'est la forme qu'elle conjure aujourd'hui. L'eau s'incurve autour et au-dessus des fanatiques, se lisse et se fige telle une plaque de verre. La Main Rouge a beau rugir, l'épaisseur de la glace étouffe ses cris.

Æsa rejette sa voilette en arrière. À quoi bon se cacher ? Des murmures s'élèvent dans la foule : *la sorcière des mers, la sorcière des mers…*

« Matilde Dinatris n'est responsable de rien, lance-t-elle, d'une voix assez forte pour être entendue de tous les invités. On l'a obligée à commettre cet acte.

— Que voulez-vous dire ? demande Dennan, le souffle court.

— La Main Rouge a créé une drogue qui soumet les filles de magie, s'empresse-t-elle d'expliquer. Une substance du nom de Sucre. Celles qu'on contraint à en avaler n'ont d'autre choix que d'obéir. »

Dorisall s'époumone toujours, mais la barrière de glace étouffe ses mots. Quelqu'un d'autre – un homme très brun – prend la parole.

« Vous êtes prête à raconter n'importe quoi pour la sauver, mais vous êtes aussi mauvaise qu'elle, sorcière des mers. Nous ne croirons aucun de vos mensonges empoisonnés. »

Un murmure menaçant monte de la foule, mais Æsa ne va pas se laisser museler par les critiques. Elle regarde son contradicteur en face.

« Il ne s'agit pas d'un mensonge. La Main Rouge veut persuader les Simtans de la culpabilité de Matilde pour leur faire haïr les filles de magie. »

Les gens s'agitent, murmurent. Un craquement retentit quand un des Caska donne un coup de pied dans la glace. Elle ne tiendra plus très longtemps. Les arbalètes oscillent entre Æsa et Matilde, les gardes ne sachant laquelle viser. Ils interrogent Dennan du regard, mais ce dernier a l'air profondément perdu.

« Elle dit vrai, Lord Vesten. » Quelqu'un d'autre vient de se lever. Leta, fière et intrépide. « J'ai été témoin de l'effet de ce Sucre sur les filles de magie. Ce fanatique a essayé de s'en servir afin de nous empoisonner l'esprit contre les Oiselles Sauvages, de discréditer notre suzerain et de se débarrasser de notre Pontifex, tout cela du même coup.

— Vous les défendez évidemment, Leta Tangreel, riposte le grand brun. Vous étiez la *Madame* des Oiselles de Nuit. »

Des exclamations scandalisées suivent cette déclaration, mais Leta ne se laisse pas impressionner. Au contraire, elle ne s'en tient que plus droite.

« Je l'étais en effet, acquiesce-t-elle d'une voix aussi froide que la glace d'Æsa. J'ai fait de mon mieux pour les protéger de ceux qui leur voulaient du mal. Des hommes comme vous, Wyllo Regnis, qui avez séduit Nadja Sant Held pour profiter de sa magie puis l'avez abandonnée dans le caniveau, avec la fille qu'elle avait eue de vous. »

Exclamations et cris étouffés reprennent de plus belle. Le père de Sayer vire au cramoisi.

« Comment osez-vous répandre pareils mensonges, crache-t-il. Je…

— Ces hommes cherchent à discréditer nos filles pour la seule raison qu'elles refusent de se soumettre à leur volonté, coupe Leta, d'une voix plus forte. Moi, je fais confiance aux Oiselles et je serai toujours de leur côté. N'importe quel membre des Grandes Maisons digne de ce nom devrait en faire autant ! »

Æsa se tourne vers Dennan, dont les yeux éclatants sont maintenant rivés sur Matilde. Il a l'air de se rendre compte de la manière dont elle regarde autour d'elle, avec une sorte de perplexité détachée. Son auréole de feu s'est réduite à de petites sphères flamboyantes, en lévitation au-dessus de ses paumes.

« Matilde. » Il se rapproche d'elle. « Vous auriez dû me dire. »

Une vague d'espoir soulève Æsa. Il les *croit*. Peut-être vont-ils tous les croire. Il est encore possible d'éviter que ce mariage ne vire au désastre complet.

Mais Matilde hoche la tête. Ses petites boules de feu enflent, crachent des étincelles. L'air s'anime. Une traction s'exerce soudain sur la cage thoracique d'Æsa, tandis que le ciel au-dessus de la barge s'assombrit. Une rafale passe, déchirant les voiles de fleurs.

« Laissez-la *tranquille* ! »

Le chaos s'abat brusquement. Certains invités des premiers rangs tombent de leurs sièges, comme si quelque chose se frayait un passage parmi eux. Wyllo Regnis est projeté à terre dans l'allée centrale. Æsa croit presque voir une volée de coups de poing s'abattre sur lui. Il se tortille, se cabre, braille à pleins poumons :

« *Tuez-la !* »

Là, les choses s'emballent : les arbalètes cliquettent, les invités hurlent, du verre se brise. Dennan saisit Matilde par le bras, la faisant tournoyer comme s'ils étaient en train de danser. Une flèche lui transperce le dos. Il reste une seconde planté là, vacillant, puis il titube et tombe de scène. Matilde bat des paupières sans le quitter des yeux. Quand elle relève la tête, son regard étincelle.

Son feu revient à la vie, puissant, sauvage. Cet avenir-là, Æsa l'a vu.

C'est à partir de maintenant que tout tombe en morceaux.

Matilde est presque à portée. Sayer doit absolument la tirer de sa transe, même si la Main Rouge, piégée dans la glace, ne peut plus lui donner d'ordres. Pourtant, étonnamment, ce n'est pas le pater que regarde la fiancée, mais les invités. Enfin, *un* des invités, qui lui rend son regard avec une grande concentration. Sayer sent la chair de poule lui hérisser la peau quand elle voit la bouche de son père former les mots : *Montrez votre feu.*

Matilde hoche la tête avec empressement tandis que ses petites boules flamboyantes enflent en jetant des étincelles.

Les lèvres de Wyllo s'incurvent dans un sourire. Quelque chose se brise en Sayer.

« Laissez-la *tranquille* ! »

Déjà, elle court, indifférente aux personnes qui les séparent. Elle pousse, bondit, renverse. Elle ne s'arrête que quand il gît à terre sur le dos et qu'elle le tient à sa merci. Un bruit de tonnerre lui emplit les oreilles tandis qu'elle l'accable de coups de poing. Rien n'existe plus que la fureur qui flambe en elle, le besoin de réduire ce type en morceaux. Elle l'empoigne par la gorge au moment où il crie :

« *Tuez-la !* »

Un carreau part, un corps tombe, un feu fait rage, chaleur cruelle contre la joue de Sayer. Elle se relève d'un bond et fonce vers l'estrade en demandant à l'air de l'entourer d'une barrière infranchissable. Matilde lui a expédié un feu bestial griffu, qui s'écrase contre sa plaque d'air. Elle tombe sur un genou et incline son bouclier dans l'espoir d'envoyer par ricochet le monstre dans l'eau, mais il déchire une des bandes de tissu, qui se met instantanément à flamber.

Tout n'est plus que chaos. Les invités hurlent et se poussent les uns les autres, dispersant les chaises dans leur tentative de fuite éperdue. Wyllo a disparu, mais elle ne peut se permettre de le chercher. Chaque fois qu'elle essaie de dévier une des créatures de feu, loin des gens, la chose touche du bois ou du tissu. Sa magie lui semble boursouflée, quasi erratique. La présence conjointe des quatre Oiselles l'amplifie, ce qui n'est pas une bonne chose, en l'occurrence. Cela ne fait que jeter de l'huile sur un feu déjà ardent. Elles vont finir par mettre la barge en pièces. Sayer trébuche, tombe en arrière au moment où un monstre ardent, un de plus, passe au-dessus d'elle. Les mains levées, elle cherche désespérément à reconstituer son bouclier. À ce moment-là, un serpent d'eau s'abat sur les flammes. Les deux créatures roulent sur le pont tels des fauves et se transforment en nuage de vapeur sifflante.

Matilde n'en a cependant pas terminé. Ses bêtes de feu se succèdent sans répit, aussi rapides que dangereuses.

« Par les chats infernaux, Dinatris ! Arrête ! » crie Sayer.

Si sa sœur Oiselle entend sa prière, elle n'en montre rien.

Matilde brûle du désir d'atteindre son objectif. Son cœur, engourdi dans son sein il y a peu, déborde maintenant de feu.

Tuez-la.

Les mots sont imprimés en elle au fer rouge. Tout son être se réduit au besoin de leur obéir.

Il devient difficile d'y voir. Vapeur et fumée tourbillonnent autour d'elle. Une bourrasque rugissante traverse l'estrade, se prenant dans sa robe. Quelque chose alimente sa magie, la renforce. Son pouvoir s'étend dans ses veines, prêt à tout pour s'envoler.

Tuez-la.

Elle invoque une autre créature de feu, qu'elle envoie sur Sayer. Non contente de montrer les crocs, la chose rugit. Matilde n'avait rien éprouvé de pareil depuis des mois. Elle se sent incroyablement puissante. C'est tellement bon de brûler enfin.

« Par les chats infernaux, Dinatris ! Arrête ! crie Sayer.

— Je t'en prie, Matilde, implore de son côté Æsa. Tu n'as aucune envie de faire ça. »

Un étourdissement s'empare d'elle. Quelque chose se révolte en son for intérieur, mais l'envie de faire ce qu'on lui a dit étouffe tout le reste.

Fen lutte pour progresser parmi la foule. Les gens courent, trébuchent, se précipitent vers les passerelles. Certains sautent purement et simplement à l'eau depuis le pont de la barge. Elle a beau jouer des coudes, il lui semble nager à contre-courant dans un fleuve en crue. Le flot persiste à l'entraîner dans la direction opposée de celle où elle veut aller.

Où sont passées les autres filles ? Elle les sent, quelque part dans la fumée. On dirait que la magie des Oiselles est amplifiée par leur proximité. L'énorme bateau n'est plus qu'un chaos de feu, de tempête, de carnage. Les voiles d'ombrage, réduits à des lambeaux de flammes, font pleuvoir des braises aussi légères que des flocons de neige. Les vagues d'Æsa, qui passent sans répit par-dessus les bastingages, se transforment en une vapeur assez chaude pour brûler la peau. Quelque part, sur la droite de Fen, du verre se fêle en claquant puis vole en éclats. Du verre… ou de la glace ?

Pas question de s'intéresser à Dorisall. Elle a promis à Sayer de ne pas la quitter, et elle ne va pas trahir sa parole.

Une poutre se fend puis tombe dans un grand craquement. Elle se jette de côté juste à temps, mais se réceptionne mal. La voilà sur le dos, les poumons en feu, des tintements plein les oreilles. Une odeur de fleurs fondues lui emplit les narines.

Bouge, s'ordonne-t-elle. Sans réussir à le faire. *Lève-toi, allez.*

Un visage couturé de cicatrices la domine à présent.

« Petite crapule, gronde Dorisall en lui pressant une lame contre la gorge. Je te tiens. »

Il faut qu'elle se batte, mais cette voix la ligote sur place. Le pater est pire que n'importe lequel de ses cauchemars, parce qu'il incarne toutes ses peurs.

Il hurle soudain en basculant de côté, car quelque chose vient de s'abattre sur son crâne. Leta est là, les restes d'un vase entre les mains. Échevelée, les joues striées de suie. Elle laisse tomber son arme improvisée puis tend la main à Fen. Une ombre bouge derrière l'ancienne Madame Corneille, toute proche. La Renarde n'a pas le temps de la prévenir qu'un petit cri de douleur lui échappe. Elle tombe contre son assaillant – Wyllo Regnis –, qui la laisse s'effondrer à terre. Fen n'arrive pas à détacher le regard du poignard qu'il tient toujours entre ses mains. La lame luit d'une humidité foncée. Déjà, Dorisall se relève. Les deux hommes se rapprochent d'elle.

Quelque chose explose dans sa poitrine. Elle se met à marteler le pont des deux poings en demandant aux clous de se libérer, de s'envoler. Ses assaillants hurlent quand le métal leur perce la peau. Puis les planches sautent, elles aussi, les frappent violemment, les rejettent de côté.

Fen s'approche à quatre pattes de Leta.

« Vas-y, croasse l'ancienne Madame. Les filles ont besoin de toi. »

Une quinte de toux lui échappe, peignant ses lèvres d'un rouge brutal.

« Et vous ?

— J'ai joué mon rôle. À toi de jouer le tien, Ana. »

La blessée lève une main tremblante pour caresser la joue de Fen avec une immense tendresse puis exhale, une longue expiration saccadée. Sa main retombe sur le pont. Paralysée, la jeune fille regarde la vie la quitter. Une souffrance terrible palpite dans sa poitrine.

Un cri de douleur : Sayer ! Fen se relève, chancelante, et se met à courir, bondissant par-dessus chaises et corps, jusqu'à enfin atteindre l'estrade. Æsa et Sayer, à genoux, ont pris dans leurs bras Matilde, qui se débat comme un beau diable. L'arrivante a l'étrange impression d'être de retour dans le monde souterrain, au moment où Æsa lui a tendu la main. *Fen. Je t'en prie. On a besoin de toi.* Cette fois, elle rejoint les trois autres sans que personne le lui demande.

Lorsqu'elle les prend à son tour dans ses bras, il se passe quelque chose. Un frisson, une poussée, une ruée frémissante. La barge tremble lorsque leurs magies s'entrelacent, se mêlent à son sang et ses nerfs. Fen ne se réduit plus à son cœur, son corps à elle. Elle serait bien incapable de dire où s'achève son pouvoir et où commence celui de ses sœurs. À elles quatre, elles forment un dais de ramure et de feuillage, palpitant de vie. Toutefois, une maladie gâche les choses. Un pourrissement quasi familier. La magie de Fen tend une vrille frémissante qui s'enroule autour de la brunissure. Puis elle tire d'un coup sec pour arracher la feuille infectée.

Matilde cligne des paupières, à deux reprises, le souffle houleux. Ses yeux s'éclaircissent peu à peu.

« Oh, Sayer ! croasse-t-elle. Je suis désolée. »

Il faut qu'elles bougent. Du coin de l'œil, Fen distingue au-delà des flammes des silhouettes grises. Les Caska sont là, leurs arbalètes bandées, prêts à fondre sur les filles. Mais elle ne va pas se laisser acculer.

Resserrant son étreinte sur ses compagnes, elle en appelle à son pouvoir. Lorsqu'il monte en elle, il lui semble qu'il ne s'agit pas seulement du sien. Les feuillages se mêlent au feu, le vent à la vague. Un goût de cendres, d'embruns et de foudre lui emplit la bouche. La magie est d'une force telle que c'est presque plus qu'elle n'en peut maîtriser.

Les planches du pont s'arrachent de la charpente de la barge dans des hurlements stridents, les flammes se tordent, les vagues rugissantes s'écrasent et tourbillonnent autour des sorcières. Les fanatiques se jettent de côté pour échapper à la masse bouillonnante des flots, qui se gonflent, se répandent, attisés par la tempête tonitruante de Sayer. Les quatre filles se trouvent dans l'œil du cyclone. La chose créée par Fen s'étire très haut au-dessus du bateau, crachant feu et foudre, ouragan qu'elle est bien incapable de contrôler.

Quelque chose explose. Fen est de retour dans son corps. Elle n'est que douleur, avant que le noir l'engloutisse.

De nombreuses années se sont écoulées depuis la nuit où Joost a parcouru Simta. Cette excursion en compagnie de son père lui a laissé des souvenirs tellement nets. Ils se sont aventurés dans les bars et les clubs de la cité, à la recherche de magie. Il n'était pas difficile d'en trouver, avant la Prohibition, instaurée par la suite dans toute la République eudéenne. Aujourd'hui, il n'y en a plus trace. Le cocktail pâle à l'aspect métallique que le barman sert au souverain n'a aucune propriété particulière. Les commérages qu'échangent les clients sont davantage à son goût. Les hommes installés à la table derrière lui parlent du mariage.

La sorcière du feu a brûlé vif le Pontifex, affirme l'un. *Et elle riait, je l'ai entendue.*

N'importe quoi, riposte un autre. *C'est la sorcière des mers qui l'a noyé, en plein sur l'estrade.*

Et la sorcière des tempêtes a foudroyé le suzerain, ajoute un troisième larron. *Vous n'avez pas vu ?*

En réalité, Dennan Vesten a tout simplement eu le cœur transpercé par un carreau d'arbalète, Joost l'a vu de ses yeux. D'ailleurs, il s'est ensuite faufilé à travers le carnage et la fumée pour aller vérifier que le maître de l'Eudéa était bel et bien mort. Il ne l'était pas encore tout à fait et Joost l'a aidé en abrégeant ses souffrances. Quelle chance ! Maintenant son rival avait disparu, et la cité était terriblement divisée. Il n'aurait pu faire mieux s'il avait tout organisé.

Les clients parlent à présent de la tempête élémentaire qui s'est déchaînée sur la barge du mariage – qu'elle a réduite en pièces.

Elles ont tué des centaines de gens, affirme l'un d'eux d'une voix tremblante. *Elles pourraient nous massacrer tous si elles en avaient envie.*

Quant à Joost, qui regardait la scène depuis une embarcation, la vision d'un pareil pouvoir l'a enivré. L'ouragan tonnait, menaçant, et faisait trembler la cité tout entière. Une telle arme est chose précieuse – rare, sans prix. Or ces gens-là sont décidés à s'en débarrasser. Quel gaspillage.

Un simple signe de tête à ses gardes, et ils se lèvent pour l'escorter à travers l'arrondissement du Dragon. Le groupe s'est dépouillé de ses beaux atours trelliens en s'affublant de capes ternes. Peu de gens accordent au monarque davantage qu'un coup d'œil distrait. *Il est bon d'apprendre à connaître l'ennemi de l'intérieur,* lui a dit son père il y a des années, en rôdant avec lui dans ces mêmes rues. *De comprendre les maisons que tu pilleras peut-être un jour.* Aussi prend-il bonne note du chaos qui règne au moindre carrefour, de la peur, de la colère. Les Simtans n'ont clairement aucune idée de ce qui va suivre. Contrairement à lui.

Joost s'arrête près d'un pont. Ses hommes s'agglutinent autour de lui.

« Vous connaissez votre mission, leur dit-il. Accomplissez-la. Ne reculez devant rien. »

Il leur serre la main, à tour de rôle.

« À la victoire, murmure chacun de ses capitaines avant de le quitter.

— Et à la gloire », répond-il, comme il se doit.

Lorsque tous, à l'exception de ses gardes les plus proches et qui ont son entière confiance, ont disparu, il inspire longuement. La lumière baisse à présent, d'un mauve de meurtrissure. Le lampadaire le plus proche, une de ces lanternes qui font la célébrité de Simta, attire alors son attention. Nul n'est venu la remplir de papillons de feu tout frais. Seuls s'y trouvent ceux de la nuit dernière, poussiéreux, figés par la mort.

Il convoque les parties de chasse hivernales où l'entraînait son père. Les rêves que lui inspiraient les Oiselles Sauvages de ces histoires, bien qu'il les savait disparues. Néanmoins elles sont là, aujourd'hui. Il lui suffit de tendre la main pour les cueillir. Tout ce pouvoir brûlera bientôt pour lui, et pour lui seul.

CHAPITRE 23

DANS LA CAGE

Matilde avait 7 ans quand elle a vu pour la première fois un cirque itinérant. Son père avait un faible pour les danseurs, Samson pour les cracheurs de feu, mais elle, ce sont les bêtes sauvages qu'elle trouvait inoubliables. Une tente entière était réservée aux cages de différentes tailles contenant chacune une merveille exotique. Il s'y trouvait même un tigren rayé, mince et agile. La petite Matilde était fascinée par les muscles qui jouaient sous la peau du fauve, pendant qu'il parcourait sans fin son enclos. Il avait des yeux d'ambre, très semblables aux siens, mais vitreux, avec des pupilles démesurées. Quand elle a demandé pourquoi à son père, il lui a dit que le félin devait être affamé. Toutefois, elle sait maintenant ce qu'elle lisait alors dans les yeux de la bête : le désespoir. La douleur proche de la folie d'une créature sauvage réduite à la captivité.

La cage des Oiselles Sauvages a beau être plus vaste que celle du tigren, elle n'est pas plus agréable. La prison des Mâchoires est aussi horrible que l'imaginait Matilde : pierre suintante, paille pourrie, métal glacé. Puanteur atroce du tue-magie, aussi. Deux encensoirs crachent une fumée qui serpente entre les barreaux, épaisse et âcre, lui retournant l'estomac. Malheureusement, elle ne dispose pour vomir que d'un unique seau en bois, dont elle s'est déjà servie deux fois. Un groupe de Caska et de Surveillants l'a regardée faire depuis le couloir en la montrant du doigt et en se moquant d'elle. Elle se sent cependant trop vidée, trop épuisée pour s'en offusquer.

Comment en sont-elles arrivées là ? Le temps d'une seconde, elle clignait des yeux, libérée de l'emprise du Sucre, une tempête étrange faisant rage autour d'elle. La seconde d'après, la tempête mourait, Fen s'écroulait, un filet leur tombait dessus. Elles étaient cernées. Les Caska les ont emmenées, pieds et poings liés, laissant brûler la barge.

Elle se tourne vers ses amies. De lourdes chaînes les attachent toutes au mur. Le moindre de leurs mouvements provoque un tintement. Æsa a le regard dans le vide, comme si elle cherchait à voir leur avenir. Sayer, le dos tourné aux curieux qui les épient depuis le couloir, s'est assise de manière à leur dissimuler Fen. Laquelle n'a pas repris connaissance, ce qui est sans doute mauvais signe. Au moins, elle respire. C'est plus qu'on ne peut en dire d'un certain nombre des invités au mariage.

« J'ai beau être ravie de vous revoir toutes, je dois avouer que ce n'est pas ainsi que j'imaginais nos retrouvailles, croasse Matilde.

— Tout pareil, Dinatris », soupire Sayer.

La jeune aristocrate refoule une brusque envie de rire ou, peut-être, de pleurer.

« Comment avez-vous réussi à monter à bord de la barge ?

— J'ai persuadé un des gardes du palais de m'amener, murmure Æsa.

— Fen a fabriqué une fausse invitation et joué les bateliers, explique Sayer. Je me suis glissée parmi les invités pendant qu'elle se disputait avec un garde.

— Mais *pourquoi* êtes-vous venues ?

— À ton avis ? riposte-t-elle. Pour te sauver. »

Mais les voilà prisonnières, enchaînées… à cause de Matilde. Ses doigts se crispent sur un pan du tissu de sa robe de mariée. En loques, elle lui colle à la peau par plaques froides, gorgées d'eau. Les paillettes reflètent le maigre rayon de soleil qui se faufile par la seule fenêtre de la geôle, faisant danser sur les murs suintants mille points lumineux. Elle ne peut s'empêcher de penser à un ciel de théâtre, débordant de fausses étoiles.

« De fiancée à veuve en une matinée. À mon avis, je viens d'établir un record.

— Je ne crois pas que les vœux soient valables si on a été droguée », murmure Æsa.

Il est possible qu'elle ait raison, mais ce n'en étaient pas moins les mots, les mains, la magie de Matilde. Elle ferme les yeux, une faiblesse qu'elle regrette immédiatement. Elle sent le poignard pénétrer dans le corps du Pontifex. Elle voit les sourires de sa famille se transformer en masques d'horreur. Dennan la fait tournoyer, et la flèche, qui lui était probablement destinée, s'enfonce dans son dos à lui. Elle en ressent encore le choc sourd, d'autant plus fort qu'elle n'est plus sous l'emprise du Sucre. Rien n'émousse plus l'horreur que la substance l'empêchant d'éprouver sur le moment.

Sayer ramène ses genoux contre sa poitrine.

« Comment mon père a-t-il réussi à s'en prendre à toi ?

— Il était au palais, hier soir. Je suppose qu'il m'a vue sortir sur le balcon. J'étais perdue dans mes pensées. Il m'a forcée à boire ce truc… »

Matilde porte la main à son pendentif, dont le contact la réconforte toujours habituellement, mais il n'est pas là. Elle l'a donné à Alec. Alec… Le reverra-t-elle jamais ?

« Je n'ai pas dormi, depuis. Wyllo m'a ordonné de rester éveillée. Il craignait sans doute que l'effet du Sucre ne se dissipe avant que j'aie accompli ma mission.

— De son côté, la Main Rouge se cachait sur la barge, l'enfer sait où, ajoute Sayer. Attendant en coulisse que tu… »

Matilde ravale sa bile. L'eau des canaux lui a lavé les mains du sang du Pontifex, mais elle les frotte néanmoins. Elle aimerait se laver aussi l'esprit et le cœur.

« Vous avez vu ma famille ?

— Je suis sûre que tes proches vont bien, déclare Æsa, apaisante.

— Mais vous les avez *vus* ? »

Les Dinatris se sont évanouis dans la fumée. Ont-ils réussi à prendre la fuite avant que la barge ne soit réduite en cendres ? Le cœur de Matilde, lesté d'angoisse, est plus lourd que la pierre. Et qu'est-il advenu des invités ? Elle connaissait la plupart depuis toujours, puisqu'il s'agissait de membres des Grandes Maisons. Elle sait que Leta s'en sera sortie : c'est une battante. Mais Petra n'a jamais vraiment su nager. Quant à Sive, elle portait une telle masse de tulle…

« Je me demande combien de gens j'ai blessés, marmonne Matilde. J'en ai tué beaucoup, à votre avis ?

— Ce n'était pas toi, répond Æsa en lui serrant la main. Pas vraiment.

— Si, quand même. J'ai détruit la barge. Et toi, Sayer, j'ai bien failli te rôtir.

— Non, fulmine l'intéressée. C'était mon père, ce sale rat des canaux !

— Tu n'y es pour rien, persévère Æsa. Aucune de nous ne fait partie des méchants, dans cette histoire.

— Mais tout le monde dira que c'est nous.

— Æsa leur a expliqué ce qu'il en est du Sucre, déclare Sayer. Leta aussi.

— Ils ne nous croiront pas, insiste Matilde. Pas après ce qui vient de se passer. »

Que disait Delaina, dans son journal ? *Ils réécrivent notre histoire et je suis impuissante à les en empêcher. Il est si facile de condamner les femmes de pouvoir.*

« Nous ferons connaître la vérité, affirme Æsa, avec plus de fougue qu'elle n'en témoignait quelques mois auparavant. Nous nous ferons entendre.

— Ça va être difficile, maintenant qu'on est coincées ici », objecte Sayer.

Une vague de désespoir menace d'engloutir Matilde. Elle ferme les yeux, mais la vérité est indéniable. Elle a passé des mois à travailler de toutes ses forces pour changer les choses. À sourire, à discuter, à charmer et à cajoler. Sa conduite était irréprochable. Elle se disait que si elle montrait par l'exemple que les filles comme elle ne constituent pas une menace, on la croirait. Aujourd'hui, elle se demande pourquoi elle s'est donné autant de mal.

On s'agite, de l'autre côté des barreaux. La mer des Surveillants se partage pour laisser s'avancer deux hommes. Une seconde, Matilde croit voir le Pontifex et Dennan, revenus à la vie. Mais il s'agit de la Main Rouge et de Wyllo Regnis, tous deux en grande tenue, tous deux revêtus des atours des morts.

Le pater a organisé le procès de Vivienne. Il n'y avait pas de vrai jury : ces gens l'avaient tous condamnée d'avance. Aucun d'eux n'a écouté un traître mot de ce qu'elle a dit. Quand Marren a tiré son épée du brasier, il m'a été impossible de la sauver. Je n'ai pu que regarder ma sœur brûler.

– Extrait du journal intime de Delaina Dinatris, une des premières Oiselles de Nuit simtanes

CHAPITRE 24

PASSÉ À VENIR

Æsa a envisagé l'avenir pendant des heures et des heures, mais il lui semble maintenant être de retour dans le passé : prisonnière aux Mâchoires, entourée d'hommes qui la haïssent. Et cette fois, incapable de s'évader.

« Dites-moi que c'est une plaisanterie ! » Le feu s'est rallumé dans les yeux ternis de Matilde, fixés sur les deux hommes qui se tiennent de l'autre côté des barreaux. « La Table et les frères vous ont donné le pouvoir, à *vous* ? »

Ils sont tellement différents. L'un distingué, la peau lisse et bronzée ; l'autre chauve, couturé de cicatrices. Seule ressemblance : leur expression d'absolue satisfaction. Le pater glisse les mains dans les amples manches de sa robe violette.

« Notre République a besoin de dirigeants, déclare-t-il. Après l'horrible meurtre du Pontifex Rolo et le décès prématuré de Dennan Vesten, il faut qu'une vision nouvelle, claire et nette, nous guide à travers ces temps troublés. Les frères sont à présent conscients que nous avons laissé le danger croître parmi nous. Et que je suis le seul à disposer des moyens de le vaincre. »

La voix rauque de la Main Rouge semble sortir Fen de sa torpeur. Ses yeux s'ouvrent. Elle essaie de s'asseoir.

« Et vous ? » Sayer se lève, les yeux fixés sur Wyllo. « Comment vous êtes-vous insinué aussi vite dans l'écharpe dorée ?

— Il fallait bien que quelqu'un prenne la situation en main, répond-il. Or je publie depuis des mois des articles sur le danger que vous représentez. Après le désastre de ce matin, beaucoup de gens me considèrent comme un visionnaire. J'irais même jusqu'à dire que vous avez fait de moi un choix populaire. »

Le regard d'Æsa oscille entre Sayer et son père. Ils ne se ressemblent guère. Sauf peut-être la haine tranchante qui brûle dans leurs yeux.

« Ça ne durera pas, affirme Sayer. Les choses changeront dès que les Simtans apprendront que vous étiez à la tête d'un laboratoire de fabrique de drogue dans votre propriété de campagne pour vendre du Sucre au plus offrant. »

Wyllo perd un peu de sa superbe.

« Vous n'avez pas l'ombre d'une preuve.

— Vous voulez parier ? À l'heure qu'il est, nos amis y sont allés et en sont même déjà repartis. Quoi que vous me fassiez, la vérité éclatera. »

Ses joues virent au cramoisi. Il attrape les barreaux.

« Où est Jolena ?

— Comme si j'allais vous le dire.

— Écoutez-moi bien, grince-t-il. J'ai fait arrêter Leta Tangreel. Dites-moi où se trouve ma fille, ou je veillerai à ce que vous entraîniez cette femme dans votre chute.

— Il ment, intervient aussitôt Fen en prenant la main de Sayer. Leta est morte. »

La cellule se met à tournoyer autour d'Æsa, qui se sent vaciller intérieurement. Matilde laisse échapper une exclamation étranglée. Sayer blêmit.

« Non, proteste-t-elle. Ce n'est pas possible. »

Pas Madame Corneille, pense Æsa. Elle avait l'air tellement forte. Rien ne pouvait l'atteindre. Si elle a disparu, elle, alors il peut en arriver autant à n'importe qui.

« On était ensemble, reprend Fen. Elle est venue à mon aide, mais ton père… »

La fin informulée de Leta reste là, entre elles, oppressante et brutale.

Sayer se rue vers les barreaux et même quand ses chaînes l'empêchent d'aller plus loin, elle n'en continue pas moins à se débattre en donnant des coups de pied et de poing. Malgré la distance qui les sépare, Æsa sent parfaitement combien elle souffre.

« Ça ne vous a pas suffi de tuer ma mère, hein ? gronde-t-elle. Il a fallu que vous éliminiez aussi Leta !

— Cette putain fouineuse n'a eu que ce qu'elle méritait, riposte Wyllo d'un ton rageur. Et vous l'aurez également d'ici peu.

— Il suffit. » La Main Rouge touche le bras de son complice. « Partez, maintenant. Nous avons beaucoup à faire avant demain, Lord Regnis. Le peuple a besoin de voir son nouveau suzerain. »

Wyllo prend quelques longues inspirations afin de dominer sa fureur puis lisse son écharpe dorée.

« En effet. »

Il tourne les talons et s'éloigne. Le pater examine alors tour à tour ses quatre prisonnières, comme s'il savourait ce moment. Ses yeux bruns, glacés, rappellent un serpent à Æsa.

« Bonjour, Ana. Marren nous a donc réunis. Mon dieu donne généreusement. » Fen, qui a réussi à s'asseoir, ne répond pas. « Allons, allons, petite crapule. Je sais que tu aimes te cacher dans le silence, mais je te vois. »

La lèvre de la Renarde se retrousse sur ses dents.

« Vous ne voyez rien du tout, vieillard.

— Oh que si, Ana, répond-il en tapotant les barreaux. Mais tu préfères peut-être que je t'appelle Fenlin Brae ? C'est le nom que te donnent tes Étoiles Noires, si je ne m'abuse. » Fen a beau rester d'une impassibilité parfaite, Æsa sent l'émotion frémir en elle, à fleur de peau. « Tu as bâti une véritable petite secte. Ton fameux quartier général était plein de tes acolytes quand mes Caska l'ont attaqué, ce matin à l'aube. Le petit Johnny Rankin t'a appelée au secours avant de mourir, m'a-t-on dit. »

Cette fois, l'impénétrabilité de Fen se fracture telle la pierre d'une falaise tombant à la mer.

« Menteur, gronde-t-elle. Rankin va très bien. Ils se portent *tous* très bien. »

Æsa attrape sa main dans l'espoir de l'apaiser. Dorisall a l'expression victorieuse de quelqu'un qui vient de remporter une médaille.

« Ces petits jeux sont lassants, intervient Matilde, attirant sur elle l'attention du pater. Nous sommes exactement où vous vouliez nous voir. Vous pourriez au moins nous retracer l'historique de votre petit coup d'État.

— Je ne vous dois aucune explication, répond-il d'un ton froid.

— Allons donc. Je serais surprise que vous nous laissiez la possibilité de répéter à quiconque un traître mot de vos secrets. Alors, pourquoi ne pas vous vanter de votre victoire ? »

Æsa se rend très bien compte de ce qui se passe : à l'époque des Oiselles de Nuit, Matilde lui a appris à convaincre les hommes de se confier à elle. Aujourd'hui, la persuasion de la jeune aristocrate s'exerce sur le pater, si récalcitrant soit-il. Ses yeux de fanatique s'illuminent de la lumière éclatante de la ferveur.

« L'incendie du magasin de l'alchimiste a laissé sa marque sur moi, déclare-t-il enfin. J'ai cru un moment que je n'y survivrais pas. Mais Marren nous enseigne que le feu purifie, qu'il raffine les choses pour n'en laisser subsister que le principe essentiel. Les flammes m'ont forgé à neuf. Elles m'ont recréé. Elles m'ont clairement montré ce que mon dieu attendait de moi.

» La Moindre Nuit m'a appris que vous représentiez une menace bien plus grande que je ne le croyais. Il fallait que je vous vainque une fois pour toutes, c'était évident. Mais si je vous avais purement et simplement tuées, les gens auraient peut-être fait de vous des martyres. Malgré les prêches de l'Église, certains se cramponnent aux histoires qui présentent les Oiselles Sauvages comme des sauveuses. Je devais me débrouiller pour qu'ils en viennent à redouter votre pouvoir au lieu de le révérer. Alors je me suis concentré sur l'amélioration d'une recette à laquelle j'avais, autant dire, renoncé. Tu t'en souviens sans doute, Ana. »

Fen détourne les yeux, les dents serrées.

« Non ? J'en ai testé les premières versions sur toi. Je pensais qu'elle me permettrait de forcer ta magie à se montrer. Jusqu'au moment où j'ai compris qu'elle pourrait aussi la plier à ma volonté. Mais une vision d'une pareille ampleur nécessite des fonds et des ingrédients. Des sujets d'expérience. Mes Caska ont passé les rues au peigne fin, à la recherche de sorcières capables de jouer ce rôle. Elles étaient plus faciles à trouver après la Moindre Nuit. Leur magie leur échappait.

— Les disparues, souffle Matilde. Les spectres. C'était bien *vous*.

— Elles se sont révélées fort utiles, dans la mesure où elles m'ont permis d'apprendre comment utiliser le Sucre, d'en tester le pouvoir et les limites. »

Æsa sent le dégoût croître en elle.

« Et où sont-elles, maintenant ?

— J'en ai vendu certaines à des étrangers pour financer mes recherches. C'est incroyable le prix que les gens des Lointains sont prêts à payer. »

Il les a *vendues* ? À qui ? Æsa se rappelle la fille enchaînée de ses visions, mais aussi le marin trellien et ses histoires d'esclavage. *La pershane ornera sous peu ton joli cou.*

« Et les autres ? interroge-t-elle encore, bien qu'elle redoute la réponse.

— J'ai rendu leur magie à la Source. »

Il les a donc tuées. Æsa ferme les yeux. Si seulement elle pouvait changer les choses. Son cœur saigne à la pensée des malheureuses tombées dans la nuit.

« Quelle hypocrisie ! lance Fen. Prétendre qu'il faut rendre à la Source *toute* la magie du monde, mais la vendre aux Lointains et laisser les nobliaux la voler ! »

L'expression de la Main Rouge s'assombrit.

« Il est vrai. Mais ma sainte mission exigeait des sacrifices. J'avais besoin d'argent, de fournisseurs fiables de tue-magie et d'un endroit où mener tranquillement mes expériences. Lord Regnis m'a fourni l'essentiel de ces choses. En échange, je l'ai laissé vendre un peu de Sucre… mais je ne lui en ai pas confié la recette. Personne d'autre que moi ne la connaît. » Son regard se fait lointain, comme s'il voyait au-delà des barreaux et de la pierre humide. « Je n'avais pas l'intention de tuer Dennan Vesten, juste de le discréditer. Mais Marren voyait plus grand que je ne l'aurais jamais pu. Lord Regnis est maintenant aux commandes, et il sert fidèlement mes intérêts. L'avidité rend les hommes faciles à manipuler. »

Le désespoir envahit Æsa. Malgré tous ses défauts, Dennan croyait au moins à la menace trellienne. Il était disposé à faire intervenir la marine simtane. Hélas, cette bataille-là, ainsi que la défense de la cité, sont mortes avec lui.

Sur la barge, elle a entrevu un court instant le roi Joost de Trellane. Elle l'a reconnu à ses cheveux et à sa peau, tous deux blafards, qui lui ont rappelé les marins du drakkar croisé près du Callistan. Contrairement aux autres invités, il avait l'air ravi du chaos ; transporté de joie. Il regardait les Oiselles Sauvages comme s'il allait les gober tout entières.

Or la flotte des Lointains fait voile vers Simta. Joost sait que la ville est extrêmement vulnérable. Et ses quatre magiciennes sont prisonnières, incapables de la défendre. Mais Æsa est allée trop loin pour renoncer maintenant.

« Il suffit, dit-elle en se levant. Ces bêtises nous font perdre du temps. Il faut nous laisser sortir.

— Ah bon ? Et pourquoi donc ? demande la Main Rouge en riant.

— Parce qu'une bataille se prépare. Et que nous sommes tous en danger. » Elle s'approche des barreaux autant que ses chaînes le lui permettent. « Les Trelliens ont l'intention d'envahir Simta. Aujourd'hui, leur roi vient de voir l'Eudéa perdre à la fois son suzerain et son Pontifex. Il sait que la cité est en proie au désordre et à la confusion, il l'a vu de ses yeux. Il ne pouvait rêver meilleur moment pour frapper. »

Elle se garde de préciser que Joost tient tout particulièrement à s'emparer des filles de magie et que, maintenant, il va aussi vouloir s'approprier le Sucre et le tue-magie. Peut-être serait-il prêt à passer marché avec la Main Rouge après avoir conquis la ville. Et dire qu'elles sont prisonnières aux Mâchoires !

« Mensonges, dit la Main Rouge. Quelle pathétique tentative de diversion. Tes simagrées ne prendront pas avec moi, sorcière. »

Si seulement elle pouvait passer le bras entre les barreaux, comme elle l'a fait il y a quelques mois. Si seulement elle pouvait toucher le pater et le persuader de la croire.

« Joost dispose de milliers de navires, insiste-t-elle. Il ne s'arrêtera pas avant d'avoir réduit Simta en cendres.

— En admettant que ce soit vrai, pourquoi devrais-je vous libérer ?

— Parce que nous avons le pouvoir de le vaincre. »

La Main Rouge ricane.

« Tu peux mentir tant que tu veux, sorcière, je ne me laisserai pas détourner de ma mission. Demain, ton pouvoir... votre pouvoir à toutes retournera là où est sa place. » La lueur d'espoir qui a poussé Æsa à prendre la parole s'éteint, réduite à néant. Ce fanatique n'accordera aucune attention à ce qu'elle dira. « Il y aura procès pour sorcellerie, scande-t-il. Comme ceux qu'organisaient les paters lors des Grandes Révélations. Vous confesserez vos crimes devant la cité et ses maîtres.

— Nous ne confesserons rien du tout, riposte Sayer d'une voix aussi dure que l'acier.

— Le Sucre qui courra dans tes veines t'obligera à faire tout ce que je te dirai, sorcière. Tu répéteras mot pour mot ce que je t'aurai glissé à l'oreille. »

Æsa s'imaginait que ses visions lui donneraient le pouvoir de sauver les Oiselles. Qu'elles seraient capables de tout, ensemble. Mais les voilà piégées, prisonnières en ces lieux d'où elle a déjà dû s'évader un jour. Et elle ne peut rien pour modifier le cours du destin.

Alec n'était pas là quand sa mère est morte. Elle écumait les scènes de Lyra avec sa troupe de danseurs, en quête de célébrité. C'est la peste tekane qu'elle y a trouvée, et elle n'est jamais revenue. Il avait 8 ans. Qu'elle disparaisse de cette manière lui semblait impossible. Il s'attendait toujours à la voir revenir à la vie, en dansant comme elle en avait l'habitude.

Il n'était pas là pour recueillir les derniers mots de Krastan quand le vieillard a été tué. Le vacarme qui régnait dans la boutique enfumée l'en a empêché. Son père adoptif était déjà parti à jamais lorsqu'il est arrivé près de lui. L'homme qui avait fait d'Alec ce qu'il est, anéanti en un clin d'œil.

Il n'était pas là non plus au mariage de Matilde. La colère l'a éloigné de la foule qui allait la regarder s'unir à un autre. Quelque chose en lui s'obstinait à espérer qu'elle refuserait. Il aurait dû se douter qu'elle le ferait bel et bien, en fin de compte. Il y a des années de cela, quand le regard de l'apprenti alchimiste s'attardait parfois sur la demoiselle Dinatris, Krastan l'avait prévenu : *Ces filles-là ne sont pas pour nous, mon garçon. Mieux vaut fixer le cap sur un rêve qu'il est possible d'atteindre.* Mais Alec a toujours visé haut ;

il a toujours eu envie de fabriquer ses propres produits improbables, de croire à ce qui échappe à la vue.

Il a passé l'essentiel de la journée à jouer des coudes dans les rues pleines de gens paniqués, à demander ce qui s'était passé, à essayer de distinguer les histoires les plus folles de la vérité. Le Pontifex assassiné, le suzerain mort, les Oiselles Sauvages capturées. La Main Rouge régnant sans partage. C'est la dernière des rumeurs qui l'a le plus horrifié : un commerçant lui a confié que la sorcière du feu était possédée. Se peut-il que le Sucre ait obligé Matilde à marcher jusqu'à l'autel ?

Alec s'est rendu chez Leta, en quête de réponses ; personne. Il s'est rendu au quartier général des Étoiles Noires ; en ruines. Il n'a compris pourquoi qu'en rentrant chez lui, aux Bains. Rankin et Jolena l'attendaient, recroquevillés au pied de sa porte, livides et couverts de crasse.

Une attaque, a dit Rankin. Ses phrases coupées se faisaient l'écho de sa voix brisée. *Paraît qu'on cachait la sorcière des fleurs. On s'en est sortis. Certains. D'autres… non.*

Jolena, qui se cramponnait à lui, a tendu à Alec un petit sac de plantes flétries et abîmées. Des cœurs sanglants, d'après elle. Censés combattre les effets du Sucre. Malheureusement, tester un antidote prend du temps, et ils n'en ont pas. Alec se demande en quoi le cœur sanglant pourrait les aider, maintenant.

Il se masse les tempes. Rankin et Jolena sont restés dans sa chambre, à dormir – du moins l'espère-t-il. Lui s'est glissé sur le toit des Bains, dans la serre que le propriétaire de l'établissement l'a autorisé à transformer en laboratoire de fortune, il y a quelque temps déjà.

« Il faut absolument les sortir de là », déclare Willan, pour la énième fois.

Il a fait son apparition une heure plus tôt, avec des nouvelles – l'arrivée d'une flotte trellienne – qui ont donné la chair de poule à Alec. Depuis, l'ancien pirate n'a pas cessé une seconde de faire les cent pas.

« On ne peut pas, répond Alec. Les Mâchoires sont trop bien gardées. Notre meilleure chance, c'est d'assister au procès. »

Il prépare en ce moment toutes les potions, vites faites, mal faites, qu'il maîtrise. En relisant la moindre information dont il dispose sur le cœur sanglant, c'est-à-dire pas grand-chose.

Ouvrant un des rares volumes à avoir échappé à l'incendie de la boutique de l'alchimiste, il suit du doigt les pattes de mouche de Krastan. Le vieillard avait l'habitude d'annoter les recettes, logeant des trésors d'information entre les mots imprimés. Ce qui rappelle à Alec une autre annotation, découverte, celle-là, dans la bibliothèque d'Augustain. Il la retrouve dans son calepin : *Si âme et magie divorcent, le cœur sanglant permet de soigner la rupture*. Quelle étrange formulation. *Permet de soigner*. Comme s'il s'agissait de l'ingrédient principal. Cette petite phrase laisse dans l'ombre la plus totale la manière dont il convient de procéder. Que ne donnerait-il pas pour que Krastan soit là avec lui, prêt à le guider. Aucune de ses recettes ne va l'aider à affronter ce qui l'attend.

En fin de compte, il prépare du Bien-Être Profond, la potion que Krastan confectionnait pour Frey Dinatris puis, pour Matilde, quand elles étaient Oiselles de Nuit. Elle leur permettait de pousser les clients à se détendre et à leur faire des confidences, puisqu'elles la gardaient à portée de main, dans le médaillon qu'Alec arbore à présent. À partir de là, il bricole, remplaçant le létha par du phlox et éliminant la somniherbe.

Attention, lui disait et répétait Krastan. *C'est dangereux de trop s'écarter d'une recette.* Toutefois, le vieillard lui a aussi appris que l'alchimie est un art autant qu'une science : elle exige de l'intuition. Il arrive qu'on soit forcé de créer un produit à l'instinct. Aussi Alec ajoute-t-il à la mixture du cœur sanglant, feuilles et tiges, avant de la porter à frémissement. Le contenu de la casserole est maintenant d'un rouge profond.

Matilde aimait le taquiner en lui demandant s'il fabriquait des potions d'amour. Il n'existe rien de tel, car l'amour ne se met pas en flacons. Alec en mêle cependant à sa création, dans l'espoir de lui donner plus de pouvoir : c'est en murmurant des mots tendres qu'il remplit le médaillon.

Sans savoir comment ni même si son invention peut aider Matilde.

Mais il n'est pas prêt à lui dire adieu.

CHAPITRE 25

OUVRIR LES PORTES

Fen regrette que l'unique fenêtre, percée en hauteur, ne laisse pas entrer le clair de lune. Cette lumière adoucirait l'obscurité croissante, les ténèbres qui essaient encore et toujours de la noyer dans ses cauchemars. Comme à l'époque de l'orphelinat, durant laquelle Rankin constituait par moments sa seule étincelle dans le noir. *Rankin*. La poitrine de Fen se contracte pour protéger son cœur autant que possible, mais il saigne à la pensée de son frère. Dorisall mentait quand il a parlé des Étoiles Noires. Il le faut. Tout ce qu'il voulait, c'était la faire réagir. Et ça avait marché.

Elle inspire longuement. Recommence. La puanteur du tue-magie n'a pas faibli. Les encensoirs crachent toujours jusque dans la cellule leur fumée tourbillonnante. Ses compagnes sont livides, les traits tirés. Sayer a posé la main sur son ventre. Fen, elle, a la bouche sèche et accuse la fatigue, rien de plus. Si discrète que reste sa magie, épuisée par la tempête créée le matin même, elle n'a pas disparu. À vrai dire, la jeune fille se doutait qu'il en irait ainsi depuis qu'elle a quitté le Callistan. Ou, du moins, elle l'espérait. Le fait que l'aconit magectone ne lui fasse plus aucun effet n'en est pas moins stupéfiant.

Il faut qu'elle le dise aux autres, mais il y a encore trop de Surveillants aux alentours. Elle se concentre afin de rassembler ses esprits et d'envisager un plan. Enfin, la nuit s'épaissit ; les gardiens et les curieux commencent à se disperser. Elle attend de ne plus en distinguer aucun, même si elle entend encore des bruits de bottes au loin. Au moment où elle ouvre la bouche, cependant, Matilde prend tout bas la parole :

« Je n'arrête pas de penser à ce qui s'est produit, quand on s'est retrouvées ensemble. Toutes les quatre. La poussée de pouvoir, la tempête qui a éclaté d'un seul coup. Ça me rappelle un passage du journal de Delaina. Je me demande si ce qu'elle raconte ne pourrait pas nous aider. »

Elle explique alors à ses amies qu'elle a trouvé le journal de son ancêtre dans la bibliothèque d'Augustain. Fen écoute, fascinée, l'histoire des quatre Oiselles Sauvages, liées par le cœur, qui ont détruit une flotte ennemie.

« Alors le lien qui nous unit ne fait pas qu'amplifier notre pouvoir. Il nous permet de le partager, murmure Æsa.

— Pas seulement, répond Matilde. D'après Delaina, une des quatre filles a attiré toute leur magie en elle. Elle l'a canalisée. »

Fen déglutit.

« Je crois que je l'ai fait aussi, ce matin. En tout cas, c'est l'impression que j'ai eue.

— La tempête ? demande Sayer. C'était toi ? »

Les prisonnières restent un moment silencieuses, à envisager cette possibilité. Puis Matilde reprend, perplexe :

« Vous croyez que c'est ça qui a brisé l'emprise du Sucre ?

— Peut-être que notre lien l'a dilué, suggère Æsa. Et que ça en a annulé les effets.

— Non, déclare Fen, le cœur battant à tout rompre. C'était moi. »

Les trois autres se tournent vers elle dans la quasi-obscurité, attentives. Ça ne devrait pas être aussi difficile à expliquer, mais elle est restée tellement longtemps à part, refusant de se mêler au groupe. Même si elle voit maintenant le pouvoir qu'on trouve à s'ouvrir.

« J'ai passé des années à consommer du tue-magie. » Elle déglutit. « Pour empêcher ma magie de se montrer. Mais je suis tombée à court juste avant d'aller dans le Callistan, et ça m'a rendue malade. Les Sythiens m'ont aidée à surmonter l'addiction. Maintenant... »

Elle regarde entre les barreaux pour vérifier que personne ne les espionne. Puis elle baisse les yeux vers les menottes qui lui entourent les poignets, consciente de leur fonctionnement subtil, du contour de leurs différentes pièces. Elles s'ouvrent avec un cliquetis étouffé.

« Par les dix enfers ! souffle Sayer. Tu es *réellement* immunisée. »

Fen acquiesce et reprend :

« Nous savons toutes que le tue-magie constitue l'ingrédient le plus important du Sucre. Il semble donc logique que, étant immunisée au tue-magie, je le sois aussi au Sucre. Sur la barge, j'ai senti la drogue dans ton organisme, Matilde. Il m'a semblé, ah... que je l'arrachais, en quelque sorte. Mais si on peut partager nos pouvoirs, il est possible que j'aie en réalité partagé mon immunité avec toi. Auquel cas... »

Elle tend les mains à ses auditrices. Lorsqu'elles se touchent, une vague nauséeuse et un vide menacent de l'engloutir – écho du tue-magie répandu dans leurs organismes. Comment a-t-elle jamais pu s'imposer un poison pareil ? Quelque chose en elle a envie de se rétracter, d'échapper au contact de cette substance toxique, mais il n'a aucun pouvoir sur elle. Alors elle se représente les arbres du Callistan.

Nul arbre ne pousse seul dans ces bois, lui a dit Seleese. *Leurs racines s'étendent à travers les vagues et l'humus afin de s'entrelacer. C'est ce réseau qui tient debout chacun d'eux.* Fen se voit avec ses trois amies en arbres complices. Leurs racines mêlées leur permettent de se tenir bien droites. La magie des trois autres est toujours là, enfouie derrière des murailles, enterrée au plus profond de leur être. Il faut qu'elle ouvre les portes, fasse entrer la lumière. Ainsi perçoit-elle son immunité : une lumière dont faire profiter ses sœurs. Elle la leur donne de bon cœur, sans rien chercher à garder pour elle.

Matilde prend une longue inspiration frémissante. Æsa laisse échapper un petit sanglot. Sayer chuchote d'une voix étranglée :

« Je ne le sens plus. Le tue-magie ne me fait plus rien. »

Le silence retombe, résonnant, cette fois, du vacarme de la liberté.

« Allons-nous-en », dit enfin Matilde.

Æsa et Sayer se lèvent d'un bond, décidées à s'enfuir. Bien sûr qu'elles le sont. Mais Fen a passé des années à le faire. À se cacher de Dorisall derrière un cache-œil, du mastic, un nom d'emprunt. À regarder avec inquiétude par-dessus son épaule, de crainte qu'il ne la rattrape. Ce cauchemar l'accompagnait, toujours et partout, l'enchaînait en permanence.

« On peut aussi rester. »

Cette déclaration ne suscite chez ses compagnes qu'incompréhension.

« Pour le procès ? Mais pourquoi ? demande Sayer.

— Si on s'enfuit, tout le monde gobera les mensonges de Dorisall et de Wyllo. Les gens se diront qu'on a quelque chose à cacher.

— On sera libres de combattre les Trelliens, proteste Æsa. C'est tout ce qui compte.

— Vraiment ? » interroge Matilde, la tête inclinée sur le côté.

Des trois autres Oiselles, c'est celle que Fen connaît le moins. D'ailleurs, elle n'aurait jamais cru qu'une cheffe de Tournepierres et une riche fille de Grande Maison pourrie gâtée puissent jamais trouver un terrain d'entente. Mais la lueur calculatrice qui brille dans les yeux de Matilde n'a pas de secret pour elle. C'est tout juste si elle ne lit pas dans les pensées de la jeune aristocrate.

« Des tas de gens assisteront au procès, reprend Matilde. Wyllo et la Main Rouge veilleront à ce qu'il y ait le plus de témoins possible. Parce qu'ils sont persuadés de nous avoir bien en main.

— Mais ce n'est pas le cas, enchaîne Fen. Je pourrai faire en sorte de retourner la situation. Nous montrerons à tout le monde qui sont les monstres, dans cette histoire. »

C'est un risque à courir, bien sûr. Il se peut qu'elles ne gagnent pas leur pari. Mais elle préférerait se battre que s'enfuir.

« J'ai eu une vision où on était toutes les quatre dans une église, dit Æsa d'une voix lente. Ça signifie peut-être qu'on est destinées à suivre votre plan. Mais les Trelliens arrivent. Il faut qu'on soit prêtes.

— Je nous libérerai, affirme Fen. D'une manière ou d'une autre. »

Matilde la considère de ses yeux d'ambre étincelants. On dirait que quelque chose s'est allumé en elle.

« Jusqu'ici, nous avons joué en suivant leurs règles à eux. Là, nous avons une chance de renverser la table. Rien ne nous est impossible, à partir du moment où nous sommes ensemble. »

Aussi loin que remontent les souvenirs de Fen, elle a toujours eu peur des espaces réduits et obscurs. Peur d'être enfermée, confinée. Mais dans cette cellule, avec ses trois compagnes, elle se sent plus libre que jamais. Comme si quelque chose en elle brisait enfin ses chaînes.

PARTIE 5

RENAÎTRE DE SES CENDRES

LE PATER DORISALL adresse une prière de reconnaissance aux Eshamein. Il va enfin triompher des Oiselles Sauvages, comme Marren, autrefois. Ce matin, il se sent plus proche de son dieu qu'il ne l'a jamais été. Il pourrait presque en être un, lui aussi.

Tout est prêt : l'église, le procès, la foule, le jugement. Il ne reste à préparer que les sorcières en personne. Le pater Dorisall remplit quatre coupes d'eau, laisse tomber dans chacune un losange de Sucre et mélange jusqu'à ce qu'il se dissolve. Il a éloigné les gardes : pas question que l'un d'eux sache ce qu'il fait en ce moment, pas même un de ses Caska. Il est trop près de la victoire pour prendre le moindre risque.

Quand il arrive devant leur cellule, les prisonnières se lèvent. On leur a fait revêtir de longues robes rouges, comme aux sorcières jugées durant les Grandes Révélations. Il est important de donner l'impression que l'histoire se répète.

Le père Dorisall remet à ses captives les clés de leurs fers puis, lorsqu'elles se sont libérées, pousse les quatre coupes entre les barreaux. Elles refusent de boire – il n'en attendait pas moins d'elles –, mais changent d'avis après avoir appris ce qu'il compte faire à leurs amis et à leurs familles si elles persistent à lui désobéir. Il les regarde se résigner enfin à s'emparer des coupes et à les vider. Un feu vertueux s'épanouit dans sa poitrine.

« Écoutez-moi », lance-t-il, devenant ainsi leur gardien.

Il s'est aperçu que les filles soumises au Sucre sont extrêmement attentives, quoique silencieuses. C'est gratifiant de les tenir ainsi sous son emprise. Ana le fixe de ses yeux déconcertants, attendant ses ordres. La fille bizarre qui lui a fait prendre ce chemin et qui a failli le détruire plus d'une fois. Sa capture donne au pater Dorisall l'impression que la divine providence est intervenue.

Il déverrouille la grille et entre dans la cellule.

« Agenouille-toi devant moi, Ana. » Elle obéit immédiatement. « Baise-moi la main. » Une très brève hésitation, puis elle s'exécute, là encore. « Répétez après moi. Toutes. »

Il leur fait réciter la prière à Marren, jouissant de la musique de leur défaite.

Allumons la bougie de Marren,
attisons son épée.
Les flammes pourchassent les ombres
et consument les ténèbres.
Dressons le bûcher,
un grand bûcher,
un feu purificateur pour purifier le monde.

Il tire ensuite de sa robe le cierge qu'il a apporté exprès de la chapelle de Marren. L'allume. Le pouvoir du Sucre va se révéler dans cette ultime expérience.

« Montre ta dévotion, Ana, ordonne-t-il en tendant la bougie devant lui. Mets la main au-dessus de la flamme. »

La sorcière n'a pas un frémissement au moment où la flamme lui lèche la paume. La plupart de ses acolytes sont incapables de se retenir de crier quand le feu leur brûle la peau, mais elle conserve le plus parfait silence – comme autrefois.

Le pater Dorisall enchaîne les prisonnières les unes aux autres avec de nouveaux fers puis leur explique ce qui va se passer au procès et ce qu'elles devront dire. Il a passé la nuit à mettre leurs déclarations au point – il y a passé sa vie entière. C'est tout juste si elles respirent tant elles l'écoutent attentivement.

« Vous vous confesserez, conclut-il, et vous accepterez votre juste châtiment. Vous m'entendez ? »

Elles acquiescent. Il se détourne. L'heure est venue, enfin, de son ascension. Il va bel et bien devenir la Main Rouge de Marren.

Fen attend que Dorisall lui ait tourné le dos pour s'essuyer la bouche en se retenant de cracher. Baiser cette main parcheminée et zébrée de cicatrices lui a été encore plus pénible que se brûler à la flamme de la bougie.

Il faut qu'elle fasse vite. Une troupe de Surveillants défile au pas, non loin de là. Ses amies contemplent les barreaux, les yeux vitreux. Elle prend une longue inspiration saccadée avant de les attraper par la main, sans laisser échapper un son, malgré sa paume douloureuse. Si Dorisall lui a appris une chose, c'est à supporter la douleur. Le Sucre qui circule dans le corps de ses compagnes lui semble d'une viscosité de mélasse. Va-t-elle parvenir à passer outre ?

Elle tend sa magie, sa volonté, son cœur, sans rien retenir d'elle-même. Ce qui lui appartient doit leur appartenir à toutes. Un goût de fer, de poussière, la piqûre du poison. Elle *veut* que ses amies reviennent… se réveillent.

Un déplacement. Le bruissement des feuillages à ses oreilles, alors même qu'il n'y a pas de plante dans la cellule. Elle jurerait pourtant les entendre murmurer. La main inerte d'Æsa s'anime soudain, serrant la sienne. Matilde soupire, elle aussi. Les lèvres de Sayer s'incurvent sur son sourire le plus diabolique.

CHAPITRE 26

IL DIT, ELLE DIT

Les pieds nus de Matilde claquent sur la pierre alors que les Surveillants l'entraînent dans l'escalier de l'église d'Augustain. Les autres filles, enchaînées à elle, suivent le mouvement. Apparemment, la Main Rouge a décrété que les sorcières ne se rendraient pas à leur procès en passant par les méandres intérieurs du complexe religieux, mais par l'extérieur, au vu et au su de toute la cité. Il a clairement l'intention de les exhiber.

Les marches sont encadrées d'autres Surveillants, qui empêchent la foule de les envahir. Les Coins sont couverts de bateaux. On dirait que l'essentiel de la population simtane est là. L'excitation est à son comble. Matilde se redresse de toute sa taille sous les cris et les huées. Elle sait parfaitement ce que voient les gens : quatre filles disposées à détruire la ville et ses habitants. Certains savent pourtant qu'il n'en est pas ainsi. Elle fouille la foule, à la recherche d'un visage ami. Il lui est difficile de discerner ceux qui l'entourent à la lumière éblouissante du jour. Le public se réduit pour elle à un océan houleux et anonyme.

Mais soudain, il lui semble entrevoir des cheveux bouclés entre deux Surveillants. Elle n'a pas le temps de prononcer un nom qu'Æsa en lâche un autre, qui sonne comme une prière sur ses lèvres :

« *Willan.* »

Quelques gardes lèvent déjà leur arbalète quand une sphère noire s'écrase sur la pierre. Un nuage de nuit bouillonnant engloutit les prisonnières. Les yeux en feu, Matilde trébuche ; ses chaînes se tendent. Tout n'est que hurlements et bousculades. Puis des bras l'entourent, la plongent dans un parfum de frênette et de fruits confits. Elle ne peut retenir un sanglot.

« Tilde, lui glisse Alec à l'oreille, par-dessus le vacarme. Je suis là. Viens.

— Je ne peux pas, répond-elle d'une voix étranglée. Pas encore. »

Il la tire par le bras. Ça ressemble tellement à la Moindre Nuit, au moment où il a essayé de la sauver. Mais, cette fois, elles doivent rester toutes les quatre pour se sauver elles-mêmes.

« Mets-toi à l'abri, Alec. On a un plan. Je te le jure.

— Tilde… » La voix du jeune homme se brise. « Je ne veux pas te perdre une nouvelle fois. »

Elle trouve ses lèvres. Un court instant, rien n'existe plus qu'eux deux, contre la nuit.

« Fais-moi confiance », lui chuchote-t-elle à l'oreille.

Un poids frais et familier glisse sous le corsage de sa robe rouge : son médaillon. C'est au tour d'Alec de l'embrasser.

« Je te fais confiance. »

Il recule brusquement. La Cape de Nuit s'est maintenant assez dissipée pour qu'elle distingue la foule, hurlante et houleuse. Il lui semble voir aussi Willan donner un coup de poing à un Surveillant en entraînant précipitamment Alec parmi la masse des spectateurs. Quelqu'un tire sur ses chaînes, l'obligeant à se remettre en marche. Elle suit l'alchimiste des yeux le plus longtemps possible. *Regarde-moi,* vois-*moi,* lui intime-t-elle en son for intérieur, comme elle l'a si souvent fait. Elle croise les doigts dans l'espoir qu'il sente que son cœur bat pour lui.

Les prisonnières pénètrent dans l'église, dont les portes puissantes se referment derrière elles. Il est temps de se concentrer sur ce qui les attend : leurs juges qui les regardent. Il faut qu'elle remette son masque, pour la dernière fois.

La lumière du jour met en valeur la magnificence de l'église d'Augustain. Le soleil qui entre à flots par les hautes fenêtres baigne les prie-dieu, sur lesquels les fidèles se sont agenouillés si serrés qu'ils débordent dans l'allée centrale. Les Surveillants postés autour de la nef sont armés d'arbalètes. Matilde cherche des yeux sa famille, ses anciennes sœurs Oiselles de Nuit, les oisillons. Mais, bien sûr, les paters ont empêché d'entrer quiconque aurait pu parler en faveur des accusées. Les Oiselles Sauvages vont affronter seules ce qui les attend.

Le garde qui les guide tire brutalement sur ses chaînes pour l'entraîner vers l'autel. Æsa, Sayer et Fen n'ont d'autre choix que de suivre. En principe, c'est là que se tient le pater chargé du sermon, mais une sorte d'estrade a remplacé la chaire. On y fait monter les quatre filles, qu'on aligne face aux fidèles. Très approprié, se dit-elle. Il s'agit d'une pièce de théâtre, où elles jouent le rôle écrit à leur intention. L'église sert de décor, chargé de rappeler au public les vertus des dieux et les vices des Oiselles. Les accessoires dispersés sur scène correspondent au procès qui va suivre : des encensoirs où se consume du tue-magie occupent trois coins de l'estrade, le quatrième étant réservé à un brasero où brûle un bon feu et près duquel attend une épée. Matilde remarque qu'elle a l'air très ancienne et qu'on l'a disposée en vue des spectateurs. Sans doute est-elle censée représenter celle dont se servait Marren pour brûler la magie des sorcières. Peut-être même est-ce *réellement* celle de Marren.

Que disait Delaina au juste de son amie qui a subi un procès pour sorcellerie ? *Je n'ai pu que regarder ma sœur brûler.* À cette pensée, le pouls de la jeune aristocrate a un raté. Les prisonnières ont longtemps discuté, la nuit précédente, mais elles ignoraient tant de choses sur ce qui les attendait exactement. Il est difficile de décider des mouvements à opérer quand l'échiquier est hors de vue.

À leur droite, la Table et les frères, assis dans le chœur occupé en temps normal par les chanteurs des cantiques. Les frères arborent leurs robes pourpres habituelles ; leurs crânes chauves brillent de sueur au soleil. Wyllo Regnis porte quant à lui un beau costume bleu, sur lequel se détache l'écharpe dorée du suzerain. C'est le seul membre de la Table qui consent à croiser le regard de Matilde. Elle examine ces hommes, qui tous assistaient à son mariage. Qui, sans doute, ont entendu Æsa expliquer ce qu'il en est du Sucre. Savent-ils que ce prétendu procès n'est qu'une farce ? Et cela a-t-il à leurs yeux la moindre importance ?

L'un d'eux se lève et agite une clochette pour demander le silence.

« Le procès peut commencer, annonce Wyllo. Levez-vous tous en l'honneur de notre Pontifex nouvellement nommé. »

La foule obéit ; certains spectateurs font le signe des Eshamein. La Main Rouge entre en scène, dans sa robe violet pâle, aussi lumineuse que la pierre de lune, une empreinte de main cramoisie apposée sur le visage. Il doit adorer. Matilde se force à dissimuler le dégoût qu'il lui inspire.

Il fait signe aux fidèles de se rasseoir puis se lance dans un petit discours. Sa voix de gravier et de sel, idéale pour la prédication, roule sans peine à travers l'immense édifice voûté.

« Reconnaissons tout d'abord la perte immense que représente la mort du Pontifex Rolo. C'est un honneur que d'avoir été choisi pour prendre son relais, surtout en des temps aussi dangereux. Nous avons une tâche redoutable à accomplir : arrêter la marée montante du mal en Eudéa. Mais nul aujourd'hui n'a rien à craindre des sorcières. Marren, dans sa grande bonté, m'a fait don du précieux tue-magie, une plante qui a la faculté d'éliminer le pouvoir de ces filles. » Le nouveau prélat englobe d'un geste les encensoirs. « Elle m'a permis de m'assurer que les sorcières ici présentes ne pourront vous faire aucun mal. Que nulle sorcière ne pourra plus jamais vous en faire. »

Murmures et exclamations étouffées parmi la foule. La plupart des gens n'avaient encore jamais entendu parler du tue-magie, une plante qui doit leur sembler miraculeuse.

Le Pontifex écarte les bras.

« Nous sommes réunis aujourd'hui pour juger les impies qui se tiennent devant nous. Prions les dieux de les contraindre à affronter leurs crimes. »

Quelques auditeurs poussent des acclamations, le poing levé. *Justice !* La Main Rouge demande le calme d'un geste et attend que le silence retombe pour continuer :

« Chacun de vous sait ce qu'elles ont fait sur la barge des Coins, hier matin. Elles l'ont réduite en pièces, condamnant de ce fait nombre de ceux qui se trouvaient à bord. Tous les membres de la Table et moi-même pouvons attester de ce qui s'est passé. Nous avons vu de nos yeux Matilde Dinatris assassiner notre Pontifex bien-aimé puis tourner sa rage contre notre suzerain. Ces filles ont mis fin à la lignée des Vesten, qui nous a si longtemps servis. Si nous ne les avions pas soumises, elles en auraient éliminé bien d'autres. » La foule s'agite, parcourue d'une vague coléreuse.

« Mais ce n'est pas là leur seul crime, poursuit l'orateur. Nous allons entendre les témoignages concernant chacun d'entre eux. »

Ainsi commence le torrent des dénonciations. Aucune ne surprend Matilde. Lord Heath Rochet passe le premier, accusant

Sayer d'avoir cherché à le tuer lors d'un enterrement de vie de garçon. Suit Lord Ansel Broussard, dénonçant l'attaque du Club des Chasseurs par les sorcières des tempêtes et des fleurs. Un très jeune Surveillant à l'air dur et têtu lui succède. Lorsqu'il ouvre la bouche, Æsa se raidit.

« Je montais la garde aux Mâchoires devant la cellule de la sorcière des mers », déclare-t-il. Le rouge lui monte aux joues. « Mais elle m'a ensorcelé. Elle… elle a pris le contrôle de mon esprit et l'a plié à sa volonté. »

Quand il raconte comment elle a manipulé ses émotions, il faut reconnaître au crédit d'Æsa qu'elle ne baisse pas les yeux.

Le défilé continue. Chaque récit représente un des fils qui tissent l'histoire des quatre filles, déformant la vérité pour constituer une tapisserie monstrueuse. Enfin, un dernier témoin s'avance, guidé par un homme plus âgé : Lord Maylon père tenant son fils, Teneriffe, par le coude. Des murmures agités s'élèvent : nul n'avait vu l'héritier du baronnet depuis des mois. Tenny a une mine épouvantable. Le teint jaunâtre, l'air hagard.

« La sorcière du feu a séduit mon fils avec sa magie, tonne Lord Maylon. Elle l'a ensorcelé jusqu'à le rendre dépendant. Puis, quand elle en a eu fini avec lui, elle lui a embrouillé l'esprit pour l'empêcher de révéler ses secrets. » Le vieillard tend vers Matilde un doigt tremblant. « Elle l'a détruit. »

La jeune fille a grande envie de protester qu'elle n'a rien fait de tel, mais il n'est pas question de dévoiler ses cartes maintenant. Il faut attendre qu'on donne aux accusées le droit de s'exprimer.

Quand les Maylon regagnent leurs places, le Pontifex remonte sur scène.

« Ces témoignages sont effectivement lourds, déclare-t-il solennellement. Ils nous montrent à tous comment ces sorcières ont contrevenu à nos lois et corrompu la Source. Leur magie a servi à mentir, à contraindre et à séduire. Il s'est trouvé des habitants de notre grande cité pour s'y laisser prendre. Ils ont élevé des autels à ces filles, qu'ils croyaient dignes d'adoration. Mais nous les voyons maintenant telles qu'elles sont : de fausses déesses. Elles représentent pour nous un danger qu'on ne saurait surestimer ; elles sont tout ce dont Marren a essayé de nous sauver.

» Néanmoins, les dieux sont justes. Avant de rendre notre jugement, nous allons donner à ces criminelles une chance de s'exprimer. Matilde Dinatris, vous qui m'avez confié désirer vous confesser de vos péchés ici même, au vu et au su de tous, voulez-vous avouer ? »

Le silence règne. Matilde s'entend respirer ; elle entend respirer ses amies, tout près d'elle. Son cœur est un oiseau qui bat des ailes entre ses côtes. Les membres de la Table et les frères se penchent en avant, passionnés. Le nouveau Pontifex reste en revanche d'un calme absolu : il lui a fait apprendre son texte par cœur et ne doute pas qu'elle le répète mot pour mot.

Il ignore qu'elle est maîtresse de sa propre voix.

« Non. »

L'expression du pater se trouble.

« Non ?

— Il n'est pas question que je m'accuse de crimes dont je ne suis pas responsable. Ces horreurs, on m'a obligée à les commettre. »

Il blêmit.

« Comment osez-vous prétendre une chose pareille ! Les témoins ne manquent pas qui vous ont vue assassiner le Pontifex Rolo ! Maintenant encore, vous mentez, sous le regard des dieux. »

Elle se tourne franchement vers le public.

« Je n'aimais pas l'ancien Pontifex, je le reconnais. Mais pourquoi l'aurais-je poignardé lors de mon mariage, devant autant de gens ? Pourquoi aurais-je agi de manière aussi incriminante ?

Je ne l'aurais pas fait, à moins d'y être obligée. L'homme ici présent cherchait à retourner contre moi, contre nous, les Oiselles, toute la cité en prenant par la même occasion le contrôle de l'Église. Il m'a droguée, ce qui lui a permis d'atteindre ses deux objectifs en faisant d'une pierre deux coups.

— Mensonges empoisonnés, crache le prélat. Je ne les permettrai pas. »

Matilde considère les membres de la Table et les frères. Certains ont l'air furieux, d'autres méfiants. Le teint de Wyllo vire peu à peu au rouge.

« S'agit-il d'un procès, oui ou non ? demande-t-elle, assez fort pour se faire entendre de toute l'assistance. Parce que, dans notre République, n'importe quel accusé a le droit d'assurer sa défense. Y compris une sorcière. »

Le regard du public oscille entre les quatre Oiselles et les jurés. Elles pourraient si facilement se voir privées de leur chance de s'exprimer…

« Laissez-les parler ! »

Les yeux de la jeune fille se posent sur l'homme qui vient de bondir, debout sur un prie-dieu. Le maître de cérémonie de la pièce qu'elle est allée voir avec Dennan. La voix profonde du comédien emplit toute l'église de ses échos avant de s'évanouir lentement. Une autre voix prend alors le relais, puis une autre encore. *Laissez-les parler ! Laissez-les parler !* Elles ont donc bel et bien des amis. Pour un peu, la psalmodie mettrait Matilde à genoux.

Un des frères fait signe à la Main Rouge de rejoindre les jurés. Déjà, Wyllo, conscient du danger, s'est lancé dans une grande discussion avec d'autres seigneurs. Mais le nouveau Pontifex a bel et bien invité les accusées à s'exprimer. Va-t-il avouer qu'il ne l'aurait jamais fait s'il ne les avait pas droguées auparavant ? Évidemment non – elle s'en doutait. Il s'est lui-même placé dos au mur.

Sand Deveraux finit par se lever, lui aussi.

« Nous allons entendre les sorcières. Mais il faut que l'ordre règne. »

Matilde jette un coup d'œil à ses amies, puisant des forces dans leur présence. Elle touche son médaillon à travers sa robe.

« Quelqu'un m'a droguée la veille de mon mariage, reprend-elle. Avec un produit alchimique du nom de Sucre. Une substance qui permet de contrôler totalement les filles de magie. Il suffit de les obliger à en absorber une infime quantité pour qu'elles n'aient plus le choix : à partir de là, elles sont tenues de faire ce qu'on leur ordonne. La Main Rouge en personne nous a avoué avoir testé ce Sucre sur des filles de magie enlevées en pleine ville par ses Caska. Qui ne sont autres que les fameux spectres, responsables de la disparition de nombreuses jeunes Simtanes. »

Des exclamations étouffées s'élèvent dans l'assistance. Un des frères se met à tousser.

« Mais il n'agissait pas seul, intervient Sayer d'une voix forte et claire. Un patriarche de Grande Maison finançait le projet et vend depuis quelque temps du Sucre à de riches seigneurs simtans triés sur le volet. Ce patriarche a drogué Matilde. Je l'ai vu de mes yeux droguer sa propre fille pour prouver à ses amis que le Sucre fonctionnait. »

Elle lève une main chargée de chaînes, le doigt tendu vers Wyllo. Il a maintenant les yeux écarquillés, les joues cramoisies.

« C'est un scandale ! s'exclame-t-il en bondissant sur ses pieds. Je n'ai absolument rien fait de tel.

— Oh si, riposte Sayer. Vous avez drogué Jolena. Avant de vous servir d'elle pour salir mon nom. »

La foule murmure, s'agite. Les gens croient-ils les quatre accusées ?

« Comme s'il était possible d'ajouter foi à des ignominies pareilles, grince Wyllo. N'y aura-t-il donc jamais de fin à vos mensonges ? Où sont vos preuves ?

— Je suis là. »

Matilde considère avec stupeur les spectateurs qui s'écartent. Fen et Sayer poussent à l'unisson un soupir tremblant. Jolena et Rankin apparaissent. La plupart des personnes présentes reconnaissent visiblement la première, car les gazettes publient depuis des semaines des dessins de son charmant visage pour illustrer les gros titres prétendant qu'elle a été enlevée par la sorcière des tempêtes. C'est devenu la figure emblématique incarnant le vice des Oiselles Sauvages.

« La drogue en question existe bel et bien, reprend-elle. Mon père, Wyllo Regnis, s'en est servi sur moi au Club des Chasseurs. Les Oiselles ont parfaitement décrit ses effets. La sorcière des tempêtes ne m'a pas enlevée, ce soir-là. Elle m'a sauvée. »

Le souffle coupé, Matilde se tourne vers Sayer. Ses yeux d'or étincellent, débordant de larmes qu'elle refuse de verser.

« Voyons, ma chère petite, tente Wyllo. Vous n'avez pas les idées claires.

— J'ai les idées parfaitement claires. » Jolena lève le menton, provocatrice. « Je vous vois parfaitement aussi. Ce que vous nous avez fait est mal. »

Certains membres de la Table regardent maintenant le nouveau suzerain d'un air incrédule.

« La sorcière des tempêtes a ensorcelé ma fille, s'écrie-t-il. Elle ne sait pas ce qu'elle dit. »

La foule a cependant l'air moins disposée à le croire qu'auparavant.

« Ce n'est pas tout », braille Rankin, avant de faire de la place à deux autres personnes : un garçon très bronzé, aux avant-bras entourés d'une sorte d'entrelacs d'herbes séchées, et une fille manifestement fragile qui ne tient debout qu'avec son aide.

« Nous arrivons juste de la propriété de campagne des Regnis, dans le Waystrell, explique le jeune homme. Nous y avons trouvé un laboratoire plein de Sucre. Et des prisonnières, dans les écuries. »

Il aide la jeune fille à s'avancer. Elle est très mince et cligne des yeux, comme si la lumière lui faisait mal. La Main Rouge n'a donc pas tué toutes les disparues, en fin de compte.

« Les garçons en gris m'ont enlevée, dit-elle d'une voix à peine audible. Ils m'ont jetée dans une voiture et m'ont emmenée je ne sais où, très loin d'ici. Là-bas, cet homme… » Elle montre la Main Rouge. « … a testé sa drogue sur moi. Il ne me donnait à manger que si je prenais son Sucre. Il… » Elle s'étrangle sur les mots avant de reprendre : « Il m'a fait faire des choses horribles. »

Quelques cris d'indignation s'élèvent dans la foule, qui s'agite, bouillonnante. La marée serait-elle en train de tourner ?

« Mensonges ! rage le Pontifex. Il n'y a pas un mot de vrai là-dedans ! Chacune des paroles tombées des lèvres de ces monstres est poison versé dans nos oreilles.

— Nous ne sommes pas des monstres, proteste Æsa, les yeux brillants. Ces deux hypocrites cherchent juste à nous faire passer pour tels à vos yeux. Nous n'avons jamais rien fait quc nous défendre, nous et les filles de magie, face à ceux qui nous voulaient du mal : ces deux hommes et leurs semblables, dont le seul but est de nous dépouiller de notre pouvoir. »

Une pellicule de sueur couvre maintenant le crâne chauve de la Main Rouge ; ses traits sont hideusement tordus. Enfin, il perd complètement sa maîtrise de lui-même.

« Vous ne comprenez donc pas ? Peu importe que j'aie plié ces sorcières à ma volonté. Elles sont le mal incarné. Marren m'a offert la drogue pour que je puisse vous les montrer telles qu'elles sont. »

Les cris redoublent. Certains Surveillants ont l'air prêts à tirer. Une promesse de violence plane au-dessus de l'assemblée.

« L'Église accuse depuis longtemps les Oiselles Sauvages des moindres problèmes de l'Eudéa, lance Matilde d'une voix forte.

Elle a réécrit leur histoire en éliminant tout ce qu'il s'y trouvait de positif. Mais ces femmes se sont battues pour nous et pour ceux qui avaient besoin de leur protection. Elles ont employé leur pouvoir à faire le bien. »

La jeune aristocrate pense à Krastan, d'après qui les Oiselles Sauvages se servaient de la magie pour modeler le monde, l'améliorer. Elle pense à ce que disait Delaina, à la force de cette ancêtre, transmise à sa descendance.

« Un roi des Lointains se prépare à attaquer Simta, prévient-elle. Il veut prendre la ville. Mais nous ne le laisserons pas faire. Les Oiselles Sauvages se battront pour vous. »

Cette déclaration résonne dans le silence, où chacun retient son souffle. Un brusque cri étranglé la fait sursauter. Le prélat se saisit de l'antique épée, posée sur son support. Il la plonge dans le feu du brasero, d'où ressort une lame de flammes.

Le prince diabolique ferma son palais à double tour. Il en enchanta les portes et crut son trésor à l'abri. Mais Fenlin Brae, la rusée, trouva le défaut de son armure et en agrandit la fêlure. Elle sourit de son sourire de renarde avant d'y enfoncer ses crocs.

– Extrait de « La plus habile des voleuses », récit figurant dans *Autour de l'arbre tors : Contes et Légendes de l'Eudéa d'antan*

CHAPITRE 27

UN FEU PURIFICATEUR

La toute première fois que Dorisall a enflammé son épée, Fen a cru que c'était de la magie. Le jour de Marren, il l'a apportée à table, la lame flamboyante, miracle censé inciter les enfants terrifiés à dire leurs prières. *Rien ne saurait étouffer le feu sacré,* a-t-il affirmé en la plongeant dans une grande bassine d'eau. Et, en effet, elle continuait de brûler quand il l'a ressortie de la cuvette. Fen a découvert des années plus tard qu'il l'avait enduite d'une résine très combustible, mais à l'époque, elle ne le savait pas. Rankin était terrorisé. Elle aussi avait peur devant un miracle si réel. Si Dorisall était capable d'une chose pareille, il ne pouvait qu'être omnipotent. À ce moment-là, elle l'a presque vu comme un dieu.

Mais ce n'est qu'un homme. Ni plus ni moins. Il a perdu sa capacité à l'impressionner.

« L'épée de feu de Marren va vous détruire ! » hurle-t-il en se tournant vers les quatre filles, prêt à frapper.

Marren nous enseigne que le feu purifie, qu'il raffine les choses pour n'en laisser subsister que le principe essentiel, a-t-il déclaré à ses captives. Peut-être avait-il raison, car Fen voit maintenant avec une parfaite clarté ce qu'elle doit faire. À la lumière de ces flammes, elle se sent recréée.

« Marren, protège-nous ! » s'écrie-t-elle en se laissant tomber à genoux.

Dorisall marque une hésitation. Ses yeux brûlent littéralement la Renarde. Très bien. Qu'il la voie. Qu'il voie ce qu'elle est devenue, à la fois malgré et à cause de lui. Qu'il voie qu'il n'a pas réussi à la briser, en fin de compte.

Elle se concentre sur le métal flamboyant. Une simple pensée, et il se met à fondre. Avec un peu de chance, les spectateurs y verront une intervention de Marren. L'argent ramollit très vite puis dégouline sur la garde, les mains levées du pater, ses poignets… Il hurle en lâchant l'épée, mais elle reste collée à sa peau. Déjà, les manchettes pâles de sa robe ont pris feu. Et la résine va les empêcher de s'éteindre.

« Marren ! Délivre-moi ! » rugit-il.

Son dieu ne l'écoute manifestement pas. L'odeur est atroce. Fen ne voit presque plus Dorisall, derrière le voile de flammes.

Il titube, trébuche, tombe de la scène, roule dans l'allée centrale puis se jette tête la première dans une fontaine. Mais cela ne suffit pas à l'éteindre. Le feu de Marren est éternel. Alors le pater s'élance d'une démarche incertaine dans la foule, qui s'écarte craintivement sur son passage. Nul ne se porte à son secours tandis qu'il se rapproche en hurlant des lourdes portes de l'église. Les Surveillants les ouvrent en grand pour livrer passage à cette torche humaine, qui descend le perron en titubant dans l'espoir de gagner le canal. Comment ses jambes peuvent-elles encore le porter ? Mais il est vrai que Dorisall a toujours été obstiné. Enfin, il bascule dans l'eau. Trop tard. Il ne reste presque rien de lui.

Un silence stupéfié, frémissant, plane un moment sur l'assistance. Les autres filles serrent Fen dans leurs bras sans mot dire.

« Une ordure de plus dans les poubelles de l'histoire », dit enfin Matilde, se forçant à plaisanter.

Cette mort n'inspire à Fen aucun regret, bien qu'un sanglot lui monte dans la gorge. Pas question cependant de craquer maintenant. Pas alors que les frères et la Table fixent les quatre Oiselles avec des yeux ronds et qu'un certain nombre de Caska lèvent vers elles des yeux étincelant de rage. Les Surveillants les menacent d'ailleurs toujours de leurs arbalètes.

Elle se concentre sur les fers dont les a chargées le défunt. Ils s'ouvrent en cliquetant.

« Et maintenant ? demande-t-elle d'une voix rauque.

— On se bat pour sortir. Si nécessaire », répond Sayer.

Ce qui ressemble fort à un coup de tonnerre souligne son dernier mot. Le roulement se réverbère contre la pierre des murs, emplissant l'église. Sur le perron, devant les portes, on s'agite. L'assistance se retourne comme un seul homme vers l'extérieur, où s'élèvent des hurlements. La foule qui n'avait pas réussi à entrer pousse manifestement vers l'intérieur les Surveillants postés sur les marches. Puis, dans une ruée paniquée, elle brise leurs rangs et se déverse dans l'édifice par la vaste allée centrale. Un autre coup de tonnerre retentit. Le dallage tremble sous les pieds des quatre filles.

« Oh, seigneurs ! Ça commence », s'exclame Æsa.

Ses mots sont noyés par l'explosion de l'église.

Haut dans les airs, volant,
Bas sur la terre, rampant,
Que l'ennemi de la Sheldar est lent,
Mais que sa voix soit chuchotée ou criée
Il n'en faut pas douter,
La Sheldar se fait entendre.

– Extrait d'un poème lyrique illish,
La Sheldar se fait entendre

CHAPITRE 28

PAIX ET GUERRE

Æsa s'accroupit tandis que l'église se met à trembler et vaciller. Le chaos progresse de telle sorte qu'elle croirait presque avoir bu un Fléau de l'Horloger, la potion qui ralentit le temps. L'explosion percute les spectateurs, les expédiant dans toutes les directions. Le ciel, qu'elle devrait distinguer par les portes ouvertes, est gommé par un nuage de fumée âcre. Les gens se blottissent entre les prie-dieu en hurlant et sanglotant. Un troisième coup de tonnerre secoue l'édifice, puis un autre, et encore un autre. Les vitraux volent en éclats. Les échardes de verre scintillent au soleil, pluie d'étoiles meurtrières.

Fen tend brusquement les mains pour ralentir par magie la chute des débris, les compresser, les réduire en poudre inoffensive qui vient se poser sur le sol tels des flocons de neige. Sans prévenir, le chaos cesse. Un silence résonnant s'installe. Æsa a les oreilles qui tintent… Est-ce le battement de son cœur ? Non : elle entend au loin les cloches du port sonner l'alarme. L'envahisseur arrive, semblent-elles crier. Trop tard.

La jeune fille regarde autour d'elle. Les quatre Oiselles sont toujours serrées les unes contre les autres. La foule recroquevillée n'ose bouger.

« Qu'est-ce que c'était que ça ? » interroge Matilde d'une voix tremblante.

Æsa le sait, elle. Elle a déjà entendu ces espèces de coups de tonnerre sur le *Tempête,* quand le drakkar a attaqué le bateau.

« Des canons, répond-elle d'une voix étranglée. Les Trelliens nous tirent dessus, je suppose.

— Mais… » Matilde frissonne. Æsa lui a raconté ce que les canons ont fait au navire de Willan. « Et les personnes présentes… »

Toutes se tournent vers l'entrée béante de l'église. Le perron est couvert de corps : sans doute des Simtans qui se trouvaient sur le seuil au moment où les envahisseurs se sont mis à tirer. Si le bombardement s'est interrompu, la fumée, elle, est toujours aussi épaisse. Quand elle s'éclaircira, Æsa va-t-elle découvrir près des portes le corps sans vie de Willan ? A-t-il réussi à lui revenir seulement pour qu'elle le perde aussitôt ?

Elle ferme les yeux. Elle savait que cet avenir risquait de se produire, mais elle ignore comment y faire face. Les visions ne l'ont pas rendu plus facile à supporter.

Puis on prononce son nom :

« *Æsa.* »

Son cœur bat follement quand il la prend dans ses bras. Une seconde, rien n'existe plus que le contact merveilleux de Willan, là, bien vivant. Avec elle.

« Mais qu'est-ce que c'était, par les dix enfers ? s'exclame Fen à son tour. Vous avez vu quelque chose ?

— Les Trelliens, répond le jeune homme d'un air sombre. Ils sont là. En train de battre notre marine à plate couture. Et pendant qu'une partie d'entre eux livre bataille dans le port, les autres remontent les canaux.

— Ce n'est pas possible, proteste Sayer. Les canaux ne sont pas assez profonds pour des bateaux pareils.

— L'Alta Dai. » Matilde blêmit. « La marée a peut-être monté juste ce qu'il faut.

— Il y a quand même les ponts, objecte Fen. Comment…

— Ils les ont fait exploser », coupe Willan.

Le roi Joost, bien sûr. Pendant que les Oiselles étaient enchaînées dans leur cellule, il a eu la voie libre pour démanteler la cité de l'intérieur. *Le serpent est dans le nid*, a dit le marin trellien. Æsa aurait dû empêcher ça, d'une manière ou d'une autre. Elle aurait dû savoir.

« Où est Alec ? demande alors Matilde à l'ancien pirate.

— Je ne sais pas. » Il se frotte le visage. « On a été séparés. »

Sayer attrape la jeune aristocrate, qui s'est mise à vaciller, par le bras.

C'est le moment que choisit une escouade pour entrer dans l'église en faisant claquer le talon de ses bottes. La foule s'écarte craintivement devant les soldats, qui s'avancent au pas vers l'estrade. Ils sont tous en armure de cuir et équipés d'une épée impressionnante. Leur chef, trapu et grisonnant, ouvre la marche en enjambant les corps qui jonchent l'allée, mais s'arrête à une vingtaine de mètres de la scène.

« Mon roi, Joost de Trellane, a fait cerner cette église par ses troupes annonce-t-il. Ne cherchez pas à résister et les violences s'arrêteront là. Sa Majesté demande à parlementer avec la Main Rouge. »

Æsa et ses amies se redressent. Le silence est maintenant si profond qu'on entendrait une épingle tomber. Tout le monde regarde l'estrade et le chœur. Enfin, un des frères se lève.

« Il est mort. »

L'officier hoche la tête, impassible.

« Alors nous discuterons avec votre suzerain. »

Wyllo reste planté où il se trouve. Sa bouche s'ouvre et se referme à plusieurs reprises sans qu'en sorte le moindre son. Un des membres de la Table le pousse dans le dos.

« Mon roi demande aussi les Oiselles Sauvages. »

Æsa consulte ses camarades du regard. Elles n'ont pas l'air plus enchantées qu'elle, mais que pourraient-elles faire d'autre ? L'assistance les suit des yeux pendant qu'elles parcourent l'allée, Wyllo sur les talons. Certains spectateurs font des signes sur leur passage, comme s'ils priaient. La foule semble maintenant plus implorante qu'accusatrice.

Les soldats, les filles et Wyllo sortent sur le perron de l'église. Les marches, autrefois blanches, sont grises de suie et cassées par endroits. Elles sont aussi jonchées d'innombrables corps, pour beaucoup figés et silencieux. Æsa n'arrive pas à en détourner le regard. Certains ne ressemblent même plus à des êtres humains. Parmi les victimes sont accroupis des proches, qui essaient de refermer leurs blessures en se lamentant parfois désespérément. Des flots de sang coulent dans l'escalier en ruine.

Une exclamation étouffée échappe à Matilde. À quelques pas de là gît Frey Dinatris, dans les bras de Samson éperdu. La jeune fille se précipite et se laisse tomber à genoux près d'eux.

« Je lui ai dit de ne pas venir, marmonne Samson. Je lui ai *dit*. »

Matilde prend les mains de Grand-mère dans les siennes et les serre de toutes ses forces.

« Si vous mourez, je vous en voudrai toute ma vie.

— Ma petite sauvage, râle la douairière. N'aie pas peur. »

Son corps se fige. Samson baisse la tête, les yeux débordant de larmes. Matilde laisse échapper un son horrible.

Elle devrait avoir le temps de pleurer, de s'affliger de son deuil, mais tel n'est pas le cas. Les canaux débordent de navires trelliens. On distingue à travers la fumée persistante les soldats qui se trouvent à bord et les canons, prêts à faire feu. Les envahisseurs ont apporté la destruction sur les canaux bondés : les embarcations simtanes sont retournées, coques vers le ciel, leurs passagers essayant frénétiquement de gagner les berges, dans l'espoir de se mettre à l'abri. Les voiles trelliennes s'étendent sur l'horizon tel le sang sur les marches de l'église. Une mer violente, toute puissante.

L'escouade a regagné au pas le bord de l'eau, où elle s'arrête devant une passerelle de fortune. La large planche descend jusqu'au pont d'un drakkar quasi collé à la rive, dont la voile rouge claque au vent. Un homme majestueux, de très haute taille, se tient à la proue : Joost. Æsa le reconnaît pour l'avoir vu au mariage. Une couronne brille sur ses cheveux blonds, presque blancs. Une fille au teint mat se tient près de lui, le cou ceint d'une chaîne en argent… dont le roi tient manifestement l'extrémité.

« Par les chats infernaux ! s'exclame Sayer, sidérée. Est-ce bien… Phryne ? »

Un de leurs oisillons du monde souterrain. Cette scène faisait partie de la vision venue à Æsa sur la plage d'Illish : une malheureuse aux chaînes d'argent, réduite en esclavage. La jeune femme aurait voulu ne jamais voir une chose pareille devenir réalité.

Le monarque porte quelque chose à sa bouche : une sorte de trompette, mais incurvée, et plus grosse que la normale. Cet accessoire rend sa voix tonitruante et permet de comprendre clairement la moindre de ses paroles.

« Je suis le roi Joost de Trellane, lance-t-il dans un simtan déformé par un fort accent. Où est la Main Rouge ?

— Le pater est mort ! » crie le capitaine de la petite troupe.

La nouvelle n'a pas l'air de plaire à son souverain, dont la bouche se pince. Son regard glacé se pose sur Wyllo Regnis.

« J'ai pris votre cité. Si vous satisfaites mes exigences, je repartirai demain matin. Sinon, je mettrai Simta à sac et il n'en restera que ruines. »

Wyllo lève les mains, les yeux figés par la terreur. Ses jambes vacillent davantage encore que celles d'un poulain qui vient de naître.

« Que voulez-vous ?

— Je veux la drogue dont la Main Rouge s'est servi au mariage. Vous allez me donner tous les stocks. Je veux aussi que vous rassembliez les sorcières simtanes pour me les remettre au crépuscule.

— Prenez déjà celles-là ! » Le nouveau suzerain se déplace, comme pour se mettre à l'abri derrière les quatre filles. « Et laissez-nous tranquilles ! »

Joost tend ses mains livides.

« Venez, Oiselles Sauvages. Vous serez les premières à vous joindre à moi. »

Matilde se redresse de toute sa taille dans sa robe ensanglantée. Sa fureur est sensible à Æsa.

« Nous avons déjà été contraintes de nous incliner devant des hommes odieux aujourd'hui, crie la jeune aristocrate. Nous ne le ferons pas devant vous.

— Vous avez le choix, et il est simple, riposte le Trellien. Soit vous vous joignez à moi de votre plein gré, soit je tue jusqu'à la dernière personne réfugiée dans cette église. Soumettez-vous à moi, ou regardez votre cité brûler. »

Sayer prend la main de Matilde, Fen celle de Sayer puis d'Æsa. Le contact s'établit entre elles toutes. À travers le lien qui les unit, Æsa sent la magie de ses amies s'éveiller, se fondre. Son propre océan enfle, s'agite, demande à être libéré. Mais si elles se battent ici et maintenant, elles n'arriveront peut-être pas à libérer Phryne. Les Trelliens tireront au canon sur l'église et le reste de Simta. Combien de gens mourront, avant que la bataille ne s'achève ?

« Attendez, murmure-t-elle. Je pense qu'on devrait monter à bord.

— Tu veux qu'on se rende ? s'étonne Matilde, les sourcils froncés.

— Non », ripostent en chœur Sayer et Fen.

Toute sa vie durant, on a dit et répété à Æsa qu'utiliser la magie revenait à corrompre quelque chose de sacré. Que les sorcières étaient poison. Ce n'est pas vrai : la Source ne leur a pas donné sans raison des pouvoirs pareils. Pourtant, elle a toujours eu l'impression qu'il s'agissait d'une malédiction plus que d'une bénédiction. Pourquoi lui faire un don aussi prodigieux, à elle ? Ses compagnes sont capables de férocité, mais elle renâcle devant la violence. Elle n'aspire qu'à la paix, pas à la guerre. Est-ce pour cela que, des quatre, c'est elle qui a reçu la capacité à modeler les émotions d'autrui ?

Peut-être la Source lui a-t-elle accordé sa bénédiction à cause de ce qui se passe ici et maintenant.

« Je peux mettre un terme à cette guerre, affirme-t-elle. Sans que personne ne verse une goutte de sang supplémentaire. Et en m'assurant que Phryne quitte ce navire saine et sauve. » Matilde secoue la tête en comprenant à quoi elle pense. « Je vous en prie, insiste Æsa. Il faut que j'essaie. »

Elle craint un instant que ses sœurs ne refusent ; puis, une à une, elles hochent la tête.

« Æsa ! » Willan, qui les a suivies dehors, s'approche d'elle. « Ne fais pas une chose pareille. »

Elle le regarde dans les yeux en se demandant pourquoi elle s'est crue incapable d'être plus d'une chose à la fois. Oiselle de Nuit ou enfant aimante, sheldar ou hashna, guerrière ou simple jeune fille. Elle est tout cela réuni, chaque facette également précieuse. Chacune lui conférant des forces.

« Tu m'as dit que j'étais forte, chuchote-t-elle en illish. Grâce à toi, j'y ai cru. J'ai besoin que tu continues à croire en moi. »

Il inspire longuement.

« Je crois en toi, *kilventra*. »

Elle s'écarte de lui. Il la regarde s'éloigner.

Æsa guide les filles le long des marches sans regarder les corps en charpie. Elle ne quitte pas le roi Joost des yeux. Un pas, deux pas, elles dépassent l'escouade trellienne, qui referme les rangs derrière les filles, muraille empêchant toute fuite. L'instinct a beau lui hurler de prendre ses jambes à son cou, d'éviter à tout prix l'erreur qu'elle s'apprête à commettre, ce que lui a dit Jacinta résonne à ses oreilles : *Pense à toutes les choses qui méritent qu'on se batte pour elles. Et n'oublie jamais la force dont tu es capable.*

Enfin, elle arrive avec ses sœurs sur la proue du bateau. Les soldats regroupés autour du mât les suivent des yeux. Joost aussi ; on dirait un homme affamé contemplant une table couverte de victuailles.

« Enfin, dit-il. Vous m'appartenez. »

Près de lui, Phryne frissonne.

« Je suis désolée, balbutie-t-elle. Je n'aurais jamais dû lui rac… »

Il tire sur sa pershane, l'étranglant à moitié, lui coupant la parole. Sans même la regarder. Puis il tend l'autre main, apparemment convaincu qu'Æsa va la baiser. Il sous-estime le pouvoir dont elle dispose. Ils le sous-estiment tous.

Elle prend la main offerte et cherche en lui les courants de ses émotions. La proximité des autres Oiselles facilite énormément les choses. Les sentiments du souverain lui évoquent la résine de pin séchée au soleil, dure et cassante. Exultation du triomphe, ardeur, avidité, plus ancrées qu'Æsa n'en a jamais rencontré. Cela ne l'empêche pas d'entreprendre de les plier à sa propre volonté.

« Ah, Joost, souffle-t-elle, assez bas pour qu'il soit seul à l'entendre, je sens que vous vous demandez maintenant si vous avez bien fait d'attaquer Simta. Notre magie ne vous intéresse pas tant que ça, en fin de compte.

— Mais… si, marmonne-t-il, le front plissé.

— Non, non, elle ne vous intéresse pas. Et puis vous savez que cette invasion signera votre perte. Vous n'avez qu'une envie : vous retirer de Simta et rentrer chez vous. »

Il secoue la tête.

« Je viens de tellement loin. Je ne peux pas faire demi-tour maintenant. »

Ses émotions sont d'acier, forgées au foyer de sa conviction. Æsa décide de lui emplir les veines de terreur à la place.

« Si vous ne partez pas, nous vous détruirons. Nous vous pourchasserons. C'est votre plus grande peur, je le sais. »

Joost blêmit encore. Sa main se relâche sur la pershane. Sayer prend Phryne par le bras. Un sanglot étranglé échappe à l'oisillon.

« Æsa, murmure Fen. Les autres. »

Les hommes en poste sur le bateau ont senti que quelque chose n'allait pas. Ils se rapprochent. Æsa étend sa magie pour la laisser déferler sur eux, s'empare des fils disparates de leurs émotions, en compose un tissage. Vu leur nombre, elle n'y arriverait peut-être pas seule, mais ses sœurs sont là, autour d'elle. Leur *pouvoir* est là, elle le sent jusque dans la moelle de ses os.

« Ça va tenir, si tu pars ? » lui demande Matilde à l'oreille.

Elle n'en sait rien. Il vaudrait mieux qu'elle reste à proximité du monarque pour veiller à ce qu'il quitte Simta, mais s'éloigner ainsi des autres Oiselles… L'indécision l'engloutit. Un cri retentit alors derrière elle :

« *Pour le roi !* »

Des exclamations suivent : les soldats postés sur la berge. Elle les avait complètement oubliés ! Quand elle fait volte-face, ils se battent déjà avec les Simtans qui se sont approchés de la passerelle et leur en bloquent maintenant l'accès. Plus haut, la foule descend l'escalier de l'église en brandissant des armes de fortune. Willan tire son épée quand un Trellien le rejoint, prêt à le transpercer de part en part. La panique d'Æsa à ce spectacle fait surgir du canal une vague qui s'écrase sur l'envahisseur et le jette à terre.

Lorsqu'elle se retourne, Joost est en train de secouer la tête.

« Toi ! gronde-t-il d'une voix dure. Qu'est-ce que *tu m'as fait* ? »

Une des Oiselles la tire en arrière et l'entraîne à toute allure sur la passerelle, pendant que Sayer projette sa magie jusqu'au roi pour l'empêcher de se lancer à leur poursuite. Sitôt qu'elles et Phryne arrivent en sécurité sur la terre ferme, Matilde met le feu à la planche. Joost pousse un rugissement de rage, les yeux étincelants.

« Revenez ! Revenez tout de suite ou je vous détruis, vous et toute cette cité ! »

Æsa tend les mains à ses amies, prête à réduire le navire en pièces, à arrêter cette folie.

C'est alors qu'un éclair blanc engloutit le monde.

Leta me supplie d'aller vivre avec elle. Elle veut mon bien, j'en suis consciente. Voilà pourquoi j'acquiesce, le sourire aux lèvres. Quelle chance d'avoir une sœur pareille, si forte, si loyale ! La savoir de mon côté ne rend ce qui m'arrive que plus facile à supporter.

– Extrait du journal intime de Nadja Sant Held

CHAPITRE 29

BAUME APAISANT

Sayer halète, les poumons en feu. Le monde alentour baigne dans une lumière éclatante qui lui fait mal aux yeux. Pourquoi n'y voit-elle rien ? La panique menace de l'envahir, mais la blancheur aveuglante s'évanouit peu à peu tandis que l'ouïe lui revient. Quelle arme ont bien pu utiliser les Trelliens ?

Elle cligne des paupières avec force en essayant de reprendre ses esprits. Comment s'est-elle retrouvée par terre ? Quand elle se relève, tant bien que mal, une douleur atroce la plie en deux. Quelque chose ne va pas du côté de ses côtes. Chaque inspiration lui inflige un véritable coup de poignard. Des épées s'entrechoquent, trop près d'elle. On se bat. Un Trellien jette à terre un Surveillant, qui manque tomber sur la jeune fille. Quelqu'un hurle. Il faut qu'elle bouge.

Elle monte l'escalier en essayant de ne pas trébucher sur les corps et de repérer des têtes connues. Jolena et Rankin sont là, près du seuil. Dans quel état ? Que font-ils dehors ? Où sont passées les autres Oiselles ? Elle cherche en elle le lien qui les unit, s'en empare, essaie de le suivre. Derrière elle se dresse une muraille infranchissable de cris de guerre.

« Dans l'église ! Réfugiez-vous dans l'église ! » beugle une voix. Willan, peut-être ? « Dépêchez-vous ! »

Elle glisse dans le sang. Son sens de l'équilibre semble quelque peu perturbé. Elle est perdue, seule, dans un univers de blancheur. Un coup violent à l'épaule la projette de nouveau à terre. Elle se retrouve sur le dos. Le Trellien dressé au-dessus d'elle montre les dents, menaçant. Elle n'a pas le temps de riposter que, déjà, quelqu'un expédie le soldat au tapis. Fen.

« Allez, Tig, halète-t-elle. Presse-toi. »

Les deux filles montent les dernières marches en titubant pour pénétrer dans la bâtisse. Matilde et Æsa, qui s'y trouvent déjà, leur font signe de les rejoindre. Un petit groupe tire sur les immenses battants pour les fermer puis met les barres en place.

Sayer prend Fen dans ses bras, le souffle court.

« Tu m'as trouvée.

— Toujours », répond sa compagne en l'embrassant sur la joue.

Elle inspire longuement, à deux reprises, en refrénant son envie de se fondre à Fen. Plus tard. Pour l'instant, elle s'oblige à s'écarter et à regarder autour d'elle. Aucune trace de Wyllo. Avec un peu de chance, il est dehors, en compagnie des Trelliens. Æsa s'occupe de réconforter Phryne. Samson et Willan soutiennent à eux deux Alec, aussi trempé qu'une serpillière.

« Oh… Alec… Espèce… D'idiot ! » L'exclamation de Matilde est entrecoupée de baisers. « Tu as failli tous nous faire exploser.

— C'était toi ? interroge Sayer. Par les dix enfers ! On avait la situation en main.

— Les autres drakkars se rapprochaient, croasse-t-il. Les canons à bord fumaient. J'ai paniqué. Je me suis dit qu'ils n'oseraient pas tirer sur ce qu'ils ne voyaient pas. »

Sayer considère les prie-dieu. L'église est pleine à craquer de gens peureusement recroquevillés, aux yeux écarquillés.

innombrables. Elle a beau les passer en revue, ni Jolena ni Rankin n'ont l'air d'être là. Les Trelliens essaient maintenant d'enfoncer les portes, qui produisent des craquements inquiétants. Combien de temps tiendront-elles avant de se briser ?

« Il faut en finir, déclare-t-elle. On ne peut pas les laisser faire davantage de dégâts.

— En effet, acquiesce Willan. Si seulement on arrivait à saborder leurs bateaux, on serait débarrassés de leurs canons. Ça les mettrait à genoux.

— Oui, mais comment faire ? demande Fen. On est enfermés.

— Ce n'est pas un problème, intervient Matilde, de son air de conspiratrice. Il suffit qu'on soit assez haut pour voir ce qui se passe. Le clocher…

— Oui, coupe Æsa. C'est là qu'on va. Je l'ai vu. »

Un autre coup retentissant secoue les portes. Le bois craque bruyamment.

« On va les retenir, halète Samson. Mais *dépêchez-vous* ! »

Il n'est plus temps de discuter. Les filles s'élancent dans l'allée centrale, mais il y a trop de monde pour qu'elles puissent vraiment courir. Sayer se retient de hurler à chaque pas, tellement ses côtes lui font mal. Enfin, Matilde entraîne le groupe jusqu'à une porte inscrite dans le mur du fond, derrière la scène, et qui ouvre sur un escalier de pierre en colimaçon. Au moment où Sayer va s'y engouffrer, dans le sillage de ses amies, un cri la fige sur place :

« Lâchez-la ! »

Elle fait volte-face. Rankin est là, dans la foule, lancé à la poursuite de Wyllo, mais ce rat des canaux le frappe avec quelque chose, elle ne sait quoi, et le Tournepierre s'effondre. Il a beau chercher aussitôt à se relever, Wyllo se faufile déjà par une autre porte en tirant Jolena derrière lui. La petite s'aperçoit alors de la présence de Sayer et se met à l'appeler au secours.

L'Oiselle se précipite dans leur direction en repoussant brutalement tout le monde sur son passage. Le couloir sur lequel donne la porte qu'ils viennent d'emprunter a beau être désert, ils ne peuvent être bien loin. Un coin de mur. Un autre. Les voilà, en train de se battre au pied d'une muraille de crânes humains.

« Arrête, espèce d'idiote ! s'écrie Wyllo, qui a empoigné Jolena par les poignets. Tiens-toi tranquille !

— Lâchez-moi !

— Tu vas faire ce que je te *dis* ! »

La vision de Sayer se trouble. C'est elle-même qu'elle voit, également maintenue par cet homme, impuissante. Et sa mère.

Wyllo lève la main.

La magie de Sayer a toujours été furtive, un pouvoir que peu de gens peuvent se vanter de voir. N'importe quel témoin jurerait que l'aristocrate vient tout simplement de perdre l'équilibre. Personne ne distinguerait les bandes d'air qu'elle courbe autour de lui pour l'expédier contre les crânes. Deux d'entre eux basculent et s'écrasent à terre, où ils tombent instantanément en poussière. Jolena, libérée, recule en titubant pendant que sa sœur resserre les liens aériens qui emprisonnent Wyllo. Il halète, maintenant, incapable de prendre davantage que les plus infimes inspirations.

« C'est fini, lance-t-elle en s'approchant de lui. J'espère que vous avez dit vos prières.

— Pitié, couine-t-il d'une toute petite voix, presque dans un souffle. Épargne-moi, ma fille. »

Ce mot dans sa bouche attise la fureur de Sayer. Elle le prive totalement d'air. La bouche du captif s'ouvre sans qu'il en sorte le moindre son, ses lèvres bleuissent, ses yeux s'exorbitent hideusement. Elle n'arrêtera que lorsqu'il sera mort.

« Sayer, non », implore Jolena.

Mais il faut qu'il paie pour ce qu'il leur a fait.

« Je t'en prie. C'est notre père. »

Wyllo crachote quand l'emprise de Sayer se desserre. Elle considère Jolena, qui l'a rejointe.

« Tu savais ?

— Que nous sommes sœurs ? Oui, depuis des mois. Mais je t'aimerais même si ce n'était pas le cas. »

Sayer a passé tellement de temps ces derniers mois à vivre dans l'ombre pour régler les comptes et rendre justice. La colère a été à la fois son arme et son armure. Mais ce que dit Jolena la touche en plein cœur et s'épanouit en elle, se répand en son sein tel un baume apaisant.

« Il ne mérite pas de vivre, crache-t-elle cependant.

— Je sais. Mais tu n'es pas une meurtrière. » Jolena la prend soudain dans ses bras. « S'il te plaît, ma sœur. Laisse-le partir. Fais ça pour moi. »

À la mort de sa mère, Sayer était persuadée qu'elle n'aurait plus jamais de famille. Elle se disait qu'il valait mieux fermer son cœur et se battre seule. Alors est arrivée Leta, qui lui a ouvert sa porte et l'a protégée. Puis cette petite, que la muraille d'épines dont elle s'est entourée n'impressionne pas. Fen, Matilde et Æsa. Sa famille – une famille qui a besoin d'elle.

Cet homme l'a engendrée, mais il n'a absolument aucune importance.

Il s'effondre à quatre pattes, livide, peinant à respirer.

Sayer prend Jolena par la main pour l'emmener, sans un regard en arrière.

L'une des quatre a attiré en elle tout leur pouvoir de manière à le canaliser. Leur magie, mêlée et accumulée dans son sein, est devenue une, indivisible. Elle s'en est servie pour réduire en cendres les vaisseaux, mais il a fallu qu'elle en paie le prix. Pareil pouvoir nécessite un sacrifice. Leur magie conjuguée l'a brûlée, elle aussi.

– Extrait du journal intime de Delaina Dinatris,
une des premières Oiselles de Nuit simtanes

CHAPITRE 30

BRÛLER D'UN FEU ARDENT

Matilde met sa main en visière pour parcourir la cité du regard. Vue du clocher, Simta se déploie presque tout entière en contrebas, des Coins aux Confins. Les navires de guerre simtans affrontent les drakkars trelliens dans le port... et perdent la bataille. Ils sont pour moitié en feu, semble-t-il, et ce qui se passe dans les canaux est presque pire. Des centaines, voire des milliers de bateaux ennemis les ont envahis, avant d'ouvrir le feu avec leurs canons sur les constructions. Combien en faudra-t-il pour réduire la ville en cendres ? La jeune aristocrate songe aux filles qui errent dans les rues, isolées, terrorisées. Elle songe à Grand-mère, à ses yeux ternis, à sa lumière qui s'est éteinte à jamais.

Un bruit, dans l'escalier. Apparemment, Fen a réussi à remettre la main sur Sayer.

« Pas trop tôt, lance Matilde d'un ton sec. Tu avais un rendez-vous plus urgent, peut-être ?

— Je suis là maintenant, riposte Sayer, haletante. Bon. Qu'est-ce qu'on fait ?

— Il faut couler leurs bateaux, déclare Æsa. C'est la seule manière de les arrêter.

— Mais est-ce qu'on en est capables ? demande Fen. D'ici ? »

Matilde repense aux histoires de Delaina, celles qui parlent de partager les flots et de mouvoir les montagnes. Elle cherche à tâtons les mains de ses sœurs.

« On est des Oiselles Sauvages. Bien sûr qu'on en est capables. »

Une fois de plus, elles établissent le contact. Une fois de plus, elles expérimentent la poussée du pouvoir – de la plante qui croît et de la vague qui déferle, de la foudre et du feu, le tout intimement mêlé. Matilde se redécouvre capable de respirer, la moindre de ses facettes en expansion. Le doute n'en persiste pas moins, piqûre dans son esprit. Elles n'ont jamais eu l'occasion de travailler une magie pareille, de la manier réellement. Mais Matilde ne laissera pas les Trelliens détruire son monde.

Elle inspire un bon coup.

« Il faut unir nos pouvoirs pour venir à bout de l'ennemi. Laissez-moi nous canaliser.

— Pourquoi toi ? demande Æsa.

— Parce que j'ai un plan. »

Dans leur cellule des Mâchoires, elle leur a rapporté ce que raconte le journal intime de Delaina sur la manière dont les Oiselles Sauvages ont vaincu les envahisseurs tekans. Elle leur a récité le passage gravé dans sa mémoire : *L'une des quatre a attiré en elle tout leur pouvoir de manière à le canaliser. Leur magie, mêlée et accumulée dans son sein, est devenue une, indivisible.*

Elle a cependant passé sous silence la fin de l'histoire :

Il a fallu qu'elle en paie le prix. Pareil pouvoir nécessite un sacrifice. Leur magie conjuguée l'a brûlée, elle aussi.

L'Oiselle en question en est-elle morte ? *Matilde* va-t-elle en mourir ? Impossible de l'affirmer. Mais si elle échoue dans cette entreprise, tout est perdu.

Elle n'a pas oublié ce qu'affirmait Grand-mère sur l'importance du devoir. À l'époque, il lui semblait que c'était juste une autre manière de lui ordonner de laisser autrui décider de son existence. Mais maintenant, elle comprend. Il arrive que le devoir vous oblige à avoir une vue d'ensemble. À vous battre pour quelque chose qui dépasse votre petite personne. Les Oiselles Sauvages le faisaient autrefois. Elles portaient l'armure et allaient au combat, risquant leur vie pour sauver celles de leurs concitoyens. Jusqu'au jour où elles ont sacrifié ce pouvoir dans l'espoir d'assurer la sécurité de leurs filles.

Matilde est prête au sacrifice, elle aussi, s'il faut en passer par là pour sauver sa cité.

Pour protéger les filles de magie, elle est prête à donner tout son être.

Elle regarde tour à tour Fen, Sayer et Æsa, une dernière fois.

« Je vous aime. » Ultime secret partagé. « Je suis contente que vous soyez mes sœurs. »

Sur ces mots, elle inspire longuement, plonge en elles, tire sur leur magie.

Alec lui a raconté un jour comment meurent certaines étoiles. *Quand la fin est proche, la pression exercée par le ciel devient trop forte pour l'astre à l'agonie. Il s'effondre. Puis il explose. Il se projette lui-même dans le noir*. Elle éprouve ce genre de sensation en aspirant la magie de ses sœurs : une compression. L'ensemble des éléments, tous présents en elle, chauffe son noyau comme des milliers d'ailes en feu. Le pouvoir conjugué des Oiselles brûle en elle et l'enflamme.

Bien plus bas, des soldats se jettent contre les portes de l'église, décidés à les défoncer. Sur les marches fument de petits feux, où elle sent palpiter son pouls. Sa volonté les fait renaître de leurs cendres et enfler, pendant que des rubans d'eau des canaux s'écrasent sur les escaliers en se tordant bizarrement. On les dirait attirés par les foyers comme les papillons de nuit par la flamme, car ils les entourent d'un entrelacs pour les protéger et non les éteindre. Sur les bateaux les plus proches, les canons se mettent à fondre, le métal liquéfié s'envolant afin de se joindre aux autres éléments. Matilde le modèle en une sorte de squelette – colonne vertébrale, bras, jambes, ailes : l'esquisse d'un monstre –, qu'elle enveloppe ensuite de brasiers et d'eau, en guise de muscles et de peau. La tête de flammes possède une bouche capable de hurler. La magie de l'air propre à Sayer façonne une crête et des serres puis permet à la créature de grandir, de gonfler jusqu'à atteindre la moitié de la taille de l'église. La bête énorme, massive, meurt d'une faim que rien ne saurait rassasier, à part la destruction. Il ne reste à Matilde qu'à la soumettre à sa volonté. La jeune fille met dans la balance sa propre ruse, la violence de Sayer, la force de Fen, le courage d'Æsa. Elle verse dans le cœur flambant de la chose le lien qui unit les Oiselles et leur fureur. Le monstre est leur. Un oiseau de proie élémentaire qui ne saurait exister autrement.

Enfin, il déploie ses ailes aux motifs de tempête et de foudre. Il tourne la tête, crie et le feu jaillit de sa gorge.

Alors il se concentre sur les Trelliens qui cherchent à défoncer les portes de l'église. Ils ont beau tenter de fuir, la créature les balaie d'un coup d'aile. Leurs cris étouffés par la distance parviennent cependant aux occupantes du clocher, tandis que leurs corps s'éparpillent ou tombent à l'eau. Puis, dans une bourrasque sifflante, la bête prend son envol. Elle décrit un grand cercle au-dessus des Coins, où son reflet brillant évoque dans l'eau un papillon de feu terrifiant, avant de piquer sans prévenir sur le bateau de Joost. Le monarque est terrifié, Matilde le voit à travers les yeux de feu de l'oiseau. Les serres magiques jettent des étincelles en se refermant sur le roi, qu'elles plaquent contre le pont. La foudre qui crépite autour de la créature traverse sa proie. Déjà, les yeux de givre de l'envahisseur ont perdu leur éclat. Mais Joost a beau être mort, la bataille n'en est pas pour autant terminée. La bête reprend son envol et plonge sur les autres bateaux, crève les voiles, défonce les coques, dévore tout sur son passage. Chaque impact se réverbère au plus profond de la poitrine de Matilde.

Après avoir réduit en pièces les drakkars dans les Coins, le monstre décrit un nouveau cercle au-dessus du champ de ruines : la faim le tourmente toujours. Alors, dans un rugissement, il se divise. Il n'y a plus dans le ciel de Simta un oiseau de feu, mais deux… non, trois, aussi meurtriers quoique plus petits. L'un d'eux hurle – crissement de métal tonitruant –, avide du sang des Trelliens.

Ils virent en se dirigeant chacun vers des canaux différents, sur lesquels ils piquent, tête flamboyante la première. Matilde voit toujours par les yeux de celui de son choix. Elle est la créature qui déchiquette et réduit en miettes tel ou tel navire. Le métal de ses os s'écrase contre les coques, fracassant le bois. La foudre de ses ailes frappe les mâts. Malgré quelques Trelliens courageux qui lui tirent dessus, elle absorbe les projectiles, quels qu'ils soient. L'eau ne saurait l'éteindre ni le vent la diminuer. Le pouvoir des quatre Oiselles Sauvages, devenu un, indivisible, ne saurait être dompté.

Mais plus elle s'éloigne, plus elle perd de sa substance. Ses ailes tombent en lambeaux. Elle est étoile agonisante, bientôt à court de combustible, guettée par le froid. Avant de disparaître, il faut pourtant qu'elle remporte cette bataille.

La voilà enfin au port, volant bas au-dessus des navires de guerre. Elle hurle. Ses serres se referment sur un des drakkars. Il lui semble qu'il fond sous son corps, brûlant haut et clair, explosant par endroits. Les deux autres oiseaux sont là aussi, occupés à réduire en pièces d'autres bateaux. Il ne reste bientôt plus de la flotte d'invasion que fumée et débris ballottés par les flots. Les marins simtans regardent en l'air, le doigt tendu, hurlant, mais aucun des monstres ne s'en prend à eux. Matilde espère bien que tout le monde s'en souviendra !

Le monde s'embrume. Loin, très loin, quelqu'un lui crie aux oreilles. Il lui semble même entendre son nom. Mais elle n'a plus de voix. Son corps a été réduit en cendres. Son cœur bat lentement, si lentement, engourdi.

Ils barricadaient les portes de l'église avec des prie-dieu quand le rugissement a retenti, dehors. Alec a d'abord pensé qu'il s'agissait des canons, mais le vacarme, assez puissant pour faire trembler l'édifice, ressemblait davantage à un cri animal. S'en sont suivi une sorte d'éclair, des hurlements, puis les Trelliens ont cessé de s'acharner contre les grands vantaux de bois. Le coup d'œil qu'a jeté Alec par une des fissures dues à leurs assauts l'a laissé bouche bée. Sur les marches était tapie une créature énorme au grand bec, aux vastes ailes et aux serres redoutables, qui agitait sa queue à la pointe meurtrière. Un phénix. Il l'observa alors qu'il prenait son envol et se battait pour Simta.

À présent, Alec titube dans les hauteurs de l'église, vers la lumière du clocher. Bien que le ciel bleu soit toujours barbouillé de feu et de fumée, la bataille est terminée. La joie enfle en lui, débordante.

« Vous avez réussi ! s'exclame Alec d'une voix rauque. Vous avez *réussi* ! »

Les filles ne lui prêtent aucune attention. Elles sont à moitié effondrées les unes contre les autres… et pourquoi Matilde est-elle allongée par terre ?

Le cœur du jeune homme se serre, se glace. Comme quand il prépare une potion qui se retourne contre lui.

Il s'approche, chancelant, puis tombe à genoux. Ses mains cherchent une blessure à soigner, une meurtrissure à soulager, mais rien. Matilde a la peau brûlante et aussi sèche que le parchemin.

« Que s'est-il passé ?

— Elle s'est écroulée en même temps que les oiseaux, répond Sayer d'un air sombre. Et nous ne parvenons pas à la réveiller. »

Son corps inanimé est d'une immobilité parfaite, effrayante, son pouls affaibli quasi inexistant.

Alec tire le médaillon en or glissé dans le corsage de Matilde et en dévisse frénétiquement le couvercle.

« Penchez-lui la tête en arrière. »

Lentement, il verse la potion sur la langue de la jeune femme, en priant pour qu'elle ne s'étouffe pas avec. Le cœur sanglant est censé soigner les filles de magie. Il faut que ça marche. Il ne va pas la laisser mourir.

Matilde ne fait pas un mouvement. Ils attendent, attendent. Rien ne se passe. Sa poitrine se soulève. Une fois, deux fois… puis plus rien.

Fen se cramponne à Sayer. Æsa lisse d'une main tremblante les cheveux de son amie. L'une d'elles pousse une sorte de petite plainte douloureuse.

Personne ne bouge. Le silence est si énorme, si pesant qu'il les écrase tous.

Enfin, Æsa inspire à fond pour se donner du courage.

« Il n'est pas question que notre histoire se termine comme ça. » Son regard oscille entre Sayer et Fen. « On va la rappeler. À nous trois. »

Elle pose la main sur la poitrine de Matilde, les doigts écartés. Sayer la couvre de la sienne, puis Fen l'imite et elles conjuguent leurs forces. Alec retient son souffle, redoutant de bouger.

Les meilleures recettes s'accompagnent souvent d'une incantation. *Les mots ont du pouvoir*, disait Krastan. *Ils tissent leur propre magie.* Aujourd'hui, ce sont les filles qui s'en servent pour jeter un sort.

« S'il te plaît, Matilde, reviens, dit Æsa.

— Ne nous quitte pas, renchérit Fen, la tête basse.

— S'il te plaît, répète Sayer d'une voix étranglée. On a besoin de toi. »

Les secondes passent, silencieuses, figées. Alec cherche le pouls de Matilde. En vain.

Rien. Absolument *rien*.

Il ne veut pas d'un monde sans sa lumière.

CHAPITRE 31

FLAMMES ÉTERNELLES

Matilde se trouve dans une chambre à coucher luxueuse. Son masque de Chardonneret est posé sur les couvertures de velours, à côté d'un plateau chargé de verres et d'un seau où rafraîchit une bouteille de rosé. Une autre Oiselle de Nuit est assise en face d'elle, son masque bleu miroitant sur ses genoux. Comme Matilde, elle a des yeux d'ambre, qui brillent dans les ombres floues de la nuit. Elle sourit. Matilde sait parfaitement de qui il s'agit.

« Dis-moi un secret, demande Delaina Dinatris. Quelque chose que tu n'as jamais confié à personne.

— J'ai peur de la mort.

— Tout le monde a peur de la mort. Je veux une révélation plus personnelle.

— J'ai peur de perdre ma magie. Je ne sais pas quelle personne je deviendrais.

— Tu seras toujours aussi farouche et forte, affirme Delaina. Peut-être même plus.

— Mais est-ce que ce sera suffisant ? Est-ce que je serai suffisante, moi ? »

L'Oiselle tend la main pour la presser contre le sternum de Matilde. Dans la poitrine de la jeune fille, quelque chose palpite en réaction.

« Tu es plus que ta magie, déclare Delaina. Tu es aussi tes rêves. Tes actes. Ton amour. Ton courage. Nul ne peut éteindre ces feux qui brûlent en toi. »

La palpitation s'étend, se renforce. Comme si des papillons de feu se posaient sur les os de Matilde. Un goût d'herbes lui emplit la bouche, presque familier. Puis, soudain, une traction brutale lui endolorit les côtes. Loin, très loin, on l'appelle, on demande qu'elle revienne. Son âme épuisée est aussi pesante que le plomb. Elle n'y arrivera pas toute seule, mais si les autres sont capables de la porter… Elle ferme les yeux et se laisse soulever.

La lumière change. Delaina a disparu, remplacée par ses amies. Fen, dont les yeux de Source étincellent. Æsa, un doux sourire aux lèvres. Sayer, manifestement furieuse, mais pleurant à chaudes larmes qu'elle ne cherche pas à retenir.

« Par les enfers ! fulmine-t-elle. Dis quelque chose. *Allez !* »

Quand la voix de Matilde lui revient, elle se révèle basse et rauque :

« Arrête de pleurnicher, tu vas avoir les yeux rouges. »

Un rire puis un sanglot étranglés échappent à Sayer.

Les autres aident Matilde à s'asseoir. Alec lui prend la main et la serre. On l'enlace, on l'étreint, on la protège. Son bonheur devrait être total. Ses sœurs sont là ; à elles quatre, elles ont sauvé leur cité ; elle est saine et sauve, contre toute attente. Mais le chagrin résonne toujours dans le vide laissé par sa magie. Là où elle ne sent plus rien. Le feu qui autrefois vivait en elle s'est évanoui.

Des cendres elle a jailli,
Pour vaincre l'ennemi.
Des cendres elle s'est levée,
Et nous a tous sauvés.

– Note déposée sur l'autel de la sorcière du feu, à l'emplacement autrefois occupé par le magasin de Krastan Padano, dans l'arrondissement du Pégase

CHAPITRE 32

L'ULTIME ÉTINCELLE

Matilde a toujours aimé les arrivées en fanfare. Lorsqu'elle s'engage comme une tornade dans la salle du Maintien pour monter sur scène, tout le monde la suit des yeux. Des milliers de Simtans sont venus écouter ce qu'elle a à dire. Ce soir, il n'est pas question de masque. Elle est totalement elle-même.

Après la défaite des Trelliens, on a retiré les épaves des canaux et capturé les derniers soldats ennemis. Le roi Joost étant mort et la plupart de ses navires détruits, les survivants n'ont offert qu'une résistance symbolique avant de se rendre. À partir de là, la reconnaissance de la cité était acquise aux Oiselles Sauvages. Leurs hauts faits en ce jour de guerre ont retourné en leur faveur beaucoup de cœurs et d'esprits. D'autant plus que le bruit s'est répandu : celui à propos des extrémités que les personnalités influentes de la ville ont commises dans l'espoir de les discréditer. Les gazettes ont publié d'innombrables articles exposant en détail les méfaits de la Main Rouge et de son Sucre, ainsi que le rôle de Lord Wyllo Regnis, qui avait aidé le pater à créer sa drogue. La vérité, toute la vérité, enfin exposée au grand jour.

Si tout le monde ne fait pas encore confiance aux Oiselles – les femmes de pouvoir auront toujours des détracteurs –, la plupart des gens s'opposent maintenant à ce qu'on les mette en cage. Les filles de magie prisonnières aux Mâchoires ont été relâchées, le corps des Surveillants dissout. On admet en général que l'Église a eu tort, du moins sur certains points. Des histoires sur la corruption de ses membres ont également trouvé le chemin des journaux, ainsi que des appels à la réforme. Personne n'approuve ce qu'a fait la Main Rouge, à part ses acolytes les plus fervents, qui ont été arrêtés. Il s'est même trouvé quelques paters pour condamner ses crimes haut et fort. Pendant ce temps, les petits sanctuaires dédiés aux Oiselles Sauvages qui étaient apparus après la Moindre Nuit se sont multipliés, débordants d'offrandes. Matilde n'a rien d'une déesse, mais elle aurait pu se servir de cette adoration pour se faire couronner reine, si tel avait été son bon plaisir. Toutefois, elle ne ressemble pas à Dennan et Epinine, qui se cramponnaient bec et ongles au pouvoir par pur amour de celui-ci. Ce qu'elle veut, elle, c'est donner à chacun la possibilité de choisir sa destinée. Elle n'a pas envie de commander, mais de servir.

« Levez-vous tous en l'honneur de la suzeraine », lance une de ses nouvelles gardes, Hallie.

Matilde aime l'impression de férocité qui émane de l'Étoile Noire en uniforme. Elle aime aussi voir tout le monde se lever, prêt à l'écouter, en la regardant monter sur l'estrade.

L'Huile à Écho dont elle s'est barbouillé la gorge va permettre à la foule de ne pas perdre un mot de ses déclarations. *Je sais que tu aimes t'écouter parler, Tilde,* a dit Alec malicieusement en lui remettant la pommade, confectionnée par ses soins. Le baiser qui accompagnait la plaisanterie a fait flageoler les jambes de sa compagne. Il se trouve au premier rang, juste à côté de Madame Mère et de Samson. Lorsqu'elle lui sourit, il répond par un clin d'œil. Sayer et Fen sont là aussi, portant les uniformes que Matilde a fait confectionner pour les Oiselles Sauvages. Le meilleur couturier de Simta a été chargé de les habiller. Les revers des deux filles sont ornés de plantes grimpantes et d'éclairs. *J'espère que tu ne vas pas te plaindre,* a-t-elle dit à Sayer. *Je te signale que ce sont des pantalons.* Sayer ne s'est pas plainte, non, ni de la tenue ni des fonctions qui lui ont été confiées, ainsi qu'à Fen et Æsa. Bien qu'aucune d'elles n'ait envie de siéger à la Table, elles ont promis de continuer le combat aux côtés de Matilde. Après tout, l'union fait leur force.

« Bonsoir, mes amis. » Sa voix emplit l'immense espace. « Je vous remercie de vous être joints à moi en cette occasion historique. La lutte pour mettre un terme à la Prohibition fut longue et la victoire durement acquise, mais elle nous profitera à tous. »

Elle parcourt du regard les visages des quatre premiers rangs, occupés en grande partie par les membres de la Table. L'assemblée qui dirige l'Eudéa s'est nettement étoffée, mais ne compte plus guère de seigneurs de Grandes Maisons. Matilde, qui rêvait jusqu'à peu d'en occuper un des rares sièges libres disponibles, a pris conscience depuis qu'il fallait absolument détruire le système tout entier. Et pour commencer, pousser la vieille garde vers la sortie. *Faites le ménage chez vous, et peut-être accepterons-nous ensuite de vous redonner une place parmi nous,* a-t-elle dit au nouveau Pontifex. En attendant, elle préfère que la direction de l'État échappe totalement à l'Église. L'époque est révolue où quelques privilégiés, exclusivement mâles, décidaient de l'avenir de la République eudéenne. La Table accueille à présent des représentants de tous les arrondissements, et pas seulement les plus riches. Il s'y trouve des cordonniers et des alchimistes, des femmes et des hommes, des jeunes et des vieux. Alec en fait partie. Krastan serait tellement heureux s'il pouvait les voir aujourd'hui.

« En tant qu'Oiselle de Nuit, j'ai appris très jeune que ma magie devait rester secrète, continue Matilde. Que je devais, moi, me cacher derrière des masques et des mensonges séduisants. Ces faux-semblants étaient censés assurer la sécurité des Oiselles, mais ils n'ont jamais fait que nous affaiblir. Nulle ne devrait avoir honte d'un don pareil. »

La nouvelle Table a promulgué des lois pour protéger les filles de magie. Il est interdit de les forcer à utiliser le pouvoir qui court dans leurs veines ou à le partager. Mais il y a tellement plus à faire pour recréer l'Eudéa. Une partie de Matilde craint de ne pas être à la hauteur de la tâche. Qui est-elle pour modeler l'avenir de la République, pour décider avec quelques rares élus de ce que doivent être ses nouvelles lois ?

D'un autre côté, pourquoi pas elle ? Krastan lui a bien dit en rendant son dernier souffle d'être courageuse. Elle se drape aussi de l'ultime conseil de Grand-mère : *N'aie pas peur.*

« La magie fait partie de nous, poursuit-elle. C'est une force dont nous devrions être fiers. Aujourd'hui, nous la ramenons à la lumière. »

Dennan a prononcé un jour des mots assez semblables. Quels qu'aient été par ailleurs ses défauts, il serait heureux de ce qui se passe en ce moment, du moins Matilde en est-elle persuadée.

L'air s'agite, parfum de pluie et de tonnerre, tandis que la lumière change peu à peu. Sayer plie l'air à sa volonté pour faire danser des milliers de lumorbes au-dessus de leurs têtes. Le sable coloré qui attend dans des seaux s'élève alors en longs rubans, que Fen envoie serpenter à travers l'océan mouvant des boules lumineuses. Si beau que soit le spectacle, Matilde n'en regrette que davantage sa magie. Canaliser les pouvoirs des Oiselles quand elles se trouvaient dans le clocher a réduit le sien à néant. Malgré ses efforts persistants, il ne lui est pas revenu. Elle ne regrette pas ce qu'elle a fait pour sauver la cité, mais l'absence de sa magie lui reste douloureuse. D'autres feux brûlent cependant en elle : le besoin d'aimer qui elle veut, de choisir en toute liberté ; la volonté de bâtir un monde meilleur, plus libre. Il y a aussi les moments comme celui-ci, si débordants d'espoir qu'ils remplissent peu à peu le vide en elle. Ils lui donnent l'impression d'être celle qu'elle est censée être.

« Commandante ? »

Æsa se tourne vers l'officier de marine qui se tient derrière elle.

« Oui, Cousins ?

— Le port n'est plus très loin. Faut-il carguer les voiles ?

— Non. » Elle s'imaginait autrefois qu'il fallait parler haut et fort pour diriger, mais elle se fait parfaitement entendre sans élever la voix. « Laissez-les hissées. »

Il s'éloigne d'un pas vif pour préparer le navire à rentrer au port. Le *Justice*, un bateau flambant neuf, n'en est qu'à son voyage inaugural. Æsa a failli l'appeler le *Jacinta*, mais elle ne doute pas que son amie aurait aimé le nom sur lequel elle a finalement porté son choix. La figure de proue ressemble à la défunte avec son regard féroce, rivé sur l'horizon. Avec son courage inflexible face à ce qui l'attend.

Æsa secoue la tête pour laisser la brise marine jouer dans ses cheveux. Elle s'est fait quelques nattes, comme il sied à une sheldar. Les vœux faits sur le verre de mer qu'elle y a tressé se sont pour l'essentiel réalisés. Les autres Oiselles sont saines et sauves, les oisillons libres de mener leur vie, les Trelliens vaincus. Les survivants ont déguerpi, sans un regard en arrière. Elle ne doute pas que les étrangers invités au mariage aient par ailleurs raconté, de retour chez eux, les histoires de la bataille et que celles-ci se sont répandues aux quatre coins du monde. Les plus belliqueux y réfléchiront à deux fois avant de venir attaquer les rivages simtans.

Surtout s'il se murmure que la sorcière des mers est à la tête de la marine eudéenne. La République a perdu beaucoup de bateaux lors de ce qu'on appelle maintenant la bataille du Phénix. Sa flotte en étant restée très diminuée, les chantiers navals de Simta travaillent avec acharnement pour combler les pertes. Quelques alchimistes, dont Alec, ont créé des produits qui serviront dans les futures batailles, depuis des résines augmentant l'efficacité des flèches enflammées jusqu'à des teintures empêchant les voiles de se déchirer, mais nulle arme ne suscite autant de révérence que la sorcière des mers. Elle préfère se voir en protectrice, mais se sait capable de faire le nécessaire pour la sécurité des siens. Des puissances étrangères reviendront un jour piller les côtes eudéennes, elle n'en doute pas, prêtes à tout pour s'emparer de leur magie. À ce moment-là, elle les combattra de tout son pouvoir.

Elle touche un des boutons de son pardessus. Il a évidemment fallu adapter l'uniforme de la marine à ses mensurations, car il n'avait pas été conçu pour ses courbes généreuses. Elle tient à ce que les femmes soient désormais les bienvenues dans les rangs des marins, y compris les filles de l'eau. Par ailleurs, elle compte envoyer des émissaires dans les cours étrangères, à la recherche des filles de magie que la Main Rouge a vendues. Il se peut même qu'elle parcoure les mers en personne dans l'espoir de les retrouver. Le monde est vaste, et elle aimerait en voir davantage. À partir de maintenant, elle va suivre sa propre voie.

« *Kilventra ei'ish ?* demande derrière elle une voix profonde.

— Oh oui, tout va bien, répond-elle, souriante. Maintenant que tu es là. »

Willan lui passe les bras à la taille pour l'attirer contre lui. Sans doute certains sont-ils sidérés de voir deux commandants de la marine simtane enlacés. Mais, si les officiers du *Justice* s'en inquiètent, ils n'en disent rien. L'un d'eux – Kadeel – pousse cependant un sifflement aigu depuis le gréement, où il a grimpé. Æsa est contente d'avoir sous ses ordres des hommes à qui elle fait confiance, en cette période de transition, et de savoir que Willan a été nommé capitaine de son propre bateau. Un des premiers actes de Matilde, en tant que suzeraine, a été de lui accorder le pardon total pour ses actes de piratage passés ainsi que le commandement d'un navire encore meilleur que le *Tempête*. Æsa et lui vont travailler main dans la main à la protection des côtes eudéennes. Ils sont même libres de piller certains marchands étrangers s'ils les soupçonnent de sortir en secret des produits magiques du pays. *Je n'ai rien contre les pirates, à partir du moment où leur piraterie nous avantage,* leur a dit Matilde.

À présent, Æsa et Willan se battent donc côte à côte. L'un pour l'autre. Que pouvait-elle rêver de mieux ?

« Vais-je réussir à te persuader de regagner notre cabine ? demande-t-il, non sans malice. L'équipage n'a pas besoin de nous pour accoster.

— Willan, franchement, répond-elle en riant.

— Quoi ? Je ne vais pas tarder à être obligé de te partager avec tes amies. Un homme a tout de même bien le droit d'avoir envie de passer un peu de temps seul à seule avec son aimée. »

Elle sent le rouge lui monter aux joues.

« Il va aussi falloir que tu me partages avec mes parents. »

Æsa leur a écrit pour leur raconter ce qui s'était passé, sans rien omettre. Elle voulait les informer en personne de la vérité, quoi que son père puisse penser en apprenant qu'elle a utilisé sa magie dans une bataille. Juste avant qu'ils n'embarquent, Willan et elle, une lettre lui est parvenue. *Ton grand-père avait raison,* écrivait son père. *Tu es une sheldar, bénie des dieux et forte. Je suis fier de toi, ma fille.* Ses parents ont dû arriver à Simta, depuis. Ils l'attendent sans doute avec autant d'impatience que ses sœurs. À cette pensée, son cœur s'ouvre et s'envole au vent.

Enfin, le bateau contourne le dernier promontoire. La Crête de Simta apparaît, avec le navire soulevé et posé sur ses falaises par Æsa des mois auparavant. À l'époque, il faisait scandale : il servait d'argument à ceux qui prétendaient les filles de magie indignes de confiance. Aujourd'hui, on ne le voit plus comme une épave ou une ruine, mais comme un symbole de la force des Oiselles.

Elle écarte les bras et laisse son pouvoir enfler en elle. Des vagues se forment des deux côtés de la proue du *Justice*, telles des ailes étendues au soleil, qui les font miroiter.

Elle est plus que prête à rentrer chez elle.

La nuit tombe peu à peu tandis que Sayer parcourt le quartier Vert, sans se dissimuler dans l'ombre le moins du monde. Elle frappe à la porte vert foncé du Club du Jardin, deux coups brefs, suivis d'une cascade de tapotements du bout des doigts – le code dont se servaient les Fauvettes des Oiselles de Nuit. Le battant pivote, dévoilant un vestibule où se tient un garde.

« Le mot de passe ? » demande Olsa.

Le club n'admet que les filles de magie et les amis qu'elles en jugent dignes. En réalité, il n'est nul besoin de connaître un mot de passe quelconque, juste de pouvoir prouver. Sayer appelle un vent qui éteint la lanterne au-dessus d'eux.

« Ça fera l'affaire ? »

Olsa éclate de rire. Un son fort agréable, qu'elle est heureuse d'entendre de nouveau dans sa bouche. Depuis que les Caska ont attaqué leur quartier général, les Étoiles Noires n'ont pas le rire facile.

« Pas mal. Mieux que la fois où tu as essayé de m'étouffer.

— Tu ne l'avais pas volé.

— C'est pas faux. Allez, vas-y. »

Il ouvre la porte, qui donne sur un couloir menant à un escalier. À l'étage, Sayer s'arrête sur le seuil du grand salon haut de plafond. Le Club du Jardin s'est installé dans une des plus vieilles constructions du Griffon, qui abritait autrefois le marché aux fleurs. Son dôme de verre ambré rappelle celui de la serre de Leta. Si seulement l'ancienne Madame pouvait voir ça ! Nul ne sait quand ni pourquoi elle a modifié son testament, mais toujours est-il qu'il disait précisément : *Je laisse tous mes biens de valeur en ce monde à Sayer Sant Held et Fenlin Brae, mes filles*. Sayer a beau pleurer sa disparition, elle se dit que la défunte verrait d'un bon œil le lieu qu'elle les a aidées à créer.

Depuis Marée-Haute, les sorcières sortent en nombre croissant des ombres de la cité. Les lois relatives à la magie sont encore en pleine évolution, mais il s'agit de modifications qui les aident à se sentir en sécurité à découvert. Cela ne signifie pas qu'elles n'ont plus rien à craindre, car les transformations de Simta ne font pas que des heureux. La légalisation de la magie déplaît fort à certains Tournepierres. Avec l'accord de la Table, Matilde a donc chargé Sayer et Fen de veiller à ce que les bandes de voyous n'obligent pas par la force ou la menace les filles comme elles à rester à leur service. *Faites ce qu'il faut pour tirer les malheureuses de leurs griffes, mais ne semez pas trop la pagaille, si possible* – tels ont été ses mots exacts. Ce n'est tout de même pas la faute de Sayer si certains grands criminels ont eu besoin qu'on leur force la main. Elle ne peut cependant les empêcher de convoiter le pouvoir des jeunes sorcières. Il s'en trouve sans aucun doute pour rêver de ressusciter la cause de la Main Rouge. Le danger continue de hanter les rues pour les filles de magie. Peut-être en sera-t-il toujours ainsi. Mais au Club du Jardin, elles seront en sécurité.

Elle s'engage dans la salle, où les préparatifs de la fête battent leur plein. La soirée de lancement du club ne va pas tarder à commencer, dans ce cadre flambant neuf. Fen et elle ont choisi en personne les comptoirs luisants et les fauteuils de velours. Malgré les touches de luxe bien présentes, rien ici ne risque de mettre mal à l'aise une humble serveuse. Il faut que leurs clientes se sentent chez elles.

La salle embaume le nectar, car Fen a encouragé les fleurs à s'épanouir pour libérer leur parfum. Des tiges robustes s'enroulent autour des poutres et des colonnes. Jolena s'active autour d'un carré de mousse, qu'elle pousse à s'étendre sur un des bars. Rankin la tient par la main, indifférent aux témoins. Personne ici ne risque de les empêcher de faire ce qu'ils veulent. Wyllo Regnis n'a plus aucun pouvoir.

Après la bataille, on l'a surpris à essayer de quitter Simta en catimini. Une foule houleuse l'a amené au Palais Ailé et ligoté à ses portes, tandis qu'il s'égosillait. Les Oiselles Sauvages ont toutes officiellement porté plainte contre lui. Il a eu beau crier au complot, les preuves de sa culpabilité s'accumulaient, d'autant plus que ses amis d'antan se retournaient contre lui les uns après les autres. Ils ont raconté aux gazettes ce qui s'était réellement passé lors de la soirée de démonstration au Club des Chasseurs, espérant bénéficier en échange d'une certaine indulgence. Personne à Simta n'approuve plus l'utilisation d'une substance telle que le Sucre. Et heureusement, personne ne pourra plus s'en procurer. Le clan de Seleese a détruit ce qu'il restait du laboratoire de la Main Rouge. Aussi, dans la maison de campagne des Regnis, les dernières réserves de la drogue ont été brûlées et sa recette s'est perdue. Seul Dorisall la connaissait, et il ne peut plus nuire à personne. Ses secrets empoisonnés sont morts avec lui.

Wyllo attend son procès aux Mâchoires. Sayer a beau estimer qu'il mérite la corde, elle est contente de ne pas l'avoir tué. Autrement, elle n'aurait pas pu le voir se faire dépouiller de tout ce qui compte pour lui. Sa position, sa fortune, sa bonne réputation. Il doit être fou de rage à la pensée que sa femme,

Minna, dirige maintenant la Maison Regnis. Sayer en personne n'aurait pu concocter vengeance plus totale.

Ce soir, Jolena a invité sa mère et sa sœur biologique. *Je peux leur dire qui tu es vraiment ?* a-t-elle demandé à Sayer d'un ton prudent, manifestement prête à essuyer un refus. Mais la jeune fille ne veut plus se cacher et ces femmes sont chères à sa cadette. Peut-être est-il temps pour elle de faire la connaissance de la famille Regnis. Après tout, elle est en train d'apprendre à construire la sienne.

Quelqu'un se redresse derrière le bar le plus proche : Fen, disposant en rangs tirés au cordeau une multitude de bouteilles. Elle semble se sentir tout à fait à son aise. Autrefois, Sayer se plaisait à s'imaginer qu'elles s'associeraient pour diriger une boulangerie, mais le club leur convient nettement mieux. Elles partagent l'appartement aménagé au fond de l'édifice, où elles échangent leurs secrets. Il ne reste plus que les cauchemars à bannir, mais elles les combattent ensemble maintenant. Quand Fen s'agite dans son sommeil, sa compagne la réveille d'un baiser.

Les yeux de Source de Fen se posent sur Sayer. Le sourire de leur propriétaire redouble leur éclat.

« Tig. Le colis que tu attendais est arrivé.

— Juste à temps », se réjouit Sayer en passant derrière le bar.

Elle embrasse Fen, même si la moitié des Étoiles Noires les regardent. Il est enivrant d'aimer ainsi, sans avoir à se montrer prudente. Quelqu'un salue le baiser d'un sifflement, mais Fen ne fait que se serrer davantage contre son amante, sans aucune retenue.

Le rose aux joues, Sayer examine ensuite la boîte qui vient de lui parvenir. Entre les lattes serrées brille l'éclat des papillons de feu. Il doit y en avoir des centaines. Cette petite touche fantasque aura le don de plaire à l'invitée d'honneur, elle n'en doute pas. Un sourire satisfait lui monte aux lèvres. Matilde se vante toujours de tout savoir, alors qu'elle n'a aucune idée de ce qui l'attend ce soir. Pourvu que personne n'ait vendu la mèche !

Sayer et Fen ouvrent la boîte ensemble pour libérer les papillons. Ils se mettent à leur tourner autour, comme attirés par les Oiselles Sauvages, avant de trouver peu à peu leurs propres chemins. Nombre d'entre eux se posent sur les fleurs pour se délecter de leur nectar. Sayer, elle, savoure ce moment. Tout le monde a perdu beaucoup de choses, mais leurs ombres ne font que rendre les lumières plus éclatantes. Et son cœur déborde de lumière, grâce à ce qui va suivre.

Matilde considère sa couronne : une toile d'araignée aux fils d'or et de cuivre, qui semble brûler à la lumière des papillons de feu dispersés dans toute la salle. La jeune fille trouve assez excitant de les voir voler ainsi en liberté. Comme ses sœurs, qui l'entourent à présent.

« C'est vraiment toi qui l'as faite, Fen ?

— Sayer m'a soufflé l'idée.

— Tu te pavanes en reine. » Nulle trace de colère dans la remarque de Sayer, juste une malice affectueuse. « Je ne vois pas pourquoi tu n'aurais pas *en plus* les accessoires du rôle.

— Ma foi, tu sais ce que je pense de tout ce qui brille. Plus c'est voyant, plus ça me plaît.

— Comme si tu avais besoin d'une couronne pour briller », s'amuse Alec en embrassant sa compagne sur la joue.

Sayer pousse un gémissement théâtral.

« Pardonnez à mon cher et tendre, soupire Matilde. Quand il m'a demandé ce que je voulais pour ma fête, je lui ai demandé de me couvrir de mots doux.

— Je suis presque à sec, se lamente-t-il. Je ne sais pas combien il m'en reste.

— Willan peut t'aider, propose Æsa. Il en a toute une réserve. »

Cette fois, un véritable concert de gémissements s'élève. Willan secoue la tête en riant.

« Je crois qu'il est temps pour moi d'aller chercher à boire. »

Il fend la foule en direction du bar. La plupart des gens papotent, un verre à la main, en oscillant au rythme de la musique endiablée de l'orchestre. Matilde est étrangement touchée de voir ses premières sœurs Oiselles de Nuit danser avec les oisillons et les Étoiles Noires jouer au krellen avec les amis de son frère. Madame Mère et Samson discutent quant à eux à une table avec Phryne et sa mère. Les pièces si disparates composant l'existence de la jeune fille sont réunies pour l'occasion. Rien cependant ne lui fait plus chaud au cœur que la présence de ses sœurs. En leur compagnie, elle se sent davantage elle-même.

Willan pose sur leur table un plateau chargé de verres, qu'il entreprend de distribuer.

« Ce cocktail a été inventé par Alec en personne, annonce Sayer. Tout spécialement à notre intention. Il l'a baptisé Oiselle Sauvage. »

Elle craque une allumette, dont elle pose avec précaution la flamme à la surface d'une des coupes. Des ailes minuscules s'en élèvent, étincelantes, aussi orange que le liquide.

« À Matilde, notre Oiselle Sauvage préférée, lance Æsa. Maintenant et à jamais. »

Les autres portent le même toast en allumant leur propre cocktail. *Maintenant et à jamais…* Bien que Matilde n'ait plus de magie. Elle déglutit, la gorge nouée.

« Attends, laisse-moi faire », dit-elle en voyant Alec s'approcher pour allumer son verre à elle.

Elle ne se résigne pourtant pas à prendre l'allumette qu'il lui tend. Il fonce les sourcils, conscient de ses intentions. C'est idiot, elle ne le sait que trop. Elle a brûlé toute sa magie. Mais ici, en compagnie de ses sœurs, elle se sent tellement plus forte, tellement plus courageuse. Pourquoi ne pas essayer ? Elle tend bravement la main au-dessus de sa coupe. *Tu es plus que ta magie*, lui a dit Delaina en ce lieu d'ombre et de rêve, entre la vie et la mort. *Tu es aussi tes rêves. Tes actes. Ton amour. Ton courage. Nul ne peut éteindre ces feux qui brûlent en toi.*

Ce sont ces feux que Matilde invoque à présent. En leur demandant de flamber haut et fort.

Elle attend, consciente que rien ne va se passer.

Puis, tout au fond de son être, naît une étincelle.

REMERCIEMENTS

Il s'avère qu'écrire un deuxième roman peut représenter un véritable défi. Je ne suis pas sûre que j'y serais arrivée sans l'aide des gens brillants qui m'ont accompagnée sur ce chemin. J'offre les cocktails de contrebande les plus géniaux à mon agent, Josh Adams, à sa complice, Tracey, et à Anna Munger, qui ont travaillé sans relâche pour mes livres et moi, fidèles au poste, contre vents et marées. Un immense remerciement à mon éditrice, Stacey Barney, qui a continué à aimer et à défendre mes filles de magie, malgré le chaos infernal où je les plongeais. Je suis aussi reconnaissante à tous les employés de Penguin Young Readers qui ont donné des ailes à cette série : Nancy Paulsen, Caitlin Tutterow, Jenny Ly, la publicitaire-sorcière Olivia Russo, Felicity Vallence, Shannon Spann et l'équipe de marketing qui a mis en œuvre sa magie élémentaire pour amener ces livres sous les yeux des lecteurs. Pluie d'étincelles sur Jessica Jenkins pour une nouvelle couverture incroyable, Suki Boynton pour la ravissante maquette intérieure et Sveta Dorosheva pour les cartes magnifiques dont je ne me lasse pas. Mon immense gratitude aux correctrices et relectrices d'épreuves qui ont veillé à ce que ce roman soit prêt pour ses débuts sur le tapis rouge : Cindy Howle, Laurel Robinson et Janet Rosenberg. Une coupe sans fond de remerciements pour Molly Lo Re, Sarah Jaffe et tout le monde à la Listening Library. Voir naître cette histoire en livre audio a été réellement magique ; quelqu'un devrait offrir une couronne à Saskia Maarleveld.

Je tiens aussi à remercier tous les éditeurs qui ont fait connaître cette série dans d'autres pays que le mien. J'ai trouvé merveilleux de voir mes mots traduits en de multiples langues pour toucher au cœur des lecteurs qui, sinon, ne les auraient peut-être jamais découverts. Je suis tout particulièrement reconnaissante à mon éditeur australien, Allen & Unwin : c'est merveilleux de travailler avec vous.

Cette histoire doit beaucoup aux amis bourrés de talent qui m'ont aidée à la raconter au mieux. Leurs pouvoirs magiques ne connaissent pas de limites. Mille mercis à Lili Wilkinson, qui m'a fait promettre des exploits de magie, et C. S. Pacat, qui m'a montré où se situait le réel conflit. Je remercie mes bonnes étoiles de la chambre du Progrès[1] pour leur sagesse collective, leur gentillesse et leur perspicacité. Toute mon affection à Ryan Graudin, dont la sagesse d'écrivaine améliore toujours mes histoires, et à Amie Kaufman, qui m'a sauvée plus d'une fois grâce à ses séances de fiches cartonnées et ses encouragements à point nommé. Ma gratitude infinie à Miranda, qui a lu ce livre au moins aussi souvent que moi et dont le discernement l'a profondément modelé. Je suis aussi reconnaissante à Anna McFarlane et Arundhati Subhedar, qui sont tombées du ciel en véritables Oiselles Sauvages, ce qu'elles sont, lorsque je le leur ai demandé.

Merci à quiconque s'est joint à Amie et moi sur *Pub Dates*, le podcast qui retrace le voyage de cette série jusqu'à la

1. Assemblée législative créée par la reine Rouge au *Pays des Contes*, cycle de fantasy de Chris Colfer. Nom repris ensuite par une association de fans. (N. d. T.)

publication, vous emmenant dans les coulisses de sa création. Ça a été un bonheur inespéré de vous avoir à mon côté pour me soutenir tout le long du chemin. Merci aussi à ceux d'entre vous qui écoutent *The Exploress* pour leur soutien et leur enthousiasme continus. Et tout spécialement à Carly Quinn, reine de la recherche et rayon de soleil qui a illuminé de toutes sortes de manières ma vie créative.

En écrivant *Les Oiselles Sauvages*, j'ai beaucoup pensé à la vie et aux épreuves des femmes, passées et présentes. Je tiens à remercier certaines des héroïnes incroyables et tellement fortes qui ont modelé ma propre vie. Les amies qui ont toujours répondu présentes quand je leur ai demandé de se ranger sous ma bannière : Lyndsey, Eve, Lauren, Tori, Lori, Claire, Misty, Bel, Anna, Loran et Nadja. Remerciements particuliers à Kaitlin, qui a aimé dès le début ce monde et ces filles : celui-là est pour toi. Aux femmes intelligentes et impitoyables près desquelles j'ai grandi : Anna, Jacque, Caroline et mes tantes, Louisa, Joan et Karen. Et à mes grands-mères, à qui j'ai beaucoup pensé en écrivant. Vous me manquez.

Merci aux Armstrong, Chevalier, Gablonski, à tous les amis et proches qui m'ont si bruyamment soutenue. Merci plus particulièrement à ma nièce, Victoria, d'avoir aimé cette histoire (et m'avoir persuadée qu'Alec avait besoin d'apprendre un peu l'humilité) ; à mon père et à Carol, pour leur soutien sans faille ; à mon frère, John (je n'aurais pu souhaiter meilleur vendeur). Je suis reconnaissante à ma mère, Edie, qui réfléchissait avec moi pendant les premières étapes, me préparait à manger quand je m'absorbais dans les réécritures et me disait et me répétait d'avoir confiance en moi.

À Galahad, premier assistant et compagnon d'écriture le plus fidèle, que nous avons perdu pendant la conception des *Oiselles Sauvages*. Tu me manques en permanence, noble sire.

À Paul, amour de ma vie et excellent dispensateur de mots doux. Merci de soutenir mes rêves, si fous deviennent-ils parfois, et de savoir exactement quoi m'apporter à grignoter dans mon antre d'écrivaine.

Enfin, j'aimerais remercier tous les libraires, bibliothécaires et lecteurs du monde qui ont aimé et conseillé *Les Oiselles de Nuit*. Voir apparaître mon livre, si bien présenté, dans vos vitrines, dans la liste de vos clubs de lecture ou dans vos fils d'actualité, a été un aspect merveilleux de cette aventure. Votre soutien représente beaucoup pour moi et je ne saurais trop vous remercier.